这既是一个恩赐，
也是一个诅咒。

爱潜水的乌贼

宿命之环

6
阴谋家 中

CIRCLE OF
INEVITABILITY

爱潜水的乌贼 著

NEWSTAR PRESS
| 新 \ 星 \ 出 \ 版 \ 社 |

图书在版编目（CIP）数据

宿命之环.6,阴谋家.中/爱潜水的乌贼著.

北京：新星出版社,2025.8. -- ISBN 978-7-5133-5980-1

Ⅰ.I247.5

中国国家版本馆CIP数据核字第2025C7N040号

宿命之环6 阴谋家·中

爱潜水的乌贼 著

责任编辑	李文彧	**特约编辑**	刘兆兰	
装帧设计	罗智超 江馨华	**策划编辑**	方剑虹 雷 楼	
责任印制	李珊珊			

出 版 人 马汝军

出版发行 新星出版社

　　　　　（北京市西城区车公庄大街丙 3 号楼　100044）

网　　址 www.newstarpress.com

法律顾问 北京市岳成律师事务所

印　　刷 中华商务联合印刷（广东）有限公司

开　　本 685mm×980mm 1/16

印　　张 18.5

字　　数 320千字

版　　次 2025年8月第1版　2025年8月第1次印刷

书　　号 ISBN 978-7-5133-5980-1

定　　价 49.80元

LE VILLE
DE TRÈVES

CIRCLE OF
Conspirator
INEVITABILITY

CONTENTS 目录

EVERY CONSPIRACY IS BUT

A VEIL FOR DEEPER MACHINATIONS.

来自古老年代的超凡者，夜之国的主宰，崇高的天之母亲，
请允许我进入您的国度。

Ô Être transcendant des âges anciens,Souveraine de la Nuit éternelle,Mère céleste vénérée,
Permettez-moi d'entrer en votre royaume.

国王饼

歌剧院区，隆巴街。

这条街以售卖糖果闻名，随处可见颜色各异、缤纷多彩的糖果。

机械咖啡馆就位于隆巴街的底部，和一家小型的糖果工厂毗邻。它的外表平淡无奇，即使透过那一排玻璃窗望进去，也看不出与机械有什么关联，沉重木门上的黑色三角圣徽大概是唯一能让人想到机械的事物。

卢米安推了推那扇深棕色的大门，发现它一动不动，仿佛从里面锁住了。他略作观察，拉动了悬挂在副窗上的门铃。

叮叮咚咚的声音里，卢米安听见了金属轻微碰撞的动静，看到大门缓缓向后敞开。

门的背后固定着一只机械手臂，这金属造物一直延伸到了吧台位置，看起来更像是装饰品。

卢米安一边打量这里的环境，一边靠近咖啡馆的角落，那里堆了两张独脚桌，围绕它坐了五六个人。

其中最引人瞩目的是一个满头红发的中年男子，他的皮肤被脂粉堆得很白，眼周有一圈黑线，将棕红色的眸子衬得更为深邃。他未留胡须，穿着敞开的褐色天鹅绒外套和未打领结的红色衬衫，既精致又随意。

这正是卢米安要找的普伊弗"伯爵"，因蒂斯前前王室索伦家族的一员。

他继承了父亲的丰厚遗产，没进入政坛，也未加入军队，更没有成为商人，一直以文学评论家的身份混迹于各个艺术圈子里，而最常见到他的就是"黑猫"的聚会。

卢米安走了过去，笑着问道："您就是普伊弗伯爵？"

普伊弗·索伦抬头望向他，一派轻松地问道："你是马丁说的那个朋友？"

"对，夏尔·杜布瓦。"卢米安没有拘谨，直接拉过一张椅子坐下。

普伊弗上下打量了他几眼，满意地笑道："不错，是个漂亮朋友。你最喜欢文学、油画、雕塑、诗歌还是音乐？"

"小说。"卢米安回答得毫不犹豫。

普伊弗舒展身体，指了指斜对面的矮胖中年男子道："阿诺利，最近几年最有文学气质的作家。"

那个忘记自己的目的是写人性的情色作家？卢米安自然而然地想起了奥萝尔对这位小说家的评价。

他早期的作品用情爱彰显人性，之后越来越沉迷于前者，要不是有官方管制，奥萝尔相信他肯定会写一本类似于《追逐狗的僧侣》的色情小说。

当然，卢米安不在乎人性，就爱看那些点缀。

"你的小说让我成长。"他发自内心地对阿诺利说道。

黑发蓝眼的阿诺利抽着烟斗道："还好你没说喜欢我的《先驱者之死》。"

《先驱者之死》……那不是阿德里的作品吗？嗯，奥萝尔说过，这两位作家的名字拼写比较像，经常被人搞混……

卢米安有所明悟地反问道："你是说那个被政府豢养，每年拿着上万薪水，却只能写出一堆狗屎的阿德里？"

阿诺利顿时哈哈大笑："这句话值一杯苦艾酒！"他一边说一边拍了拍面前独脚桌上的银灰色金属按钮，连续拍了三下。

普伊弗伯爵对卢米安的表现也颇为欣赏，给他介绍起另外几名"黑猫"组织的成员。他们分别是脸色苍白疲惫的画家马伦、长相略显刻薄的文学评论家安永和端着樱桃木大烟枪的诗人伊莱特。

卢米安刚打完一轮招呼，就看见阿诺利那张独脚桌的铁色表面霍然裂开，如花一样绽放。"花蕊"处，一杯闪烁着梦幻光泽的绿色苦艾酒被放在托盘内，置于机械升降机中，缓缓上升。

作家阿诺利拿起那杯酒，丢了价值一费尔金的银币到托盘内。机械升降机平稳下沉，带动裂开的金属表面合拢，独脚桌又恢复了原本的模样。

阿诺利将苦艾酒推给了卢米安，笑着说道："为刚才那句话！"

还真是机械咖啡馆啊……卢米安重新认识了这里。他将目光投向了桌子又宽又粗的独脚，相信那里应该是空心的，连接着埋在地下的管道。

喝了口苦艾酒，感受到熟悉的苦涩后，卢米安又望了眼那张独脚桌，问道："没有找钱？"

"在这里，一杯苦艾酒就得一费尔金。"阿诺利笑着说道。

这也太贵了吧？微风舞厅和地下室酒吧才卖七个里克，品质也差不多……卢米安不由得腹诽了两句。

一费尔金等于二十里克。

这时，脸色苍白得仿佛很久没有睡觉但长相绝对称得上英俊的画家马伦喝了口咖啡道："听说特里尔动物园来了一头大象，那可是非常罕见的动物。"

矮胖的阿诺利嘟囔道："一头大象有什么好聊的，你们难道不觉得这毫无意义？"

普伊弗伯爵笑了起来："那我们聊议会和两大教会的矛盾，聊什么都做不好的政府高官，聊那可恶的出版审查，聊像鬣狗一样徘徊于我们周围的密探？"

阿诺利无奈地叹了口气："我们还是聊那头大象吧。"

其余几名"黑猫"组织的成员哄笑之时，普伊弗伯爵跷起右腿道："既然有新的朋友，那不如玩一个涉及神秘学的游戏。"

涉及神秘学的游戏？卢米安的眉毛动了一下。

"什么游戏？"抽了口大烟枪的诗人伊莱特问道。

普伊弗伯爵笑道："吃国王饼的游戏。"

见其他人都一脸不解，普伊弗伯爵好笑地说："你们都没有童年、没有家庭，也没玩过这个游戏吗？

"游戏的规则是，将国王饼平均切开，数量是参与者加一，多的那块通过仪式献给我们信仰的某位神灵或崇敬的某位先祖，剩下的里面，有一块藏有蚕豆或硬币，谁咬到了它，谁就是今天的'国王'。

"'国王'可以命令其他参与者做任何事情，当然，必须在一定程度内。"

涉及神秘学的部分体现在献祭多余的国王饼上？卢米安扫了跃跃欲试的阿诺利、马伦等人一眼，不知道他们之中是否存在非凡者。

当然，仅从外表上看，一个都不像。

也就是十几秒的时间，普伊弗伯爵的提议得到了卢米安之外所有人的响应。他开始拍击独脚桌上对应的按钮，用相应的次数告诉厨房送一块国王饼过来。那据说是索伦王朝时期就开始流行的一种甜品。

圣罗伯斯教堂地底，宗教裁判所内。

瓦伦泰、伊姆雷等净化者聚集到了昂古莱姆执事的办公室。

穿着淡金色衬衣和浅白色长裤的昂古莱姆拿起手里的卷宗，道："已经确认，红公主区文森特街50号那具尸体属于被通缉的前神甫纪尧姆·贝内，你们记得找警察总局把市场区的通缉令撤掉。"

这起案子不归市场区的净化者管理，瓦伦泰只是知道有这么一件事情，现在终于得到了确认。

套着蓝色正装外套的他望向昂古莱姆，问道："执事，有调查出是谁杀掉纪尧姆·贝内的吗?"

"暂时没有嫌疑者。"金发金眉金须的昂古莱姆看了眼卷宗道,"目前能确定的事情是,现场有明显的火焰焚烧的痕迹,而纪尧姆·贝内大概率死于'魔女'的诅咒。"

"至少序列7的'猎人'和'魔女'?这样的组合很少见啊。"混血儿伊姆雷颇为惊讶。

据他所知,"魔女"途径的非凡者大部分掌握在魔女家族手里,那是实力不弱的隐秘组织,不怎么需要和别人合作。

"少不代表没有。"昂古莱姆反驳了一句。

作为净化者的执事,他能阅读保密权限更高的卷宗,而他的经历也比伊姆雷、瓦伦泰等人丰富,甚至亲手处决过两名魔女家族的成员。

瓦伦泰皱眉想了想,道:"会不会是卢米安·李做的?他有足够的动机。"

"但他没有足够的实力。"伊姆雷摇了摇头,"他离开科尔杜村才多久,怎么可能已经晋升'纵火家'?他不怕失控吗?而且,按照你的描述,就算是'纵火家',也肯定不是纪尧姆·贝内的对手。"

瓦伦泰坚持自己的猜测:"所以他才需要'魔女'的帮助。他会不会为了复仇,加入了魔女家族,将来转成'魔女'?

"如果真是这样,事情会变得很麻烦。卢米安·李身上藏着非常严重的问题,而你们说过,魔女家族热衷于传播灾难。"

昂古莱姆点了点头:"这确实需要重点关注,我会汇报上去的,同时,加大对市场区可疑人员的排查。"

做出决定后,他安抚了瓦伦泰几句:"也不用太紧张,有动机干掉纪尧姆·贝内的人不只卢米安·李,还有厉害的赏金猎人、极光会的正式成员、其他邪神的恩赐者。"

瓦伦泰"嗯"了一声,表示自己很清楚。

讨论完最近需要处理的几起超凡案件,瓦伦泰和伊姆雷走出执事办公室,从学习怎么使用机械打字机的查理身旁经过,向通往圣罗伯斯教堂的隧道走去。

"你说,那个准'魔女'主动找我们有什么事情?她又发现了什么有价值的情报吗?"伊姆雷有些好奇地和队友做起交流。

瓦伦泰想了下道:"会不会是纪尧姆·贝内之死?"

伊姆雷怔了一下:"你的意思是,她接触到魔女家族了?"

不等瓦伦泰回应,伊姆雷摇起了脑袋:"不可能,魔女家族很仇视女性'刺客',一旦遇上,必定清除。"

市场区靠近纪念堂区的多尔街是一条绿树林立、路面干净、建筑风格较新的街道，简娜选择在这里和净化者见面是因为经常来往这里的人和她原本的生活没什么交集，几乎没人能认出她。

此时的简娜穿着白色的女士衬衫、套着浅棕色的长裙，和上次见两名净化者时略有区分，免得每次都穿同样的服饰被对方察觉到自己的小心思。

当然，她整体的风格还是在往干净、阳光和清爽方面靠，这是她听主教布道、参与教会某些活动时从一句句倡导性语言里总结出来的形象要求。

脖子上挂着太阳护符、棕黄头发简单扎起的简娜沿着行道树制造出来的阴影，往约定的17号公寓走去。

一辆棕色的四轮马车从她的身边经过，窗户开着，露出一张让人眼前一亮的美丽脸孔。

那是一位穿黑色宫廷长裙的女士，她头戴插着白色羽毛的深黑纱帽，乌发盘得异常精致，脸庞线条柔和，下巴弧度优美，鼻梁秀气而高挺，红唇丰润而微翘，深灰的眼眸既明亮又仿佛蒙着淡淡的忧伤，让人不自觉就会产生心疼的情绪。

真美啊……马车驶过后，简娜发出了由衷的感慨声。

虽然她自己也称得上漂亮，但这不妨碍她欣赏别人的魅力。同时，她深刻地感受到，比起已成为"欢愉魔女"的芙兰卡和刚才那位女士，自己还差了不少。

简娜收回了视线，一路来到多尔街17号那栋公寓的屋顶。她没等待多久，伊姆雷和瓦伦泰就抵达了这里。

"你获得了重要情报？"瓦伦泰表情冷淡却相当主动地问道。他的目光扫过简娜的脖子，看见了那枚太阳圣徽，满意地、微不可见地点了点头。

简娜缓慢地摇了摇脑袋："没有。"

不等伊姆雷和瓦伦泰询问，她发自内心地说道："我要忏悔。"

忏悔？伊姆雷忍不住和瓦伦泰对视了一眼。这是出了什么问题吗？

简娜微低着脑袋，望着地面，苦涩一笑道："我又梦见了我的妈妈，好多次梦见她。而梦到她之后，我总是忍不住质疑教会，为什么要让于格·阿图瓦那样的人参与竞选，为什么不在发现问题后立刻抓捕他身边的人，阻止后续的灾难？

"我，我要忏悔，痛苦在啃噬我的心灵，动摇我的信仰，让我怀疑神灵和教会是否还在庇佑我们。"

这是她真实的感受，只是没有话语里表现出来的这么强烈。

瓦伦泰听得一阵羞愧，不知该怎么回应简娜。

伊姆雷经历过不少类似的事情，叹了口气，娴熟地安抚道："不用怀疑，神始终注视着我们，太阳每天都在照耀大地，但你也知道，光明和黑暗交替是整个世界的主基调，正像太阳每天都会落下、黑夜会不可避免地到来一样，正因如此，我们才喜悦于早晨的第一缕光，喜悦于重新升起的太阳。

"同样，教会并非万能。至少在因蒂斯，我们还受到蒸汽与机械之神教会、受到国会和政府的种种限制，没法想做什么就做什么，想调查谁就调查谁。

"痛苦和灾难是我们人生的重要部分，或许多，也或许少，但它们都必将过去，就像太阳必将升起、重新照耀大地一样。"

简娜沉默了几秒，缓慢地吐了口气，微张双臂道："赞美太阳！"

"赞美太阳！"瓦伦泰和伊姆雷同时做出回应。

有了刚才充满真情实意的表演，简娜顺势问道："究竟是谁将于格·阿图瓦推到了国会议员的位置，又是谁让他成了邪神的代理人？"

"还在调查中，暂时没有实质性的收获。"伊姆雷斟酌了下语言道。

简娜露出些许急躁和关切："为什么还没有实质性的收获？是受到了刚才说的那些限制，无法获取关键线索吗？需不需要我帮忙？我不受任何限制，不怕违反法律！"

伊姆雷和瓦伦泰对简娜这样的反应一点也不觉得意外，这是和暴起刺杀于格·阿图瓦的情绪状态一致的，只是弱化了不少。

两人互相望向对方，仿佛在用眼神讨论要不要把这方面的事情交给签订了契约的线人去做，那样一来，能采取的办法会更灵活、更自由。

简娜记起芙兰卡的叮嘱，没有直接使用教唆能力，只是感知着两名净化者的状态，纯粹用语言来达成目的："教会自己做不了，难道不能交给有能力的信徒去做？究竟是教会的体面重要，还是神的孩子们重要？

"每阻止一场灾难，都能挽救许许多多的家庭和活生生的人，他们都虔诚地信仰着太阳。于格·阿图瓦背后可是邪神啊！"

瓦伦泰被说动了，见伊姆雷没有反对，于是郑重地询问起切莉娅·贝洛："你确定要帮助我们调查这件事情？这很危险，有不小概率让你付出生命。"

简娜笑容复杂地回答道："我害怕死亡，但我更怕像我妈妈一样莫名其妙就成为邪神信徒们的牺牲品。"

她丝毫没有掩饰自己的恨意。

伊姆雷这才说道："经过追查，我们发现于格·阿图瓦和腓力将军有非常密切的关系，他暗里做的一些事情都能追溯到这位。但腓力将军在去年年初就因病去世了，所有线索都因此断掉。

"于格·阿图瓦其他的支持者和赞助人要么是腓力将军安排的，要么是觉得他有培养价值，主动提供帮助的，都不涉及邪神信仰和隐秘组织。"

简娜脱口问道："腓力的家人呢？于格·阿图瓦周围的邪神信徒呢？"

"腓力的家人没有问题。"瓦伦泰有点懊恼地回答道，"于格·阿图瓦竞选团队里的邪神信徒只抓到了两个，属于不太重要的那种。知道最多的那个在逃脱不了的情况下直接选择了自杀，非常狂热，所以我们没能获得想要的线索，仅是铲除了万物终灭会这个隐秘组织的两个分支。"

万物终灭会……简娜记起了这个信仰邪神的隐秘组织。

伊姆雷补充道："知道最多的那个叫'红发的卡桑德拉'，她是前前王室索伦家族的支系成员，既是非凡者，也是受过恩赐的邪神信徒。"

"索伦家族有没有问题？"简娜进一步问道。

伊姆雷摇了摇头："目前的结论是没有，支持于格·阿图瓦的几个原本的贵族家庭都和索伦家族关系普通。卡桑德拉则是因为在索伦家族不受重视才选择去做冒险家，后来成了非凡者，于去年加入于格·阿图瓦的团队。"

歌剧院区，隆巴街，机械咖啡馆。

上下都有派皮、如同棕底黑纹巨花的国王饼被机械装置送到了普伊弗·索伦等"黑猫"组织的成员面前。

普伊弗环顾了一圈，对卢米安、阿诺利等人道："我提议，这次国王饼游戏向我一位伟大的先祖献祭，他是第一位阿登伯爵，也是第二十七位香槟伯爵。"

普伊弗·索伦平时自称的就是"阿登伯爵"。

"想要罗塞尔屁股的那个香槟伯爵？"小说家阿诺利露出了笑容。

最近这一年，特里尔地下书市最火爆的违禁图书叫《罗塞尔大帝秘录》，里面不仅收录了原本就有的各种罗塞尔大帝的传闻，还添加了许多看起来很荒诞、很火辣的新内容。

普伊弗叹了口气道："那是第三十位香槟伯爵，是我那位伟大先祖的曾孙，属于索伦家族的另一个分支。"

"我没有意见。"有着亚麻色头发和棕色眼眸的画家马伦把话题拉回了正轨。

这只是一个游戏，其他人都不强求将多余的国王饼献给谁，所以很快就达成了一致。

以卢米安的行事风格，他本来应该反对一下，气一气普伊弗伯爵。但他牢记着自己现在扮演的是加德纳·马丁的朋友，一个喜欢艺术的富商之子、花钱买鄙视的傻瓜，于是强行控制住了自己。

普伊弗侧头对较为安静的文学评论家安永道："你来负责切饼。"

一头黑色卷发的安永自嘲般笑道："我最不喜欢的就是机械咖啡馆没有侍者，

这会让我感觉自己成了侍者。"

"这不是很好的一件事情吗？这意味着没有密探。"小说家阿诺利嘟哝道。

抽着樱桃木大烟枪的诗人伊莱特嘿嘿回应道："也许密探就在我们之间。"

这时，安永已拿起餐刀，将国王饼平均分成了七块。

普伊弗将其中一块国王饼叉到了盘子的边缘，双手交握，置于胸前，低声诵念道："献给您，伟大的索伦家族成员，伟大的佛蒙达·香槟·索伦。"

看着普伊弗将这句话反复诵念了三遍，卢米安忽然觉得本来就没有侍者的机械咖啡馆变得愈发安静，和主教们开始布道时的状态很像。

将多余的国王饼献给佛蒙达·索伦后，普伊弗抬起脑袋，望向卢米安，笑着说道："你是客人，你第一个挑选。"

卢米安没有观察，直接将手伸向了距离自己最近的那块国王饼。

就在这个时候，他耳畔响起了忒尔弥波洛斯恢宏层叠的嗓音："换一块。"

换一块？卢米安没想到会在这种时候获得忒尔弥波洛斯的提醒。

不管这位宿命的天使是想趁机设置陷阱，做点什么，还是单纯不希望封印载体在这样的地方、这样的时间点出现问题，都足以说明这个看起来很普通、很简单的国王饼游戏存在极大的隐患，一旦触动，会导致在场所有人滑向危险的深渊。

在普伊弗伯爵说这涉及神秘学，需要向信仰的神灵或者崇敬的先祖献祭一块国王饼时，卢米安就觉得或许真的隐含超凡因素，类似于很多神秘学爱好者喜欢玩的占卜游戏一样。谁知道，问题比他预想的更加严重，甚至让一位天使觉得连双序列7的他都应付不了，或者能坑害到双序列7的他。

心念电转间，卢米安无从确定忒尔弥波洛斯究竟抱有什么想法，只能谨慎地伸长手臂，以非常随意的方式从剩下的五块国王饼之中挑选了一块。

这一次，忒尔弥波洛斯未再阻止。

卢米安之后，阿诺利、马伦、安永和伊莱特各自拿了一块国王饼，只剩下原本距离卢米安最近的那块。

"看来它属于我。"普伊弗伯爵前倾身体，笑着握起那块国王饼，将它送入自己口中，轻轻咬下一口。

卢米安也做出了类似的动作，只觉这点心外皮酥脆、内馅绵甜，吃起来满嘴留香，品质相当不错。

吃了几口，普伊弗伯爵哈哈笑道："看来今天我是'国王'。"他一边说，一边从嘴里掏出来一粒蚕豆。

看到蚕豆的瞬间，卢米安的鼻端似乎闻到了淡淡的血腥味和铁锈味。

与此同时，机械咖啡馆的这个角落一下变得沉闷和压抑，仿佛所有人都在担心会被命令做什么自身无法承受的事情。

普伊弗伯爵站了起来，背对临街的窗户，将阳光挡在了身后。这让他的脸庞仿佛蒙上了一层浅浅的阴影，笑容显得有些晦暗。

普伊弗伯爵望向了小说家阿诺利，嘴角越翘越高："你去咖啡馆外面，对着路过的行人高喊'我是狗屎'。"

不自觉变得紧张的阿诺利顿时松了口气，笑容满面地回应道："没问题。"

矮矮胖胖的他噌地站起，快步来到门边，拉下了镶嵌在侧面墙壁上的闸门。伴随着吱呀的摩擦声和轻微的碰撞声，那条机械手臂猛地收紧，将沉重的木门向后拖开。

阿诺利出了咖啡馆，来到街边，对着路上的一个个行人高声喊道："我是狗屎！我是母猪养的狗屎！我全家都是母猪养的狗屎！"

那一个个行人投来了诧异的目光，旋即笑出了声。

骂完自己，阿诺利心情畅快地返回了卢米安等人旁边。

"你心理素质真好。"卢米安好不容易才强迫自己把"脸皮真厚"换成了对方能够接受的说辞。

小说家阿诺利嘿嘿笑道："每次写不出东西的时候，我都会到阳台骂自己，这还是轻的。"

"你们作家怪癖真多。"卢米安想起了自称拖延症晚期患者的姐姐。

阿诺利喝了口苦艾酒，重新坐下，看着始终背光站立的普伊弗伯爵将目光投向苍白而英俊的画家马伦。

"给伊莱特一巴掌。"他说。

马伦放松了下来，没有离座，前倾身体，啪地给了诗人伊莱特一个巴掌。

头发颇为稀疏、脸颊肌肉略有下垂的伊莱特没有生气，只是又吸了口烟枪。察觉到卢米安打量的目光，他毫不在意地笑了笑："作为一名诗人，要学会享受周围的恶意。"

享受恶意……真是一个文艺青年啊，不，文艺中年……卢米安观察着游戏的参与者们，发现除了吃到蚕豆的普伊弗伯爵，其他人暂时都看不出有什么异常。

普伊弗伯爵略微侧过了身体，脸庞依旧因背光而显得有点阴暗。他对文学评论家安永道："向我效忠。"

"黑猫"这帮人平时聚在一起经常会做各种出格的事情，用最近开始流行的说法就是"行为艺术的先锋"，所以，对于单膝下跪、宣誓效忠这种事情，安永做得毫无压力，甚至觉得意犹未尽，认为不够刺激和羞辱。

普伊弗伯爵又看向了诗人伊莱特，命令道："把你身上所有的钱都送给对面那个流浪汉。"

伊莱特怔了一下，颇为心疼地说道："好吧。你们知道的，我是个穷鬼，最近五年靠诗歌赚到的稿酬加起来还不到三千费尔金，每天想的都是有哪个朋友今天会组织聚会，可以让我免费喝点酒。"

你这诗人还挺诚实的嘛……卢米安想着要不要赞助下，看看这家伙能写出什么诗歌来，反正那笔"赞助费"是加德纳·马丁提供的，他若不使用，也没法真正地装入自己的口袋。恰恰相反的是，只有具体赞助了某些艺术家，他才有机会把其中一部分据为己有。

不等普伊弗伯爵回应，伊莱特突然笑了起来。他摸索着身上的口袋，兴高采烈地宣布："所以，我只带了五费尔金出门！"

"五费尔金？你如果去维希咖啡馆，只能要半瓶天然水加两个煮鸡蛋。"小说家阿诺利边嘟哝边看着诗人伊莱特快速出门，将那五费尔金丢给了对面的流浪汉。

维希咖啡馆位于林荫大道街的某条巷子内，出入者不乏国会议员、政府高官、银行家、工业家、金融家、著名交际花和被上流社会追捧的作家、画家、诗人、雕塑家们。

至此，所有人都轮了一遍，只剩下卢米安。

普伊弗伯爵目光幽深地望着卢米安道："你第一次参加我们'黑猫'的聚会，给你一个简单点的任务。拿上你的国王饼，去咖啡馆地下室最深处那个房间，换回一张白纸。"

这听起来就有点神秘学的意味了……真出什么问题，我就放火把那个地下室烧了……

卢米安咕哝着拿上已啃了几口的国王饼，根据小说家阿诺利的指引，于靠近厨房的区域找到了通往地下室的阶梯。

进去之前，他借助外面的机械装置点燃了内部那几盏煤气壁灯，于略显昏黄暗淡的光芒照耀下穿过堆放着杂物的大厅，抵达了最深处的房间。

房间的朱红色木门紧紧闭着，卢米安侧耳倾听了一阵，没发现有什么动静；门外同样也不存在可疑的痕迹。

卢米安伸出右掌，握住了把手，然后轻轻拧动，缓缓前推。

随着地下室大厅内的煤气壁灯光芒照入这个房间，一件件事物显现了各自的轮廓。

那是一颗颗脑袋，它们缩在晦暗的阴影里，目光没有任何感情地注视着门口的"访客"。

卢米安的瞳孔骤然放大，看见了好几个熟悉的脑袋。那是小说家阿诺利、画家马伦、评论家安永和诗人伊莱特的脑袋！

一颗火球即将凝聚而出时，经历丰富、意志坚韧的卢米安强迫自己平静下来，察觉到了问题：那些脑袋没有死者的惨白之色，房间内也没有弥漫防腐剂的独特气味。

控制住反应的卢米安又仔细观察了几秒，发现那都是被取下来的蜡像脑袋。它们如同一个个西瓜，被塞在了木架上的不同格子内。

这个任务的目的是制造惊吓？要不是忒尔弥波洛斯的提醒让我高度警惕，这种程度的恶作剧怎么可能吓到我？神秘学方面的表现在哪里？

卢米安思索了一阵，将手里的国王饼放于其中一个木架上，取走了垫在某个蜡制脑袋下面的白纸。

他拿着那张白纸回到机械咖啡馆时，看见阿诺利、伊莱特等人都笑眯眯地望着自己，似乎想寻找残留的惊恐。

普伊弗伯爵满意地点了点头："你很好地完成了任务。"

要是我没有很好地完成任务呢？会发生什么事情？卢米安故作后怕地说道："那些蜡制的脑袋太真实了，差点让我的心脏停止跳动！"

"哈哈。"阿诺利笑了起来，"这是伯爵给每一位新客人的见面礼。他最喜欢收藏蜡像脑袋，每一位被他认可的朋友都能受到蜡像大师的邀请，把脑袋变成艺术品，被放入机械咖啡馆的地下室。"

这说得就像你们已经把脑袋送给了普伊弗伯爵一样……卢米安打量了下阿诺利等人的脖子，没找到切割的痕迹。

又聊了一会儿作家圈子的各种流言，给"黑猫"组织赞助了两千费尔金后，卢米安提出了告辞。

临走之时，卢米安的目光自然地扫过了那两张独脚桌。骤然间，他的瞳孔有所凝固。

他看见普伊弗伯爵、阿诺利等人的餐盘内还留着未吃完的国王饼，而原本盛放国王饼的白釉瓷点心盘里空无一物。

那里本该放着献给索伦家族先祖的一块国王饼！

它不见了！

卢米安没有掩饰自己的疑惑，指了指点心盘道："我记得还有块国王饼的。"

普伊弗伯爵笑了起来，喝了口咖啡道："我吃掉了。"

"这样啊……"卢米安恍然大悟，回以笑容。

他转身去，走出了机械咖啡馆，脸上的笑意逐渐消失——普伊弗伯爵自己那块国王饼也才吃了两口！

沿隆巴街向最近的公共马车站点走去时，卢米安见四周无人，压着嗓音问道："忒尔弥波洛斯，你为什么要让我选没有蚕豆的国王饼？"

如果吃到了那颗蚕豆，成了"国王"，会发生什么事情？

忒尔弥波洛斯保持着沉默，未作回答。

卢米安想了想，改变了问题："整件事情虽然有两三个比较诡异、让人恐惧的细节，但结果没什么问题，一切都很正常，看不出和神秘学、超凡力量存在关联。"

过了几秒，忒尔弥波洛斯雄浑的嗓音回荡在卢米安的耳朵内："你下次可以试一试不听从'国王'的命令。"

不听从"国王"的命令会发生什么事情？我把我那块国王饼吃掉，不放到蜡像人头的房间内，而是直接拿走白纸，会发生什么事情？卢米安陷入了沉思。

他没有直接回市场区，而是乘坐公共马车转去了林荫大道区舍尔街。

作为极光会的正式成员，他得及时向K先生汇报自己处决了纪尧姆·贝内这件事情和铁血十字会的最新动向，同时看看能不能薅点羊毛——加入三个隐秘组织，虽然能让他拿到三份奖励，但也意味着他一个任务得做三次汇报。

舍尔街19号，《通灵》杂志社总部的地底。

和往常没什么变化的K先生坐在红色靠背椅上，静静地听着卢米安讲述他借助铁血十字会的力量找出纪尧姆·贝内，将这个邪神信徒彻底清理掉的过程。

在卢米安提及这个前永恒烈阳教会的本堂神甫为了追逐权势和力量，选择信仰以宿命为名的那位存在时，K先生低下脑袋，在胸口按上下左右的顺序画起十字架，并用低哑的嗓音向神灵忏悔："仁慈的父，请您宽恕世人犯下的罪。"

卢米安嘴角微动，跟着K先生做起忏悔，虽然他不知道为什么要忏悔。

忏悔后，他简单讲了讲姐姐奥萝尔的人格分裂和洛希·露易丝·桑松背后的罪人组织，末了道："K先生，我想请您找出奥萝尔，也就是洛希·露易丝·桑松原本的家人。他们很可能是罪人组织的成员，是信仰宿命的邪教徒。"

K先生藏在巨大兜帽后的脸庞蒙着厚厚的阴影，嘶哑的嗓音带着愉悦，说道："我知道你是想替奥萝尔报仇，这没有任何问题，仁慈的父、万能的主从来不要求祂的信徒不为自己打算，如果能将自身的私事和清除邪神信徒的神圣事业结合在一起，那就更好了。

"在这件事情上，你能充分利用自己的资源，借铁血十字会的力量完成自己的事情，是我最欣赏的一点，这可以多做尝试。

"我会追查那些'罪人'的。"

他答应了卢米安的请求，这也正是他渴望去做的——通过寻找洛希·露易丝·桑松的家人，对付信仰宿命邪神的罪人组织！

"感谢您，K先生。"卢米安诚心诚意地说着。

他斟酌了下，又道："纪尧姆·贝内的死可能会让官方非凡者加大对我的追捕，不知道有没有适合我的、能让我随时改变容貌和身高的神奇物品?"

他在努力地寻找机会变成奥萝尔，以"麻瓜"的身份潜入卷毛狒狒研究会。

K先生的语气忽然变得有点狂热："我这里只有'源血'能达到你想要的效果，只要你可以掌控自己的血肉，就可以随意地改变自己的身高和外形。虽然它不能让你精准地变成想要的样子，但足以让你隐瞒原本的身份。

"唯一的问题是，它必须提前注射，短期有效，不能想变就变。"

不能精准地变成想要的样子倒是可以接受，毕竟卷毛狒狒研究会成员聚会的时候都会进行一定的伪装，以免让别人知道自己在现实里的模样……也不行，如果有"观众"对奥萝尔印象深刻，那完全可以从眼睛的细节、下巴的弧度等方面辨别真假。要当"麻瓜"，要想瞒过所有人，就得让面具底下的脸和奥萝尔一模一样……而且，"源血"的负面效果也不是我能承受的……

卢米安思前想后，组织着语言道："我怕注射'源血'后，自身会向最初、最古老的人类变化。虽然有主的庇佑，身体和精神不至于出现大的问题，但也容易被铁血十字会的人发现异常，察觉到我真正的信仰。"

K先生略显失望地叹了口气："这是一个问题。虽然我相信主会庇佑我们，让虔诚的你不被发现，但你的顾虑还是有一定的道理。"

把"源血"馈赠推掉后，卢米安转而说道："最近，铁血十字会让我去接触一个人……"

他从加德纳·马丁的召见一直讲到了国王饼游戏结束，唯一没讲的是武尔弥波洛斯的提醒，而是将原因归结于自己神秘学知识丰富，敏锐地察觉了问题，刻意规避，所以没有触发异常。

K先生听得很认真，中途没有打断。

等到卢米安讲完，他才站起身来，踱了几步道："你接下来需要弄清楚铁血十字会接触索伦家族的成员是为了什么，是想图谋索伦们的遗产，还是打算和他们合作。"

"是，K先生。"即使K先生不提，卢米安也得掌握相应的情况。

K先生停了下来，望向他道："你的直觉没有问题，那个游戏如果出现差错，很可能导致一场神秘学灾难。

"普伊弗献祭的对象佛蒙达·索伦是当时索伦王室的重要成员，他出生于香槟支系，后来被国王厄德十二看中，才被纳入主家重点培养。

"佛蒙达有个好的开始，却没有好的结尾。他晚年神秘失踪，不知去向，给索伦王室造成了很大的损失。而在那之后的二十多年里，索伦王室好几个重要成员或诡异死亡，或突然疯狂，家族实力大幅下降，直至其统治被罗塞尔推翻。"

罗塞尔大帝能推翻索伦王朝的原因之一是旧王室出现了明显的衰落？佛蒙达都神秘失踪两三百年了，今天的献祭为什么还会带来危险的神秘学变化？卢米安听着K先生的讲述，脑袋里闪过了一个又一个想法。

白外套街3号，601公寓。

从净化者那里拿到少量情报的简娜一进入房间，就四下打量着寻找芙兰卡，想和她交流。目光一扫间，简娜看见主卧的房门半掩着，里面传出啪啪啪的敲打动静。

"芙兰卡？"她喊了一声。

芙兰卡清澈如水的嗓音传了出来："在呢！有事进来说。"

从未参观过芙兰卡卧室的简娜犹豫了一秒，走了过去，推开了房门。

她蓝色的眼眸霍然亮起，看见远离窗户的那面墙壁旁堆着一台非常复杂的机械。那机器由围绕一根根黄铜色柱子的无数齿轮组成，杠杆、曲轴、螺钉等连接着它们。

望着这比自己还高的机械，简娜愕然问道："这是什么？"

"这是某个天才改良的第三代差分机，也可以叫分析机，嗯，阉割版、简化版、缩小版……要是完整的，我这房间可装不下。"坐在那台复杂机器前敲打着新型机械打字机的芙兰卡颇为自豪地向同伴做起介绍。

"你真是蒸汽与机械之神的信徒啊？"简娜脱口而出。

芙兰卡嘿嘿笑道："偶尔是。"

简娜仔细打量起所谓的分析机，发现它的下端连接着一台电报和两个金属制成的机械打字机。

芙兰卡停止敲动没多久，另外一台机械打字机在分析机的驱动下，开始于白纸上打出一个个字母，而分析机的动力和信息来自那台无线电收发报机。

"这是，在做什么？"简娜感觉自己像个文盲。

芙兰卡高兴地指着那台分析机道："只要保持编码的统一性，这台机器就能帮我自动翻译电报码文，然后通过和机械打字机键盘连接在一起的金属手指，打出对应的字母，组成正确的单词。

"也就是说，我可以直接看到电报的内容，不需要自己翻译收到的加密码文，这可以在很大程度上节省我的时间和精力。同样，我可以用正常语言写电报，它能帮我自动编码，通过提前设定好频段的电台发送出去。"

简娜看着那些处在不同转动状态的齿轮组，勉强听懂了芙兰卡想表达的意思。

"这有什么意义？"她疑惑地问。

芙兰卡愣了一下："意义？意义就是把电报聊天这件事情变得不那么麻烦，可以成为日常。呃，就是有点废纸。"

"电报聊天？"简娜有点茫然。

芙兰卡弄这么复杂的机器，做这么复杂的事情，就是为了聊天？我每天深夜听到的打字机声音就是芙兰卡在聊天？

"是啊。"芙兰卡得意地笑道，"我那个在鲁恩军方的朋友约定好在这个时间点给我反馈安东尼·瑞德想要的情报，我刚才简单和他聊了几句。"

虽然她能直接向"审判"女士请求相应的资料，但她向来都是能不麻烦大阿卡那牌就不麻烦。

芙兰卡话音刚落，分析机正好完成了打字这个任务，那封电报以因蒂斯语的形式完整呈现了出来。

芙兰卡扯过那张纸，只是看了一眼，脸色就沉了下来。

…………

夜晚的601公寓内，卢米安、安东尼·瑞德、芙兰卡和简娜重新聚集在了一起。

芙兰卡扬了扬手中的纸张，对安东尼·瑞德道："我已经获得了反馈，鲁恩军方对那场战斗的记载是：根本没有那场战斗！"

"没有那场战斗？"安东尼·瑞德睁大眼睛，霍然站了起来。

没有那场战斗？卢米安挑了下眉毛。这个答案还真是出乎意料啊。

芙兰卡轻轻点了下头，看着安东尼·瑞德道："简单来说就是，袭击你和你战友的很可能不是鲁恩的军队！"

"不是鲁恩的军队……"安东尼·瑞德眼神发空，喃喃自语。

遭遇袭击的那个夜晚，他梦到过很多次。在反复的自我心理暗示下，鲁恩士兵们的凶残和狰狞一次比一次清晰，一次比一次让他印象深刻，逐渐演变成了一个摆脱不了的梦魇……谁知道，今天，有人告诉他，那不是鲁恩士兵！

而他从细微表情、肢体语言和情绪状态判断芙兰卡没有撒谎，没有欺骗他！这让他感觉自己像个笑话——痛苦了这么多年，却连凶手是谁都搞错了。

作为一名"心理医生"，安东尼·瑞德敏锐地感知到自己产生了一种幻灭感，情绪变得不太稳定，受到了强烈的冲击。他本能地对自己使用起安抚能力。

在安东尼·瑞德努力"自救"时，芙兰卡进一步解释道："要么是那场战斗的保密等级很高，我那位鲁恩朋友暂时还接触不到；要么是袭击你们的另有他人。"

芙兰卡更倾向于后面那种可能。毕竟对鲁恩王国来说，那只是消灭了一个连队的小型战斗，安东尼的战友里也没有具备足够分量的重要人物，根本不需要设置保密等级。

"会是谁？"简娜在看到电报内容后就已提出过这个问题，但芙兰卡和她一时都想不出合理的答案。

她甚至猜测过会不会是哪个"教唆者"为了消化魔药，故意挑动因蒂斯军队内讧，让其中一支假扮成鲁恩人，趁夜袭击了安东尼·瑞德和他的战友。但这样做的难度实在太高了，再厉害的"教唆者"也没什么成功的希望，除非安东尼·瑞德那个连队发现了某些人严重犯罪的证据，或者因为战场上的争端和别的军队结下了深仇。

"是啊，会是谁……"自我安抚后，情绪缓和下来的安东尼·瑞德沉声重复道。

鲁恩军队袭击他和他的战友，他完全可以理解，仇恨虽有，却不超额，毕竟两国交战，这是非常正常的事情。可袭击是来自另外的势力、另外的人，又是为什么呢？

芙兰卡斟酌了下道："你们那个连队有没有在战场上抛弃过友军，或者抢了不该抢的战利品？"

安东尼·瑞德回想了下，坚定地摇头："没有。"

"肯定没有。"卢米安用很笃定的口吻补充道，"这件事有于格·阿图瓦参与，显然不是来自友军或来自外部的矛盾。"

"你们有没有违背过于格·阿图瓦的命令，或者让他损失过什么？"简娜想了想，问道。

安东尼·瑞德再次摇头："如果有，我就不会困惑这么多年了。"

601公寓内一下变得安静，卢米安记起"魔术师"女士上次在回信里提到的一件事情，若有所思地说道："那会不会是一次献祭仪式？给某位邪神的血祭。"

"魔术师"女士提过，"罪人"这个信仰邪神的隐秘组织很可能出现于那场战争的后期，原因是那场战争给了邪神们渗透到这个世界的更多机会，安东尼·瑞德和他战友的遭遇会不会就是其中一个机会附带的后果？

"血祭……"芙兰卡和简娜同时想起于格·阿图瓦得到了多个邪神势力的支持。难道他在几年前那场战争里就开始勾结邪神信徒，献祭了所属的一支连队？

安东尼·瑞德沉默了片刻道："邪神信徒们伪装成鲁恩军队，在于格·阿图瓦的配合下屠杀了我们？"

"这是目前最合理的解释了。"芙兰卡思维敏捷地说道，"但受益者是谁呢？肯定不是于格·阿图瓦，他直到死亡都还没有接受恩赐。"

一时之间，无人能回答芙兰卡的问题。

过了好几秒，卢米安才说："这就是后续调查的方向之一，这很可能与于格·阿图瓦得到支持、成为国会议员有关。"

听到这里，简娜将自己从净化者那里收获的情报原原本本讲了出来，末了道："现在的问题是，嫌疑最大的腓力将军已经死了，所有线索到他那里全部断掉了。"

"死得可真及时啊。"芙兰卡呵呵笑道，"这是被提前清除了吗？"

卢米安摸了摸自己的下巴，语速缓慢地说道："在神秘学世界，某些死亡不代表真的死了。"

"正义"女士提过邪神恩赐里有"逝者"这么一个序列，他们能利用死亡，从原本的命运里脱离。同样，腓力将军如果用了替代之术，死的那个就未必是真正的他。

合作对付过纪尧姆·贝内的芙兰卡一听就懂："替代之术？"

"不排除这个可能。"卢米安笑了起来，"接下来，我们的目标就是调查那位腓力将军，确认他的死亡。就算他真的死了，也可能会留下一定的线索，只是净化者们碍于限制没能发现。"

见合作伙伴三言两语就讨论出了行动的方向，推翻了原本的认知，还未完全恢复状态的安东尼·瑞德觉得自己也被感染到，平添了几分信心。他轻轻颔首道："不用太着急，这件事情肯定很复杂，我先针对腓力将军和他的家人、朋友做初步的情报搜集。"

安东尼·瑞德离开后，卢米安见芙兰卡又要前往泉水街找加德纳·马丁，遂和她一起走出了601公寓。

沿楼梯下行的过程中，他简单提了提自己和"海拉"交流的内容。

芙兰卡越听越是兴奋："好啊好啊，你快变成'麻瓜'，我们一起去接触'愚人节'！"

"你在期待什么？"卢米安瞥了这家伙一眼。

芙兰卡啧啧笑道："我故乡有这么一句话，自己淋过雨，就得把别人的伞撕掉。哈哈，开玩笑的，但你不觉得这是一件很有趣的事情吗？

"你的长相虽然偏硬了一点，但只用简单调整一下，就能变得很美。等你'纵火家'魔药消化完，真的不考虑来一瓶'欢愉'吗？哎，算了算了，不到序列4就转途径，还是有一定的失控风险。"

嘻嘻哈哈了一阵后，来到街边的芙兰卡收敛笑容，正色道："而且，你是我现在能信任的不多的几个人之一，调查'愚人节'一事如果能得到你直接的配合，我会安心不少，可惜啊……"

"可惜……"卢米安也很遗憾。

他转而问起罗塞尔大帝之事，对卷毛狒狒研究会成员们的态度表示了不解。

芙兰卡的表情顿时变得颇为古怪，仿佛在用尽全身力气让自己不发出笑声。隔了片刻，她才吐了口气道："这事挺复杂的，几句话说不清楚，明天或者后天有空的时候我再详细解释。总之，你做好心理准备。"

"能有多复杂？"卢米安咕哝了一句，挥别芙兰卡，走向乱街。

回到金鸡旅馆207房间后，虽然他已经发现了奥萝尔巫术笔记的问题，不需要再研究，但还是习惯性地抽出抄录的纸张，思维发散地看着。

快到凌晨时，卢米安心中一动，抬头望向了电石灯上方。

那里的光芒染上了些许幽蓝，穿着淡金色小裙子的玩偶信使霍然出现，冰冷冷地望着卢米安，仿佛在竭力忍耐着什么情绪。

啪啪两声，它将一双有着多根短刺的铁黑色拳套扔到了桌上，碰撞的动静更接近木头对木头，而不是木头对金属。

与此同时，一张折叠成方块的纸张飘向了卢米安。

"谢谢。"虽然玩偶信使飞快消失，毫无交流的想法，但卢米安还是礼貌地道了声谢。

他暂时未去触动那双拳套，而是先展开纸张，阅读起"魔术师"女士的来信。

"暗影树枝"和"幸运儿"非凡特性已经被制成了神奇物品。

怎么样，是不是完全改变了它的外形，让你能便于携带？这就是大师级的杰作。

它还没有命名，通俗一点可以叫"幸运的暗影拳套"，有格调一点可以叫"拷打"，你也可以自己取名。

凡是被它击中的目标，不管有没有受伤，有没有用武器格挡，都会被激发一种欲望或者情绪。至于是哪种，原本看你的运气，但有了"幸运儿"后，你可以通过提前模拟或者想象对应的欲望、情绪，让目标出现你希望看到的反应，成功率很高，百分之七八十吧。

当目标被激发了一种欲望或者情绪后，你第二次击中他时，不会再有新的欲望或情绪产生，但能有机会让之前那种欲望或者情绪爆炸。这对大部分目标来说是无法承受的巨浪，会给他们的身体带来极大的负担，从而给他们造成严重的伤害，甚至让他们短暂地失去抵抗能力。

每一击引爆欲望或者情绪的概率都不高，但你要是多打目标几拳，总会触发的，除非你被附加了霉运，抵消了"幸运儿"的特质。

这双拳套最厉害的不是它的攻击能力，而是防御。它非常坚固，能挡下"收割者"一击而不受损伤（注："收割者"是"猎人"途径的序列5），当然，前提是那一击刚好打在拳套上。在这种情况下，它甚至有希望用自身的破碎或者断裂帮你挡住具备神性的一击，能抵挡的攻击最强大概到序列4层次吧。

它的负面效果是携带时会让你的自控能力下降，各种欲望和情绪的波动变强，需要很出色的忍耐能力才能对抗。而你戴上它后，因为它来自那棵"暗影之树"，所以你会遭受源于对方、源于某些隐秘存在的注视。他们虽然碍于种种原因没法真正伤害到你，却可以驱使一些危险生物来到你旁边，对你施加影响或者发动攻击。

所以，每次使用这双拳套的时间都不能太长，用完则立刻转移地点。如果没能做到这两点，被暗中的危险盯上了，记得保持住良好的状态。只要你能挡下一到两击，那些还不能真正降临的危险生物就会被这个世界排斥并放逐回去。

啊，对了，你的两位心理医生让你明天下午老时间、老地点做最后一次治疗。

"需要出色的忍耐能力才可以对抗随身携带'拷打'带来的自控能力下降、各种欲望和情绪的波动变强……'托钵僧侣'很擅长这种事情啊……"卢米安一边阅读着"魔术师"女士的信，一边快速思考着自身是否满足使用这件神奇物品的条件。

当然，他也不是非得随身携带"拷打"拳套才能使用它。他完全可以提前把拳套放在某处，等到将敌人引入了埋伏圈再拿出；也可以攒一笔钱买蒸汽机器人，让没有情绪和欲望的工具帮他背负。但既然"托钵僧侣"的能力可以让他很好地控制住负面效果，那他就不需要采取太过麻烦的方法了。

思考到这里，卢米安联想起了"受契之人"种种契约带来的负面影响，它们之中很大一部分似乎同样可以被"托钵僧侣"的忍耐和克制削弱。

"先获得'托钵僧侣'的恩赐，之后才是'受契之人'，就是因为得先提升忍耐能力，才可以承受契约？要不然，像本堂神甫那样背着十几种负面影响的，早就自行爆炸了……

"嗯，纪尧姆·贝内对'托钵僧侣'和'苦修士'能力的应用也不是太好，这是因为他早已习惯放纵欲望，改不回来了，也是因为他一步就跳到了'受契之人'再变成'猎命师'，对'托钵僧侣'和'苦修士'的恩赐掌握得不够，使用起来更接近于本能？"卢米安无声自语起来。

回想梦境里本堂神甫在一天内从普通人变成了"猎命师"，他更倾向于后面那种可能性，并认为梦境中那种表现是纪尧姆·贝内只用了两到三次恩赐就晋升"猎命师"的象征。

卢米安将目光重新投向了手里的信纸，把后面的内容一口气读完。

使用"拷打"拳套会吸引来危险生物这点，他打算找个机会，找个合适的地方，邀请芙兰卡帮忙确认下具体的情况。要是真的很危险，那之后就得考虑预留一次"灵界穿梭"来摆脱影响或袭击。

赤红的火焰无声腾起，点燃了那张写满单词的信纸。散落的灰烬里，卢米安将手伸向了那双铁黑色拳套。

那拳套没有金属的质感和冰冷的意味，却非常坚硬。

几乎是同时，卢米安听见的所有声音里，有两道自然而然地在他的脑海里放大了，一道是那对私奔情侣夹杂着咒骂的动静，一道是街上醉鬼摔碎酒瓶并大喊大叫的噪音——前者让卢米安产生了一些旖念，后者带来了拔出左轮朝街道射击的冲动。它们都不算太强烈，属于可以忍耐、可以克制的范畴。

确定拳套的大小合适后，卢米安将它们放到了枕头旁边。

❖ 第二章 ❖

★ C H A P T E R 0 2 ★

"正义"的委托

深夜，迷迷糊糊间，卢米安仿佛来到了一座古老的米黄色城堡，它的表面有许多黑中泛红的痕迹，像是沾染过大量的鲜血。

歇斯底里的笑声和喊声从城堡内传了出来，卢米安下意识抬起脑袋，看见三楼某扇狭窄窗户处，一个发色暗红的人正望着自己。

双方视线刚有碰撞，那人就抬起右手，猛地挖掉了自己偏红的棕色眼眸。一根根细小血管随之脱离眼眶，留下一对血淋淋的漆黑窟窿。

"哈哈哈！哈哈哈！"那失去双眼的人疯狂地大笑起来。

卢米安思绪模糊，条件反射般走入了那座古堡。

映入他眼帘的是一幕幕血腥的场景：侍女用餐刀割开自己的肚子，扯出了染着鲜血的苍白小肠；男仆们不断从楼梯爬到二楼，又跳回大厅，一次又一次摔着自己；疑似管家的人捧着一颗美丽的女性的脑袋，自己却没有了下半身，用双肘支撑着艰难爬行，留下了一道又粗又长的血痕；无头的夫人坐在单人沙发上，端起咖啡，倒入脖子处的裂口……

浓郁的血腥味和疯狂的氛围刺入卢米安的精神，让他猛地睁开了眼睛。然后，他看见了熟悉的、肮脏的天花板，听见了乱街的夜晚不变的吵闹。

"刚才只是在做梦？"卢米安能清晰回想起梦里的场景，心中还残留着些许害怕情绪。

作为一名已正式进入神秘学世界的非凡者，他没有轻视这样的梦境。那很可能是星灵体给他的启示，或者是来自外界的某种影响。

将这一天经历的事情快速过了一遍后，卢米安锁定了两个"嫌疑人"：是白天那场国王饼游戏的后遗症，还是"拷打"拳套的影响？

他看了看被放在枕头旁边的铁黑色带刺拳套，感觉应该是那场游戏的问题。他尝试着询问了忒尔弥波洛斯，但没有获得回应。

将"拷打"拳套转移至木桌的抽屉内后，卢米安重新睡下。

这一晚，他做了好几次噩梦，每次都梦见了那座诡异的古堡。让他庆幸的是，梦境的清晰程度在不断降低，到了后来，和正常的噩梦已没有区别。

第二天上午，卢米安照例跑步练拳，寻觅市场区的特色早餐。于微风舞厅坐到快十二点后，他再次拉响了白外套街3号601公寓的门铃。

"很积极嘛。"芙兰卡脸色红润、精神极佳地打开了房门。

卢米安完全没有掩饰自己的来意："你不是说要讲罗塞尔大帝的事情吗？"

"这个，这个……"芙兰卡的表情又变得古怪，嗫嚅着说道，"我生病了！"

"什么病？"卢米安觉得这位"欢愉魔女"的状态好得不得了。

芙兰卡一边走向客厅，一边嘟囔道："替人尴尬的病！"

卢米安关上房门，坐至沙发，思索着问道："替罗塞尔大帝尴尬？"

"是啊。"盘腿坐在安乐椅上的芙兰卡抓了抓偏亚麻色的头发，"我真怕祂尴尬到爬出棺材，掐死每一个知情者！"

杂乱又没有逻辑地说了一堆后，芙兰卡终于叹了口气："简单来说就是，罗塞尔大帝和我们一样，也来自另外一个世界。"

"罗塞尔大帝也是你说的'穿越者'？"卢米安愕然脱口。

芙兰卡"嗯"了一声："他有很多发明创造和观点理念都是我们那个世界原本就有的，更关键的证据是，他的日记是用我和你姐姐那个国家的语言书写的，所以之前那么多年才没人破译，直到我们也穿越到了这里。"

卢米安脑海乱糟糟一片，既觉得这匪夷所思，像是故事，又从姐姐奥萝尔对罗塞尔大帝和他日记的态度里感受到了芙兰卡刚才那种说法的真实性。

见他沉默不语，芙兰卡很是理解地补充道："但他确实是一个很厉害的人，从序列9都没有的普通人一步步走完了神之途径，推翻了索伦王朝，给因蒂斯和这个世界带来了极大的改变，深刻地影响着这两三百年的历史和一代代人。"

也是，罗塞尔大帝说过，"英雄就是英雄，和他的出身来历无关"……罗塞尔大帝来自哪里并不重要……

卢米安迅速就调整好了心态，好奇地问："罗塞尔大帝的那些名言都是你们那个世界的哲人说过的？"

"大部分是。"芙兰卡帮"老乡"粉饰起形象，"但也有部分属于他自己。你想，一个经历了那么多事情、有过那么多辉煌和挫折的人，必然对各方面都有自己独特的见解，不会缺乏名言。"

"难怪我只要讲罗塞尔大帝说过什么，奥萝尔就会发笑……"卢米安恍然大悟，体会到了姐姐在那种时候的心情，也明白了卷毛狒狒研究会对大帝的调侃态度。

他转而问道："《罗塞尔大帝秘录》是你们之中某位写出来的？"

"对，但我不知道是谁。"芙兰卡很是诚实，"文采还挺不错的。"

"那里面的都是真实的吗？"卢米安考虑着要不要找个地下书商买一本。

芙兰卡笑了起来："一半一半吧。就算是真实的那一半，也是把大帝日记内的两三句话扩充成一个章节，填满香艳的细节。比如，大帝曾经和某个'魔女'发生过超友谊关系……"

说到这里，芙兰卡突然顿住——她想起自己现在也是一个"魔女"。

值得收藏……罗塞尔大帝果然和传说里一样风流……卢米安开始期待那本地下书籍了。他没继续大帝和"魔女"的话题，转而提及昨天的国王饼游戏和晚上的噩梦，询问起擅于占卜的芙兰卡："那场梦境有隐藏什么启示吗？"

"解读不出来。"芙兰卡想了半天道，"有危险、远离的意思在内，嗯，那些噩梦更像是沾染了某种疯狂气息的后遗症。"

卢米安思索了几秒，没再探讨这个问题，打算下午再请教两位"心理医生"。

下午三点二十分，卢米安抵达植物园区梅森咖啡馆，坐到了D卡座，要了杯香浓的因蒂斯咖啡和两块涂着奶油的松软小蛋糕。

等甜品和咖啡送至，他又等了一两分钟，然后听见了苏茜那温柔的女声："下午好，卢米安·李先生。"

卢米安放松地笑了起来："下午好，苏茜女士；下午好，'正义'女士。"

"你怎么知道我也在？""正义"女士的声音带着笑意。

卢米安看着不知道有没有人的对面位置，微笑着回答："问候一声又不会损失什么。"

苏茜接过了话题："祝贺你完成了复仇的第一步，我们简单聊一聊这件事情怎么样？"

"没有问题。"卢米安并未因"复仇"这个单词出现明显的情绪波动。

当然，这也有他未随身携带"拷打"拳套的原因。毕竟这是一次以心理评估为主的治疗，不能增加外在的影响，以免误导医生的判断。

他从寻觅帮手、制定计划开始，讲到了这两天的遭遇，除了隐瞒了卷毛狒狒研究会的秘密之外，其他都大致提了提。

短暂的安静之后，苏茜温柔的嗓音又一次响起："你的精神状态保持得不错，虽然在特定场景下还是会有过激反应，但这很正常。心理治疗不是让一个人失去情绪、失去感情，而是帮助你放下包袱，学会和解，找到自己内心的力量，不再被噩梦压垮。否则，按照某些不可靠的精神科医生的说法，直接切除你的脑额叶就能让你永远平静下来。"

"切除脑额叶?"卢米安还是第一次听说这种治疗方法。

苏茜的语气带上了几分嫌恶:"这是最近两三年才出现的一种设想,它根本不可能达到预期的目的,只会给患者带来严重的伤害。我能从这种治疗方案里感受到明显的恶意,就像是某些没有人性的家伙故意散布出来,想看医生和患者的笑话一样。"

一场不管别人生死的恶作剧?卢米安转而说道:"苏茜女士,你都还没有询问我的感受,分析我的想法,就认为我初步痊愈,不需要复诊了?"

苏茜的情绪迅速好转,笑着说道:"有的时候,一个人的行为比他的想法更能反映他的心理状态。你需要知道的是,人类是一种非常擅于欺骗自己的生物,总是会给自己的部分行为寻找一堆理由,因此想法远没有他的行为表现来得真实。

"要想从这些复杂又矛盾的想法里评估出准确的心理状态,就必须深入剖析,而这又很容易触动问题,所以,我选择从你的行为入手。

"很显然,不管你愿不愿意承认,你已经重建起自身的社会关系,对别人有了一定的信任,也愿意让别人信任你。

"在围捕纪尧姆·贝内前,你能冷静思考,认真准备,行动中虽然出现了冲动情绪,有少许病态扭曲的表现,但这是不可避免的——如果你没有这些表现,我才需要考虑你是不是出现了更严重的心理问题;而等到事情结束,你又很快恢复了较为正常的状态,重新投入了生活,继续进一步的调查。

"综合以上行为表现,祝贺你,你不再有强烈的自毁倾向,真正地走出了痛苦的深渊。

"当然,痛苦不会消失,只会缓和与淡化。在将来的某个时候,它也许又突然被触动,重新占据你的心灵,但不必恐慌,有了这段时间的经历,我相信你能很好地应对。从心理学层面上讲,这就是痊愈的表现。

"同样,过去必然会在我们身上留下痕迹,你的自毁倾向、偏激程度和病态表现肯定要比大部分人强一点,但都在合理的、正常的范围内。"

卢米安听完之后,缓慢地吐了口气道:"其实我自己也能感觉得到,现在的我和刚到特里尔的我状态完全不一样。感谢您,苏茜女士;感谢您,'正义'女士。"

他能明显地发现,得益于两位"心理医生"的治疗和在市场区的种种经历,自己从最开始那种什么都不在乎、什么都无所谓、哪怕死掉也没关系的疯狂状态里慢慢走了出来,从一个复仇的恶鬼变成了想要复仇的、有足够行动力的、较为偏激的人。

"这其实是一次自我的救赎。"苏茜的语气明显比刚才更为快乐,"你最需要感谢的是你自己和你姐姐奥萝尔。如果不是你还抱着一点希望,还有一些求生的意念；如果不是奥萝尔小姐给了你近六年的美好时光，让你能够回味，还塑造了你的想法，我们怎么都没法将你拉回来。"

听到这里，卢米安骤然回想起了一幅幅画面：奥萝尔用深呼吸来缓解教导知识的暴躁；格斗课上的疾风暴雨；平时突如其来的"袭击"；两人坐在书房内，各自看着不同的书籍，享受着安静，享受着夜晚；自己作为头号实验对象，被迫吃下姐姐或成功或失败的故乡食物还原品……

卢米安的表情逐渐柔和，记起了姐姐在某本小说里写过的一句话——过去的快乐和痛苦等于现在的我。

过了十几秒，他坐直身体问道："我昨晚的噩梦都源于那场国王饼游戏吗？"

这次负责回应的是"正义"女士。她嗓音轻柔地说道："对，从目前的情况看，你当时应该受到了一定的精神污染。"

"精神污染？那游戏真的涉及超凡力量？"卢米安好奇地追问道。

"正义"女士回答道："正常来说，那个献祭国王饼的简单仪式不可能成功。要不然，这个游戏也不会在因蒂斯流行几百年，直至共和国建立才逐渐被人们遗忘，只剩下少数家族记得。"

"是的，我当时也这么觉得。普伊弗既没有用神秘学语言，又未诵念完整的尊名，不可能献祭成功。"卢米安附和道。

"正义"女士继续说道："但有一种情况例外——献祭者和献祭对象有血缘联系，并且存在许多相似之处。

"你如果频繁参与普伊弗的国王饼游戏，一次次遭受仪式带来的精神污染，那就不是做几场噩梦能够解决的。在完全消退前，它们会逐渐扭曲你的心灵，让你变得疯狂。"

"那些噩梦里的内容有象征意义吗？"卢米安"嗯"了一声，又问道。

"正义"女士语速不快不慢地说道："那很可能是曾经发生过的某些疯狂事件的组合，它们借助污染投射到了你的梦里。"

"真有那么一座古堡，真有那么一些疯了的人啊……"卢米安若有所思地点了点头。

他和"正义"、苏茜两位心理医生又聊了一会儿，感觉今天的治疗接近尾声了。

这时，"正义"女士主动说道："我之前不是提过有件事情可能需要你帮忙吗？"

"没有问题。"卢米安答应得非常爽快。

就当是心理治疗的费用！而且，他相信"正义"女士在委托前必然考虑到了自己的能力，不会太过危险。

"正义"女士笑着说道："要是能够成功，我会额外给你一份报酬，正好能从某方面满足你的需求。”

“改变容貌的?”卢米安心中一喜。

“差不多。”“正义”女士清丽温柔的嗓音中多了几分严肃,“我希望你去特里尔地下墓穴第四层的某个古代墓室里,帮我取一瓶撒玛利亚妇人泉的泉水回来。”

撒玛利亚妇人泉?卢米安内心异常愕然。

“海拉”女士刚提到她来特里尔是为了去地下墓穴深处寻找某样物品,同时她还询问了撒玛利亚妇人泉的传说!这会不会太巧了?

似乎察觉了他心里的想法,“正义”女士微笑着说道:“是不是觉得太巧了?是的,我就是希望你能借助那位‘海拉’女士的探索行动,帮我拿一些撒玛利亚妇人泉的泉水回来。如果只靠你自己,希望很渺茫。

“其实我可以用更隐蔽的方式安排你去,但那就违背了我的理念和原则。这种事情还是需要当面和你交流,取得你的同意,而不是通过暗中的安排,让你被动卷入,达成我的目的。

“对我来说,沉迷于操纵他人心灵是一件很危险的事情。当然,坦诚也是一种影响别人心灵的有效手段。”

卢米安心中的警惕和怀疑就此打消,他疑惑地问:“‘正义’女士,既然您知道撒玛利亚妇人泉的大概位置,为什么不自己去取,而非得找我这个只有序列7的非凡者?”

塔罗会的大阿卡那牌肯定是半神,比自己强大了不知道多少倍!

“正义”女士笑了笑:“简单来说就是,在某些地方,序列越高越危险。”

还有序列越高越危险的地方?卢米安觉得这超乎了自己的认知。

“正义”女士补充解释道:“序列越高,越靠近最初,积累的疯狂也就越多,自然越容易被某些污染影响。

“在这件事情上,‘海拉’也有好处,至少能节约她的时间,让她可以锁定一个范围去寻找。”

卢米安思索了片刻,接下了“正义”女士的委托,并从她那里获知了撒玛利亚妇人泉的大致范围:地下墓穴第四层最西面的一座古代墓室里。

结束治疗,卢米安回到市场区白外套街,打算从铁皮柜里取走“拷打”拳套。刚进入安全屋,他忽然有了奇妙的直觉:有人进来过!有人进过他的安全屋!

卢米安心中一紧,大步向前,打开了铁皮柜。

看到奥萝尔的巫术笔记原件和“拷打”拳套还在后,他不可遏制地舒了口气。紧接着,他仔细辨认一番,发现确实少了一样物品。

少了那块“地血”矿石!

望着敞开的铁皮柜，卢米安有种荒谬不真实的感觉：小偷进了屋，没拿最值钱的"拷打"拳套，也未翻动奥萝尔的巫术笔记，看里面有没有夹一些纸钞，仅仅是取走了一块完全不像宝石的矿物标本。

不谈陷阱的问题，如果那个窃贼是真正的"偷盗者"，是具备超凡能力之人，那他肯定不会放过材质独特、能力很强的拳套；若他只是普普通通的小偷，则不可能仅拿走"地血"矿石，甚至会把这看起来就不值钱的物品随手丢到地上。

一切的一切让卢米安怀疑入室偷盗者的目的只有一个——拿走那块"地血"矿石！对方明确地知道那矿物标本具备什么特殊，并试图利用！

"忒尔弥波洛斯，是谁偷走了'地血'矿石？"卢米安思前想后都找不出怀疑目标。除了前几天对付纪尧姆·贝内时将"地血"矿石取了出来，交给了芙兰卡，他其余时候都把这矿物标本放在安全屋内，从未随身携带，不至于被人盯上。

当然，那个小偷可能是借助占卜或者预言的手段，缩小了范围，一个个房间搜索过来，终于找到了目标物品。

忒尔弥波洛斯恢宏层叠的嗓音骤然响起："不知道。"

不知道……卢米安心中一惊。

这个答案本身没有意义，但从忒尔弥波洛斯口中说出，则能代表很多事情。

虽然忒尔弥波洛斯被封印在卢米安的体内，没法透出一点力量，但祂终究是天使，是宿命领域的天使，即使只依靠卢米安的眼睛和命运，也能发现不少中低序列非凡者察觉不了的问题和痕迹。

而现在，祂说祂不知道！这说明偷走"地血"矿石的人绝对不简单，有可能牵扯高层次的力量，来源于某个隐秘组织或邪神教派！

嘶……看来得写信把这件事情告诉"魔术师"女士，毕竟她曾经预见"地血"矿石会给我带来一些或许好或许坏的遭遇，结果，预见的遭遇还没到来，东西先丢了……

卢米安原本不想麻烦大阿卡那牌的。对他而言，"地血"矿石也不是什么太有价值的物品，应用的场景非常贫乏，丢了也就丢了，可问题一旦变得诡异，就不能轻视——在神秘学世界，疏忽大意往往会受到血的教训！

坦白地讲，卢米安现在既没有丢失财物的愤怒，也缺乏将矿物标本找回来的动力。"地血"矿石虽然可能会给他带来一定的际遇，但那太虚无缥缈，不够明确，也没有实体，难以让他重视和珍惜。而且，"魔术师"女士说过，那际遇有坏的可能性，卢米安觉得丢失了反而少一份风险。

他将安全屋又检查了一遍，确认所有陷阱都未被触动，只丢失了"地血"矿石，于是坐了下来，开始写信。

这一次，被召唤来的玩偶信使不再像上次那么冰冷，不再有压抑着强烈情绪的感觉。

也就是几分钟的时间，"魔术师"女士回了一封简短的信。

> 这件事情确实有问题，我也无法锁定偷走"地血"矿石的人是谁。如果你不害怕，可以去与众不同歌舞厅门口，随便找一个右眼戴单片眼镜的人询问，即使不是他们做的，他们也应该知道嫌疑人是谁。要是你觉得这太冒险，那就再等一等，过段时间会有人帮你去问。

与众不同歌舞厅……也是，"诈骗师"的上一个序列就是"偷盗者"……难道那些戴单片眼镜的人能控制整个特里尔涉及超凡力量的所有小偷？卢米安无声嘀咕起来。

奥萝尔的巫术笔记上提过，"偷盗者"是神之途径其中一条的序列9，这之后是"诈骗师"，再往后是"解密学者"。

思索了一阵，卢米安决定等一段时间，等人帮自己去问，反正他又不急着使用"地血"矿石。

他一想到与众不同歌舞厅，想到戴单片眼镜的群岛骗子莫尼特，想到和他造型一致的那些诈骗犯，就心里发毛、头皮发麻，能不接触就尽量不接触。

烧掉信纸之后，卢米安将目光投向了存放奥萝尔巫术笔记和"拷打"拳套等物品的铁皮柜。

这个安全屋已不再安全，必须给它们换一个地方了。

"'拷打'随身携带，其他能带就带，能卖就卖，不能的另外找一个安全屋存放……奥萝尔的巫术笔记和那些黄金，呃，找个大的银行，租个无记名的保险柜存放……这里租约满了就不再续租……"卢米安迅速有了想法。

其实，他既没法带在身上也不想卖掉的东西，除了奥萝尔的巫术笔记和积攒的黄金，只有那五张仪式皮毛。得给它们重新找个家……当然，于他本人而言，也必须另外准备安全屋了。

考虑好这些事情，卢米安给"海拉"写起信。他说自己从某个隐秘的渠道知道了撒玛利亚妇人泉的大致位置，而情报的提供者要求他进入地底，取一瓶真正的撒玛利亚妇人泉水。

写到这里，卢米安忽然有点疑惑：这件事情好像不是必须由他直接参与，他完全可以委托"海拉"，让她帮忙带一瓶泉水出来。

"'正义'女士不该想不到这点，可她言语里的意思就是我得自己去地下墓穴第四层……在她看来，仅靠'海拉'女士，找到撒玛利亚妇人泉并取走泉水的成功概率也不高，必须有我提供辅助？

"我有什么特殊的？除了身上封印着一个天使，就是序列不算高……难道'海拉'女士序列较高，靠近撒玛利亚妇人泉会相对危险，容易疯狂，我是负责监控她状态、及时将她唤醒的？

"我之前以为'海拉'女士至少序列4，否则她不会说自己能在降临仪式前解决科尔杜村的问题，现在看来，她应该还没有成为半神。要不然，她应该没法进入地下墓穴第四层，更别说靠近撒玛利亚妇人泉……她身上有1级封印物或者相当于圣者的神奇物品？"

卢米安把整件事情梳理了一遍，大概有了一些猜测和判断。

他继续写起书信，用情报提供者的要求为借口，明确提出自己希望亲自进入那座古代墓室。

经过召唤仪式，那颗纯银打造般、散发着柔和光芒的骷髅脑袋取走了信件。

没多久，这位信使送来了"海拉"的回信。

> 没有问题，明天下午四点，我们在那座死亡帝国的大门前见。

呼……卢米安吐了口气，身体隐隐有些战栗。

这既是兴奋，也是恐惧。他向来有冒险和尝试精神，而地下墓穴内诡异消失的那对情侣让他印象深刻。

第二天上午，泉水街11号。

卢米安尽职尽责地来到加德纳·马丁的别墅，向他汇报和普伊弗伯爵等"黑猫"组织成员见面的细节。

精神比往常亢奋的加德纳·马丁坐在书桌后面，心情相当愉快地说道："虽然你自己说没有艺术细胞，但你的出身来历决定了你可以和他们聊到一起，这也就是我派你去而不是找阿不思的原因。我原本还担心你表现不出足够的慷慨，但你做得很好，第一次就赞助了他们四千费尔金。"

这位铁血十字会的"长官"言下之意就是，卢米安你作为畅销作家奥萝尔·李的弟弟，再没有艺术细胞，平时耳朵听到的、眼睛看到的缺少文学和艺术圈子内的绯闻流言、恩怨情仇也绝不会少。

"我不理解的是那个国王饼游戏为什么让我感觉危险，昨晚还做了几次噩梦。"卢米安直奔主题。

加德纳·马丁若有所思地点了点头："这是因为普伊弗比较特殊。他和他那位先祖佛蒙达很像，血缘关系紧密，举行仪式的时候能省略很多关键步骤。"

"他那位先祖变成恶灵了吗，几百年过去，竟然还能接受献祭？"卢米安没提K先生讲的内容，用正常人的逻辑来推测和询问。

加德纳·马丁正色说道："这就是你接近普伊弗要调查的事情。放心，那个国王饼游戏，你只要不是隔两三天就参与一次，除了做噩梦之外不会有任何后遗症。嗯，保持那种危险直觉，不要成为'国王'。你比任何普伊弗之外的人都更容易成为'国王'，要是你没有信心做出正确的选择，就让普伊弗先选。"

铁血十字会想找出神秘失踪几百年的佛蒙达·索伦的下落？呵呵，为什么不事前就告诉我国王饼游戏的危险，提醒我最后一个再选？卢米安怀疑加德纳·马丁之前不讲，是想利用自己确认某个关键点。

…………

下午时分，距离特里尔歌剧院不算太远的地底，一个需要穿过隐蔽缝隙才能抵达的采石场空洞内。

戴着半脸面具的芙兰卡和简娜又一次见到了那个套着黑袍的"巫师"。他是给出调查深谷修道院看门人失踪之事任务的委托人。

芙兰卡环顾一圈，然后望向那个巫师打扮的男子，故意沙哑着嗓音道："我们调查深谷修道院看门人失踪案件有了一定的收获，想和你私下交流。"

那男子沉默了十几秒，点了点头道："好。"

戴着铁色面具的骷髅主持者立刻领着这名男子和芙兰卡、简娜进入了采石场空洞边缘刻意隔出来的一个交谈室内。

…………

距离约定的时间还有一个小时，卢米安就提着电石灯进入了市场区对应的地下特里尔。

电石灯往前射出染着些许蓝色的黄色光芒，照亮了被一根根石柱隔开的隧道。卢米安慢悠悠地走着，身上斜挎着一个最近两三年开始流行于大学生群体的黑色帆布包，那里面装的是"拷打"拳套和一堆白色蜡烛。

经过他多次实验，这么放在包里背于身上，比揣在衣兜或裤袋内的负面影响要小一些，虽然没有本质差别，但有区别总比没有强。

循着加德纳·马丁那张地图标注的路线，快进入地底天文台区时，卢米安忽然侧过耳朵，倾听起侧方岔路的动静。

大量的、杂乱的脚步声微不可闻地传了过来。

卢米安分别望了前方和右侧的道路一眼，不确定那群身份不明的人会选择哪条，干脆就近攀爬到撑起隧道顶部的一根石柱上方，熄灭电石灯，缩于黑暗中。

没多久，一群男子靠近了这里。他们之中大部分要么穿着破旧夹克，要么赤裸着上身，皆弯着腰背，负着沉重的板条箱；十几个衣着整齐、脸有恶色的壮汉手持不同的枪械，提着一盏盏电石灯，均匀分布于队伍的前中后段。

走私犯啊……卢米安稍微探出脑袋，借助对方的灯光观察起那一个个板条箱，里面似乎有金属光泽透出。

军火，还是别的什么？他无声咕哝着，目送这支走私商队进入右侧隧道。

前行的途中，或许是某道影子晃动得太像真人，一个走私者直接抬枪，瞄准那里，扣动了扳机。乒的声音回荡间，警报解除，队伍继续前行。

卢米安看得啧啧摇头，觉得这些家伙精神太过紧绷，反应有点过激。在地下特里尔，这样很容易出问题的！

要知道，除了游荡的大学生和找地方种蘑菇补贴生活的市民，地底出没的人类大部分都不简单，出现非凡者的概率远高于地面。如果一遇见路人就开枪，说不定什么时候就惹到了隐秘组织成员、邪神恩赐者、反政府武装或实力不错的洞穴冒险家。

想到这里，卢米安拔出左轮，向着快消失在右侧隧道尽头的那支走私商队扣动了扳机。他没瞄准谁，单纯只是针对空气。

乒！

那些持枪的走私犯或飞快转身，或滚向一侧，同时向刚才的路口发射起子弹，可这和快接触到岩壁顶部的卢米安没有任何关系。

走私犯们和空气较量了一阵后，又警惕又疑惑又慌乱地转移起位置。

卢米安望着他们的背影，露出了笑容：不用谢，这是一次免费的教育！他随即跳至地面，重新点燃了电石灯。

嗅了嗅还残留着火药味的空气，卢米安微笑着插好左轮，沿既定的路线继续往前。也就两三分钟后，他遇上了几名穿着深色制服的采石场警察，他们拿的是半自动手枪。

望了眼面容年轻、斜背挎包、衬衫配马甲的卢米安，为首那名警官低声咒骂了一句："婊子养的，怎么又是大学生！"

骂完，他吐了口气，高声问道："你刚才有听到什么动静吗？"

"那边好像有枪战，乒乒乒的，我想过去看看又不敢。"卢米安一点也没替那支走私商队隐瞒。

几名采石场警察对视了一眼，快步越过卢米安，奔向那个路口。

…………

交谈室内，看到戴铁色面具的骸骨主持者走了出去，巫师打扮的男子望向芙兰卡和简娜道："你们有什么发现？我说过，必须找到看门人或者他的尸体才能领取报酬。"

简娜平静地说："我们还没想过领报酬，只是觉得事情比你描述的更加复杂。之前某个夜晚，我们潜入了深谷采石场……"

听到"深谷采石场"这个名词后，脸庞被兜帽阴影遮住的男子脑袋微有抬起。

这个细微的肢体语言没有逃过芙兰卡认真观察的目光。

她可是专门请教过安东尼·瑞德的，知道正常人类在这种情况下大概会有哪些下意识的反应：对方刚才的举动表明他对"深谷采石场"这个词语很敏感！而只有知道那里存在问题的人，才会出现类似的反应。

简娜继续说起自己和芙兰卡的发现，包括那个装着机械义眼的僧侣和镶嵌着一条条手臂、一根根大腿的秘洞。

巫师打扮的男子再没有多余的肢体动作，但对芙兰卡而言，这更证明对方了解深谷采石场的异常。

听完简娜的讲述，这男子故意用尖厉的嗓音道："我不确定那和看门人的失踪有没有关系，但如果你们能进入那个秘密洞穴，拍几张照片，或者带出重要的、有价值的物品，我愿意支付一半的报酬给你们，说不定你们还能在里面发现有关看门人下落的线索。"

你看我们像傻的吗？才一万费尔金就想让我们冒险？芙兰卡无声咕哝道。

若非这是她朋友召集的神秘学聚会，她都打算想办法跟踪这个委托者，弄清楚他的真实身份，从他那里榨取出更详细的信息，让简娜卖给净化者。

…………

"站住！

"前方是死亡帝国！"

卢米安又一次来到了那座雕刻着各种白骨和太阳花、蒸汽符号的天然拱门前。

他还没来得及拿出从微风舞厅借的怀表以确认时间，就看见套着寡妇式神秘黑袍、淡金头发干枯分叉的"海拉"从另外一侧走了过来。

这位女士轻轻颔首道："既然你已经到了，那我们就提前进去吧。"

"好。"卢米安打开挎包，拿出了两根白色蜡烛。

他一边点燃它们，分出一根给"海拉"，一边笑着说道："你不担心我拿到的撒玛利亚妇人泉情报有错吗？"

"成功是由一次次失败堆积而成的。""海拉"嗓音冰冷地回答道。

卢米安顿时笑了一声："我以为你会说失败是成功的妈妈。"

"这里不是研究会。""海拉"简单回应道。

卢米安没再闲聊，熄灭电石灯，举着已燃起橘黄火焰的白色蜡烛，走向那座巨石拱门。

如他所料，一道人影从门后的黑暗里转了出来。那人影穿着蓝色马甲和黄色长裤，头发花白，皱纹不多，淡黄色的眼眸已有一定的浑浊，是一名年纪颇大的老者。

老者望了卢米安手中的白色蜡烛一眼，皱眉问道："你没找向导吗？"

你……不是你们？卢米安用余光瞄了瞄"海拉"，发现她周围的烛光不知什么时候已变得暗淡，就像遭遇了地底黑暗的侵蚀，或是笼罩上了浓郁的迷雾。处在这种状态的她，似乎消失在了负责守门的墓穴管理员眼中。

卢米安冲着那名老者露出了笑容："我不需要向导，我已经到墓穴游玩过很多次了，只不过更习惯走纪念堂区那边的入口。放心，我记得所有禁忌，不会故意违背的。"

那老者没好气地说道："你们这些大学生啊！记住，在你的蜡烛燃烧完之前出来！"他一边说，一边让开道路，转回了门后的黑暗。

卢米安穿过巨石门洞进入那死亡帝国时，仗着这次有"海拉"做同伴，侧过脑袋，望向那个年迈的墓穴管理员，好奇地问："你为什么可以不举着点燃的白色蜡烛？"

那名墓穴管理员略显浑浊的淡黄色眼眸忽然变得幽暗，整个人都透出一股冰冷的意味。他嗓音低沉地回答道："我只是在门口，没有深入。"

是吗？已进入地下墓穴的卢米安理智地放弃了追问，专心感受起心底升起的寒冷和周围黑暗里投过来的一道道目光。他觉得那墓穴管理员现在的状态和"海拉"的气质有点像。

在石壁坑洞内摆放的尸体和道路两侧堆放的骸骨的注视下，卢米安行走于弥漫着些许腐烂味道的空气里，和"海拉"一起穿过了小礼拜堂墓室、纪念柱墓室等地方。

"我们去第几层？"经过一群游览者后，"海拉"嗓音清冷地问道。

"第四层。"卢米安举高手里的白色蜡烛，指了指前方墓室旁的路牌，没有一点隐瞒。

"海拉"再次颔首，加快脚步，走到了卢米安的前方。

她对地下墓穴第一层似乎非常了解，七拐八绕就找到了通往第二层的阶梯。

和上面一层相比，这里的游客非常少，只偶尔能遇上几名举着蜡烛在尸骸"围观"下唱歌跳舞锻炼胆量的大学生。

"海拉"前行的速度一点也没有放缓，没多久，卢米安看到了一扇残破的石门。借助蜡烛偏黄的光芒，他读出了石门上的因蒂斯语："旧藏骨堂入口。"

"从这里往下就是第三层，门口是太阳和蒸汽的祭坛，一直走到克丽丝芒娜夜柱，就能进入第四层。""海拉"冰冷地说着。

"你有地下墓穴的完整地图？"卢米安忍不住问道。

市面上流通的往往只有第一层。

"海拉"摇了摇头："越往下了解得越少，从第三层开始，必须看路牌和洞顶的指引黑线。"

卢米安没再多说什么，和"海拉"一起穿过旧藏骨堂入口，沿着很有历史感的宽大石制台阶一步步往下。

两人刚抵达墓穴第三层，就看到了一团烛光，看到了两根斑驳巨石堆成的祭祀之柱。

那团烛火属于一个黑发棕眸、脸色苍白的年轻男子。他发现卢米安和"海拉"后，就像抓住了救命的稻草，忙不迭地奔了过来，边跑边喊道："我，我几个朋友消失了！就那样消失了！"

朋友消失了？手举白色蜡烛的卢米安望着狂奔过来的年轻男子，眉毛轻轻动了一下。

在地下墓穴，消失很正常，不正常的是这家伙怎么还记得有那么几个朋友，记得他们诡异消失了？他又不是墓穴管理员，身上也没封印着天使！

事情一旦出现反常的迹象，那必定存在问题！

"停下！"卢米安用空着的右手拔出左轮，瞄准了那名黑发棕眸、脸色苍白的年轻人。

烛光晃荡中，那年轻人疯狂摇头道："救命！救救我！他们都消失了！"他只是稍微放缓了速度，并没有停住脚步。

乓！卢米安直接扣动了左轮的扳机，让黄澄澄的子弹擦着那名年轻人的身体飞到远方，消失在烛光无法照亮的黑暗中。

那年轻人感受到了卢米安开枪阻止的意志，终于停了下来，露出乞求的表情："救救我！救救我！"

卢米安见身旁的"海拉"一直保持着安静，没有交流的意图，只好自己开口询问："究竟发生了什么事情？"

说话的过程中，他借助三人手中偏黄的烛火，将地下墓穴第三层入口处的环境纳入了眼底。

和之前两层堆满白森森骸骨的墓室四周、道路两侧不同，这里有一个没有任何尸骸的小型广场。广场由斑驳的灰石铺成，缝隙里没有一点苔藓和泥土，干净到让人感觉不可思议。它的中间位置一左一右竖立着两根巨石堆出来的灰白柱子，表面风化严重，留下了一块又一块剥落的痕迹。

可就算这样，视力出众的卢米安还是能辨别出两根巨柱上分别铭刻着太阳圣徽和三角圣徽，簇拥着它们的则是太阳花、曲轴、连杆等符号。

广场四周那些烛光无法照亮的地方，弥漫着浓郁的黑暗，仿佛有无数身影屹立在那里，投来了让卢米安皮肤突显出密集小疙瘩的目光。

黑发棕眸、脸色苍白的年轻人一脸惶恐地回答道："我不知道，我们正准备走出这个祭祀永恒烈阳和蒸汽与机械之神的广场，探索第三层的古代墓室，他们就忽然绊到了什么，一个接一个摔倒，连手中的蜡烛都掉在了地上，一下就熄灭了。我，我走在最后面，看到他们就那样，就那样消失了！"

"消失了？"卢米安故意这么反问了一句。

对他而言，最关键的问题不是怎么消失，而是目击者为什么还记得消失这件事情。

"对，消失！"那年轻人重重点头，"他们就好像以极快的速度在我面前蒸发了一样，我，我非常害怕，不敢去找他们，也不敢返回地面，只能在这个祭祀广场等。赞美太阳，在我的蜡烛快烧完前，终于有人来了！"

看得出来，你这次要是没被诡异侵蚀，能顺利逃出去，对永恒烈阳的信仰肯定会虔诚不少……卢米安一时分辨不出对方有没有异常，只好又随意提了一个问题："你们是大学生？"

那年轻人又一次点头："是的，我们是特里尔高等师范学院的学生，组队来这里冒险，我，我叫热拉尔。"

卢米安忍不住笑了一声，甚至想邀请这个家伙加入自己和"海拉"寻觅撒玛利亚妇人泉的行动。反正这种学生大概率活不到毕业，不如留下来充当鱼饵，发挥余热。

他思索着怎么确定热拉尔有没有问题时，"海拉"突然开口，嗓音冰冷地说道："我们送你上去。"

这么好心？卢米安略感愕然地侧头望了"海拉"一眼。在他的印象里，这位女士可能连血都是冷的。

热拉尔感激到眼泪和鼻涕都流了下来，一边不断说"谢谢"，一边靠近两人。

卢米安观察着他的一举一动，并从帆布挎包里拿出一根白色蜡烛，丢了过去。热拉尔手忙脚乱地接住，用只剩下短短一截的旧蜡烛点燃了新的蜡烛。

看到又一团昏黄的烛光冒出后，这个大学生稍微松了口气，跟着"海拉"和卢米安踏入了通往第二层的石制阶梯。

刚上行没十步，热拉尔忽然怔住。卢米安望了过去，发现他脸上残留的惊恐情绪全部消失了。

"你自己返回地面没有问题吧？""海拉"又一次开口，却说出了与刚才截然不同的话语。

热拉尔笑了起来："没有问题，感谢你们的蜡烛。哎，弄丢了备用的蜡烛就是麻烦。"

呃……卢米安心中一动，试探着问道："你是自己一个人到地下墓穴第三层冒险的？"

热拉尔自豪地点头："当然，我有足够的胆量和经验。"

终于忘了那几个同学啊……之前没忘是因为在祭祀广场？"海拉"女士就是看出了这一点才提议送他？卢米安有所明悟地点了点头。

目送热拉尔沿台阶一层层往上，通过旧藏骨堂入口离开这里后，卢米安和"海拉"返回了祭祀广场。

这一次，卢米安再望向那两根分别属于永恒烈阳和蒸汽与机械之神的祭祀之柱时，对它们的感觉已完全不一样——那或许代表着神灵的庇护！

可就算象征着神灵的注视和庇佑，那两根石柱在地下墓穴的深处度过了漫长岁月后，还是不可避免地出现了风化和腐蚀痕迹。

卢米安本着"多点庇护多些把握，试一试又不会损失什么"的心态，面朝铭刻着太阳圣徽的那根祭祀之柱，微仰身体，张开了双臂："赞美太阳！"

"海拉"静静地看着，没有打断他的祈祷。

等卢米安结束了简短的赞美，两人借助头顶的黑线和广场边缘的路牌，向位于北面的克丽丝芒娜夜柱行去。

举着白色蜡烛的卢米安刚脱离祭祀广场没几步，心中霍然一动，将目光投向了脚前。

一具堆在道路旁边、长出了暗绿霉菌的骸骨不知什么时候倒了下来，手骨横在路上，仿佛要抓住行人的脚踝。卢米安刚才要是走得快点，对环境的观察粗心一点，很可能被这具尸骸绊到！

这让他瞬间记起了热拉尔的讲述：这个大学生的几个同伴就是绊到了什么，摔倒在地，弄灭了烛火，才被地下墓穴"吞掉"，连存在的痕迹都彻底消失！

他们绊到了这些倒下来的骸骨？卢米安若有所思地一脚将那根手骨踢开。

啪的声音里，他和"海拉"继续往前，可没几步，他们又遇到了一具半个身体都倒在路上的白森森的骸骨。

卢米安皱起眉头，下意识回望刚才自己差点绊到的地方。

昏黄的烛光扩散至那边已非常微弱，可卢米安还是借助"猎人"的视力勉强看清楚了种种细节。

他的瞳孔霍然放大，发现被自己踢开的那根惨白手骨又回到了原本的位置，继续充当着路人的"绊脚石"！

"它们还活着？不死生物？"卢米安精神绷紧地环顾一圈，然后开口问道。

"不是，但有可能是。""海拉"简洁地回应道。

见卢米安一脸茫然，她进一步解释道："它们现在应该是受到墓穴深处的环境影响，具备了一定的异常，等环境中潜藏的危险和恐怖爆发出来，它们肯定会全部变成不死生物。"

全部变成不死生物……卢米安想象了一下那样的画面，本能地打了个寒战。

这一层的骸骨，不管完整还是不完整，至少上百万具，说不定还会多一个数量级，它们要是都成了憎恨活人的不死生物，事情将恐怖到极点！

见"海拉"没有返回的意思，卢米安也跟了上去。

两人靠着路牌的指引和头顶的黑线，穿过那一具具试图"阻拦"的骸骨，缓慢地向目的地而去。不知过了多久，再未遇到任何一个活人的他们终于抵达了克丽丝芒娜夜柱。

这是一根由黑色大理石制成的巨柱，上端触碰到了洞顶，表面未铭刻任何花纹和符号，也没有风化和腐蚀的痕迹。

卢米安看得一阵愕然。

要知道，在祭祀广场上，分别象征永恒烈阳和蒸汽与机械之神的两根石柱也被风化和腐蚀了！这石柱比祭祀之柱更为特殊？

"海拉"仿佛猜到了卢米安的疑惑，清冷地说："克丽丝芒娜是魔女教派的一员，那也可以称为魔女家族。祂本人是序列2的'灾难魔女'，陨落在上一纪的四皇之战里，陨落在第四纪那个特里尔，但特性都被魔女家族回收了。

"除了克丽丝芒娜夜柱，第三层或者第四层还有玛丽安夜柱和利厄斯夜柱。"

"这两位又是？"卢米安觉得应该也是天使，否则没法和克丽丝芒娜对等。

"玛丽安是当时黑夜教会的教宗；利厄斯是古代死神的眷者，一位'死亡执政官'。祂们的特性也被各自的势力回收了，至于有没有别的天使陨落在这里，我不太清楚，但追随'血皇帝'的那些天使肯定陨落了不少。""海拉"简单说了几句后，指了指克丽丝芒娜夜柱后方的石制阶梯，"我们去第四层吧。"

卢米安"嗯"了一声，提议在下行到第四层前，先换掉快要烧完的白色蜡烛。

…………

参加完神秘学聚会，芙兰卡和简娜沿来时的道路往歌剧院拱廊街对应的地底区域走去。

拐过一处岔路后，芙兰卡微微侧身，凑至简娜耳畔道："有人在跟踪我们。"

有人在跟踪我们？简娜心中一惊："怎么会？"

她愕然之余，还有着强烈的疑惑。她记得刚才那场神秘学聚会结束时，参与者是间隔离开的，而且可供选择的路线有不少，自己和芙兰卡还一直注意着，并未留下什么痕迹，怎么就被人跟踪上了？

见简娜控制住了回头打量的冲动，芙兰卡一边若无其事地前行，一边闲聊般低声说道："谁知道呢？也许是有参与者刚好选择了这条路线，发现前面有人，想跟踪看看有没有机会发一笔意外之财；也许是某位具备特殊的能力，用某种我们没想到的方式跟了上来。"

"向前走，假装什么事情都没有发生，等回到拱廊地下街，我们就安全了。如果跟踪者在此之前发动了袭击，你第一时间扔掉手里的电石灯，躲入周围的阴影，之后再视情况决定怎么参与战斗。"

简娜轻轻点头，表示自己会照做。她提着电石灯的左手不自觉地握紧了少许。

两人沿着黑暗潮湿的隧道走了一两百米后，芙兰卡放慢脚步，转过脑袋，望向身后，疑惑自语道："那个跟踪者不见了……也可能是利用某种方式绕过了我留下的蛛丝……"

芙兰卡话音刚落，前方黑暗里，电石灯光芒照射的边缘，一道人影走了出来。

简娜反应极快，立刻抛下左手提着的电石灯，藏入了侧方阴影。

芙兰卡仗着有镜子替身，没急着躲避，将目光投向了那个绕到前方的跟踪者。那是一名做巫师打扮、用兜帽阴影遮住脸孔的男子。

那个委托者！

他望着芙兰卡，嗓音刻意尖厉地说道："我想和你们做一笔交易。"

❖ 第三章 ❖

★ C H A P T E R 0 3 ★

泉眼

克丽丝芒娜夜柱后方，卢米安举着新的白色蜡烛，就着昏黄的火光，跟在"海拉"身后，沿着那仿佛通往真正的地狱的斑驳石阶，一层层走向黑暗深处。

两侧岩壁缓缓退后，显露出宛若真实的人头浮雕，深灰色的它们密密麻麻聚在一起，就和上层墓室内无数骸骨紧挨着堆放一样。

刚走完所有石阶，踏足死寂到极点的地下墓穴第四层，卢米安突然一阵暴躁，就像被关在监牢里面，失去人身自由已经很久，想用尽一切办法逃脱出去。

这样的感受他之前有过，那是来自"盔甲幽影"契约的负面影响，但从没有哪次像现在这么强烈！这就像他的灵被身体关押着并终于认清楚了事实一样。他的灵想要打爆这个囚笼，打爆这个世界，打爆所有的一切，获得真正的自由！

呼……卢米安缓慢吐了口气，让精神状态平复了不少。

即使没有"托钵僧侣"的恩赐，他自问也承受得住这样的异常情绪，而有了"托钵僧侣"的力量，他控制得更为轻松了。

"按照'正义'女士的说法，序列越高，积累的疯狂越多，越容易被地下墓穴第四层暗藏的污染影响到……我现在就是这种情况，只是因为序列不高，受到的影响很弱，所以能够忍受和控制？"卢米安对当前状况迅速有了猜测，本能地抬起脑袋，将目光投向了斜前方的"海拉"。

只见对方脖子颇为修长，大半隐于类似寡妇装的黑袍的衣领内，非常适合从中间捏断……卢米安刚闪过这么一个想法，就连忙摇了摇头，将来自"脓肿断手"契约的负面影响甩到了脑后。

与此同时，他看见"海拉"的脸色又苍白了一些，愈发像是死去多日的尸体，而不是一个活生生的人类。

下一秒，"海拉"拿出一个军用酒壶，拧开盖子，咕噜喝了起来。

卢米安抽了抽鼻子，闻到了浓郁的酒香。他无声地犯起了嘀咕：应该是烈酒……按照"海拉"女士的喝法，会不会像弗萨克那些酒鬼一样，要随身带很多个酒壶？

一口气喝掉三分之一瓶蒸馏烈酒后，"海拉"的脸色红润了一点，开口问道："该往哪边走？"

"最西面的某座古代墓室内。"卢米安没再隐瞒，坦诚地说道，"目前只知道大致的范围，还不确定是哪座。"

"海拉"轻轻颔首，将目光投向了墓穴顶部。那里画着一条粗大的黑线，旁支的箭头向四面八方延伸，指向不同的位置。

结合入口附近的路牌，卢米安大致知道了往西面去该选哪条路线。但他还是拿出了提前准备好的指南针，打算做个确认。

那便携式的仪器刚一置于昏黄的白烛火光下，指针就连续跳动，时而左，时而右，完全没有规律，也停不下来。

"它疯了。"卢米安用讲笑话的方式中和起被控制住的暴躁情绪。

"只能结合路牌和黑线来寻找。""海拉"像是早有预料。

卢米安叹了口气，看着还在跳动的指南针，自嘲般笑道："它一直不停，是不是可以用来做永动机？"

"海拉"看了他一眼："你不是永恒烈阳的信徒吗？"

卢米安诚恳地回答道："暂时是。"

"海拉"没再继续这个话题，根据旁边的路牌和头顶的黑线，往右前方迈开了步伐。

"玛丽安夜柱和利厄斯夜柱都在这一层啊，还有弗朗索瓦墓、血色修会厅、疯狂蘑菇洞……呃，这个名字的风格和其他完全不一样啊。"卢米安絮絮叨叨地将目光从路牌上收回。

第四层墓穴和上面三层最明显的不同是，道路两侧不再堆放死者的骸骨，显得宽敞和干净了不少，但也更加衬托出了死亡般的安静。而那些古代墓室都封闭着入口，让人没法一眼看出里面究竟藏着什么。

"海拉"没有回头地说道："你的精神出现一定异常的表现是话语变多，更加唠叨？"

"那倒不是，只是说话有利于舒缓我的暴躁。"卢米安没有隐瞒。

两人走走停停，结合路牌和黑线，不断地调整着方向。

经过那座外层泥土都透着几分血色、以"修会厅"为名的半天然墓洞时，卢米安不间歇地打量着四周环境的目光忽然扫到了一个人。

那是一名女性，套着简单朴素的白袍，黑发柔顺地披下，五官异常精致，搭配无比完美，气质圣洁得仿佛不属于这么一个死寂污秽的墓穴。

卢米安虽然经常看见"欢愉魔女",但还是产生了强烈的惊艳感,甚至涌现出了想蹂躏对方的罪恶冲动。这不仅仅是"拷打"拳套的负面影响,还来自他内心深处的阴暗念头。

让卢米安恢复清醒的是对方晶莹的蓝色眼眸十分冰冷,没有一丝生气,而双手空无一物,未举着点燃的白色蜡烛!在地下墓穴内,活人如果没有白色蜡烛的火光保护,都会消失不见!

卢米安身体紧绷之间,那女性转入了周围的黑暗,被血色修会厅的外墙挡住,不知踪迹。

"你在看什么?""海拉"冰冷的声音响了起来。

"你没看到吗?"卢米安把自己目睹的画面详细描述了一遍。

"海拉"沉默了几秒道:"我确实没有看见,虽然你一停止前行,我就将目光投向了那里。"

"只有我能看到?或者,只让我看到?"卢米安不确定是忒尔弥波洛斯带来的影响,还是自身序列或者性别的原因。

"海拉"想了下道:"不用理会这种事情,地下墓穴深处有特殊的怨魂、恶灵徘徊很正常。但这座地下墓穴本身就相当于一个非常强的封印,只要你不违反规则、触动异常,是不会遭遇危险的。"

卢米安点了点头:"我刚才就在疑惑,普通游览者和冒险的大学生肯定没法穿过第三层墓穴来到这里,为什么还要弄指引黑线和准确路牌?这是给谁看的?"

"定期来这里清理的官方非凡者和每天负责巡视的墓穴管理员们。""海拉"一边回答,一边重新迈步。

她随即简单地提醒了一句:"根据你的描述,你刚才看见的女性身影很像高位'魔女'。"

卢米安心中一惊:"不会是'灾难魔女'克丽丝芒娜残留的怨灵吧?"

"我不确定。""海拉"拿出军用酒壶,咕噜又喝了一口。

卢米安随意望了一下,眼皮忽然跳了跳——他看见"海拉"右手手背上多了一个紫红色的斑块,那原本是没有的。

那就像是死者的尸斑!

这就是墓穴第四层的污染带来的影响?"海拉"女士在靠烈酒对抗?卢米安继续着自己的没话找话。在一种唠叨的状态里,他和"海拉"一起穿过多座未标识的古代墓室,抵达了这一层最西面的区域。

这里的岩壁边缘分布着上百座古代墓室,卢米安一眼都看不到尽头。他正想询问"海拉"有没有办法加快搜寻目标的进度,突然听见附近一座古代墓室内传出咚咚咚的敲击声。

在这样的动静里，在"海拉"和卢米安戒备的注视中，那墓室破损的石壁上出现了更多的垮塌，形成了一个可供人类出入的黑色洞口。接着，一道身影弯着腰背从那里走了出来。

精神高度紧绷的卢米安很想一发巨大火球炸过去，但还是强行忍住了冲动，打算先观察一下。

从古代墓室里爬出来的那名男子拿着点燃的白色蜡烛，拍了拍衣物上沾染的灰尘，慢慢直起了身体。

他套着马戏团内占卜家式的黑袍，皮肤棕黑，身材瘦削，黑发微卷，眸色偏深，右眼戴着一块水晶制成般的单片眼镜，俨然便是群岛骗子莫尼特。

莫尼特对着卢米安和"海拉"露出了笑容："真巧啊！"

靠！卢米安一看到莫尼特，心里就忍不住骂出了声音。这既是愤怒，也是恐惧，几乎成了应激反应。

怎么又是他？他怎么又在关键时刻出现于地底，出现于我的面前？他究竟想做什么？怎么就跟金鸡旅馆的臭虫、垃圾堆里的蟑螂、地下特里尔的老鼠一样，随处可见，无法避开？

"你是？"这时，"海拉"冰冷地问道。

她平静如同死人的态度让卢米安的情绪迅速缓和了下来，脑海念头急转，分析起群岛骗子莫尼特和他背后那个与众不同歌舞厅的目的。

莫尼特抬手捏了捏右眼眼窝内的单片眼镜，笑着回答道："和你们一样，墓穴冒险家。"

墓穴冒险家……把盗墓贼说得这么光明正大……

"正义"女士说过，序列越高，进入地下墓穴越危险……所以，在这里，莫尼特信仰的那位天使没法给他提供任何帮助，与众不同歌舞厅内具备神性的圣者同样不敢前来……也就是说，我和"海拉"女士联手，很有可能把莫尼特永远留在这里，让他没法再像蟑螂一样到处出没！

卢米安望着莫尼特，微微眯起了眼睛。他心中的恐惧退去了不少，趁这个机会干掉面前这骗子的危险想法急速增多。

卢米安笑了起来，看着莫尼特问道："墓穴冒险家？你对这里很了解吗？"

莫尼特噙着笑意道："当然。"

他抬起右手，指了指烛光边缘的一座古代墓室："那是第四纪索罗亚斯德家族某个成员的。"

紧接着，莫尼特又连指了好几座位于附近的墓室："那是雅各家族某个成员的，那是亚伯拉罕家族某个成员的，那是血色军团一个成员的……可惜啊，都没有遗留非凡特性。"

见这个群岛骗子真的回答了自己的问题，卢米安一时有点惊讶，愈发疑惑于对方的目的。他试探着指了指莫尼特身后那座古代墓室，也就是对方爬出来的地方："那是谁的墓室？"

莫尼特往前走了几步，看到卢米安的眼神一下变得危险后，才停了下来，笑着说道："是第四纪阿蒙家族某个成员的。"

这骗子知道很多个第四纪的大家族啊，对第四层墓穴的情况也非常了解，比路牌上写的详细多了……卢米安惊疑不定中，"海拉"又一次开口："那你知道撒玛利亚妇人泉在哪里吗？"

莫尼特摩挲了下单片眼镜的外沿，勾起嘴角道："我为什么要告诉你们？你们能给出什么样的报酬？"

"我们为什么要相信你掌握着撒玛利亚妇人泉的具体位置？"卢米安条件反射地问道。

他怀疑莫尼特又要开始习惯性诈骗了。

莫尼特轻笑了一声："我确实不知道，撒玛利亚妇人泉这个名字取得也不怎么样，像是来自我以前读过的一本古代典籍。

"不过，来这一层的次数多了以后，我发现了一些奇怪的现象：一些偶然活化的骸骨会自动聚集到这个区域，走入某座墓室，不再出来。"

那些因环境而产生的不死生物会被这层墓穴的异常影响，主动靠近？或者，那就是撒玛利亚妇人泉？西面，某座古代墓室，条件吻合……卢米安心中一动之余，更加地戒备。

群岛骗子莫尼特没收取任何报酬，就主动透露了这么重要的情报？这完全不符合他的性格！事情一旦出现反常，就必然存在问题！

卢米安怀疑对方要么是在用这个情报骗自己和"海拉"去不死生物聚集的那个古代墓室，主动靠近异常的源头，好弄死他们两个；要么是想利用自己二人帮他探一探路。

这两种情况都有一定的可能性，前者虽然对莫尼特没有任何好处，但有的人就是这样，哪怕只是看到别人吃亏受损，也会非常高兴。

"我知道的就这么多。"莫尼特又捏了下右眼眼窝内的单片眼镜，笑着说道，"我去翻别的墓室了。如果你们能找到所谓撒玛利亚妇人泉，记得在这个阿蒙家族成员的墓室内给我留张纸条，告诉我那究竟有什么奇异之处。"

他一边说一边走向了卢米安。

在卢米安高度紧绷、随时发动攻击的状态里，这群岛骗子越过了卢米安，拿着点燃的白色蜡烛，走向远处的墓室。很快，他的身影消失在了岔路口，黑暗重新笼罩了那里。

真的走了？卢米安一边警惕着意外，一边关注着忒尔弥波洛斯的反应。

这位宿命的天使一直保持着沉默，没有因为莫尼特的又一次出现给予提醒。

"海拉"则退了几步，来到旁边一座古代墓室旁，打开了摇摇欲坠的石门。

面对散落于墓室入口的那一根根惨白的骨头，"海拉"向上托起了右掌，那些白骨就像被无形的丝线扯住一般迅速聚拢在一起，于吱嘎声里变成了摇摇晃晃的人形骷髅。

"海拉"没对自己唤起的不死生物下达任何命令，而是冰冷地看着它缓慢地离开墓室，向着黑暗的深处行去，仿佛那里有什么东西在召唤着它。

"海拉"女士是"收尸人"途径的，或者有相应的神奇物品？卢米安大概明白了"海拉"的想法，她打算利用不死生物会自动靠近有问题的那座古代墓室的特质，让它引路。而在这片区域，最可能存在异常的就是撒玛利亚妇人泉！

两人举着燃烧的白色蜡烛，跟在那具人形骷髅身后，于最西面的这些墓室间穿行。突然，又一道人影举着烛火从拐角处的黑暗里冒了出来。他右眼眼窝内夹着水晶制成的单片眼镜，脸上是意味不明的笑容。

又是那个群岛骗子莫尼特！

在卢米安又被吓了一跳的同时，莫尼特笑着问道："那个撒玛利亚妇人泉很有意思吗？我能和你们一起去吗？"

你刚才怎么不问？卢米安心底涌现出了强烈的杀意。

他表面不动声色地说道："我们都还没找到，怎么知道有没有意思？你为什么不藏在暗处，等我们完成了探索，确认好有没有危险、有没有陷阱，再尝试进入？那样风险会低很多，而我们即使成功，也没法取走撒玛利亚妇人泉全部的泉水。"

莫尼特用右手食指的指背抵了抵单片眼镜，相当赞同地点了点头："你说得很有道理。"

这骗子笑了笑，退回了拐角处的黑暗。烛火飞快远去，直至消失。

这么简单就被劝走了？卢米安脑海里的念头都碰撞得激发了火花，还是想不出群岛骗子莫尼特究竟想做什么，目的是什么？

他侧头望了"海拉"一眼，发现对方又一次喝起烈酒，但脸庞连一丝红润都没有，反而透出几分青色。

这位女士更像尸体了。

"你知道这些戴单片眼镜的人有什么问题吗？"卢米安试探着问道。

"海拉"将喝完的军用酒壶放回暗袋，一边跟着那具人形骸骨继续往前，一边用冰冷虚幻的嗓音回答道："和第四纪的阿蒙家族有关。"

第四纪的阿蒙家族……莫尼特刚才爬出来的那座古代墓室就属于阿蒙家族的某个成员……这个家族掌控着"偷盗者"途径，就像芙兰卡说的魔女家族掌控着"刺客"途径一样？卢米安见"海拉"不愿意多讲，只好沉默地跟随着。

莫尼特的出现让他连用唠叨缓和暴躁情绪的想法都没有了。

走着走着，卢米安和"海拉"手中的烛火出现了明显的晃动，染上了浅浅的阴绿。那具形似复活的骸骨随之转入了一座石门半开的、腐朽斑驳的巨大墓室。

卢米安精神一振，觉得撒玛利亚妇人泉就在前方。

这时，又一道人影从墓室侧面探出了脑袋。偏黄的烛火下，水晶单片眼镜闪烁着奇异的色泽。

还是那个群岛骗子莫尼特！他微笑着问道："有什么话语要留给亲人朋友吗？我可以帮你们转达。"

再次被吓到的卢米安差点按捺不住心里的杀意，再没有比这里更适合对付莫尼特的地方了！

"没有。""海拉"冰冷地回应道，未选择动手。

卢米安缓慢地吐了口气，道："我也没有。"

"真是遗憾啊。"莫尼特一脸失望地转回了墓室侧方的黑暗隧道内。那偏黄的烛火泻出少许，轻轻晃动，表明他并没有远去，就在附近等待。

卢米安忍不住望向"海拉"，用右手比了个割喉咙的姿势——他是在问要不要提前清除那个群岛骗子。

"海拉"沉默了几秒，轻轻摇头道："我们拿到撒玛利亚妇人泉的泉水就立刻离开这里。"

她的意思是专注于目的，不要另外找麻烦。

嗯，一装好泉水，我就带着"海拉"女士传送离开……卢米安表示了认同，和"海拉"一起更换上新的蜡烛。

过了片刻，那具骸骨依旧没有出来，两人小心翼翼地通过半开的石门，进了那座巨大的墓室。

就在这个时候，墓室深处传来了一道嘶哑老迈的声音："站住！"

偏黄烛火照亮的区域边缘，一道人影摇摇晃晃地浮现出来。进入烛火范围后，那人影仿佛有点不适应光明，抬起右手在眼前挡了一下。

他和那些墓穴管理员一样穿着蓝色上衣，套着黄色长裤，但脸庞皱纹很深，到处都是淡褐色的斑块，全白的头发则稀疏干枯，眼眸是少见的纯黑，一片冰冷。

不知为什么，卢米安总觉得这名老迈的墓穴管理员身形较为模糊，身体边缘仿佛融入了周围的黑暗，无法被白色蜡烛的光芒照亮，而他的呼吸声微弱得像是没有。他如同一具还保留着说话功能的尸体，用毫无感情的嘶哑嗓音说道："离开这里！"

"既然开放参观，就不应该有不能进入的区域！"卢米安模仿着纪念堂区某些大学生的口吻，试图用"道理"说服对方。

那名老迈的墓穴管理员重复起刚才的话语："离开这里！"

卢米安侧过脑袋，望向身旁的"海拉"，想看她有没有办法说服守墓人。如果不行，那就直接动手，控制住对方，甚至将他弄晕！哼哈之术就很适合做这种事情。

"海拉"缓慢地摇了摇头，转身走向墓室外面。

…………

歌剧院拱廊街附近的地底，

芙兰卡望着那名委托者，试探着问道："什么交易？"

巫师打扮的男子尖厉地回答道："我将报酬提高到五万费尔金，你们去深谷采石场制造很大的动静，将那个秘密洞穴暴露出来。你们如果愿意，现在就可以签订合约，我有办法保证合约对双方的约束力。"

花费五万费尔金制造一场能弄垮秘密洞穴入口石壁的爆炸？听起来很简单啊……这么简单的事情为什么要找我们做，还给五万费尔金的报酬？芙兰卡越想越觉得不对劲。

她微侧脑袋，拿出一个拳头大小的灰白色布袋，丢入旁边的阴影，并摆出自己要防备对面那名男子，不方便翻找物品的姿态，开口说道："帮我把印章找出来。"

印章？

简娜从阴影中浮现，接住了那个发出金属碰撞声的小型钱袋。她对芙兰卡的说辞很是疑惑：这里面装的不是硬币和"惩戒之戒"吗？

芙兰卡对那名委托者露出了笑容："合约的具体条款是？"

她感觉对方会在合约上动手脚，比如使用对应领域的超凡能力，而她打算在签订合约前直接动手！

抓起来，问清楚了，才考虑要不要签合约！

…………

卢米安疑惑地跟着"海拉"走出墓室，开口问道："现在怎么办？"

"你抓住我的右臂。""海拉"的嗓音比之前更加冰冷，没有一点温度。

卢米安大概明白了她的想法，按照她的吩咐，伸手抓住了她的右臂。

紧接着，"海拉"用左掌转动起右手中指上那枚黑钻石戒指。

几乎是同时，卢米安觉得自身出现了某种程度的异化，和墓室入口的环境不再处于同一个世界。他连忙环顾四周，发现包括昏黄的烛光在内，所有的事物都变得模模糊糊，像是蒙上了浓郁的迷雾。

在这样的迷雾里，"海拉"带着他一步步前行，重新进入了墓室。

墓室的深处没有动静，两人在一片死寂中缓慢往前。

没多久，卢米安在能见度不超过五米的情况下，看见一具腐烂的棺材竖直立于地面。刚才那名年迈的墓穴管理员就站在那棺材内，眼睛睁着，没有一丝光彩，身体一动不动。这一次，卢米安完全听不到他的呼吸声。

迷雾状态下，年迈的墓穴管理员无视了卢米安和"海拉"，眼睁睁看着他们越过自己，前往墓室的尽头。

那里有一个往下的、舒缓的斜坡，不知通往何处。

"海拉"示意卢米安可以松开手了，卢米安照做，两人迷雾化、隐蔽化的诡异状态随之消失。

卢米安站在斜坡顶端，借助手中的烛火看见坡面上散落着不少骸骨，没有一具是完整的。此时此刻，他觉得从内心深处迸发出来的寒冷侵袭了全身，让自己的情绪和欲望都处于凋零状态。

但神奇的是，那种始终摆脱不了束缚的暴躁和想捏断别人脖子的恶意依旧存在，并且越来越强烈，这让卢米安就像在以一种异常冷静的状态旁观着另一个自己，疯狂的、陌生的自己。

他忍不住侧头，又一次望向"海拉"。这位女士一口气喝掉了一壶烈酒，可脸上还是没有半点血色，裸露在外的皮肤同时浮现了好几个紫红色的斑块，让她看起来仿佛已经死去一段时间。

"你没事吧?"卢米安谨记着自己的主要作用是时刻提醒"海拉"，不让她被地下墓穴内的污染侵蚀，出现异变。

"海拉"放好空下来的酒壶，嗓音不带一点活气地说道:"暂时没事。针对这里的情况，我做了一定的准备，只要不待得太久，就没有问题。"

"具体还能待多久?"卢米安追问道。

"大概半个小时。""海拉"开始沿斜坡往下。

卢米安打算等会儿不管有没有收获，都提前几分钟抓住"海拉"的手臂，使用灵界穿梭，将她强行带离这里。

黑色的斜坡上，越往下越有大量的骸骨，它们逐渐变得完整，保留着原本的形态，有的像人，有的如同怪物。"海拉"之前唤醒的那个骷髅也单膝跪地停在了这段斜坡上，不知是什么阻止了它继续往前。

又走了一段距离，卢米安看见前方蒙着一层层淡薄的灰白雾气。它们轻轻收缩着，时而膨胀，就像有自己的生命一样。"海拉"放缓了脚步，望着那淡薄的灰白雾气，比之前任何时候都谨慎和凝重。

"那雾气有问题吗？"卢米安越看越觉得那些灰白雾气眼熟。

"海拉"点了点头道："非常危险，我做了相应的准备，但不确定能否管用。"

卢米安一边听着"海拉"女士的回答，一边继续打量着那些灰白的雾气。霍然间，他明白自己为什么会感觉眼熟了——那不就是笼罩着科尔杜村废墟的灰白雾气吗？那不就是他祈求恩赐时，给他提供保护的灰白雾气吗？

这个刹那，卢米安明白了"正义"女士一定要让自己跟着"海拉"女士寻找撒玛利亚妇人泉的真正原因。他试探着前行几步，向灰白的雾气伸出了右掌。

两者刚有接触，卢米安就感觉左胸一热。他知道，"愚者"先生的封印被激发出来了，而他的右掌没遭遇半点危险、没出现任何异变就探入了灰白雾气内。

卢米安的内心顿时变得笃定，暗自道了一声："赞美愚者！"

做完简短的祈祷，他转头对"海拉"笑道："我也做了相应的准备，而且看起来有效。我来抓住你的手臂。"

"海拉"没问卢米安做了什么准备，也没问他还掌握着什么情报，只是任由他抓住自己的左臂，和他一起慢慢走入了灰白的雾气。

周围的一切变得更加寂静，又仿佛有无形的气息在诡异涌动，没多久，两人同时听到了虚幻的、轻微的哗啦声。

水声……卢米安心中一喜，暗自舒了口气。他和"海拉"没有找错地方！下方大概率就是撒玛利亚妇人泉！

两人往前又走了几步，灰白雾气迅速变淡，显露出一个池塘大小的泉眼。泉眼四周是难以用语言描述具体颜色的深暗之物，中间涌动着苍白的水流。

水流之中，一片湿漉漉的、黑色水草般的头发载沉载浮，底部隐约还有好几道模糊的身影试图爬出。

那泉水的旁边徘徊着一名女性，正是卢米安之前看到的、套着白袍的、疑似高位"魔女"的身影。她脸庞苍白透明，眼神呆板冰冷，周围散落着一具又一具白森森的骸骨。

哗啦！苍白的泉水忽然往深处缩去，只留下一个黑幽幽的、仿佛连光都无法存在的孔洞。

又是一声哗啦，泉水从黑幽幽的孔洞内涌了出来，重新填满了那接近池塘大小的泉眼。和之前相比，它更为暗淡，不够苍白，既虚无、深暗，又仿佛包容着无数颜色。

转瞬间，这泉水和周围的灰白雾气融合，恢复了卢米安和"海拉"第一眼看见时的模样。在这个地方，两人的记忆都开始变得模糊，似乎正在一点点死去。

卢米安连忙将手伸向衣兜，打算拿出提前预备好的金属小瓶，想办法装上那苍白的泉水。就在这时，他摸到了一个石头质感的东西——他根本没往衣兜内装过类似的物品！

卢米安愕然地抽出右手，看见掌心有块片状的棕褐色石头，石头上多有坑洼，每个坑洼内都是星星点点的暗红斑块。

"地血"矿石！

这是他之前丢失的"地血"矿石！

它什么时候回来的？它怎么会突然出现在我身上？这，这里是地下特里尔的一部分！

就在卢米安心中一惊、瞳孔放大的同时，又一次将苍白泉水吞掉的黑幽幽孔洞内传出了一股疯狂的、可怕的、充满血腥和铁锈味道的气息。它仅仅只是出现，就让卢米安和"海拉"同时僵住，难以动弹。

徘徊于泉眼周围疑似高位"魔女"的那道身影旁边，一具骸骨抬起手掌，摸了摸自己的右眼。与此同时，它白森森的牙齿张合，发出了愉悦的笑声："都拿到了，怎么能不来试一试？"

紧跟着，泉眼周围密密麻麻的白色骸骨同时张开了嘴巴，发出同样的声音："都拿到了，怎么能不来试一试？"

那一具具白森森的骸骨望着被恐怖气息震慑住的卢米安，或愉快或嘲弄或浮夸或疯狂地笑着。

哗啦！还不够苍白的暗淡泉水从那个黑幽幽的孔洞中涌出，填满了这个不大的"池塘"。和之前相比，水中多了一道身影，那身影仿佛正剧烈燃烧，近乎无色的火焰包裹了它全身。它明明只占据了泉眼一角，却让僵住的卢米安感觉它异常巨大，堪比山峰。

近乎无形的火焰中，这身影显露出血色的暗淡长发，雕刻成形般的脸庞满是腐烂流脓的痕迹，内中的骨头闪烁着钢铁般的金属光泽，那双铁黑色的眼眸则疑似生锈，透出了几分狰狞的血色。

这人影身上不断有泛黄的疑似岩浆的事物滴落，又迅速被苍白的泉水熄灭。

伴随着撒玛利亚妇人泉的又一次涌出，那些发出声音的密密麻麻的白色骸骨同时归于沉寂，哗啦一声散开，似乎快要腐朽成泥。

看见那道山峰般的腐烂身影后，卢米安鼻端的血腥与铁锈味愈发浓郁，被震慑的精神染上了想要毁灭一切的疯狂，这将原本就存在的暴躁和凶戾彻底点燃。

若不是他还能把自己调整为近乎死亡、连思绪都完全凋零的状态，当下已经失去理智，成为疯子。那样的话，他随时可能失控。

可就算如此，他还是僵立在原地，就像面对最害怕的天敌，只知道瑟瑟发抖，忘记了反抗，忘记了逃跑。

哗啦啦！那道高度腐烂又燃烧着无形火焰的身影脚踏黑幽幽的洞口，竭力走向撒玛利亚妇人泉的边缘，伸出不断滴落着淡黄泛红液体的右掌，去抓站在那里的卢米安。

哗啦啦，泉水涌动，淡雾汇聚，阻止着那道给人感觉如山峰一样的身影脱离泉眼。那身影发出一声低吼，铁黑透红的眼眸内是仅仅看见就会受到污染的纯粹的疯狂。

受此影响，卢米安脑海嗡嗡作响，接着一片空白，撒玛利亚妇人泉则剧烈晃动起来。那恐怖的身影虽然没能借此脱离泉水的束缚，却成功阻止了它们缩回黑幽幽的孔洞。

与此同时，沉浮于泉水中的那一道道既腐烂又暗淡的身影被低吼驱动，涌向了岸边。它们之中有气质宁静如同黑夜却浑身流脓的女子，有戴着黄金冠冕的腐烂尸体，有长出了大量油腻羽毛的铁色骸骨，有仿佛无数破碎蛆虫缠绕而成的身影，有只剩下一团黑色的怪异存在……

这些身影同样无法脱离撒玛利亚妇人泉，但纷纷靠近了边缘，向卢米安的双脚伸出了或苍白流脓、或高度腐烂、或布满淡黄羽毛、或由恶心蛆虫组成的手掌。

那漂浮于水面、宛若一丛杂草的黑色长发忽然活了过来，向泉水外面急速延伸。徘徊在撒玛利亚妇人泉周围的白袍女性瞬间被这些黑色长发层层缠绕，呆板冰冷的蓝色眼眸内映出了卢米安的身影。

卢米安被一只只诡异可怕的手掌抓住，又被黑色长发牵扯，缓慢又不可遏制地向撒玛利亚妇人泉滑去，向着那由疯狂和火焰组成的巨大身影靠近。

他的身体越来越冰冷，他的思绪越来越空白。

就在这个时候，他眼前忽然失去了所有光芒，染上了最深最沉的黑暗。

悠扬的歌声、吟唱声远远传来，让这片区域变得安宁静谧，让那些模糊暗淡的身影不再那么疯狂，像是受到了安抚。

抓住卢米安双脚，让他的灵和肉近乎冻结的那些恐怖手掌全部缩了回去；拉扯他身体的黑色长发失去了活性，无力地垂落于地；徘徊在撒玛利亚妇人泉周围疑似高位"魔女"的身影也停了下来，像是在倾听夜的乐章；就连最恐怖最疯狂的那道身影也出现了迟缓，源于它的可怕气息变弱了不少。

卢米安随之找回了思绪，瞬间弄清楚了究竟发生了什么事情：偷走"地血"

矿石的窃贼就是与众不同歌舞厅的莫尼特！而他故意制造巧合，在地下墓穴第四层和自己相遇，为的是用偷窃的技巧将"地血"矿石悄然还给自己，让自己毫无察觉地带着那块矿石标本来到撒玛利亚妇人泉旁边，激发出异常！

要知道，卢米安最近都不打算携带"地血"矿石进入地底，因为他觉得以自己目前的实力，难以应付地下特里尔存在的种种异常。群岛骗子莫尼特的偷窃和归还行为就是让他被动地开启或许好或许坏的遭遇！

至于对方为什么要这么做，有什么目的，可能得等到事情结束才会明了。

卢米安思绪奔涌间，一边下意识探掌抓向"海拉"的手臂，一边激发起契约印记，打算用灵界穿梭能力脱离这里。

在这个过程中，他还试图甩掉掌中的"地血"矿石，让它引走那道留着血色长发的疯狂身影。

可"地血"矿石像是受到了这里异常环境的影响，出现了明显的风化迹象。无声无息间，它粉碎成末，飘扬开来，蕴藏的点点血迹则沾染在卢米安的掌心，侵入了他的皮肤。

另外一边，"海拉"手中白色蜡烛的火焰暗淡到了极点，随时可能熄灭，而她右手的黑钻石戒指静静流淌出了深夜般的纯暗。

卢米安抓住她的手臂，却发现两人一动不动——这片区域似乎与灵界隔绝了，无法脱离！

逃不了……卢米安果断地收回手掌，向着正用疯狂眼神望着自己的那道火焰身影，张开了嘴巴："哈！"

一道淡黄的光芒从他口中喷出，落在了那道山峰般巨大的暗淡身影上。那身影略有摇晃，却不受影响，再次发出了无形的嘶吼。

得到新的"命令"后，那被宁静夜晚安抚的一道道诡异身影忽然浑身一震，再次探出或腐烂或恶心的手掌，抓向卢米安的双脚，垂落到地上的黑色发丝又一次扬起。

卢米安见来不及躲避，身周猛地冒出了一团团炽烈的火焰。这些赤红的毁灭之花迅速暗淡，飞快熄灭，像是在一瞬间耗尽了所有生命。

苍白流脓的手掌最先抓住了卢米安的右脚，让他一下变得安静，思绪急速沉淀下来；高度腐烂的手掌、布满淡黄羽毛的铁色骸骨和破损蛆虫组成的形体也相继完成了各自的任务，将仿佛已经睁着眼睛沉睡过去的卢米安拖向撒玛利亚妇人泉内部。

"海拉"周围则是一层又一层黑色的长发，它们突破宁静的黑夜，缠向了出现些许腐烂迹象的女士。

卢米安怔怔看着那张线条刚硬、腐烂见骨的脸庞，看着那双透出血锈的铁黑眼眸，感受着纯粹的、极致的疯狂，却连一个念头都无法泛起。

他的身体越来越僵硬，体表出现了紫红色的尸斑。

他距离苍白的泉水只有一步了。

就在这时，已被那道巨大身影拖延很长一段时间的撒玛利亚妇人泉终于冲垮了堤坝，卷着所有身影缩回了那个连光都无法照入的黑幽幽的孔洞。那燃烧着无形火焰的巨大身影发出了不甘的怒吼，但还是被苍白泉水带着消失在了孔洞深处。

卢米安一下清醒了过来，见穿着白袍的女性身影又开始徘徊，连忙转过身体，向着斜坡顶端狂奔而去。

他的想法很简单：异常既然来源于那块"地血"矿石，而"地血"矿石现在半融入了他的手掌，那他就必须抓紧时间逃离，而不是趁这个机会舀取泉眼内剩余的水液。

只要他能在苍白泉水再次涌出、那道恐怖身影又一次浮起前逃出这里，那留在此地的"海拉"就会安全很多，能相对从容地取水，附带他那一份。至于怎么跑，在传送不起作用的情况下，依靠双腿是现在唯一的办法。

卢米安一边跑，一边还在做着来不及逃出去的准备。

他靠"纵火家"的能力稳住了白色蜡烛的火焰，并从挎包内取出"拷打"拳套，戴在手上。与此同时，他尝试起用赫密斯语诵念"愚者"先生的尊名："不属于这个时代的愚者……"

这是撒玛利亚妇人泉周围那些灰白雾气给他带来的灵感！

哗啦！卢米安刚念到一半，跑出一段距离，泉水涌出的声音就骤然响起。这比他预计中更快！

那带着血腥和铁锈味的、充满疯狂意味的低吼重新回荡在这片区域。

不明白卢米安思路，跟着他脱离了泉水边缘的"海拉"身体再次颤抖，仿佛从没有情绪的尸体变成了惊慌恐惧的活人。她余光看到了那燃烧着无形火焰的巨大身躯，看到了血色的头发和破破烂烂的染血盔甲。

卢米安同样受到了震慑，甚至有一种想要臣服、想要放弃抵抗的冲动。他已无法再诵念尊名，只能竭力忍耐着，将希望放在"拷打"拳套上。

再撑一撑，再撑一撑，那些隐秘的邪神即将因为拳套的材质投来目光，派出危险的生物施加影响或发动攻击。

换作以往，卢米安肯定会祈祷将要到来的异常在自己能够应付的范畴内，而现在，他希望越危险越好！

水搅浑了，鱼儿才有逃出去的机会！

靠近歌剧院拱廊街的地底。

巫师打扮的男子嗓音尖厉地对芙兰卡道："很简单，具体的条款只有三条：一是你们承诺去深谷采石场炸开秘密洞穴的暗门，制造出能吸引周围所有人的动静；二是我为此支付你们五万费尔金，预付两万；三是未能履行承诺该受什么处罚，这对双方的约束是一样的，细节可以商量。"

这男子完全没打算在合同上欺诈对面两名非凡者，而是准备利用自身能力，在契约成立的瞬间改掉任务内容，让对方不得不潜入深谷采石场那个秘密洞穴，拿出自己想要的东西和足够的证据。

这个委托者曾经就靠着这种篡改交易条款的独特能力用一千费尔金买到过一个人类的灵魂，他相信这次也不会让自己失望。

看着芙兰卡和巫师打扮的男子交流，阴影中的简娜将手伸入了那个小型钱袋，漫无目的地摩挲着里面的金银铜币。

简娜很确定，钱袋内没有印章，或者说芙兰卡就没有印章这种东西！她究竟是什么意思？

简娜将目光投向了那名说出合同条款的委托者，觉得这事相当诡异。

要达成交易，为什么不在刚才的神秘学聚会上申请公证？如果害怕委托的内容被人知道，那完全可以去交谈室，借用主持者的神奇物品，没必要非得悄悄跟踪，半路委托！

这肯定有问题！

简娜一想到这里，就明白了芙兰卡把钱袋丢给自己的意思：一发现情况不对劲，立刻用"惩戒之戒"突袭对方，控制住场面！

呼……简娜缓慢地吐了口气，一边摸出"惩戒之戒"戴上，一边借助阴影，将自己和委托者之间的距离又拉近了少许。

芙兰卡瞄了眼电石灯没有照到的阴影，笑着对巫师打扮的委托者道："听起来还算合理，但我需要确认一下你有没有撒谎，这件事情存不存在问题。"

她说话的同时，将手里的电石灯轻轻丢到了身前，然后从刺客套装的暗袋内取出了一面镜子，微笑说道："正好，我擅长占卜。"

听到这句话，巫师打扮的委托者瞳孔瞬间放大，整个变得异常紧绷——他不确定魔镜占卜能不能揭穿他的诡计！

藏在阴影内的简娜发现了他的反常，毫不犹豫地、异常果断地微抬右手，让那枚布满细小尖刺的铁色指环亮起微光。

与此同时，她的眼睛内就像有两道刺目的闪电射出。

精神刺穿！

撒玛利亚妇人泉所在之处，卢米安和"海拉"又一次被那恐怖的意念震慑，被纯粹的疯狂感染，僵立在原地，轻轻颤抖。

那意念让他们难以动弹的同时，也让他们摆脱了越来越临近死亡的状态，冰冷的身体出现了火烧般的热度，沉寂的念头如水沸腾，凶戾暴虐。当然，他们身上的紫红色尸斑和几处腐烂皮肤都未出现缓和，还在加重。

浓郁深沉的黑暗再次降临，"海拉"非常勉强地使用右手上那枚黑钻石戒指安抚起撒玛利亚妇人泉内沉浮的身影，包括那个套着破烂盔甲、多处腐烂的燃烧的"巨人"。

卢米安找回了一点思绪，发现自己和"海拉"刚才的逃跑并非没有作用：他们距离泉水已有十几米，而那一道道腐烂暗淡的身影都没法脱离撒玛利亚妇人泉爬到岸上，也就不能抓住他们的腿脚，将他们拖到水下。

这些身影眼神空洞地挤在泉水边缘，或高度腐烂或扭曲怪异的手掌时而探出水面，时而被莫名的力量强行拉回。

它们无声地嘶吼着，让整个斜坡都出现了晃动，让卢米安和"海拉"或困意上涌，或想要屈服，有了种种不良反应。

但又被点燃两人思绪的疯狂和让他们出现人格分裂般症状的异常影响，未能获得很好的效果。

撒玛利亚妇人泉周围，只有那道徘徊的女性身影和水草般的黑色长发能靠近卢米安，一个用眼眸映出了他的身影，一个延伸过来试图缠绕他。

这样的情况让卢米安一阵惊喜，觉得自己就算抵抗失败，又被黑色长发和疑似高位"魔女"的模糊身影拖向撒玛利亚妇人泉，在有十几米可以挪动的情况下，也完全有机会撑到苍白的泉水战胜眼眸铁黑透红的恐怖身影，将它带回黑幽幽的孔洞内。

到时候，卢米安又能再往外面跑出一段不短的距离，两三次下来就可以脱离灰白雾气笼罩的区域，返回上方的墓室。之后，他会将"海拉"送进来，自己于外面等待对方搜集撒玛利亚妇人泉的泉水，以规避"地血"矿石带来的异常反应，规避那道明显强于其他水鬼的巨大身影。

下一秒，卢米安感觉身体变得异常僵硬，那是一种被冻住的体验。他的身上不断浮现白色的冰霜，又不断凋零消融。

女性身影的蓝色眼眸内，卢米安已经被冰层覆盖。黑色的长发随即一圈圈缠绕住他，将他拖向撒玛利亚妇人泉。

"海拉"看见套着白袍的模糊身影和黑色的长发同时对付卢米安，而自己这边几乎没受什么影响，立刻将右手上不断涌出纯暗的黑色钻石戒指瞄准了那疑似高位"魔女"残灵的未知存在。

"夜晚"化作幕布，将对方包裹了起来，强制其进入了安眠状态。

卢米安趁机哼了一声，让鼻子内喷出的白色流光穿过晶莹的冰层，落在了那些水草般的黑色头发上。缠绕他的黑色头发霍然垂落，似乎短暂地失去了力量。

几乎是同时，化为实质的"夜晚"幕布猛然缩紧，内中空无一物。

不远之处，套着白色长袍、看似圣洁却眼神空洞的女性身影又冒了出来，再次望向卢米安。

虽然没能完全摆脱危险，但卢米安内心是喜悦的，撑过刚才那一轮袭击后，他觉得即使自己现在就放弃抵抗，也能撑到苍白的泉水缩回泉眼深处。

就在这个时候，沉浮于泉水中的那道巨大身影铁色眼眸愈发疯狂，锈迹般的红色鲜艳如血。他狂暴地拉扯起泉水，就像有铁链在束缚他一样。

终于，在地震般的剧烈动静里，这穿着破烂染血盔甲、燃烧着无形火焰的身影一步走到了撒玛利亚妇人泉的边缘。

轰隆隆！整个大地都仿佛在颤抖，从高处散落着灰白的尘埃。

卢米安脑海嗡的一下，瞬间失去了知觉。

等他从那种眼前发黑、思绪空白的状态恢复后，才发现自己已跨过十几米的距离，回到了撒玛利亚妇人泉的边缘！

他余光还看到"海拉"跑了几步回来，双眼空洞，染着血色，如傀儡，似死尸，抑或是绝对服从命令的士兵。

卢米安已经能想到自己是怎么在眼睛一闭一睁后返回撒玛利亚妇人泉边缘的——他也是以这种空洞的、服从的模样自己跑回来的！

此时此刻，清醒过来的卢米安已没法再逃跑，因为身后是卷土重来的黑色长发和疑似高位"魔女"的模糊身影，前方是一只只或高度腐烂或扭曲恶心的手掌。它们同时抓向了卢米安，要将他拖入泉水之中，而披着血色长发的巨大身影和他之间的距离只剩一步。

卢米安咬紧了牙关，趁着还有一点人身自由，咬住白色蜡烛的底部，将戴着拳套的左手探入了衣兜。

这个瞬间，他在心里怒骂起来："你们这群狗屎一样的邪神，都注视了那么久，怎么还不派人来害我？

"危险生物呢，说好的危险生物呢？你们是不是怕了，不敢到这里来，不敢面对那个疯狂到极点的身影？"

卢米安咒骂之余，没有放弃，抽出一把短刀就要砍断自己的右掌，被"地血"矿石侵蚀的右掌——你想要，那就拿去！至于每天早上六点的重启会不会让丢失在这里的右手长出来，他现在管不了那么多了。

就在这时，跟着大地颤抖和晃动的苍白泉水深处，那个黑幽幽的孔洞内，伸出了一只苍白的手。

那手指修长，手背有一道道裂口，每道裂口不是长出了染着油污的淡黄羽毛，就是流下了腐烂发黄的脓液，而那些裂口的两侧，肌肤晶莹如玉，却惨白暗淡。

这手刚一出现，就越过泉水阻隔，抓住了那巨大身影的右腿。

燃烧着无形火焰、穿着破烂染血盔甲的身影一下晃动起来，难以控制地被拉向苍白泉水深处的漆黑孔洞。它努力地挣扎着，对抗着，而那诡异的手的后退趋势却沉稳不变，为数不多的反应是淡黄羽毛掉落，脓液染上血色，肌肤不再晶莹，突显出了黑色的、活着般的血管。

无数或苍白或深黑或暗淡的复杂符号随之浮现，带着那道疯狂恐怖的身影急速缩向黑幽幽的泉眼。

卢米安没看到也看不到这一幕，只知道脸庞腐烂、头发血红、眼眸铁黑的巨大身影在远离自己，而抓寻过来的那一只只可怕手掌都停下了动作，像是被冻结在了时光里。

那恐怖疯狂的身影连声低吼，却难以摆脱控制，只是眨眼的工夫，它大半个身体就被拖回了泉眼深处。

就在它快要彻底消失在那里时，疯狂变得宛若实质，它铁黑色的眼眸内飞出了两点暗红的"锈迹"，直直射向卢米安。

卢米安本能地抬起右手一挡，那两道"铁锈"就穿过"拷打"拳套，贯入了他被"地血"矿石侵蚀的皮肤。

哗啦！

苍白的泉水完全回缩，将沉浮的所有身影都带入了那黑幽幽的孔洞，泉眼附近一下变得异常安静。

❖ 第四章 ❖

★ C H A P T E R 04 ★

奇怪的疏忽

死一般的寂静里，卢米安只觉右手掌心异常灼热，如被火烧。他连忙取下拳套，转过手掌，发现"地血"矿石的侵蚀已深入骨肉，鲜红欲滴，传来一阵阵让人烦躁和暴戾的疼痛。

除此之外，暂时没什么异常。

在这种时候，在这种场景下，卢米安顾不得详细检查，一边忍着身躯的冰冷和思绪的"平静"，向后退开，一边打量起撒玛利亚妇人泉的情况。

那一道道沉于水中的模糊身影和一缕缕杂草般的黑色长发已被卷入连光都无法照进的孔洞，那里不断摇晃着，内部似乎在发生激烈的争斗。

那徘徊于周围、套着白袍的死尸般的身影虽然未被苍白泉水带走，但也消失不见，像是凭空蒸发了一样。

这让卢米安怀疑自己能在第四层别的地方遇见那位疑似高位"魔女"的存在，就是因为撒玛利亚妇人泉出现了变化。

眼前的场景让卢米安陡然产生了一个大胆的想法：既然那道恐怖的身影被奇怪的力量拉回了泉眼，一方挣扎反抗，一方竭力压制，一时半会儿好像分不出胜负，那他们不如保持警惕，暂不逃跑，看有没有办法做好布置，趁苍白的泉水重新涌出时取走一点。

现在既没有沉在泉底的水鬼，又没有徘徊于周围的模糊身影，正是最安全的时候！

下一秒，卢米安看见"海拉"拿出了一个黄金制成的小瓶，瓶身铭刻着许多复杂神秘的符号，它们和卢米安在高地秘药商店地下室大门处看到的那些很像。

"海拉"没有等苍白的泉水再次涌出就直接蹲了下来，将瓶口凑向边缘的泥土。

那些泥土一片深暗，越靠近黑幽幽的孔洞，越是让人觉得它自有奥秘，仿佛包容着无数颜色；而越往外则越普通，到了泉水未曾浸没的区域，更是完全等同于寻常泥土的状态。

此时，因为苍白的、偏虚化的泉水已缩入那个黑幽幽的孔洞，绝大部分的深暗泥土表面都变得干燥，不带一点液体，但最边缘的部分还有点湿漉，沁出了些许比苍白泉水更有实感、更接近夜晚湖泊颜色的水滴。

见"海拉"的目标是这些液体，卢米安疑惑地问："你不等撒玛利亚妇人泉重新涌出来？"

"海拉"摇了摇头："这才是真正的撒玛利亚妇人泉水。那些苍白的水流是我们现在根本不能接触的危险事物，只要沾到一点，立刻就会死去，永远徘徊于泉水旁边或者沉在泉眼附近。"

这么恐怖？撒玛利亚妇人泉是苍白水流的衍生品而非本体？卢米安也拿出自己提前预备好的金属小瓶，接起泉水边缘那些泥土上沁出的液滴。仅仅只是一滴，他那个瓶子就出现了浸泡在水底很久一般的生锈腐化迹象。

"海拉"没有说话，又拿出一个同样铭刻着大量复杂符号的黄金小瓶，丢给了卢米安。

卢米安这才成功接住了滴落的撒玛利亚妇人泉水，大半的注意力则放在黑幽幽的泉眼上。

只要那里停止地震般的摇晃，他就打算立刻带着已接到的撒玛利亚妇人泉水转身狂奔！

一滴，两滴，三滴，那泉水以一种缓慢到似乎随时都会停止的速度滴入黄金小瓶，而卢米安原本准备的那个瓶子越来越锈，变得十分残破。

卢米安看着无法加快的进度，担忧着苍白泉水再次涌出。由于被各种负面因素影响，他一阵狂躁，于是张合嘴巴，无声地骂起各种脏话，以抒解心中的情绪。

滴答，滴答，他只装了三分之一瓶泉水就看见"海拉"主动停止，拧上了黄金小瓶的盖子。

不能贪婪……卢米安告诫了自己一句，跟着"海拉"结束了收取撒玛利亚妇人泉水的举动，两人快步奔向了斜坡顶端。

没多久，他们身后传来了哗啦的水声——苍白的泉水又一次涌出了黑幽幽的孔洞！两人没有回头观望，继续狂奔向灰白雾气之外，就像背后有无形的、恐怖的怪物紧追不舍。

也就是几秒的时间，两人终于来到了雾气边缘，卢米安抓住"海拉"的手臂，脚下用力一踩，扑了出去。

脱离灰白雾气笼罩的区域后，卢米安终于松了口气，感觉身上不再那么冰冷，思维也不那么凝滞了。

…………

精神刺穿！

简娜的身体从阴影中浮现，眼中是两道一闪而逝的电光。

套着巫师袍的男子听到了虚幻的破裂声，只觉强烈的痛苦从灵体深处涌出，占据了自己的大脑。他本能地倒了下去，蜷缩起来，似乎想通过这种方式缓解疼痛。

芙兰卡没给他这个机会，用刚才拿出来的镜子照向他。随着镜中映出这个巫师打扮的委托者，芙兰卡掌中燃起黑色的火焰，抹向玻璃表面。

魔女的诅咒！

那名男子体内顿时冒出了一股股黑焰，将他还在痛苦挣扎中的灵烧得异常虚弱。紧接着，晶莹的寒冰层层覆盖了他的身体，无色的蛛丝一圈又一圈地将他缠绕，显露出了形体。

芙兰卡是打算控制对方，而不是杀掉，毕竟没人知道这家伙有没有牵涉什么污染或者高层次的东西，鲁莽通灵很容易遭遇意外。

看到那名男子已变得非常虚弱，遭到了重重控制，芙兰卡略感意外地低语了一句：“就这？”

她对自己和简娜配合着突然袭击能打败对方这一点没有疑问，只是没想到会这么轻松、这么简单。

下一秒，那男子在黑焰、冰层和蛛丝的三重控制下艰难地张开嘴巴，发出了微弱的声音：“你们在犯罪！”

他话音刚落，地底深处仿佛发生了剧烈的震动，隧道顶部的一块石头猛然掉落下来，直直砸向简娜的脑袋。

简娜向前扑出，翻滚着躲避，但还是被不断掉落的石块砸了两下。

芙兰卡也处在类似状况下，感觉再持续下去，整个隧道都会垮塌，哪怕她有镜子替身，也不能保证一定可以逃出这段隧道。

她不再犹豫，右手一握，让那名委托者体内残余的黑焰再次爆发。

黑焰燃烧着灵体，那名巫师打扮的男子迅速失去了生命，隧道的震荡也随之停止，只剩下粉尘弥漫于半空。

芙兰卡舒了口气，没有浪费时间，赶紧布置起通灵仪式。简娜则揉了揉肩膀和背部，警戒起四周，防备有人路过。

没一会儿，芙兰卡完成了魔镜通灵术。她拿着那面镜子，看着那张苍白泛青、气质略显高傲的脸孔道：“对于深谷采石场的秘密，你知道多少？”

那男子的灵茫然地回答道：“有人想用机械延长生命，有人想要机械获得生命。深谷修道院的一部分人正在滑落深渊。”

说得含含糊糊的，就不能详细点吗？芙兰卡追问道：“你是哪个组织的，为什么要利用看门人的失踪？"

那男子正要开口回答，镜子内部突然弥漫起一层不断变化的雾气。

咔嚓！芙兰卡手中的镜子瞬间破碎。

砰！那名男子被冰层和蛛丝包裹的身体跟着爆炸，化成一片血雾，笼罩了这片区域。

几乎是同时，芙兰卡如镜子般破裂了，化作一块块碎片掉落于地。她的身影很快勾勒于隧道的路口，出现在简娜的身旁。

"果然有问题。"芙兰卡表情凝重地望着那团形体不定的血雾，看着它逐渐沉淀，融入大地。

此时，那具尸体已成了一摊肉泥，身上的物品除了金属制成的那些，全部成了残渣。

芙兰卡和简娜略一搜索，找到了一把黄铜制成的钥匙和价值两三百费尔金的硬币。她们没敢继续停留，清除痕迹后离开了这里。

两三分钟后，一双套着及膝棕靴的腿出现在了那摊血肉之泥旁边，手里托着一个缩小的、金色的、伸出灯芯的水壶。

…………

炽烈的阳光照在了炼狱广场的地下墓穴入口，照在了卢米安身上，让他仿佛从亡者的国度回到了活人的世界，身上的冰冷都被驱散了不少。

他侧头望了眼"海拉"，她的脸色依旧苍白，紫红尸斑还未淡去，腐烂痕迹还未愈合。卢米安笑了笑道："虽然没发生真正意义上的战斗，但这是我距离死亡最近的一次。"

"能在苍白泉水内长久保留印记的都是曾经的大人物。""海拉"简单说了一句。

卢米安一边往广场边缘走去，一边随口问道："撒玛利亚妇人泉的泉水究竟有什么用，总不能真的拿来遗忘过去、遗忘痛苦吧？"

"海拉"摇了摇头："对我来说，它能用来取代某个仪式，或者说，成为另一个仪式的主要环节。"

卢米安不是太懂，也没有追问。

很快，他发现那种身体冰冷、思绪沉淀的感觉并没有因为自己离开地下墓穴就彻底消失。被驱散了大半的它们仿佛变成了身体的一部分，等到夜晚又会缓慢滋长。

"我们身上的异常还在。"卢米安沉声提醒起"海拉"。

"海拉"点了点头："我有办法处理，让你带泉水的那位应该也有办法。"

卢米安"嗯"了一声，挥别"海拉"，往公共马车站点走去。

比起令他感到在逐渐死去的异常，他更担心的是侵入自己手掌的"地血"矿石和那道诡异的"铁锈"。

随着时间的推移，卢米安感觉自己的体温在缓慢流逝，哪怕公共马车窗外阳光炽烈，也无法阻止这样的变化。

卢米安的思维越来越不活跃，手背的皮肤越来越苍白。终于，他坚持到了市场区，跳下公共马车的时候，他的手脚都似乎变得有点僵硬。

刚转入白外套街，迎面过来的一位绅士看到卢米安，忽然怔了一下，低呼出声，眼含恐惧。

卢米安下意识望向侧面，打量起咖啡馆玻璃窗上映出的自己。

金中带黑的头发仿佛有多日未洗，脸色苍白得泛出了青色，脖子处隐隐有紫红的斑块和腐烂的痕迹，双眼冰冷而空洞，如同一具已死去多日的尸体。

卢米安冲着那位绅士笑了笑，道："怎么样，我扮活尸是不是扮得很像？"他听见自己的声音在向"海拉"那种冰冷的感觉靠近。

绅士无声咒骂了一句，绕过了这个看起来准备参加化装舞会的家伙。

卢米安明白自己身上的污染越来越严重了，他加快脚步，用一种已不太协调的姿势跑入了那间还未退租的安全屋。

他快速布置祭坛，摊开纸张，给"魔术师"女士写了一封简短的信。

> 我完成了"正义"女士的委托，拿到了撒玛利亚妇人泉的泉水，但我也遭受了污染，越来越严重，该怎么清除？

整整齐齐地折好信纸，卢米安召唤出了"魔术师"女士的信使。

那位玩偶信使浮现于幽蓝烛火的上方，望着卢米安，赞许地点了点头："你现在的气质我很喜欢，除了头发太油腻。"

快死掉的气质吗？卢米安连嘀咕的冲动都比以往弱化了很多。

玩偶信使离开后，他给自己设定了一刻钟的等待上限，超过这个时间，"魔术师"女士要是还没回信，他就得另想办法解决身上的污染，比如举行仪式，直接向"愚者"先生祈求。

咔嗒，咔嗒，从微风舞厅"借"来的那只怀表的指针按照固定的节奏正常跳动着，但卢米安之前就发现它比实际时间晚了近十分钟，就好像越靠近撒玛利亚妇人泉，指针跳动得越慢一样。

突然，片片星光从虚空飞出，瞬间凝聚成一扇神秘而梦幻的大门。大门敞开，穿着棕黄色长裙的"魔术师"女士走了出来，门后幽深黑暗，星辉点点。

这位塔罗会的大阿卡那牌持有者看了卢米安一眼，轻轻点头道："向'愚者'先生祈求天使的净化。"

还是得向"愚者"先生祈求吗？卢米安没有多问，就着已布置好的祭坛举行起仪式。

按照正确的顺序点燃蜡烛、滴入纯露、燃烧草药后，他退后一步，望着烛火，沉声诵念道：

"不属于这个时代的愚者，灰雾之上的神秘主宰，执掌好运的黄黑之王。

"我向您祈求，

"祈求您净化我身上的污染……"

等到仪式完成，卢米安又一次看见了那位光芒凝聚的天使，十二对光之羽翼将他层层环抱。

卢米安眼中只剩下光，他感觉到体内的阴冷在蒸发，体温迅速恢复。

没多久，天使归去，卢米安将目光投向了房间内的全身镜，发现自己的脸色、头发、眼睛已完全恢复，紫红的尸斑也彻底消失，只有几处腐烂的痕迹还在，但没有了恶化的迹象——这似乎需要时间来愈合。

卢米安诚心诚意地感谢起"愚者"先生，结束了仪式。他正要转向"魔术师"女士，忽然想起一事，连忙抬起右手，望向掌心。

被"地血"矿石腐蚀的伤口还在，虽然不像刚融入"铁锈"时那么鲜红欲滴，但也不算暗淡，就像用血液在那里点了几个疤痕一样。

感受着右掌隐隐传来的疯狂和暴戾，卢米安疑惑地皱眉，问道："这个不能净化吗？"

"魔术师"女士盯着他的右掌看了几秒，未直接回答，转而说道："讲讲详细的经过。"

她主动拉过一张椅子坐了下来，没有站着交流的想法。

卢米安跟着坐于木桌前的椅子上，从"正义"女士的委托开始，一直讲到自己和"海拉"各自取了三分之一瓶撒玛利亚妇人泉的泉水。这里面，他重点讲述了那道疯狂恐怖的巨大身影和将对方拉回去的奇怪力量，同时没忘记提莫尼特的出现和他的种种行为，以及"地血"矿石的回归。

"魔术师"女士安静地听完，笑了一声："真正的大人物太难彻底死去，哪怕没有了非凡特性，没有了身体，没有了灵魂，也还会留存精神烙印、死亡印记、残留气息等事物，一旦条件满足，说不定就能借助合适的身体回到现实世界。"

"就像最初那位造物主？"卢米安大概明白了"魔术师"女士想表达的意思，斟酌着问道，"那身影是哪位大人物？"

"魔术师"女士想了下道:"应该是第四纪那位'血皇帝',亚利斯塔·图铎。"

"血皇帝"?四皇之一的"血皇帝"?卢米安从加德纳·马丁那里听说过这个称呼和名字。

亚利斯塔·图铎建立的帝国包含今天的因蒂斯,沉入地底的那个特里尔就是祂的帝国从前的首都。按照加德纳·马丁的说法,这位"血皇帝"是真正的神灵,掌握着"猎人"途径,也就是说,祂是序列0"红祭司"!

"对。""魔术师"女士点了点头,"四皇之战是真正意义上的神战,亚利斯塔·图铎陨落在了第四纪那个特里尔,让帝国的首都沉入了地底。而早已疯狂的祂还做了很多事情,据说差点就让当时参战的所有神灵给祂陪葬。直到今天,特里尔地下都还有那场战争的许多遗留,甚至可以这么说,它们深刻地影响着第五纪的部分历史。"

第五纪就是卢米安等人生活的这个纪元,被称为黑铁时代。

差点让参战的所有神灵陪葬?"血皇帝"还真是疯狂啊……卢米安听得一阵好奇:"四皇之战究竟是什么情况?"

"我也不太清楚。""魔术师"女士摊了下手,"我只是听两位亲身经历过四皇之战的存在提过几句,祂们其实也不了解全貌,毕竟不可直视神。记住,不可直视神,哪怕只是序列4圣者失控变成的不完整神话生物。"

还有亲身经历过四皇之战的存在活到今天?祂们能参与那场神战,至少是天使了吧……"愚者"先生神座旁边的其中两位天使?嗯,圣典上提过,"愚者"先生的"时之天使"是古老年代的天使,祂是其中一位?卢米安结合自己掌握的信息,尝试着开始推测。

他听奥萝尔提过"神话生物"这个概念和相应的问题,对"不可直视神"这句话没有任何疑问。

卢米安兴致勃勃地问道:"'血皇帝'陨落后,还有精神烙印、死亡印记或者残留气息被封印在撒玛利亚妇人泉的泉眼里?"

"那应该是死亡印记,但我觉得还掺杂了精神烙印、残留气息,甚至包含一些以某种缘由保留下来的残灵,要不然,'血皇帝'亚利斯塔·图铎不可能在那个泉眼内保持着和人争斗的状态。呵呵,争斗也算是'猎人'的特质。""魔术师"女士说着自己的推测。

她一边说一边将手探入虚空,手的前端消失在了卢米安眼中。摸索了几下后,这位女士拿出了一杯色泽诱人的淡红酒。

"你啊,你姐姐不是教过你吗?有客人的时候要记得询问对方喝茶还是喝酒,要不要点心。""魔术师"女士抿了口淡红的酒液,摇头说道。

这种时候，我哪还记得？她的酒是从哪里拿出来的？卢米安这才发现自己忘记问最重要的事情了。

他诚恳地接受了教导，先提了别的问题："把'血皇帝'拖回泉眼的奇怪力量源自哪里？"

"不知道。""魔术师"女士回答得非常干脆，"哪怕真神也未必知道，唯一可以确定的是，那和四皇之战无关。"

卢米安暂时将这事压到了心底，抬起右手问道："这些痕迹到底是什么，'愚者'先生都净化不了吗？"

"这不算污染，怎么净化？""魔术师"女士慢悠悠地喝了口淡红酒，道，"这就相当于一件镶嵌在你手上的神奇物品，会带来一些负面影响，而负面影响是净化不了的，除非你把物品本身取掉。"

"神奇物品……它有什么作用，又有什么隐患？"卢米安没想到会听见这样的答案。

"没有作用。""魔术师"女士笑了起来，"我说的是相当于，不代表等于。当然，它也不是完全没作用，只不过没法让你直接变强。传闻，在地底那个第四纪特里尔内，在别的隐秘之处，有'血皇帝'亚利斯塔·图铎留下的多个宝藏，只有具备图铎家族血脉的人才能打开，而现在，你也可以打开了。"

相当于我这只手掌有了一点不涉及超凡力量的图铎血液和气息？卢米安尝试着将精神延伸向右掌那几个鲜红的伤疤。两者刚有接触，他整个人就突然被疯狂的、暴戾的、恐怖的、高高在上的气息包裹，整个房间乃至整栋公寓都出现了不可遏制的颤动。

突如其来的变化和让自己都受到一定影响的疯狂气息让卢米安本能地将延伸至右掌疤痕的精神缩了回来。异变随之停止，一切都恢复了正常。

卢米安环顾起四周，担心刚才的气息引来不必要的关注。

此时，房间异常安静，周围略显暗淡，就像加装了一层隔音的深色玻璃。

卢米安放下心来，重新将目光投向"魔术师"女士："这是怎么回事？"

"痕迹附带的亚利斯塔·图铎气息，但没有实际效果，没法震慑别人，让他们臣服。""魔术师"女士手持装着淡红酒液的杯子，微笑着道，"配合尼瑟之脸的能力，你可以去老鸽笼出演'血皇帝'。"

只能用于表演，或者在特定场合吓人？卢米安若有所思地点了点头："这些痕迹会给我带来什么负面影响？"

"魔术师"女士笑了起来："更疯狂，更凶戾，更冲动。但你也不差这么一点。"

她的意思是卢米安身上类似的负面影响已经一堆了，只要不超过限度，就不存在问题，或者说卢米安早就习惯了这样，也不会变得更差。

"那还好。"卢米安稍微舒了口气。

"魔术师"女士抿了口淡红酒，特意提醒道："你现在主要是靠自身的毅力和'托钵僧侣'的忍耐能力来压制那些负面影响，保持正常状态，但合适的时候，也有必要宣泄一下。

"这就像水库不能一直蓄水，总得找机会放掉一部分，否则一天天积累下来，不是冲垮堤坝，就是漫出库区，留下心理问题。"

也是，"托钵僧侣"后续的升阶"苦修士"在强调忍耐、积蓄的同时，也多了爆发的相关内容……卢米安理解了"魔术师"女士的说法。

与此同时，他想到了一些事情：加入铁血十字会后，必然少不了对地下特里尔的探索，拥有"血皇帝"气息的他虽然具备了进入特定地方、打开某些宝藏的资格，但会不会也因此触发更多的异常，遭遇更多的危险？

卢米安表达了自己的担忧，"魔术师"女士轻轻颔首道："这是完全可以预见的发展。就像，呃，那句话说的那样，这既是一个恩赐，也是一个诅咒。

"你如果不想冒这样的风险，就等两三天后再次向'愚者'先生祈求，让他帮你清除亚利斯塔·图铎的气息。记住，一定要说明是'猎人'途径高位者的气息，免得出现误会，在进行'摘除手术'时取掉不必要的事物。"

"靠每天六点的状态重置没法清除吗？"卢米安习惯性地追问了一句。

"魔术师"女士摇了摇头："这种位格的气息，它重置不了。"

卢米安陷入沉思，犹豫着是保留亚利斯塔·图铎的血脉气息，还是借助仪式，将它取掉。

想到进入地底寻找第四纪那个特里尔是必然会被铁血十字会派发的任务，触发异常是概率不小的事情，他就心中一狠，决定留下右掌的鲜红疤痕。

在和别的铁血十字会成员不一样、未遭受市场大道13号那栋建筑污染的情况下，只有亚利斯塔·图铎的血脉气息才可能让他获得类似受污染者在地底的待遇，不至于出现别人没事，他却骤然失去自己的脑袋的情况。

至于可能引来的危机，他不是不担忧，但只能选择坏处更小的那个。

反正寻找第四纪那个特里尔的入口不是他一个人的任务，到时候必然有多名铁血十字会的成员配合，说不定还有加德纳·马丁带队，天塌下来，大家一起扛！

见卢米安似乎下定了决心，"魔术师"女士未多说什么，静静品着淡红酒。

卢米安转而问起另外一件事情："那个群岛骗子莫尼特，或者说与众不同歌舞厅的那些人究竟想做什么？他们的目的难道就是希望我获得亚利斯塔·图铎的血脉气息，将来打开某个宝藏？可他们为什么不自己去获取？他们已经偷到了'地血'矿石，又明显能进入撒玛利亚妇人泉那片区域。"

"可能是太危险了，不想自己尝试。你要是失败，他们就可以迎接'血皇帝'残灵的回归；你要是成功，他们则等着你找到宝藏。""魔术师"女士笑着说道。

"迎接'血皇帝'残灵的回归？"卢米安对这个说法表示疑惑，"我当时感觉只要我接触到苍白的泉水，就会立刻死去，彻底死去，应该没法成为'血皇帝'复活的载体。"

"魔术师"女士想了下道："正常情况下应该是这样，但你既是'猎人'，身上还有'愚者'先生的封印和宿命领域的天使，一旦被拖入泉眼，和'血皇帝'的残灵融合，极有可能引发一场难以预料的爆炸，让亚利斯塔·图铎的身影趁机脱离束缚，不再连死亡本身都被拘禁。"

卢米安思索着"魔术师"女士的话语，觉得这事越回想越有问题，越让人感觉恐惧。

"魔术师"女士轻轻摇晃起酒杯："刚才只是我的推测，与众不同歌舞厅那些人的真实目的还有待确认。甚至，这可能只是一场会危及你生命的恶作剧，以干扰我们对其他事情的判断。总之，你必须提高警惕，不能觉得对方已达成目的，可以放下心来。"

卢米安"嗯"了一声，表示自己肯定不会麻痹大意。

其实，就算"魔术师"女士不提，他也会防备那个总是在关键时刻出现于地底的群岛骗子。这家伙都快让他产生心理阴影了。

"要不要把与众不同歌舞厅的异常举报给两大教会？"卢米安试探着问道。

"魔术师"女士表情略显古怪地说道："我已经观察那个歌舞厅一段时间了，发现右眼戴单片眼镜的人绝大部分都是正常的，只有少数有问题，而有问题的那少数人并不固定，今天是这个，明天是那个，难以锁定。

"而且，没谁知道右眼不戴单片眼镜的人里面有没有祂，要想彻底清除，可能得把那条街道和曾经去过歌舞厅的人全部抓起来，或摧毁，或净化。

"但这并不能真正解决祂，只会让祂转入暗处。

"'愚者'先生的'时天使'正注视着这件事情，希望能找出祂最重要的几个分身，这样才能痛击祂，让祂安分一段时间。"

卢米安听得异常迷糊，疑惑地问："什么叫'有没有祂'？"

"魔术师"女士说得那些异常者都是同一个人一样。

"魔术师"女士思考了几秒道："祂已经和你接触了几次，你有必要对祂做一定的了解。祂是第四纪图铎帝国的大贵族阿蒙，也是第三纪统治整个世界的远古太阳神的孩子。"

"祂就是阿蒙?"卢米安想起群岛骗子莫尼特是从阿蒙家族某个成员的墓室内爬出来的。他背后那位竟然是古老年代的天使！难怪对第四纪的墓室如此了解！

"魔术师"女士点了点头："祂曾经是天使之王，并登上过神灵的宝座，但被'愚者'先生击败，现在是一位普通的天使。

"祂属于'偷盗者'途径，这条途径的高位者都有一个特殊的能力叫'寄生'，也就是分出自己的一部分，寄生于别人的体内。这分为浅层次的寄生和深层次的寄生，后者可以让宿主成为分身。

"而序列越高，能寄生的对象就越多。"

卢米安听得又惊又惧，脱口而出道："群岛骗子莫尼特被阿蒙寄生了？等于祂的一个分身？"

这竟然是曾经能和"愚者"先生争斗的真正的大人物！

"魔术师"女士认可了卢米安的猜测："对，第四纪阿蒙家族的每一个成员都是阿蒙，与众不同歌舞厅那些存在异常的人也是阿蒙，还未出现异常的则是潜在的阿蒙，或者说是阿蒙的潜在信徒。"

卢米安听得说不出话来。

他感觉自己将那些右眼戴单片眼镜的人形容为金鸡旅馆的臭虫和垃圾堆里的蟑螂好像还挺合适的——实在是太像了！而莫尼特之前就相当于从他自己的坟墓里爬出来。

"祂究竟有多少分身?"隔了片刻，卢米安开口问道。

"魔术师"女士摇头回答："从第四纪开始，祂就长期猎杀'偷盗者'途径的非凡者，搜集了很多特性，分身的数量没人知道究竟有多少。

"你需要记住的是一句话，当你遇到一个阿蒙时，周围已经潜藏着很多阿蒙，他们可能是老鼠，也可能是臭虫，甚至是更微小的生物。"

"这岂不是很适合监控别人?"卢米安听得汗毛都快立起来了。

他大概明白阿蒙为什么知道自己有"地血"矿石、为什么能掌控自己的动向了，也明白了上次祈求恩赐时总觉得哪里都不对劲、哪里都有人看着自己的"幻觉"是怎么来的。

"阿蒙的分身大概有序列几?"卢米安记起第四层墓穴里自己想要干掉莫尼特的事情，有点后怕地问道。

"魔术师"女士喝掉了剩余的淡红酒，将杯子丢回了前方的虚空："祂有办法让分身变得很弱，但位格始终是天使，你不能因此轻视祂的分身。嗯，类似于墓穴第三层及以下的特殊场景内，可以视具体情况来确定和对待。"

卢米安头痛地揉了揉额角，觉得在不清楚阿蒙目的的情况下，每一次进入地下特里尔深处都是在冒险。

他改变了话题："撒玛利亚妇人泉的泉水究竟有什么作用？"

"魔术师"女士笑了一声："关心这个做什么？你又用不了，它只能拿来遗忘所有的记忆和原本的感情，变成一个崭新的人。"

"嗯，在'收尸人''不眠者'和'战士'这三条途径，根据用法、仪式和搭配，撒玛利亚妇人泉有不同的用处，包括但不限于暂时清理记忆、愈合灵的本质损伤、提高自身的灵感、成为重要仪式的材料、带来能力的不同分支等。"

对应"收尸人""不眠者"和"战士"这三条可以互转的相邻途径？卢米安提炼着关键信息。

这时，"魔术师"女士看了他一眼，收敛起脸上的笑意："没有问题了吧？"

卢米安想了想道："暂时没有了。"

"魔术师"女士点了点头："那该我问了。"

"问什么？"卢米安很是疑惑。他把所有细节都讲了啊。

"魔术师"女士用手指轻敲了几下面前的虚空："你为什么不把'正义'小姐让你去撒玛利亚妇人泉这件事情告诉我？"

卢米安一阵愕然："我以为她会告诉您。而且，我想着她也是塔罗会的大阿卡那牌，接受她的委托应该没什么问题，不需要找您确认。"

"魔术师"女士露出了若有所思的表情："正常是没什么问题，但这个世界上总有太多的不正常。"

卢米安惊疑不定地问道："'正义'女士出现异常了？"

"那倒不是。""魔术师"女士摇了摇头，"问题是你同意去撒玛利亚妇人泉没多久，'地血'矿石就丢失了，而我不知道你即将去地下墓穴第四层，'正义'小姐则不清楚'地血'矿石落到了别人手上，不是你不想带去就确定不会带去。

"如果提前沟通好，我可以让你推迟一段时间，等确认了'地血'矿石的下落再说，或者提前做一些安排。"

卢米安仔细思索了一阵，发现还真是"魔术师"女士说的那样：预见到"地血"矿石会在地下带来一定遭遇的她不会忽视"'地血'矿石丢失"和"前往撒玛利亚妇人泉"这两件事情间暗藏的关联，而自己小小的疏忽或者说自认为合理的处置，正是后续遭遇的源头。

"魔术师"女士深深地看了卢米安几秒，思索了片刻道："这也不能怪你，你的处理其实没太大问题，这只是提醒你以后还要更谨慎一点。"

她顿了顿，意味深长地说道："将来去寻找第四纪那个特里尔的入口时，更是如此。"

"是，'魔术师'女士。"卢米安诚恳地接受了教育。

等到"魔术师"拿着那瓶装有撒玛利亚妇人泉的泉水消失在自己眼前，卢米安快速收拾好祭坛，重新坐了下来，开始复盘自己在这次行动里犯下的错误。

"第一，'魔术师'女士说的没错，我应该将'正义'女士的委托告知她。即使她们已经私下沟通过，且事情没有任何问题，我也应该讲。毕竟我直属的大阿卡那牌不是'正义'，而是'魔术师'，帮别的大阿卡那牌做事得经过自己的大阿卡那牌允许。

"第二，进入撒玛利亚妇人泉之前，我该检查下自身的状态和物品，做最后的确认。除非是遭遇战或者突发事件，否则这该成为必要的流程。

"如果我能记得并完成这件事情，就能提前规避很多问题，不至于毫无察觉地将'地血'矿石带进撒玛利亚妇人泉区域。莫尼特，不，阿蒙几次出现，故意惊吓，就是为了打断我的思绪，让我的注意力始终保持在对祂的警惕而不是自身的状态上，从而忽视'地血'矿石的回归？

"第三，没注意到忒尔弥波洛斯的反常。面对莫尼特的出现，祂竟然一直沉默，不像上次那么警惕和焦虑。呵，虽然祂被封印着，但能借助我感受到周围的情况，作为一名天使，祂会没有发现阿蒙将'地血'矿石塞回了我的衣兜？

"而且，祂的命运和我的命运是关联在一起的，带着'地血'矿石进入撒玛利亚妇人泉时，我的命运肯定发生了改变，祂不会没有察觉。

"为什么不提醒我？祂也想利用撒玛利亚妇人泉的特殊环境和'地血'矿石带来的异变，找到摆脱封印的办法？对，最早就是祂提醒我'地血'矿石有特殊，说会给我带来一场际遇！那奇怪的力量最终让祂的目的没有达成，会是谁的呢？

"邪神的天使确实不能完全相信。忒尔弥波洛斯这段时间表现得那么可靠，时不时提醒我一句，除了是要避开能对祂产生影响的危险，也是在麻痹我，就等着机会到来时从背后给我一刀。呵呵，你也是猎人啊？

"进了撒玛利亚妇人泉后，我的选择倒是没什么问题。在负面影响爆发、各种精神污染叠加的情况下，我还能做出基本的应对，已经很不容易了，就别管对还是错了……要不是那些污染彼此矛盾，互相拉后腿，我可能当场就疯了。"

卢米安复盘完整件事情，忽然低声笑道："忒尔弥波洛斯，你怎么没发现莫尼特把'地血'矿石塞回来了？"

忒尔弥波洛斯保持着沉默，未作回答。

卢米安大概确认了这位宿命的天使在刚才那些事情里发挥的作用，便检查起身上的物品，害怕它们也走向了"死亡"。

还好，无生命物品遭受的影响都较低，未有实质性损伤。而穿过"拷打"拳套的"铁锈"并未造成真正意义上的伤害，除了让它留下了一点痕迹，不影响使用。

至于佩戴这双拳套会带来的注视和危险生物，卢米安没有任何感觉，认为是撒玛利亚妇人泉的特殊环境限制了相应的负面影响。

做完这些事情，卢米安环顾了一圈，对这间被阿蒙进来过的安全屋有着说不出的畏惧和厌恶，总觉得周围的空气都藏着一双双眼睛。

当然，这主要是他心理上的感受，毕竟"魔术师"女士已经来过。

解除掉这间安全屋内隐藏的陷阱后，卢米安带着所有物品开门而去，打算再也不回这里，宁愿浪费掉租金。

…………

特里尔，一座绿草如茵的公园内。

穿着棕黄色长裙的"魔术师"望着正在草地边缘散步的金毛大狗，对身旁的女士道："撒玛利亚妇人泉的泉水拿回来了。"

那位女士穿着白底绿纹的简单长裙，金发润泽，只随意束着，眼眸碧绿如同宝石，又仿佛映着树木的澄澈湖水。她微微一笑道："出了什么意外吗？你本来应该让信使带过来的。"

"魔术师"点了点头，将整件事情的关键信息大致提了提，末了道："正好我们这几天也没有碰面，缺乏交流。这就导致我知道他丢了'地血'矿石，疑似被阿蒙偷取，却不知道他要去拿撒玛利亚妇人泉的泉水；而你刚好相反，知道他要去拿撒玛利亚妇人泉的泉水，却不知道'地血'矿石被偷。"

"正义"静静听完，沉默了几秒，叹息着说道："很像那位的风格……"

"真是那位吗？""魔术师"微微皱眉，"祂是什么时候投来目光的？还是从一开始就没有瞒过祂？"

"正义"想了下道："这样也不算意外，现在最重要的是祂究竟想安排什么。"

"不知道。""魔术师"自嘲一笑，"但既然已经发生了撒玛利亚妇人泉这件事情，那我能预见到……"

说到这里，她一边在星光的簇拥下走入虚空，一边叹了口气道："用不了多久，第四纪那个特里尔的大门就会真正打开。"

…………

一座废弃古堡外。

"正义"的身影出现在了门口，手里握着那个装有撒玛利亚妇人泉水的黄金小瓶。她的前方浮现了一片幽幽暗暗的虚幻大海，她迈步其中，抵达了一片特殊的梦境。

梦境里，一层层往下的形似倒立的黑色陵寝不仅缺少了一部分，而且分裂成两半，表面多有深刻的裂缝，到处散落着沾满油污的淡黄羽毛和各种象征死亡的事物。

"正义"飘浮在半空，将手中的黄金小瓶倾倒了过来。部分撒玛利亚妇人泉的泉水在她的引导下化作幽暗的雨水，轻柔地洒落在大地上。所有破损的痕迹进一步愈合，裂成两半的陵寝逐渐靠拢。

在这样的变化中，"正义"收起黄金小瓶，望着剩余的撒玛利亚妇人泉水，无声自语道："再来两次应该就可以了。"

…………

微风舞厅二楼，属于卢米安的卧室内。

睡了一觉的他抬起右掌，发现鲜红的疤痕褪色了不少，更接近那种挤压后留下的痕迹。

"这样倒是不引人注意。"卢米安舒了口气。

他原本打算用白色的绷带缠绕右掌，免得被老大他们一眼看出问题。现在嘛，他想了想，将绷带缠在了没任何异常的左掌上。

做完这件事情，卢米安期待起"正义"女士说的报酬，也不知道什么时候能送来——他相信应该等不了几天。

突然，卢米安猛地回头，望向了对着后方巷子的窗户。砰砰砰！那里的玻璃被人拍响了。

卢米安一眼看去，发现是穿着女士衬衫的芙兰卡在拍打玻璃。他打开了窗户，好笑地问："怎么不走正门？"

"你不也经常爬窗？"芙兰卡轻松跳入房间，后面跟着简娜。

简娜观察了一下，指着卢米安的左掌道："你受伤了？"

怎么缠上绷带了？

卢米安笑了起来："我去了趟地下墓穴第四层，遇到一个疑似恶灵的怪物，和它大战了一场，受了点轻伤。"

"真的假的？地下墓穴第四层……"芙兰卡望着卢米安的左掌，疑惑地说着。

"你信就是真的，不信就是假的。"卢米安笑了笑。

芙兰卡有所明悟，没再追问。

"我觉得有真有假……"简娜则小声嘀咕了一句。

卢米安没有理睬她，转而问道："你们也遇到事情了？"

"是啊。"芙兰卡将自己两人的遭遇详细讲了一遍，并拿出了那把黄铜制成的钥匙，跃跃欲试地说道，"要不要占卜一下它能打开哪扇门？能开出五万费尔金悬赏的人肯定有一大笔财富！"

卢米安嗤笑道:"你果然爱尝试。这么邪异的事情当然是交给净化者调查,而且这还涉及蒸汽与机械之神教会部分僧侣滑向深渊的问题,你总不会想自己去探索深谷采石场那个秘密洞穴吧?"

"说真的,我有点心动。"芙兰卡讪讪笑道,"通过机械来延长生命和给予机械生命,都是我很感兴趣的领域,当然,我的理智阻止我去探索。"

简娜没有说话,很显然,她在途中已经和芙兰卡讨论过这方面的问题。

宣泄了一下自己的妄想后,芙兰卡同意简娜找机会将那把钥匙交给净化者,把自身的遭遇汇报上去。

她随即望向简娜:"我打算去泉水街,你呢?"

简娜早有想法,对卢米安道:"你不是让我弄清楚那个工厂主住在哪里吗?我已经跟踪过他,掌握了很多情报,现在我们可以去找那些等待赔款的家庭了,引导他们一起去要。"

"不是我让,是你自己想。"卢米安微笑着回应。

芙兰卡"呃"了一声,最终还是按照已经说出口的计划前往泉水街。

…………

植物园区,巴斯德街和伊夫林街交会之处。

各栋建筑承载着许多原本不属于自己的组成部分,就像小孩胡乱拼凑的积木,给人一种野蛮生长又摇摇欲坠的林地感。

简娜指着一名蹲在街边浆洗衣物的女性道:"莫加娜太太,她的丈夫也死在了几年前那次事故里。"

莫加娜太太套着一条灰白破旧、很多补丁的长裙,脸上已有明显的皱纹,外表年龄超过五十岁。

"这个你来。"卢米安纵火焚烧虚构之瓶后,魔药又消化了一点,倒是不那么急。

简娜沉默地看着脸庞瘦削、颧骨高耸的莫加娜太太,隔了几秒道:"其实我很不喜欢她。"

"为什么?"卢米安略感好奇。

简娜吐了口气道:"她很恶毒,是那种自己过得不好,就希望邻居也倒霉的人。她会做一些很可恶的事情,哪怕那不会让她收获任何利益。

"你知道的,我妈妈是戏剧演员,学过一些文字,曾经找到过一份在中产家庭做家教的工作,又体面,又有不错的报酬。但莫加娜太太知道后,专门跟踪我妈妈,找到了那个家庭,和他们出门办事的用人讲我妈妈兼职站街女郎,是个放荡的人,还会勾引男雇主。没多久,我妈妈就被解雇了,后来只能当清洁女工、洗碗女工、化工厂工人。

"莫加娜太太自己不认识字，没能因此获得那份工作，但她还是很高兴。"

"嫉妒啊，人类的原罪之一。"卢米安轻轻点头道，"你怎么不报复她？"

"都过去很久了。"简娜低声笑道，"而且，住在这种地方，总会有类似的事情。也就是我爸爸死的时候，我哥哥已经是大小伙儿，身体也比较结实，要不然我家还会更惨。你要是一个寡妇带个女儿搬到这里，第二天就会有人上门骂你，说她的丈夫多看了你几眼，邻居则会假装好心，给你介绍她的男亲戚。

"你要是不答应，她那个亲戚就会坐在你门口喝酒，一天，两天，每天都那样。而警察是不会管这种事情的，你也找不到其他人帮忙，等到哪天他真喝醉了，胆子大了，会发生什么事情不用我说了吧？

"有时候，警察会抓走他，但抓走一个，还会来第二个、第三个，甚至会惹怒他的亲戚，每天晚上砸你的窗户，把粪便堆你家门口，找大点的孩子打你的女儿。这还不是最惨的，最惨的是被黑帮盯上。

"要想在这种地方活下去，要么家里有好几个成年男子，要么就得有那种'我死了也不会让你们好过'的彪悍，并表现出来。还好，租约结束后，我妈妈立刻就搬到了这条街的另外一头，周围的环境才好了不少。"

简娜说得很详细，就像亲眼见过很多次一样。

卢米安曾经比简娜过得更惨，但他还真没经历过类似的事情。流浪者之间的矛盾和冲突会更赤裸裸一些，要么被打服，要么打服别人，要么像野狗一样徘徊在边缘，等着捡一点别人剩下的东西。后来到了科尔杜村，有了姐姐这个非凡者保护，他都能放心大胆地恶作剧，而村里其他人主要是受到本堂神甫家族的欺负。

他望了眼陷入往事的简娜，若有所思地问道："你不是说你周围的人都在努力地活着吗？"

"靠，这和他们的坏又不矛盾。"简娜骂了一句，下巴扬了扬，示意不远处浆洗衣物的女性，"就像莫加娜太太，她一天要做三份兼职，为的就是让自己的儿子能够有机会搬出这个地方。呵呵，你可能不相信，她偶尔还会给饿着肚子等妈妈回家的我一块面包。"

卢米安跟着看了莫加娜太太一眼："这样的人很好教唉。"

"是的。"简娜轻轻点头，迈步走了过去。

她一改刚才的状态，骂骂咧咧地冲着浆洗衣物的女性喊道："莫加娜太太，你知道吗？那个该死的阿方斯出卖了我们！

"那坨狗屎总是说再等等，再等等，说既然法庭已经判了，老埃德蒙肯定会赔，可那个母猪养的打算跑路，一个科佩都不想给我们！阿方斯那头公猪，肯定已经悄悄拿到了自己那份，才会这么说！"

莫加娜太太唰地站起，粗糙的手指上仍有水珠不断滴落着。她表情都有点扭曲地问道："真的？我要和那头公猪拼了！"

简娜也是一脸愤恨："现在管不了他，老埃德蒙要跑了！我们得赶紧去堵住他，我知道他们一家住在哪里！"

卢米安在五六米外听着简娜教唆住在这附近的待赔偿者，目光随意地打量着周围，发现这里和乱街差不多，小贩、孩子、妇女和少量男性混杂相处，堵塞了大半条路，偶尔经过这里的普通马车到了街口，观察几秒后，往往都会选择绕道。

这里面，有个相对特殊，让人一眼就能发现的中年男子。他穿着不算太旧的亚麻衬衫和深色长裤，脸庞收拾得较为干净，头发梳理得整整齐齐，和周围的小贩、居民截然不同。

此时，这男子正在和几名抱着长棍黑麦面包的妇女说话。

他拿出了一沓不厚不薄的钞票，在那里一张一张点数："一百九十五，两百……你们看是不是有两百费尔金？如果不信，你们可以自己数一数。"

——纸钞最小面额是5费尔金。

那几名妇女从未拿到过如此多的现金，战战兢兢地数了一遍，确定是两百费尔金。

那男子收回了钞票，又一次点数起来："一百九十五，两百，两百零五……你们看，只要诚心诵念神名，每数一次钞票就会多一张！"

魔术玩得不错……这是骗子吗？

卢米安现在一看到骗子，就会想到莫尼特，就会想到与众不同歌舞厅，内心的愤怒和戾气直线蹿升。

那几名妇女又数了一遍，发现真有四十一张钞票，比刚才多了一张，多了五费尔金！

中年男子见状，面目庄严地说道："我主是所有疾病的统治者，你们只要信仰了祂，就再也不会生病，即使真的生病，也能很快就好。生病是病神的惩罚，你们只要好好信仰病神，虔诚地供奉祂，祂就会离开……"

听到这里，卢米安眼睛微眯，直接走了过去。他抽出左轮，倒转枪支，狠狠砸向了那个中年男子的头部。

砰！

那中年男子本能地蹲下，捂住了脑袋，连惨叫都发不出来。他的指缝间，鲜红的血液已开始溢出。

在周围之人茫然恐惧的目光里，卢米安蹲了下来，摇晃着枪管，笑着对那名中年男子道："来，让我看看病神怎么治好你。"

那中年男子又惊又惧又怒地喊道："病神，嘶……病神会惩罚你的！"

卢米安捡起了他掉落在地上的钞票，递给他，道："你今天要是不能给我多数出来十万费尔金，就不要走了。"

说完，他又扬起左轮，砰地砸在那男子的侧脸，砸得血沫横飞，脸庞凹陷，牙齿崩出。

那中年男子恐惧地望着卢米安，不知道自己哪里惹怒了他。被骗的不是他，控制这片街区的黑帮成员也没有他，他还不是那些人的亲戚朋友，怎么就直接冲上来打人呢？

而且根本不给辩解的机会，说一句话就要往死里打一下！

目光落在那把左轮后，中年男子侧头望向躲于暗处的几名帮手，发现他们也不敢上前阻止，一颗心不由得缓缓下沉。

他不敢再威胁卢米安，也不敢再反抗，哆嗦着说道："我，我数不出来，我没带那么多钱。"

"真是让我失望啊，我正缺十万费尔金。"卢米安笑着说出了表达遗憾的话语，"是谁教会你数钱魔术的？又是谁想出来病神的？"

中年男子吞了口唾液，沉默着没有回答。

卢米安不慌不忙地打开了手枪转轮，将里面几颗黄澄澄的子弹展示给对方看。然后，他收回转轮，将枪口抵在了那名中年男子的额头。

"三，二……"卢米安每说出一个数字，放在扳机上的手指就往后压动一段距离。

中年男子眼现慌乱，惶恐异常。如果是别人，他觉得对方不会当街射杀自己，但眼前这位从一开始就毫无缘由地出手，很难说会不会更疯一点，直接开枪。

就在卢米安说出最后一个数字前，中年男子恐惧喊道："是使者！"

"使者？"卢米安挑了下眉毛。

被突破心理防线后，中年男子完全放弃了侥幸心理，一口气说道："病神的使者！他找到我，教会了我一些小魔术，还告诉我病神相关的事情，让我帮他发展信徒，收到的钱他一半我一半。"

究竟是信仰真正邪神的教徒，还是假借神灵名义敛财的骗子，或者两者都有？卢米安将左轮从中年男子的额头收回，用它拍了拍对方还算完好的那侧脸颊，笑着说道："这样才对嘛，大家好好交流不行吗？"

乓！

一枚子弹从左轮枪口飞出，钻入了不远处被砍断的一棵行道树内。

卢米安"哦"了一声："不好意思，走火了，没吓到你吧？"

那中年男子心脏扑通扑通地狂跳，身下一摊液体缓缓溢开。

卢米安看了他一眼，重新露出了笑容："病神的使者叫什么名字，住在哪里，长什么样子？我最近比较缺钱，想去拜访他。"

与此同时，卢米安在心里嘀咕道：看到刚才那个恶作剧都没有反应，真不是恩赐者啊……

那中年男子慌乱摇头："我，我不知道。"

看见卢米安又抬起左轮后，他连忙补充道："我只知道他高高瘦瘦的，皮肤很白，像生过重病，眼睛是灰蓝色的，头发黑色，不长，就跟，就跟那些有钱老板的秘书一样。他每周会来找我一次，我不知道怎么找他。"

另外一边，和莫加娜太太等人聚在一起的简娜抽空望了卢米安方向一眼，不知道这名"猎人"同伴发现了什么、在做什么事情，可她暂时也无法脱身过去询问。

在教唆了附近几名等待赔款多年的人后，大家越说越愤怒，已经有人自发地去找别的受害者或者受害者家属，并催促简娜带领他们赶紧去堵那个叫埃德蒙的工厂主。

群情激愤下，简娜已无须再做更多的教唆，自有人帮她完成这件事情。

被簇拥着往老埃德蒙居住的街区赶去时，简娜霍然产生了一个明悟：要教唆一个人，必须和他交谈，但要教唆一群人，不是必须和每一个人都交谈，只要能把握准时机，做好最开始那几个人的教唆，并注意着维持风向就行了。那些被教唆的人会成为"教唆者"的帮手，替她教唆更多的人，然后像滚雪球一样越来越大。

卢米安没立刻跟随简娜去老埃德蒙家，他又问了那名中年男子几句，确认榨不出更多的情报才站起来，对刚才受骗的那几名妇女道："你们也听见了，这家伙想骗你们的钱，要不要就这样放他走？"

之前靠近中年男子时，卢米安已悄然使用尼瑟之脸，略微改变了容貌，让人不至于将他和通缉犯卢米安·李联系在一起。

那几名妇女里其实有一个是中年男子的帮手，负责配合他传教和骗钱，当此场景，自然不敢多说什么，而是将目光投向了旁边的人。

另外的妇女中，有的非常愤怒，要将骗子送去警察总局；有的则畏畏缩缩，觉得骗子肯定还有同伙，事后说不定会来报复。

卢米安安静地听着她们表达自己的意见，目光随意地扫过了附近围观的人。

那里面，有三个男的正打算悄悄离开。他们是骗子的同伙，负责在必要时候采取暴力手段。

卢米安没有任何的犹豫，直接抬起左轮，乒乒乓连开了三枪。那三个骗子同伙哀号着倒地，全是腿弯或者小腿中枪，血流了一片。

"不用担心他们来报复了。"卢米安笑着对几名妇女道。

正分别说着自己想法的那几名受害者一下静滞，和围观的人一样，仿佛变成了雕像。过了几秒，她们才结结巴巴地说道："你决定……"

卢米安满意地点头，指了指战战兢兢的骗子和他受伤的同伙们："把他们架到最近的，呃，蒸汽教堂。"

…………

天文台区和植物园区交界之处，塞尔布大道5号。

一群衣物陈旧的男男女女涌到了那栋米黄色三层建筑前。

门口的两名守卫看着神情激动的近百号人，拿出合法持有的半自动手枪，厉声喊道："停下来!"

看到手枪，冲在最前面的莫加娜太太等人都不自觉地放慢了脚步。

枪还是很有威慑力的。

简娜见状，直接奔到最前方，迎着两名守卫喊道："我们是来要赔款的，法院已经判了! 你们两个婊子养的，有胆子就开枪，朝着我开枪!

"你们的狗屎子弹够不够，能不能打死我们所有人? 不能的话，我们一人一口都能咬死你们!"

她一边说，一边气势汹汹地走向大门。

两名守卫的掌心都沁出了汗水，他们视线被遮挡，映入眼帘的全是人头，一时不知道来了多少讨债者。

他们不确定直接向人群开枪会有什么反应，只感觉自己两人相比黑压压一片的讨债者显得如此单薄，如此孤独，就像面对洪水的断木。

简娜继续往前，用上了教唆能力："你们要是被我们弄死，或者被打成了残废，会有赔偿吗?

"看看我们，我们的赔偿都已经被拖了好几年了，你们确定能从那个老吝啬鬼手上拿到自己的抚恤金? 他们一家可能明天就跑了!"

两名守卫听得怔了一下。

这确实是一个问题。而且，他们知道老板一家已变卖了大部分资产，正在收拾行李，过两天就会离开特里尔，去外省躲一段时间。他会带两个受伤残疾的保镖吗? 会不会趁机赖掉赔偿?

事实就摆在眼前!

守卫们犹豫之时，简娜已走到了门口，那一大群讨债者紧随其后。

其中一名守卫本能地遵照处置流程，抬起右手往天空开了一枪，以威慑目标，另外一名则试图伸手制伏看起来没什么战斗力的清丽少女。

简娜身体一缩一让，伸手抓住那名守卫的胳膊，砰地将他摔到了地上，摔得枪支滑落出去。

被刚才的枪响震慑到的莫加娜太太捡起了那把半自动手枪，虽然她不会用，但胆量一下变大，咒骂着奔向了门口。

另外那名守卫犹豫了片刻，最终没有向人群开枪，被他们冲入了房屋。

正要转移的老埃德蒙和他的家人顿时被以简娜为首的近百名讨债者围在了客厅，层层叠叠，密不透风。

老埃德蒙拿着一把左轮，战战兢兢地喊道："你们要做什么？"

"来要我们的钱！"简娜从莫加娜太太那里拿过手枪，瞄准老埃德蒙道，"如果没有赔款，我们都要活不下去了，今天就看谁先死！"

老埃德蒙的手抖动了起来，就像罹患了某种疾病。

…………

一座形似小工厂的蒸汽教堂外面。

卢米安对架着骗子一伙儿的妇女道："把他们送到神甫面前，让他们把变钱魔术和病神的事情都讲一遍。他们要是不讲，你们替他们讲。"

那几名妇女重重点头，带着长棍黑麦面包和骗子一伙儿走入教堂，鲜血滴答滴答地落了一路。

卢米安收起左轮，在门口静静观望。他心情愉悦地想道："'魔术师'女士的建议真没错，偶尔发泄一下确实有益于身心健康。

"信什么不好，信邪神，还当骗子！"

过了两分钟，卢米安慢悠悠地离去，比他更慢的是一路追赶过来的警察。

❖ 第五章 ❖

★ C H A P T E R 0 5 ★

红房子咖啡馆

卢米安在塞尔布大道 5 号那栋建筑外遇上了简娜和一脸喜悦的讨债者们。

"这么快?"他有点愕然地问道。

简娜抿了下嘴巴:"我也没想到会这么快,我还做好了有人报警,而我不得不应对警察的准备,结果,我们把老埃德蒙和他的家人一围住,才威胁了几句,他就屈服了,开始按名单给钱。

"该死,他家里的现金、黄金和其他值钱物品加起来就够我们的赔款了,甚至还有剩,这都没算他还未变卖的资产,他居然拖了这么久都不赔!"

卢米安笑了起来:"付出总会让人心痛。嗯,有的事情看起来复杂,但只要真正去做,就会发现它很容易;而有的事情,你以为简单,却波折不断,差点要命。"

他这是有感而发。

简娜知道卢米安需要黄金,所以她拿的赔款都是各种各样的金饰,纯黄金价格就值三千费尔金。她对卢米安道:"喏,这些卖给你。"

卢米安沉默了一下道:"等我去微风舞厅取钱。"他身上的钞票和银币加起来也就六百多费尔金。

到了晚上,卢米安发现自己居然没什么事情做,暂时变得非常空闲。他悠闲地回到金鸡旅馆,进入地下室酒吧,看见查理正拿着一支啤酒和一群人吹牛。

卢米安笑了笑,扯开嗓子喊道:"我请所有人喝一杯酒!"

二三十号人齐声欢呼之时,卢米安补充道:"查理付钱!"

查理的表情一下就呆滞了。

卢米安嘿嘿一笑,再次高喊:"如果他跳脱衣舞,那我可以帮他付!"

经常到地下室酒吧的那些人最近听查理讲"什么是体面人,什么是文明人"都听得麻木了,此时有机会提弄下这个家伙,都分外兴奋,一个比一个喊得大声。

穿着白色衬衣、敞开黑色马甲的查理犹豫着是付钱请接近三十个人喝一杯酒,还是跳脱衣舞。很快,他放下手里那支啤酒,跳到了一张小圆桌上——他以前在这里喝醉的时候，什么蠢事没做过，脱衣舞有什么好怕的？

卢米安笑着鼓了鼓掌，拿出20费尔金面额的钞票拍到吧台上，对老板帕瓦尔·尼森道："每个人一杯，爱喝什么喝什么。"

说完，他端起一杯烈朗齐，看着查理在一片叫好声里动作笨拙地扭起胯部，小心翼翼地解起衬衫的纽扣。

"激烈一点！粗暴一点！"卢米安用看热闹的口吻高声喊道，其他酒客也跟着起哄。

查理的额头沁出了汗水，他担心暴力撕扯衣物会将衬衫弄坏——这可不是廉价的旧亚麻衬衣！想了想，他趁着衬衫上面的纽扣已被解开，干脆采用起脱毛衣的方式。

卢米安又喝了口烈朗齐，之后坐回吧台，望了眼架着黑框眼镜、穿着深色背带长裤的加布里埃尔，好笑地问："今天这么早？"

这位习惯熬夜的剧作家不都是凌晨后才到这里喝一杯的吗？

加布里埃尔端着绿色的苦艾酒，神情平和地笑道："我明天就要搬走了。"

"《追光者》上演了？"卢米安顿时有所猜测。

加布里埃尔揉了揉自己乱糟糟的棕发，笑了笑道："还没有，但排练了一段时间后，无论是洛普先生还是复兴剧院的导演、演员都很看好，信心非常足，我也就不用担心花光积蓄搬到更贵的地方之后该怎么生活的问题了。你知道的，我已经不再给那些小报写恶俗低劣的故事。"

"打算搬去哪里？"卢米安随口问道。

加布里埃尔一脸向往地说着："2区的圣米歇尔街。那里住了很多作家、画家，相隔不远就是国家博物馆、特里尔艺术中心，还有各种各样的画廊和形态各异的雕塑。"

2区又叫艺术区或金融区，一半古老，很有文化气息；一半是最近十几年开始流行的奢华建筑，坐落着因蒂斯中央银行、特里尔银行、苏希特银行、资产信用银行等金融机构的总部和特里尔证券交易所、因蒂斯期货市场等。圣米歇尔街是这个区最边缘的街道，租金相对便宜，吸引了不少作家和画家来此定居。

"好地方啊，也许扔块砖头下去就能砸翻三个作家、两个画家，哦，还有死了都没人发现的诗人。"卢米安回想着奥萝尔对圣米歇尔街的调侃，用自己的话语讲了出来，没忘记讽刺下最贫困的诗人群体。

加布里埃尔不好意思地喝了口苦艾酒："但那里确实是最适合交流创作的地方，不像这里，只有晚上才相对安静一点。但也只是相对，还有可恶的臭虫……"

说到这里，加布里埃尔突然记起旁边这个既粗暴凶狠又有人文气质的黑帮头目是金鸡旅馆的现任老板，连忙闭上了嘴巴。

这时，查理跳完了脱衣舞，重新套上了衬衫，从恶意点评他身材的酒客中挤了出来，坐至卢米安身旁，状似不经意地说道："最近太忙了，我都好几天没来了，一回家就想睡觉，瞧瞧，瞧瞧，这就是做体面人的烦恼。哎，怎么会突然想着大规模排查来自科尔杜村的通缉犯呢？"

哟，学聪明了不少？有意锻炼说话方式的卢米安笑着回应道："科尔杜村的事情和我夏尔·杜布瓦有什么关系？"

从"人脸螳螂"那里契约了尼瑟之脸这项能力后，他就不太担心会被官方认出来了。

查理见卢米安信心十足，遂不再提这件事情，兴高采烈地讲起自己竟然被同事介绍了一位女性老师的事情。虽然对方没看上他，但也证明他向着真正的体面人又迈进了一步。

喝到快凌晨，卢米安和明天搬家的加布里埃尔送走查理，沿阶梯往二楼而去。

加布里埃尔看着只有一盏煤气壁灯的、贴着报纸和廉价粉红纸张的楼道墙壁，忽然有些感慨："快离开的时候才觉得这里也有可以回味的地方。我刚搬过来那会儿，认为凭借自己的才华，用不了多久就能脱离这个垃圾堆，呃，地狱般的旅馆，谁知道一住就十个月。哪怕搬到了圣米歇尔街，我应该也会经常想起下楼就能抵达的小酒吧，想起让我又清醒又沉醉的苦艾酒，想起硫黄的刺鼻味道，想起那些可恶的臭虫，想起在一片黑暗中给予我光芒的那些人——萨法莉小姐，查理，以及，你。"

加布里埃尔说话的同时，脚步停了下来，伸手触碰起报纸脱落处露出来的墙壁裂缝。

"你们作家是不是就喜欢突然抒情，开始长篇大论？"卢米安嘲讽了一句。

加布里埃尔讪笑道："我不知道别的作家会不会这样，我是偶尔会。我在这里住了快一年，看到不少租客或突然消失，或急匆匆离开，或痛苦地结束自己的生命，但第二天，不，也许只是过了一个小时，就会有新的租客为了追逐特里尔的繁华，为了追逐心里的梦想而到来，住进他们留下的房间。他们之中绝大部分都失败了，然后像尘埃一样消失，但总会有一批又一批的人到来，其中或许会有那么一两个获得成功。这就是《追光者》剧本的灵感来源。"

"你算是成功的那个。"卢米安想起了唱着"这是欢乐之都，这是永恒的特里尔"歌词上吊死去的米歇尔太太，没有了嘲讽加布里埃尔的心情。

"希望。"加布里埃尔脸上洋溢起期待的神色。

他重新迈开脚步，上到了二楼，但他没有停止，似乎要继续往上。

"你去……?"卢米安大概能猜到答案，但还是礼貌性地问了问。

加布里埃尔指了指楼上："去和萨法莉小姐告别，感谢她一直鼓励我。"

卢米安露出揶揄的笑容，用手捏住嘴唇，吹了声口哨："祝你有个梦幻的夜晚！"

"我没有！"加布里埃尔下意识否认。

卢米安转过身体，走向207房间，挥了挥手道："一个人难道就不能有梦幻的夜晚?"

加布里埃尔哑口无言。

目送夏尔进入房间后，他清了清喉咙，继续走向三楼。

途中，他想起了很多往事，包括第一次遇见人体模特儿萨法莉，第一次和她聊起创作，第一次得到鼓励……

他知道，人体模特儿是一个收入很低的职业。最受欢迎的男性模特儿也才八九十费尔金一个月，普通的甚至才六七十，相当于旅馆的见习侍者；而女性模特儿更是只有四十费尔金左右，根本没法养活自己，只能将之作为一个兼职。没有谁是因为懒惰、贪图享受，才选择暴露自己的身体，成为画家的模特儿。

萨法莉同样如此，忍受非议只是为了多赚一点钱，为了改变当前的处境。

加布里埃尔停在了309房间外面，轻轻敲响了那扇门。

"请进。"萨法莉略显空洞的声音传了出来。

加布里埃尔推开房门，看见萨法莉站在窗口附近的木桌前，湖水蓝色的长裙从她身上滑落，堆到了地上。

在绯红月光的照耀下，萨法莉褐眸飘忽，棕发披散，白皙的身上镶嵌着一张又一张人类的脸孔。它们有的艳丽，有的狰狞，有的俊美，有的阴毒，眼睛都同时望向了加布里埃尔。

加布里埃尔吓了一跳，差点惊叫出声。

"有什么事吗?"萨法莉有着强烈抽离感的声音再次响起。

加布里埃尔猛然回神，发现那一张张脸孔只是近乎真实的油画，画布就是萨法莉的身体。

想到对方的职业是人体模特儿，加布里埃尔没有多问，吐了口气道："我明天要搬走了，感谢你这几个月的鼓励。"

他话刚说完，萨法莉就伸出了右手，眼神变得迷离。

加布里埃尔不由自主地走了进去。

半个小时后，加布里埃尔躺在床上，抱着萨法莉，真诚地说："和我一起去圣米歇尔街吧。"

萨法莉坚定地摇了摇头："我也要搬走了，去别的地方。"

加布里埃尔追问道："去哪里？"

"去一个叫旅舍的地方，那里有我的朋友。"萨法莉的嗓音重新带上了点空洞的意味。

加布里埃尔一次又一次地劝说，但都被这个人体模特儿拒绝了。他只好黯然离开，萨法莉则赤裸着身体下床，目送他走向门口。

此时，红月被遮住，房间内异常黑暗，萨法莉体表那一张张油画人脸突然像是活了过来，纷纷对着加布里埃尔的背影张开了嘴巴。

它们最终还是归于平静，看着加布里埃尔礼貌地关上了房门。

…………

翌日上午，卢米安像往常一样，跑步，练拳，寻觅早餐。

回到金鸡旅馆后，他看见隔壁加布里埃尔的房间已经敞开，里面没有了人影，也没有了行李。

卢米安好奇地上至三楼，发现309房间同样如此。他顿时啧啧出声，笑着走回了207房间。

没多久，玩偶信使出现，将折成方块的信纸和一张银白色面具丢到了木桌上。

"正义"女士的报酬来了？卢米安心中一喜。

卢米安没有立刻去触碰银白色的面具，而是打开信纸，阅读起那不同于"魔术师"女士的优美字体。

这是承诺的报酬，"谎言"。

能让你真实地变化自己的样子，在一定范围内调整形体，改变身高。

同时，它还能让你像"魔术师"一样操纵火焰、转移伤害，并具备不错的危险直觉，提升你的平衡力和敏捷性。

它的外形能随意更改，可以是你希望的任何模样。

当你佩戴它时，你的情绪会被放大，你必须懂得控制自己，否则会有不小的问题。

另外，请记住：不要迷失在谎言里。

"居然可以随身携带，不受影响？"卢米安看完信的内容，第一反应不是欣喜于"谎言"的作用契合他的需求，而是惊叹这件神奇物品的负面效果弱得超乎他的想象。

只有佩戴时才会被放大情绪！

也就是说，卢米安可以将它装在袋子、钱包等容器内，一直带在身上，而不用承受任何副作用。

和"谎言"相比，"体面"得沉在烈酒里，取用、保管都相当麻烦，"拷打"只要携带就必然会受到影响。

感叹完，卢米安忍不住自嘲了两句："怎么又是影响情绪的负面效果？这么组合起来，就算'托钵僧侣'也会当场爆炸吧……"

来自契约生物的阴暗侵蚀、源于"拷打"的欲望波动、被"血皇帝"亚利斯塔·图铎给予的"馈赠"最终都会影响情绪，再加上"谎言"，那绝对是一加一加一加一大于四的效果。

卢米安本来就有过去创伤和痛苦回忆，刚刚结束心理治疗，恢复相对正常的状态，他觉得自己要是不想体验或者说展示真正的疯狂，不想走向失控的深渊，最好不要让"拷打"拳套和"谎言"同时发挥作用。

"'谎言'是用来参加卷毛狒狒研究会的，那里以聚会交流为主，用不上'拷打'拳套；其他时候，我可以用尼瑟之脸代替'谎言'……"卢米安思索了一阵，将装着"拷打"拳套的挎包丢到了床上。

做完这件事情，他才拿起银白色的"谎言"面具，将它覆盖于脸上。

那面具忽然熔化，像水银一样渗入了卢米安的皮肤，包裹了他的脑袋。转瞬之间，一切开始重组，卢米安的轮廓线条和五官细节飞快地进行调整。

没多久，银白的液体像是被完全吸收，又仿佛自行蒸发，卢米安的肤色变得正常，比他以往偏白了不少。然后，他身体骤然变矮了一些，白色衬衫被凸起的胸部撑得很紧。

卢米安低下脑袋审视了几秒，无声自语道："变矮和增高都只能在十厘米范围内……我以前一米七六，只比奥萝尔高八厘米，但现在都一米八一了。

"嗯，三厘米的差距倒是还好，一般人看不出来，而且，不管男的还是女的，找特殊的鞋让自己显得高一点是非常正常的事情……

"声音也能模仿，这属于真实变化自己模样的一部分……"

卢米安拖着松垮的裤子、穿着很紧的衬衣走出了207房间，走入盥洗室，将目光投向了那里的镜子。

镜中映出一个美貌的女郎，她有着长而厚的金发、浅蓝含光的眼眸、高挺秀气的鼻子和不厚不薄的红唇，明艳得如同上午的阳光。她的五官细节、她的脸庞线条还在不断微调，过了好几十秒才彻底定型。

卢米安怔怔地望着镜中的女郎，眼神逐渐变得柔和，嘴角微微翘起。

隔了几秒，他低声笑道："好久不见，奥萝尔。"

…………

从泉水街返回的芙兰卡脚步轻盈地打开了601公寓的房门。

映入她眼帘的是一张和自己一模一样的脸孔：偏亚麻色的马尾，明亮带笑的湖水色眼眸，飞入鬓角的棕色眉毛，红润偏薄的嘴唇……

芙兰卡的精神一下紧绷起来，脱口而出道："你是谁，为什么假扮我？"

那个芙兰卡也指着她道："你是谁，为什么假扮我？"

芙兰卡气极反笑，将刚才说话时悄然放出去的蛛丝层层缠绕向那个假冒伪劣产品。

腾的一下，赤红的火光冒出，点燃了周围的无形丝线。

芙兰卡顿时有所明悟，指着假芙兰卡道："好你个六耳猕猴，竟然来假扮我！"

那个假芙兰卡的脸庞一阵蠕动，变回了卢米安的样子，他的身体随之拔高了不少。

取下作为耳饰的"谎言"后，卢米安好奇地问："什么是长了六只耳朵的猕猴？"

芙兰卡支吾着想要遮掩，可转念就想起卢米安该知道的都知道了，这点小细节根本没必要隐瞒。她随即回答道："我和你姐姐的故乡有很多神话传说，六耳猕猴就是其中一种，它能听到你的所有秘密，并变得和你一模一样。"

不等卢米安回应，芙兰卡就兴奋地问："你弄到可以改变容貌和身材的神奇物品了？"

"你没看到我受伤了吗？"卢米安抬起缠着几根白色绷带的左掌，"我接了'正义'女士的委托，帮她去地下墓穴第四层拿了一件东西，报酬就是这个，'谎言'。"

说话的同时，卢米安用右手抛了抛那件耳饰形状的神奇物品。

"这样啊。"芙兰卡昨天就猜到卢米安去地下墓穴很可能是塔罗会的安排，所以没在简娜面前追问。

她好奇地打听道："什么东西啊？"

卢米安想了想，发现不管是"魔术师"女士、"正义"女士还是"海拉"女士，都没要求自己保密，于是直接回答：撒玛利亚妇人泉的泉水。

"真有撒玛利亚妇人泉？"芙兰卡吓了一跳。

她也看过特里尔那些乱七八糟的神秘学杂志，听说过撒玛利亚妇人泉的传闻，还到地下墓穴内专门找出了管理员们命名的那个，没发现有什么神奇之处。

"有。"卢米安斟酌了下道，"在地下墓穴深处，和第四纪那个特里尔有关。"

"神奇吗？"芙兰卡眼眸明亮地追问道。

卢米安瞥了她一眼："神奇，但只对'收尸人''战士'和'不眠者'途径的非凡者展现神奇。你要是想试一试，只有一个结果，那就是忘记你曾经是谁，忘记你一直念叨的故乡，从此做一个真正的特里尔魔女。"

芙兰卡打了个寒战，下意识摇头："那和死了有什么区别？"

她不再问撒玛利亚妇人泉的事情，兴致勃勃地又问："你可以变下'麻瓜'的样子吗？让我看看。"

卢米安看了芙兰卡几秒，最终又戴上了那枚银白色的耳饰。很快，穿着白色衬衫、黑色马甲、简单长裤的奥萝尔出现在了芙兰卡眼前。

"哇哦！"芙兰卡惊呼一声，"比我想象中更漂亮！"

"重点是这个吗？"卢米安用奥萝尔的嗓音反问道。

芙兰卡不好意思地笑了笑："我不清楚这和真正的'麻瓜'还差多少，但我们聚会时都有伪装，这样足够了。"

卢米安变回了原本的样子，一边取下"谎言"耳饰一边说道："我已经给'海拉'女士写过信了，她说等到下一次聚会，她会通知我，并带我去。"

芙兰卡有点失望地收回了目光："那我就不用操心了。嗯，我给你讲讲聚会的不同方式和研究会成员各自的特点……"

一直到了中午，芙兰卡才结束了"补课"。看到卢米安准备离开，她犹豫了下道："那个，你能不能，能不能再变成我的样子？"

卢米安疑惑地皱眉，但没有拒绝。

没多久，在有参照物的情况下，他精确地变成了另一个芙兰卡。

芙兰卡凝望着那张属于自己的脸庞，似乎有点沉醉。突然，她伸出右手，摸向卢米安的脸颊。

"喂！"卢米安后退了一步。

芙兰卡一下清醒，讪笑道："真人和镜子照出来的感觉就是不一样。不过，我总觉得你还是差了点，但又说不上差了什么。"

"差了女性的魅力？"卢米安想了一秒，笑着问道。

"可能。"芙兰卡吐了口气，目送卢米安走向门口。

卢米安刚拉开房门，就听见这位"欢愉魔女"在背后喊道："靠，你刚刚是不是在隐晦地骂我？什么女性的魅力！"

微风舞厅，卢米安刚坐了下来，萨科塔就拿着一份通缉令凑过来说："那些黑狗这两天都拿着它到处问。"

卢米安瞄了一眼，发现是自己的通缉令。他不甚在意地笑了笑："没事，让他们找。"

萨科塔没有多说，转而提醒卢米安："老大让您今天去一趟泉水街。"

又有什么事情？卢米安思索着点了点头。

快到傍晚，他才抵达纪念堂区泉水街11号。这里的草坪似乎受到了摧残，摆满武器和盔甲的大厅更是损坏严重。

　　见到加德纳·马丁后，卢米安没有掩饰自己的疑惑："发生了什么事情吗？"

　　脸上仿佛有光彩溢出的加德纳·马丁微微一笑道："上次'狼人'事件的后续，他们搞了次偷袭，被打退了，吃了点亏。"

　　玫瑰学派最终还是踩中了老大的陷阱？卢米安见加德纳·马丁不想多说，转而问道："老大，找我有什么事？"

　　加德纳·马丁拿出了一张精致的请帖："普伊弗伯爵邀请你这周末去他的红天鹅堡参加沙龙。"

　　红天鹅堡？卢米安略微皱起了眉头。

　　卢米安还记得玩国王饼游戏的那晚，自己做了好几次噩梦，每次都梦见了一座古老的米黄色城堡，城堡的表面沾染着许多年代久远的血液，内部则充满各种各样血腥疯狂的场景。

　　见他一时沉默，加德纳·马丁笑着补充道："只要你记住在类似国王饼游戏的事情上让普伊弗先选，就没什么问题。"

　　可这几天的我已经不是前段时间的我，右手被"血皇帝"气息侵入的我真的可以依靠最后一个选择来规避问题吗？

　　卢米安无声咕哝了一句，应道："是，'长官'。"

　　他转而问道："红天鹅堡在哪里？"

　　他打算有机会先去实地勘察一下，至少得弄清楚最近最大的教堂在哪里。

　　"埃拉托区，靠近罗塞尔大帝修建的夏宫和西洛涅森林。"加德纳·马丁简单回答道。

　　埃拉托区的编号是"17"，在罗塞尔时期属于郊外，是王公贵族的避暑之地，如今被纳入了城墙之内，是特里尔面积最大的几个区之一，因为是多支军队的驻地，又被称为军营区。

　　它位于西北方向，有国家公园，有西洛涅森林，有会议中心和大量的兵工厂，也有永恒烈阳教会在特里尔最大的修道院——圣心修道院。

　　卢米安回忆着自己看过的特里尔地图，微微点头道："靠近广场区啊。"

　　罗塞尔大帝的夏宫不在埃拉托区，在广场区，位于西洛涅森林和东洛涅森林之间。

　　加德纳·马丁的目光扫了卢米安的左手一下，问道："怎么受伤了？"

　　卢米安坦然笑道："最近和神秘学聚会上认识的朋友一起探索了地下墓穴的深处，受了点伤。"

他觉得以铁血十字会对地底世界的关注和重视，在墓穴周围说不定有安排眼线，不如把谎言放在别的地方，比如卷毛狒狒研究会也是神秘学聚会。

加德纳·马丁状似满意地点了点头："这种不必要的探索和冒险，以后少做。这既不能给你带来想要的神秘学知识，又无法让你收获高价值的物品，只有危险，危险，以及危险。"

是吗？撒玛利亚妇人泉算不算高价值的物品？卢米安腹诽了一句，诚恳地答应了下来："是，'长官'。"

要不是"正义"女士委托，他根本就没有去地下墓穴第四层的想法。

现在更加没有了，那也许又会遇上某个阿蒙的墓室！

告别加德纳·马丁后，卢米安乘坐公共马车返回市场大道。他背靠厢壁，脑海内转过了各种各样的念头，这既是在漫无边际地放松思维，也是在寻找可能忽视的问题。

伴随着马匹踏动、车轮前滚的动静，卢米安忽然想到了一个可能性："玫瑰学派在加德纳·马丁那又吃了一次亏后，会不会冷静下来，寻找涉及'暗影之树'事件的其他人？

"至福会只是损失了夏绿蒂·卡尔维诺和大祭司苏珊娜·马蒂斯这两位核心成员，别的人还在，比如曾经的老鸽笼剧场经理迈普·迈尔，比如在老鸽笼担当过女主角又最终离开的那些'演员'……

"也不知道苏珊娜·马蒂斯有没有把'暗影之树'的细节透露给那些成员，如果有，他们就会知道大祭司真正的目标是我，夏尔·杜布瓦，或者说卢米安·李……那样一来，玫瑰学派和至福会将调整目标，开始针对我，那就麻烦了……

"好烦，好想把玫瑰学派和至福会的人都杀掉……"

想到最后，受身上各种负面效果的影响，卢米安在心里咒骂了一句，接着又控制住了自己。

要不是那帮"演员"擅于伪装，藏得很深，他真的会考虑把至福会成员都干掉，以清除隐患。他觉得"拷打"拳套对这帮欲望强烈到畸形的人应该有奇效。

"该去哪里找他们呢？"卢米安陷入了沉思。

就在这时，公共马车到达中途站点，上来了一个人。

那是个七八岁的小男孩，身穿白色衬衣、儿童版黑色正装和同色短裤，脚踩白袜和黑鞋，黄发较短，棕眸坚毅，脸上有明显的婴儿肥。

哟，这不是布里涅尔男爵的教子路德维希吗？卢米安心情一下好转，笑了起来。

几乎是同时，路德维希也看到了他。

这个小男孩坚毅的棕眸内闪过了一丝惊慌，转过身又走下了马车。他依旧背着那个看起来沉甸甸的暗红色硬质书包。

又离家出走啊？卢米安笑着站起来，提前下了公共马车。

站牌附近，小男孩的身影已不知去向。

跑得还挺快嘛……卢米安分辨着附近的足迹，不慌不忙地选择了一个方向。

在来不及处理痕迹的情况下，要想摆脱一个"猎人"的追踪，几乎是不可能的事情！

跟了两条街后，卢米安转入了一条僻静的巷子，走到半人高的残破街垒前，呵呵笑道："出来吧。"

路德维希从街垒后面探出了稚嫩的脸孔，略显紧张而又愤恨说道："你这个骗子，不要过来！你再过来，我，我就吃掉你！"

卢米安抬起右手，摸了摸下巴道："怎么又离家出走了？"

路德维希骂了句脏话，愤怒地回答："还不是因为那些该死的作业！"

"哟，会骂脏话了，比上次进步多了。"卢米安笑着调侃道。

上次即使不知道他非人的食量和奇怪的进食习惯，他也会觉得对方不正常，而现在，对方更像真正的小孩了。

想到这里，卢米安直接说出了结论："这证明学习还是有用的。"

路德维希听得一下怔住，忘记了反驳。

卢米安打量了他几眼，言辞诚恳地说道："你天生智商不是太高，算是比较愚蠢，如果不天天读书写作业，隔段时间就考试，慢慢地提升思维能力，我敢保证，你只要出门就会被像我这样的人欺骗，连怎么被骗的都不知道。"

路德维希有点茫然地自言自语道："我真的进步了吗？读书写作业考试真有作用啊……"

这孩子不是天生愚蠢，而是脑子坏掉了吧？这就相信了？这样的你，要是被丢到与众不同歌舞厅门口，我都不敢想象会有什么样的下场……

卢米安心里嘀咕的同时，脸上笑容不变："是啊，你如果觉得负担太重了，可以和布里涅尔交流，争取减少作业的数量，没必要非得离家出走。一旦放弃学习，你会越来越蠢的。"

此时的卢米安只有一个想法：这种明显有异常又缺乏脑子的人类或者说类人生物，还是放在正神教会的看管下比较好。

不过，知识与智慧之神教会会不会太自大了，竟然觉得布里涅尔男爵能管住这么一个见什么吃什么的家伙？

这都逃跑两次了！如果不是遇上我，早就闯出什么祸来了！

路德维希沉默了几秒道："你会帮我谈判吗？"

"没问题。"卢米安毫不犹豫地答应了下来。

在这方面，他的经验绝对称得上丰富，从前的他总是利用各种机会和姐姐讨价还价。

"那我再相信你一次。"路德维希犹豫了片刻后，小脸坚毅地下定了决心，随即翻出了那个残破的街垒。

不要这么说，你这么说，反而让我有再骗你一次的想法……卢米安嘀咕了一句，领着路德维希走向最近的公共马车站点。

途中，他瞄了小男孩已经变得肮脏的衣服一眼道："带换洗的衣服了吗？"

"没有。"路德维希摇了摇头。

备用衣服都不带就离家出走？卢米安好笑地问："那你书包里放的都是什么？吃的？"

路德维希再次摇头，非常老实。

不是吃的，也不是衣服……卢米安疑惑地将目光投向那个暗红色的硬质书包："总不会是书和卷子吧？"

"也不是……"路德维希忽然闭上了嘴巴。

那会是什么？卢米安微微眯了下眼睛。

这时，路德维希一脸天真地问道："有吃的吗？"

"没有，等回了市场大道再吃。"卢米安毫不留情地说。

开什么玩笑，你这个食量，我怎么会拿自己的钱请你吃？

路德维希失望地叹了口气，吸了吸自己的手指，似乎想啃上一口。

还好，这里距离市场大道已经不远，又坐了一站后，他们抵达了目的地。

卢米安在放贷公司的门口看见了布里涅尔男爵，这位绅士一发现路德维希的身影，就松了口气。

"这样下去不行。"卢米安抢在对方开口前说道，"难道你觉得我每次都能遇上他？给他的作业量减一半吧。"

布里涅尔男爵略微权衡："好。"

路德维希小声地插了一句："还要加一餐甜点。"

见这对教父教子的感情恢复如初，卢米安边挥手告别，边疑惑地想着："知识与智慧之神教会把这么一个不正常的小孩送到特里尔到底是想做什么？"

山丘区，深谷镇，一间只有两层的灰白旧屋前。

从切莉娅·贝洛那里拿到黄铜钥匙的瓦伦泰和伊姆雷站在昂古莱姆执事身后，表情都有些凝重。

根据某件封印物反馈的结果,看门人失踪案的神秘委托者遗留的黄铜钥匙指向的就是这栋建筑。

灰白旧屋的房门虚掩着,不用钥匙就能打开。里面一片狼藉,杂物扔得到处都是,就像被人抢劫过一样。

瓦伦泰环顾了一圈道:"有人搬走了这里有价值的物品。"

他看到一楼的几个房间都敞着门,空空荡荡,而地面有沉重箱子压过的痕迹。

"我们来得还是太迟了,那个委托者的同伴应该已经发现异常,提前转移了。"混血儿伊姆雷吐了口气道。

净化者们散了开来,在这片不大的空间里开始搜索。

没多久,昂古莱姆拾起掉在楼梯边缘的几张白纸,将它们举了起来,对着阳光仔细观察。然后,他抽出其中一张,用随身携带的半截铅笔在上面飞快涂抹起来。

一些痕迹逐渐明显,映出了好几个完整的单词:"阿尔贝·龚古尔……地底……暴乱……时间……"

"阿尔贝·龚古尔……"伊姆雷望了眼执事手上的纸张,不自觉地皱起了眉头。

阿尔贝·龚古尔是六年前特里尔大暴动的策划者,烧炭党领袖之一,最大的那支反政府武装的领导者。

昂古莱姆没有说话,示意队员继续工作。

完成了一楼和二楼的搜查后,他们沿楼梯来到低矮的地窖。

地窖的尽头有一扇黑铁铸成的大门,锁芯呈黄铜色。

昂古莱姆拍了拍跟在身边的灰白色人形机械,将得自切莉娅·贝洛的黄铜钥匙放于它的右掌。紧接着,昂古莱姆拧动了人形机械身上的几个旋钮。

灰白色机器人背后的高能燃素背包内喷出了更多的白色雾气,它们驱动着那台呆板的机械一步步往前,按照预设的高度,将黄铜钥匙插入了锁芯。

看到这样的场景,混血儿伊姆雷由衷感慨道:"执事,你真是裁判所,不,整个教会最喜欢用机械造物的人。"

昂古莱姆瞥了这名向来有点随意的手下一眼道:"我不介意是不是蒸汽与机械之神教会出品,我只在乎好不好用。

"机器人坏了只需要修,或者更换一台,你们要是坏了,我还得批抚恤金,还得面对你们亲戚朋友的哭泣。"

几名净化者听得出执事言语里潜藏的爱护之意,都笑着将目光投向了那台灰白色的人形机械。

也就是这玩意儿目前只能用来搬东西、敲钉子,勉强会走路和跑步,做不了什么精细化或者需要头脑的操作,持续性也不足,否则他们真能省事不少。

咔嚓，那台机器人拧动黄铜色的钥匙，推开了铁黑色的沉重大门。淡薄的雾气骤然涌至门边，不断扭曲着形体，凸显出一张又一张似真实、如拓印的脸孔。

那些脸孔由白色的雾气组成，充满了怨毒和痛苦。它们疯狂撕咬着、诅咒着开门的人形机械造物，但对方不为所动。

灿烂的阳光接二连三落下，迅速将黑铁之门后的迷雾清理一空。随着雾气的消失，那里的具体模样呈现在了瓦伦泰等人的眼中。

那是一个不大的祭祀场地，中间是灰黑石头堆成的半高平台。

反复确认没有隐患后，昂古莱姆带着那台机器人走了进去。他看见灰黑祭坛的顶部原本应该镶嵌着什么东西，但现在已经被取走，只留下一个浅而窄的痕迹。

"一枚戒指？"昂古莱姆低声猜测道。

市场区，白外套街3号，601公寓门口。

明媚的阳光下，芙兰卡穿着领口袖口都有大量蕾丝花朵的精致衬衫和最爱的米白色马裤，踩着一双拖鞋，望着卢米安道："你怎么又来了？"

不等卢米安回应，她自顾自抬了下手道："你要是变成'麻瓜'的样子，我就欢迎你！"

卢米安强行进入房间，左右看了一眼道："有事情找你。"

"又有什么事情？"芙兰卡莫名有点心惊胆战，"你安分地等着聚会不行吗？下周应该就有一次。"

卢米安笑了起来："想不想去夏约，去那个红房子咖啡馆？"

"那个经常举行女性欢乐派对的红房子咖啡馆？"芙兰卡愕然反问。

哟，一下就想起来了，平时没少念叨吧？卢米安微笑着回应："是的。"

芙兰卡摇起了脑袋："算了算了，想想就行了，没必要真的去，那样太堕落了。我得控制住自己，不能沉溺于欲望，不能彻底地放纵自身。"

说到这里，她望着卢米安，用批判性的口吻道："你不会是仗着有'谎言'和那个变形幻术，想伪装成女性，混进欢乐派对体验一下吧？"

卢米安嘲讽了回去："你是不是真的想过，才会觉得我打算这么干？有正经事！"

他将玫瑰学派的又一次失败和自己的担忧讲了一遍后道："那个至福会的谁谁谁说过，他们一直在接触此刻会和水仙会的成员，也就是红房子女性欢乐派对的参与者，想将她们发展成欲望母母树的信徒。

"我们顺着这条线，说不定能把隐藏起来的至福会核心成员找出来，至少要干掉迈普·迈尔和知道苏珊娜·马蒂斯大概计划的那几个。"

"而且，这还不能交给官方非凡者去做，一旦问出点什么，你就暴露了。"芙兰卡轻轻颔首道。

她随即一脸认真和严肃地说："既然是正事，那肯定得去。"

说完，她精神奕奕，神采飞扬地问道："什么时候去？你掌握派对的时间和受邀请的条件没？"

"这就是今天的目的，你去红房子咖啡馆喝一到两个小时咖啡，隐晦地展现下女性魅力，看会不会引来同性搭讪，或者你观察那里的客人，找出疑似欢乐派对参与者的女性，主动攀谈，建立联系，为后续的深入了解打基础。"卢米安虽然心急，但还是知道这种事情绝对不能急，必须按照一定的流程一步一步地来。

芙兰卡重重点头："没有问题。"

卢米安拿出了银白项链外形的"谎言"，递给芙兰卡道："你用它改变下发色、瞳色，微调下五官。

"总之，不能用真实的模样去，万一迈普·迈尔就隐藏在暗处呢？他一眼就能认出你这个老鸽笼剧场的现任老板！"

芙兰卡刚将"谎言"戴好就迫不及待地说道："我们现在就去吧！"

卢米安勾起了嘴角："忘了告诉你，这件神奇物品的负面效果是放大佩戴者的情绪。"

"呃……"芙兰卡愣了一下，"难怪我一下变急切了！"

卢米安笑着补充道："原本没有的情绪是不会被放大的。"

"……"芙兰卡咬牙说道，"我想给你一拳的情绪也被放大了。"

卢米安不再嘲笑，认真讲解起"谎言"的作用和注意事项。

芙兰卡走到了全身镜前面，看着里面的自己发色飞快变黑，瞳孔一下变成深棕色，皮肤愈发细腻，线条更加柔和。

与原本张扬的美丽相比，现在的她多了些许沉静，也显得更为成熟，五官则偏向于秀气，整体有种难以言喻的韵味。

芙兰卡怔怔望着镜中的身影，许久没有说话。

"和你真实的样子很不像，但也足够漂亮，有魅力。"卢米安中肯地评价了一句。

他本来想说有"魔女"的魅力，但还是选择不刺激芙兰卡。

芙兰卡猛地回神，沉默地换了双非红色的靴子，一步步走向门口。

进入楼道后，她才真正清醒过来，望了身旁的卢米安一眼："你把'谎言'给了我，你自己怎么伪装成女性？靠那个变形幻术？"

"谁说我要伪装成女性？"卢米安好笑地回了一句。

他带着芙兰卡来到位于夜莺街的新安全屋内，拿出一张棕黄色的仪式狗皮，裹在了自己身上。

紧接着，他用赫密斯语低声诵念道：

"狗！"

幽暗的光芒霍然从仪式狗皮上腾起，将卢米安完全包在了里面。转瞬之后，房间内多了条棕黄皮毛的大狗。

黑发褐眸的芙兰卡看得都有点呆住。她总算明白卢米安要怎么监控红房子咖啡馆的情况了！

过了片刻，芙兰卡颇为好奇地问道："变成大狗是什么感觉？你真的没有一点心理负担吗？"

棕黄皮毛的大狗白了芙兰卡一眼，张开了嘴巴："汪！"

你这家伙是不是傻啊，以为狗会说话、会回答你的问题吗？

芙兰卡"啧"了一声，带着卢米安变成的棕黄大狗，雇了一辆出租马车，前往位于拉维尼码头西面的夏约镇。

沿途之上，卢米安好几次想咬这个家伙一口，因为她时不时就好奇地摸摸大狗的皮毛、肚子和脑袋，想要找出和真狗不一样的地方。

一个多小时后，那辆四轮双座马车停在了夏约镇外。

芙兰卡支付两费尔金车资时，卢米安自行跳下，装成一只和对方不相关的陌生狗，在弥漫着葡萄发酵味的街道上寻找起红房子咖啡馆。

很快，他抵达了靠近东洛涅森林的那栋房屋。

它并非完全的红色，只是有一个艳丽的、蘑菇盖般的红色屋顶，建筑的主体则呈米白色，墙壁上有着用色大胆的大面积涂鸦。

卢米安在红房子咖啡馆大门附近找了个地方趴下，静静看着芙兰卡以黑发美人的形象走了进去。

红房子咖啡馆的布置很有乡间小镇的气质，搪瓷的餐具、有横梁的天花板、小格子的桌布和带着木框的装饰画让它颇有一些素净典雅的味道，和外观的艳丽时尚截然不同。

芙兰卡要了杯香浓的因蒂斯咖啡，坐在靠窗的位置沐浴起阳光。她随意扫了两眼，将不多的几名顾客和侍者观察了一遍——

大部分为女性，侍者当中更是没有一个男的，她们都衣裙整洁、举止优雅，明显接受过专门的培训。

仅有的两名男性像是外来的葡萄酒商人，相对而坐，讨论着今年丰富的雨水和充沛的阳光对葡萄品质的影响。三名女性顾客里，一名上了年纪，白发苍苍，衣着简朴，时不时和窗外路过的行人打声招呼，看起来属于本地居民；一名三十岁左右，手旁放着带面纱的黑色帽子，身穿偏蓝色的束腰长裙，五官较为普通；

一名容貌姣好，眉眼清秀，自然披下的棕发有着海浪般的弯卷，裙子颜色很素，气质颇为幽静。

除了那个本地老太太，剩下两个都像欢乐派对的参与者……芙兰卡收回目光，觉得摆着十几二十张桌子的一楼不像是私密派对的场所。她怀疑要么在地下室，要么在更靠近红色蘑菇盖式屋顶的楼上。

从芙兰卡坐的这个位置能轻松看到门口的情况，卢米安变成的棕黄大狗就静静地趴在那里，晒太阳般注视着每一个进出红房子咖啡馆的人类和里面的顾客、侍者。

没谁在意这么一条路旁的野狗，除了经过附近的流浪狗——它对占据了自己日常位置的卢米安龇牙咧嘴，连声咆哮。

卢米安很是无奈，总不能真以狗的状态和另外一条狗打一架吧？对他来说，这倒不是什么大问题，他又不怎么在乎脸面，但重要的是，造畜之术封印了他绝大部分超凡能力，连力量都被限制在了一条狗的程度。

当然，以他目前变成的这条大狗的体形，欺负中小型犬类生物是轻而易举，可现在对着他张牙舞爪的家伙也很庞大，只是偏瘦而已。

打起来！打起来！透过窗户看到这一幕的芙兰卡忽然兴奋起来，有点没控制住情绪。

不过嘛，她也没想控制，难得卢米安遇上这种打丢脸不打更丢脸的窘境，怎么能不好好看下热闹？

趴在门边的卢米安抬起了右掌，不，右前腿，根据上次的经验，分出一丝精神蔓延向掌心。

轻微的疯狂感和只有卢米安能嗅到的血腥味随之浮现于这极小的范围内，那条瘦到能看见骨头的棕毛大狗一下怔住，夹着尾巴落荒而逃。

"呃……出息点！怎么就跑了？"红房子咖啡馆内的芙兰卡一阵失望。

她想不明白那条狗为什么会突然害怕卢米安。那个"猎人"又用不出能力，顶多可以散发出含有挑衅意味的气息！

与此同时，卢米安在心里自嘲一笑："要是'血皇帝'知道我拿祂的气息吓狗，会不会把我的皮都剥了？"

这么一段插曲后，芙兰卡将注意力放回了咖啡馆内。

她学着时尚杂志上的描述，根据这一年来的生活经验，优雅地喝起咖啡，时不时做点能展现女性魅力的日常动作。她感觉咖啡馆内几乎每个人都在打量她，有的人悄悄地看，很是隐蔽；有的人光明正大，甚至对她露出了和蔼的笑容。

那位上了年纪的本地老太太对芙兰卡笑了笑后，拿上餐盘内的蜂蜜烤鸡翅，走出了红房子咖啡馆。她停在卢米安变成的大狗面前，略感诧异地自言自语道："换了一条啊……"

卢米安顿时有了不好的预感，看着那个老太太蹲了下来，将外表棕黄透油的烤鸡翅凑到自己嘴巴前。他犹豫了一秒，然后像条真正的狗一样，咬住了鸡翅开始啃咬，并任由那个老太太抚摸自己毛茸茸的脑袋。

说实在的，他还有点不适应犬类生物的进食方式，但幸运的是，那个老太太抚摸了两下后就起身离开了。

红房子咖啡馆内，芙兰卡看着卢米安笨拙地撕扯着鸡翅，没再忍耐被放大的情绪，身体有些颤抖地笑了起来——要不是顾忌着形象，她都要哈哈哈地前俯后仰了。

她也想拿点吃的出去喂卢米安！

没再刻意模仿，自然表现出本身状态的芙兰卡在咖啡馆内其他人眼里显得更有魅力。黑发褐瞳的神秘韵味，优雅又随性的行为举止，让她有着不同于其他女性的吸引力。

就在这时，一名穿着浅色猎装的女子骑着棕色马匹从靠近东洛涅森林的赛马场返回，停在了红房子咖啡馆前方。

她利落地翻身下马，摘掉了头顶的帽子。橙红色的长发立刻脱离束缚，瀑布般垂落，让那张干净清纯的精致脸庞多了几分野性。

猎装女子拴好马匹，拿着马鞭，进入了红房子咖啡馆，向着那名气质娴静、容貌姣好的年轻女性走去。

芙兰卡已停止嘲笑卢米安，她感觉新来的女子比这里其他人都更像欢乐派对的参与者。

虽然她最漂亮，五官也最精致，看起来还很清纯，但有种能扮演男性的气质。在女性欢乐派对里，这样的人必然存在。

芙兰卡抬起右手，撩了下垂落到唇边的黑发，不着痕迹地展现起女性魅力。

有着一头橙红色长发的女子本来就在下意识地打量咖啡馆内的众人，此时，她明显地愣了一下，仿佛被惊艳到了。

但在门口安静趴着的卢米安却发现，那名猎装女子随即微微皱了下眉头。

她收回视线，继续走向留着波浪卷发的年轻女性，低头和她调笑了几句。然后，两人一边轻松交谈，一边沿木制的楼梯走向二层。

芙兰卡用余光瞄着她们，心里大概有了些猜测：这两位大概率都是女性欢乐派对的参与者，但不知道属于此刻会还是水仙会。

芙兰卡慢悠悠地喝着咖啡，没做任何尝试。

又过了大半个小时，她见那两位依旧没有下来，遂主动离座，正常地走出了红房子咖啡馆。

　　她打算今天到此为止，太着急接触肯定会被怀疑。

　　她打算伪造一个住在附近拉维尼码头的身份，之后隔两三天就到夏约镇来，甚至可以更频繁一点，毕竟这里是著名的葡萄酒产地，风景也不错，每天都有不少游览者过来，对一个新搬到周围区域的女士而言，这儿肯定有非常强的吸引力。

　　卢米安依旧安静地趴在红房子咖啡馆的门口，仿佛与芙兰卡无关。

　　几乎是同时，四处张望的他看见二楼某扇玻璃窗后站着刚才那个橙红色长发的美丽女郎。她静静地注视着芙兰卡的背影，表情不是喜爱同性者的向往，而是严肃、警惕和思索。

　　为什么会有这样的反应？她发现了芙兰卡有问题？怎么发现的？卢米安疑惑之中，晒足太阳般站了起来，绕到了红房子咖啡馆和侧面建筑间的小巷子内——这里更靠近芙兰卡离开的方向。

　　很快，那个橙红色长发的猎装女子出现在了二楼侧面的玻璃窗后。她打量了下四周，见没人留意这里，只有一条棕黄大狗在角落睡觉，遂轻轻推开窗户，羽毛般落到了巷子内。

　　紧接着，这名容颜干净、气质清纯的女郎藏入了阴影。

　　假作昏昏欲睡的卢米安静静看着这一幕，脑海内心念电转："羽落……阴影潜藏……美丽的容貌……出众的魅力……这是一位'魔女'？

　　"正因为她本人也是'魔女'，所以才从芙兰卡的容貌和魅力里察觉出了一丝不正常，决定跟踪观察？"

　　卢米安站起身来，迈开四条腿，以散步般的姿态远远跟踪起芙兰卡。

　　至于那个橙红色长发的猎装女子，由于她始终藏在阴影里，卢米安无从确定她的位置，只知道她肯定在离芙兰卡不远的地方。

　　芙兰卡没急着脱离夏约镇，像个真正的游览者一样参观了最近的葡萄园，品尝了商店内免费的红酒，买了点本地的特产。

　　快到中午的时候，他进入了这个富裕小镇的百货商店，试起款式不一的女性衣物。

　　近一刻钟后，卢米安失去了芙兰卡的踪影，然后看见那个容颜干净的猎装女子从百货商店角落的阴影里走出，四下寻找。

　　她也被芙兰卡甩掉了。

　　卢米安憨态可掬的狗脸上露出了欣慰的笑容。

　　摆脱假想的跟踪者是今天行动的最后一环，有"谎言"辅助又能反占卜的芙兰卡做得很好！她刚才肯定是假装在这里购物，以试衣服为掩盖，变化了形象，光明正大地离开了。

等那个猎装女子寻找无果，返回了红房子咖啡馆，卢米安也离开夏约镇往埃拉托区方向而去——他要趁着自己还是一条狗，实地勘察下红天鹅堡周围的环境。

纪尧姆·贝内的造畜之术可以维持七天，到了时间会自然解除，必须重新举行仪式。

和卢米安预料的一样，红天鹅堡就是他噩梦里那座沾染着许多古老血液的米黄色城堡，它静静屹立在小山顶部，周围环绕着不大的河流。

卢米安绕着这里转了几圈，一路来到了最近的教会建筑——永恒烈阳教会的圣心修道院。

在遮住阳光的成片绿树下，他静静蹲着，远望起那栋有多个尖塔、染着大片金色的宏伟建筑。

看着看着，卢米安发现十几米外有条金毛大狗也正蹲着望向圣心修道院。

❖ 第六章 ❖

★ C H A P T E R 0 6 ★

"国王" 卢米安

这修道院附近的狗都这么虔诚吗？卢米安收回视线，腹诽了一句，随即离开了那片树林。

对他来说，要掌握的是从红天鹅堡到圣心修道院的路线以及途中可以利用的环境，至于圣心修道院长什么样子、有没有特殊之处，他完全不关心。

到了下午三四点，他将红天鹅堡周围的地形都摸了一遍，并找到了好几条紧急情况下可以利用的逃跑路线，其中有的属于主干道，旁边就是货运铁路；有的需要穿越树林、湖泊或者山丘，不仅较为隐蔽，而且有多处天然陷阱。

卢米安原本还在考虑要不要以狗的形态混入红天鹅堡，但后来发现那里的守卫很严，流浪犬要是敢靠近，必然会被击毙。

"可惜啊，造畜之术只能变成较大型的动物，隐含的要求是皮毛能将蜷缩起来的人类包住，要不然，我可以变成老鼠，不信你们还防得住！"卢米安感慨着离开了这片区域，就近找了个无人之处。

然后，他用灵性振荡狗皮内的空气，含糊着说出了两个赫密斯语单词："大主教阁下！"

以这种方式发出声音对卢米安来说不难，难的是被造畜之术封印的他，灵性也被限制着，既不能延伸出身体和狗皮，数量也变得非常稀少，所以，对应的声音会局限在狗皮内，别人无法听到，并且说不了几句，最多也就能念念解除咒文。

幽暗光芒一闪，那张棕黄色的狗皮从中裂开，显露出了卢米安的身体。卢米安爬了出来，叠起这张皮毛，将它抱在了怀里。

这皮毛不再具备任何神异，必须借助仪式才能再次发挥作用，但卢米安也没有将它丢弃的想法，毕竟这么完整这么大型的狗皮也很难找到。

"还剩一张仪式狗皮了，得省着点用。"卢米安边咕哝边循着已然熟悉的道路，往最近的小镇走去。

在特里尔这种大都市，仪式狗皮比仪式羊皮和仪式牛皮都更加实用。要是披上后面两者，变成对应的动物，卢米安反而会成为大众的焦点，达不到逃避注意的效果。

毕竟遇到一只孤零零走在街上的绵羊，谁都想悄悄牵回家去，做成各种各样的美味菜肴。再说，特里尔还有那种喜欢绵羊屁股的变态。

卢米安回到白外套街3号601公寓时，天色已经暗了下来。

芙兰卡换回了平常的装束，盘腿坐在安乐椅上，一脸警惕地盯着摆放于茶几一角的"谎言"项链，就像对方随时会跳起来，抽她两下。

"怎么了？"关上虚掩的房门的卢米安随手将"谎言"收了起来。

芙兰卡表情变幻了几下，"哎"了一声道："回来以后，我闲着没事，试着微调自己的脸，结果……"

说到这里，她又害怕又回味地感叹道："我被镜子中的自己迷住了！我从来没见过那么完美的女人，光是看她的脸，我就能看整整一天，不，一辈子！"

卢米安想了下道："谎言用来骗别人可以，千万不要骗了自己。"

"我懂，但'欢愉魔女'加'谎言'的效果真是太强了。"芙兰卡由衷道，"我好不容易才控制住自己，强行把项链摘下来，丢到了茶几上。嗯，我那种沉迷也有它放大了我的情绪的原因，但我还是会忍不住回味，忍不住想再试一试，呵呵，我的心灵算是经受住了考验。"

看不到"谎言"项链后，芙兰卡明显放松了下来，笑了一声道："你刚才是在玩，呃，用你姐姐的语言习惯来告诫我？"

"对，为参加你们的聚会做准备。"卢米安没有掩饰自己最近在练习奥萝尔说话方式的事情。

芙兰卡轻轻点头道："用得相当自然，如果一直都是这样的水平，瞒过他们不是问题。"

不等卢米安回应，这位"欢愉魔女"揶揄着笑道："蜂蜜烤鸡翅的味道怎么样？"

"还行。"卢米安中肯地评价了一句。

芙兰卡饶有兴致又带着点调侃地问道："会是狗的味觉吗？嗅觉有没有提升？"

"会有一定影响，但不是完全变成狗的味觉，还保留了很大一部分人类感受。"卢米安用做实验的态度给出了答案。

"那其他方面呢？"芙兰卡进一步问道。

卢米安回想了下道："其他方面？更像我的灵魂被塞入了一条真正的狗体内，做什么事情都会被身体限制和影响，包括……"

坐在长沙发上的他抬了抬腿，摆出犬类生物小便的姿态。

芙兰卡"噢"了一声："你真的一点都不在意形象吗，完全没有心理负担吗？"

"这有什么好在意的？"卢米安耸了耸肩膀。

芙兰卡想了想，眼眸微转道："最后一个问题，呃，你，你会被狗的激素影响，从而对别的狗产生不正常的反应吗？"

"身体是我的，狗只是皮，只是外在的表现。"卢米安一脸"你是不是傻瓜"的表情，接着，他学起"魔术师"女士，"你问完了吗？"

"问完了。"芙兰卡心满意足。

卢米安笑了笑："那该我问了。你对今天观察到的几位女士有什么看法？"

芙兰卡不自觉地转起从马尾中脱落的几根偏亚麻色头发，说道："有两个怀疑对象……"

她把自己的推测说了一遍，最后道："那个橙红头发的女人还给我一种怪怪的感觉，好像在吸引着我。"

卢米安笑了："你的感觉没错，那至少是一位'欢愉魔女'，或者拥有相应神奇物品的非凡者。"

确认那位是"魔女"途径的非凡者后，他从对方的一举一动间感受到了类似芙兰卡的源于本能的魅惑，对绝大部分能力被封印住的他来说，这有点难以抵御，还好，"托钵僧侣"的忍耐力还在。

"'魔女'？"芙兰卡不是没有想过这种可能，若有所思地自语道，"也是，女性欢乐派对怎么可能不吸引来一两个'魔女'……"

卢米安听得有所明悟："为了给别人带来欢愉，也让自己欢愉？"

他感觉是扮演的需求。

"这是一方面。即使不是为了消化魔药，我也想去啊，但我能控制住自己，别的'魔女'可不一定。"芙兰卡一脸鄙夷又有点唏嘘地说道。

卢米安不太理解这句话，转而说道："她后来在跟踪你，但被你甩掉了。"

"啊……"芙兰卡怔了一下道，"她应该是魔女家族的人。"

"你提过的那个魔女家族？"卢米安之前听芙兰卡简单讲过这个隐秘组织。

他其实一直不太理解，"魔女"们为什么能形成家族？母系社会？

芙兰卡叹了口气道："是的，那又叫魔女教派，最早的源头是原初魔女的子嗣们在第四纪时建立的家族。嗯，原初魔女是'刺客'途径的序列0，是真正的神灵，祂被广泛认为是一位邪神，又叫'混沌魔女'。"

原初魔女……卢米安记下了这个名称。

芙兰卡继续说道："魔女家族的核心一直都是原初魔女的子嗣，但她们也会招揽或者发展外姓的'刺客'，相当于一个教派，掌握着这条途径的所有魔药配方和绝大部分资源。只有魔女教派的'魔女'，才会在第一次见面的情况下跟踪疑似的野生'魔女'。"

"为了回收非凡特性?"卢米安开口问道。

不管是招揽,还是击杀,都属于回收非凡特性。

芙兰卡抿了抿嘴唇道:"对,她们不希望'魔女'途径的非凡特性流失在自己教派之外,而且,她们很仇视女性'刺客',见一个就要清除一个。"

"为什么?"卢米安无法理解。

芙兰卡幽怨地看了他一眼,仿佛在责怪他怎么问出了这么一个问题。她唉声叹气道:"因为原初魔女原本是一名男性,在通过'刺客'途径成为神灵的过程中彻底变成了女性,祂的心灵因此扭曲,充满了痛苦,而魔女教派的人都宣称要靠近'原初'。

"所以,魔女教派每一位'魔女'都曾经是男性,她们在自己经受过痛苦和煎熬后,都变得异常扭曲,想看到别的男人也有类似的遭遇和体验。你或许不知道,这些'魔女'会找男人生孩子,将女婴送走,将男婴留下,重复他母亲的人生。"

身为科尔杜村的恶作剧大王,卢米安都忍不住摇起了脑袋,啧啧道:"这会不会太变态了?"

"更变态的是,那些孩子的父亲最终都成了'魔女'。"芙兰卡说着自己从"审判"女士处换来的情报,颇为畏惧地吐了口气,"我一直在避开她们,不想被她们发现。"

"可你原本就是男性啊,不用害怕。"卢米安不太理解,"你是担心加入魔女教派后,被她们的变态和扭曲污染了?"

芙兰卡郑重地点头:"是的。而且,我已经是塔罗会的小阿卡那牌了,怎么能加入魔女教派?"

卢米安沉默了几秒道:"你不也想加入铁血十字会吗?"

"那不一样,那是塔罗会的任务。"芙兰卡条件反射地辩解道。

卢米安没纠结这个话题,若有所思地点了点头:"难怪你说女性欢乐派对容易吸引来'魔女'。"

芙兰卡顿时嗤笑了一声:"也就是绝大部分'魔女'都属于魔女教派,有纵向或横向的联系,要不然,女性欢乐派对里可能有一半人是'魔女'。

"更极端的情况就像你收到了脱衣舞会的邀请,兴致勃勃地去观看,结果来的都是男人。"

咕哝了几句后,芙兰卡望着卢米安,相当为难地说道:"接下来怎么办?"

卢米安理解芙兰卡的顾虑,笑着说道:"两个方向。一是询问你的大阿卡那牌要不要趁机接触魔女教派。你原本是男性,不用担心被清除,只要能通过相应的背景审查,就可以利用她们的资源来提升自己;而到了装不下去的时候,就让你的大阿卡那牌给你个远离特里尔的任务，拍拍屁股逃掉。

"你想想，你已经到了序列6，更高层次的资源绝大部分都被魔女教派掌握着，混入她们，从内部获取，比起与她们为敌、冒险猎杀要简单和安全不少。当然，前提是你的大阿卡那牌能提供瞒过原初魔女注视的办法。"

芙兰卡听得一愣一愣，咕哝着说道："你怎么一副很熟练的样子……"

卢米安嗤笑道："你是不是失忆了？我现在就在做类似的事情，代表塔罗会潜伏进铁血十字会。

"这最大的好处是什么呢？我完成铁血十字会的任务后，既可以找加德纳·马丁要奖励，又能向我的大阿卡那牌汇报，以潜伏取得进展为理由从她那里获取嘉奖，一个任务，两份报酬。不然，你以为我的神奇物品数量为什么能快速增长？"

当然，主要贡献者还有K先生，但这就没必要和芙兰卡讲了。

"一个任务，两份报酬……"芙兰卡重复了几遍后，忽然醒悟，"我本来就在配合你执行铁血十字会相关的任务，这和接触魔女教派会不会冲突？"

卢米安一脸"你果然还是不太熟练"的表情，说道："不冲突啊，怎么会冲突？你就和魔女教派坦白，说你期望能在序列4的时候转到'猎人'途径，变回原本的性别，所以在追寻铁血十字会的踪迹，目前已经有了足够的线索和很大的进展。

"按照你的说法，那些'魔女'都是从男变女，我就不信她们没想过利用跳转途径来找回丢失的东西，这个理由足够说服她们。

"而且，'魔女'和'猎人'是相邻途径，她们对铁血十字会必然有一些想法和企图，既然你有了打入后者的机会，她们大概率不会阻止，反而会更重视你。

"最重要的还有一点，那样一来，你将成为魔女教派负责市场区和铁血十字会相关事务的人。到时候，这里发生的事情，你想让上面的'魔女'知道，她们就知道，你不想让她们知道，她们就不会知道，比如简娜这个女性'刺客'的存在。"

说到这里，卢米安露出了笑容："你还可以薅魔女教派的羊毛来培养简娜，到时候，高位'魔女'们发现一个强大的纯女性'魔女'是自己教派喂出来的，会不会气得当场失控？"

这想想就很有意思，可以说是极致的挑衅和嘲讽。

芙兰卡微不可见地点了点头："你小子，如果喝的是'教唆者'魔药，也许一周就能彻底消化。"

"我只是在点燃你内心特定的火焰。"卢米安向后靠住了沙发背。

芙兰卡"呵"了一声，半是讥讽半是打趣地说道："我要是真的加入了魔女教派，而你到了序列5质变节点，又没从铁血十字会弄到序列4的魔药配方和对应主材料，要不要考虑转成'魔女'？"

卢米安认真想了一下道："看情况，如果急切需要序列4的位格和实力来完成某些事情，那也不是不能转，哪个更简单、更容易就选哪个。"

芙兰卡听得都有点呆住："你，你真的没有心理负担吗？"把这么重要的选择说得就像今晚喝苦艾酒还是烈朗齐一样。

卢米安用姐姐说过的一个词语做出了回答："我不择手段。"

他接着又补充道："只要能达成目的。而且，等到序列3的时候再转回来不就行了吗？"

"这哪是说转就能转的？绝大部分非凡者一辈子都晋升不了序列4，更别说序列3。越往上越艰难，无论是失控的概率，还是资源的获取，都是这样。"芙兰卡感觉卢米安把事情想得太简单了。

卢米安笑道："反正现在不也是幻想一下，确认有没有可行性吗？"

芙兰卡无言以对，转而问道："你不是说有两个方向吗，还有一个是什么？"

"想办法狩猎那个魔女教派的'魔女'，从她那里弄到女性欢乐派对的详细情报，然后针对疑似至福会成员的参与者动手，尽快在短时间内锁定和苏珊娜·马蒂斯关系密切的那些核心成员，清除隐患。"卢米安用简略的方式说道。

"这也有可行性。但如果至福会成员并没有真正参与女性欢乐派对，只是在接触其中一部分人，那么单纯狩猎那个'魔女'，未必能拿到我们想要的情报，而之后必然会引来魔女教派高层次力量的关注，再没有调查下去的机会。"芙兰卡思索着分析道，"我先联络我的大阿卡那牌，看看她对我接触魔女教派有什么意见。"

她被卢米安说得有些心动了。

卢米安"嗯"了一声，也没催促芙兰卡，毕竟她得隔两三天才会再去夏约的红房子咖啡馆。

在此之前，是普伊弗伯爵的沙龙邀请。

结束了对红天鹅堡周围环境的勘察，卢米安分别向"魔术师"女士和K先生通报过普伊弗伯爵的邀请。三天后，卢米安乘坐加德纳·马丁提供的四轮四座马车，抵达了那座米黄色的古堡。

他的着装不是太正式，没有燕尾服，也未戴高礼帽，甚至都没拿一根代表绅士的手杖。他身穿浅棕色的薄猎装，下套米白色的马裤，脚踩一双棕色的靴子，手里拿着顶鲁恩式猎鹿帽，任由金中带黑的头发被风吹动。

根据奥萝尔闲谈时提过的一些趣闻，卢米安知道参加类似的文学艺术性质的沙龙时，如果穿得太隆重，会和别的参与者格格不入，显得自己像个傻瓜。

当然，这套衣服也是从加德纳·马丁新给的一万费尔金活动经费里扣的，花了他足足一千费尔金。

卢米安拿着邀请函，接受守卫的检查后，通过了好几米高的沉重大门。

这里有一处大厅，但布置得比较朴素，像是举行大宴会时留给宾客带来的管家、男仆、女佣、卫兵的休息场地。

卢米安环顾了一圈，确认这里不是噩梦中的大厅。

穿过这里，后方是中庭，中庭对面才是红天鹅堡的主建筑。它有六七层高，周围还拱卫着一圈塔楼。

卢米安下意识抬头，望向三楼的某扇狭窄窗户。

在他的噩梦里，有个发色暗红的男子在那里的玻璃窗后面挖掉了自己的棕红眼睛。此时，透明的玻璃窗后什么都没有，只映出了略显斑驳的浅色墙壁。

斑驳……房间里的墙壁都不重新粉刷一下吗？奥罗尔说过，类似的古堡，每年的修葺费用都是天文数字……卢米安收回视线，走入了那栋主建筑。

刚通过对开的大门，他就眸光一凝，心情沉重了少许。

这处大厅和他噩梦里的一模一样！无论是高处悬挂的水晶吊灯，还是通往二层的盘旋式镶金楼梯，都与梦中的近乎一致。

卢米安对此虽然早有预料，但真正遇上了，情绪还是有点复杂。

大厅内的男性仆人都穿着镶金边的大红制服，整齐地排成两列，恭迎着他的到来。卢米安看得眼皮微跳，只觉那红色鲜艳得就像是流淌的血液。

沙龙在一楼的大客厅内举办，这里布置典雅，铺着暗红带花纹的厚地毯，靠窗户的位置摆放着一组沙发，围着沙发则散落着高脚凳和靠背椅。

客厅另外一侧，棕色的钢琴前坐着一名个子高挑的女孩，她套着素雅干净的天蓝花纹白色束腰长裙，一头棕红色的头发自然地披在了背后。

卢米安走入这间大客厅时，那女孩的双手正在琴键上滑动，带出了泉水叮咚般的旋律。

普伊弗伯爵则坐于单人沙发处，有位黑发蓝眸、气质文雅的女士蹲在他旁边，靠着扶手，低笑着和他交谈。

而无论是小说家阿诺利，还是画家马伦、评论家安永和诗人伊莱特，都带着女伴，或聚在沙发区域闲聊，或徘徊于摆放甜点和烤肉的桌子旁。

除了他们，还有别的宾客，卢米安一眼望去，竟看到了一张熟悉的面孔。

那是住在金鸡旅馆的洛朗特，那个据说拿着母亲拉卡赞太太辛苦赚来的钱出入高档咖啡馆、结识上流社会人士的混蛋。

洛朗特还是那身整齐的黑色燕尾服，棕黄色的头发整齐地梳成了三七分，和周围那些衣着随意的作家、画家、诗人、评论家格格不入。他并没有因此而拘束，深褐色的眼眸中始终带着笑意，略薄的嘴唇间不断吐出问候的话语。

下一秒，洛朗特也看到了卢米安，他瞳孔霍然放大，仿佛遇见了恶鬼：这，这不是金鸡旅馆的现任老板，那个凶名远播的黑帮头目夏尔·杜布瓦吗？

转瞬之间，洛朗特心里涌出了强烈的恐惧。他担心对方戳穿自己的身份，让自己失去好不容易经营起来的人脉关系！他只差一步就能成功了！

哟，混得还不错嘛，都能得到这种沙龙的邀请了……卢米安对洛朗特笑了笑，并指了指自己，意思是我们是同样的人，假装不认识对方就行了。

在洛朗特舒了口气的同时，卢米安走向了普伊弗伯爵。

他随意自然地抱怨道："没说要带女伴啊，你们这样让我像个傻瓜！"

"哈哈。"普伊弗伯爵等人笑了起来，有种恶作剧成功的得意。

笑完之后，普伊弗伯爵指了指弹奏钢琴的女孩："如果你不介意，可以邀请我的表妹，爱洛丝小姐。"

卢米安拉过一张靠背椅坐下，笑着对普伊弗伯爵道："那是我的荣幸。"说完，他做出了要去邀请那位爱洛丝小姐的姿态。

套着红色衬衫的普伊弗伯爵摆了摆手："等她弹完这个乐章。"

卢米安顺势回头，打量了钢琴方向一眼，终于看清楚了那位爱洛丝小姐的模样：棕红的眉毛柔顺，偏褐的眼眸明亮，脸颊微微嘟起，轮廓线条柔和，是个年纪不到二十岁的少女，且没有太明显的索伦家族痕迹。

根据普伊弗刚才的介绍，爱洛丝应该是母系属于索伦家族。

卢米安转过身去，端起放在茶几上的一杯红白蓝三色利口酒，和普伊弗伯爵、小说家阿诺利等人闲聊起最近流行的题材和圈子内的绯闻。

这段时间，他一直在买《小说周报》《辩论报》《特里尔青年》等报纸和《鬼脸》杂志来提升"自我修养"，为的就是应对类似的场合。

刚才蹲在普伊弗伯爵旁边的那位黑发女士已经站了起来，转去别的地方，看几位报社主编玩桌球。

卢米安知道，她绝对不是普伊弗伯爵的妻子。因为奥萝尔曾经告诉过他，在特里尔这种小型沙龙和规模有限的舞会上，男女主人按惯例是不会同时出现的，否则会给宾客们一种他们在以低级方式炫耀恩爱的感受，传扬出去有失体面，所以，男主人或者女主人举行沙龙时，他或她的配偶会去参加别人的沙龙。

最早听说这件事情的时候，卢米安还未满十五岁，只是觉得特里尔人规矩真多，现在回想起来，他只有一个感想：你们特里尔人为了偷情方便，竟然发展出了这么荒诞滑稽的潜规则，而大家还很乐意遵守！

一个乐章结束，爱洛丝离开钢琴，走到沙发区域，在表哥介绍下认识了卢米安，并拉过一张高脚凳坐下，双腿并拢，安静地听着大家聊天。

随着时间的推移，其他人也在往这个方向聚集。洛朗特是跟在一个留着漂亮胡须、穿着休闲正装的中年男子身后过来的。

"这位是《小特里尔人》的主编康奈尔。"普伊弗伯爵为卢米安做起介绍。

卢米安看过那份报纸，"通往红月的星际大桥"的广告就刊登在上面。如今记起这则广告，他觉得那有可能是诈骗手段或者特里尔人的行为艺术，也有可能涉及某些邪神的信徒。

"这位是海岸进出口公司的总经理夏尔·杜布瓦。"普伊弗向康奈尔说起加德纳·马丁给卢米安伪造的身份。

康奈尔略感愕然地伸出了右手："很年轻嘛。"

卢米安一边伸手和他握了握，一边笑着说道："这是我勤奋学习和努力工作的回报。"

诗人伊莱特正要咕哝出声，说这里大部分人都勤奋学习，努力工作，也没见谁年纪轻轻就成了一家大公司的总经理，卢米安已用自嘲的口吻补充道："正是因为我在这两方面表现良好，所以我父亲才任命我为进出口公司的总经理。"

在场所有人愣了一下后，听明白了卢米安的意思，有先有后地笑了起来。他们对夏尔·杜布瓦的印象更加良好了。

在他们这个圈子，不乏依靠父辈荫庇、在相当小年纪就坐在很重要位置上的人，那些人要么非常忌讳别人在他们面前提及父母长辈，非得展现下所谓的能力，要么不够自信和成熟，言谈之间都是我父亲怎么怎么样、我叔叔怎么怎么样，能像卢米安这样大方、坦然又不失幽默且不炫耀的少之又少，当年的普伊弗伯爵勉强算一个。

依靠从姐姐那里学来的幽默逗笑大家后，卢米安故意望着洛朗特道："这位是?"

扑通，扑通，洛朗特的心跳急速加快。

虽然双方已经有默契不揭穿彼此的真实身份，但他对夏尔·杜布瓦这个黑帮头目缺乏足够的了解，害怕对方忽然改变主意。

《小特里尔人》的主编康奈尔指了指身旁这个年轻人，介绍道："洛朗特，很有才华，很有见识，也很懂礼貌。我观察了他快三个月，打算聘请他做我的助手，担任副主编。怎么样，洛朗特，我突然提出了这么一个邀请，你是否愿意答应?"

洛朗特先是一惊，旋即被巨大的喜悦击中，整个人都有点眩晕：他强吞着痛苦和不安，忍受着母亲的哭泣和邻居们的唾弃，不就是为了这么一天吗? 他始终相信，以自己的才华，不应该沦落在底层，他一直在寻觅机会，哪怕需要压榨母亲来支撑伪装出来的体面。

洛朗特没让自己表现得太过激动，笑着回应了主编康奈尔："这是我的荣幸。"

可以啊，投机虽然风险巨大，但收益同样可观。不过嘛，要是不就此改变心态，真正从当前职位做起，还想着不断投机来提高社会地位，迟早会输掉所有……卢米安想起了姐姐在股票亏损时说的一些话语，结合当前情况，在心里对洛朗特的行为评价了一句。

他不像查理他们对这种压榨母亲的投机行为非常鄙夷，在他看来，只要洛朗特的母亲能够接受，没有请人帮忙痛揍儿子或者表现出强烈的反抗意愿，那就没什么。

等康奈尔他们落座后，卢米安好奇地问道："你和洛朗特是在哪里认识的？"

"在维希咖啡馆。"康奈尔脸带笑意地回答道，"他经常过来，和我们聊特里尔的各种事情，发表自己的见解。"

维希咖啡馆，那个五费尔金才能买半瓶天然水加两个煮鸡蛋的地方？洛朗特的妈妈拉卡赞太太忙碌一整天都赚不了三费尔金……不过，投资也算有了回报，主管《小特里尔人》这种体量的报纸，即使只是副主编，即使只是刚刚入职，一年也有近五千费尔金的收入，这还只是明面上的……卢米安对比了前后变化，觉得洛朗特执着于以投机的方式经营人脉关系也是有自身道理的。

不过，一百个这么做的人里面，能有一个成功就算不错了。

卢米安望了正警惕地偷瞄自己的洛朗特一眼，笑着转移了话题："康奈尔，我上个月，或者更早，在《小特里尔人》报上看到过一个关于星际大桥的广告，觉得挺有意思的，你对此有什么了解吗？"

康奈尔吸了口烟斗，哈哈笑道："我认为那是一群妄想症患者，但既然他们付了钱，我就没道理不让他们刊登广告，也许能骗骗狂热的机械科学爱好者。"

"他们现在怎么样了？"卢米安嘿嘿笑道，"我都想给他们投一点钱，看他们究竟是诈骗犯，还是真能做出点什么。"

诗人伊莱特拿起了自己的大烟枪，咕哝着说道："你投资他们还不如赞助我，至少你可以骂我写得像一坨狗屎，而我还不会反驳你。"

"没有问题，五千费尔金怎么样？"卢米安一副不拿钱当钱的姿态。

他打算等会儿以现金不够为借口，只给伊莱特三千费尔金。

伊莱特放下手中的大烟枪，张开双臂道："赞美太阳，让夏尔的恶意来得更凶猛一点吧！"

"哈哈，等沙龙结束，我们一起回老城区。"卢米安暗示之后肯定会赞助，现在不直接给是为了显得不那么有铜臭味。

这段插曲后，康奈尔对卢米安热情了不少："我不知道那群人现在怎么样了，他们只投了一个月的广告。"

又聊了一阵后，普伊弗伯爵望了望开始下落的太阳，环顾了一圈，笑着提议道："我们来玩国王饼游戏吧？算是晚餐前的热身。"

你只会这个游戏吗？你有没有童年啊……卢米安只是腹诽，没有反对。

等其他人相继表示了赞同，普伊弗伯爵立刻让男仆端上了厨房早就准备好的巨大的国王饼。那饼就像炖锅的盖子，直接扣在银制餐盘上，散发着诱人的色泽和气味。

"谁来负责切割？"普伊弗伯爵的目光扫过了每一个参与者。

他思索了片刻道："爱洛丝，你来吧，你是这里最年轻也最漂亮的女士。"

坐在卢米安旁边那张高脚凳上的爱洛丝轻巧地跳了下来，拿起餐刀开始切国王饼。

很听表哥的话嘛，依附索伦家族和普伊弗伯爵生存？卢米安发现爱洛丝手法娴熟，平时没少玩弄餐刀。

很快，那巨大的国王饼被粗略分成了二十九份。

和上次一样，普伊弗伯爵提议将多余的那块饼献给自己的先祖佛蒙达·索伦，没人反对。完成了这部分仪式后，整个客厅变得极端安静，城堡外面都好像凝固了一般。

"洛朗特，你和夏尔第一次来参加我的周六沙龙，由你们第一个选。"普伊弗伯爵将目光投向了卢米安和洛朗特。

卢米安哈哈笑道："当然是主人第一个挑选，你们说是不是？"

在他的鼓动下，其余参与者也认为应该由男主人开始。

普伊弗伯爵不再推让，拿起一块国王饼，对众人道："咬到金币的是'国王'。"

见这位索伦家族的成员已完成了挑选，卢米安才较为放心地探出身体，寻觅目标。

他这是双重保险——先让普伊弗伯爵挑，然后在剩下的饼还比较多的情况下，利用忒尔弥波洛斯对这件事情的排斥，选出不含金币的饼。

这一次，忒尔弥波洛斯没有出声提醒，卢米安自然地拿起了自己选中的那块国王饼。

还未来得及坐好，他突然恍惚了一下，眼前似乎又出现了那扇狭窄的玻璃窗，看见了那个挖掉自己眼珠的暗红发色男人。

比起之前的噩梦，卢米安现在竟看得更加清晰，狭窄玻璃窗后的暗红发色男子容貌居然与普伊弗伯爵有七八分像。

而当他抬起右手挖向自己眼睛时，他脸庞肌肉蠕动，轮廓线条改变，瞬间就变得和卢米安一模一样。

是和科尔杜村的卢米安·李一模一样，而不是现在的夏尔·杜布瓦！

当顶着卢米安脸孔的暗红发色男子挖出血淋淋的眼球时，卢米安的眼眶也一阵剧痛，视线随之发黑。与此同时，他耳畔响起了"哈哈哈"的疯狂大笑，这笑声感染得他也想宣泄出内心的烦躁、暴戾和嗜血。

突然，他右掌微微发热，那种纯粹的疯狂涌入了他的脑海。不知从何而来的烦躁、暴戾和嗜血顿时被排挤出了他的身体，"哈哈哈"的疯狂大笑瞬间消失。

卢米安的视线也恢复了正常，看见了坐在对面的小说家阿诺利和侧方的普伊弗伯爵。他们正噙着笑容看别的参与者挑选国王饼，完全没察觉卢米安身上出现了异常。

卢米安数了下缺失的国王饼，看了眼正在挑选的洛朗特，发现时间仅仅过去几秒钟，而自己就像经历了漫长的一个小时。

他依靠"托钵僧侣"的能力强忍住"血皇帝"气息在体内激发带来的情绪波动，隐约感应到头顶虚空内有一股奇异的、疯狂的、血腥的、残忍的精神在徘徊。

这让人浑身战栗的精神跃跃欲试着想进入卢米安的身体，又被暗藏的亚利斯塔·图铎气息威慑，始终不敢落下，只能在客厅上方不断盘旋，如同想要猎食尸体又害怕附近天敌的秃鹫。

在场所有的国王饼游戏参与者都未察觉有这么一股充斥着疯狂的精神在自己脑袋上方凶狠地盯着，只嘻嘻哈哈地挑选起国王饼。

"来啊，来和'血皇帝'共舞啊！看是你疯，还是亚利斯塔·图铎疯！"情绪有些不稳定的卢米安在心里嗤笑起来。

当然，他也知道自己的"血皇帝"气息只是个空壳，如果那股精神真要强行进入他的身体，他也没办法阻挡，只能寄希望于"愚者"先生的封印能被激发，产生一定的阻挡效果。

而如今看起来，那股疯狂残忍的精神也没什么理智，难以进行思考，无法分辨亚利斯塔·图铎的气息具体能产生什么作用，只知道本能地畏惧。

卢米安稍微控制了下状态，一边看着爱洛丝等人挑选国王饼，并感应着那股疯狂的精神飞快游走，一边思索起相应的问题："这似乎就是索伦家族国王饼游戏的本质……普伊弗借助自身的血脉，利用简化的仪式召唤先祖残留的精神，让它进入吃到标志物、成为'国王'的那个人体内……

"这么疯狂血腥的精神真要是占据了我的身体，侵蚀了我的脑海，我可能当场就失控了，普通人则几乎没有不疯的可能性，普伊弗伯爵又是靠什么保持正常的？至少他看起来还算正常，而他已经当过不知道多少次'国王'……

"难怪忒尔弥波洛斯上次让我换一块饼，我要是失控了，祂的下场也不会好到哪里去……母猪养的！今天怎么不提醒我？知道我身上有'血皇帝'的气息，不用担心被那股疯狂的精神入侵，就选择当哑巴了？

"这疯狂的精神是从哪里来的，都两三百年了，为什么还能存在？是索伦家族有保存高位者精神的特殊办法，一代代累积下来的，还是那位佛蒙达·索伦其实并没有死亡？或者，他遗留的非凡特性污染太过严重，索伦家族想靠这种办法来一点点消除？可这都过了两三百年了！

"加德纳·马丁的目的就是确认佛蒙达的状态……呃，这疯狂的精神一直在头顶游走，落不下来……之后它会慢慢退去，还是改变目标，或者制造出别的异变？"

卢米安的精神高度紧绷，时刻注意着徘徊于半空的疯狂精神。要是它真有顶着"血皇帝"气息强行入侵的迹象，抑或是带来别的不好的变化，卢米安会选择直接传送离开。

阿诺利、马伦、伊莱特等人依次挑选完了国王饼，餐盘内只留下了献给佛蒙达·索伦的那块。

普伊弗伯爵微笑着环顾了一圈，道："大家可以开始吃了，吃到那枚金币的将是今天的'国王'。"

说完，他动作优雅地咬了口手里的国王饼，然后又连咬了好几口，表情逐渐茫然和惊慌——没有那枚金币！

普伊弗伯爵愕然地望向别的参与者，那种万事皆在掌握中的自信荡然无存。此时此刻，他脑海里只有一个想法："不，不可能！我才是最像先祖的那个！"

他将目光锁定在爱洛丝身上，这是在场宾客里唯一一个有索伦家族血脉的人。

爱洛丝虽然疑惑于表哥惊慌凶狠、仿佛要将自己撕碎的眼神，但还是连吃了几口国王饼。

依旧没有那枚金币。

普伊弗伯爵更加迷茫了，他的视线不断地移动着，心中闪过了一个又一个猜测："这里不会有家族哪个成员的私生子吧？

"不，就算有，我也是更像先祖的那个！

"有'猎人'途径的高位者在现场？

"不可能！

"或者，这里有谁遭受过地底的污染？"

卢米安见普伊弗伯爵已经在痛苦地抓挠头发，而大部分游戏参与者都连吃了好几口国王饼，才慢悠悠抬起右手，咬了一下。

不出意料，他的牙齿碰到了坚硬的金属物品。他随即将那个东西吐在了自己的左掌心，果然是一枚10费尔金币。

普伊弗伯爵的瞳孔骤然放大，死死盯着卢米安的脸孔，恨不得把卢米安的每一块血肉都挖下来仔细检查。

小说家阿诺利则笑了起来："喔，总算有新的'国王'了！每次都是普伊弗，简直让我审美疲劳，他已经想不出好的恶作剧点子了。"

卢米安拿起那枚金币，目光冰冷地瞥了阿诺利一眼："谁让你说话的？"

阿诺利身体一抖，本能地闭上了嘴巴。

卢米安又勉强控制住了"血皇帝"气息带来的影响，只觉头顶那股疯狂的精神盘旋得越来越快，似乎越来越急躁和暴戾了。

他缓慢地环顾一圈，露出一抹笑容道："从现在开始，我就是你们的'国王'，或者，你们更喜欢称呼我为'皇帝'？"

不知为什么，包括普伊弗伯爵、爱洛丝小姐在内的所有参与者都产生了一种听从夏尔命令的悸动。

当然，仅仅是悸动，受话语和气势双重影响而来的悸动。

这里面，刚与夏尔·杜布瓦达成赞助协议的诗人伊莱特完全无所谓地站了起来，以手按胸，行了一礼："是，我的皇帝陛下！"

其他人或遵循着游戏精神，或被心里的悸动影响，也跟着站起，以自身的方式行礼："是，皇帝陛下。"

卢米安嘴角噙笑，右手下按，示意众人可以坐下了。

他随即望向普伊弗伯爵，微抬下巴道："我命令你献上价值三万费尔金的黄金。"

普伊弗伯爵怔了一下，心中翻腾起复杂的情绪。

这还是他第一次在国王饼游戏里被人下命令。他下意识想用开玩笑的口吻反驳，可又记起这个神秘学游戏一旦真正开始，就不能违背"国王"的命令，否则会有非常凄惨的下场。

普伊弗伯爵咬着牙，站起身道："是，皇帝陛下。"

他离开大客厅，在众人安静等待的时光里，上到城堡主建筑的某层，于保险柜中取出了五根沉甸甸的金条——对他来说，三万费尔金不是一个大数目。

看到普伊弗伯爵真的向自己献上了价值三万费尔金的金条，卢米安心里充斥着后悔的情绪：早知道他会听从命令，应该多要一点的！

"现在的问题是之后怎么把黄金带回去。正常情况下，玩类似的游戏，即使当面收下了三万费尔金，私下里也得还回去，要不然会狠狠得罪普伊弗伯爵……还有，我该怎么向加德纳·马丁解释我成了'国王'但一点异常都没有这件事？"卢米安一边思考，一边将那五根金条分开揣入了两侧衣兜。

他转而望向小说家阿诺利："你的任务是给在场某位一个吻，对象是……"

在阿诺利期待地望向那些美丽女郎时，卢米安指了指刚抽了口大烟枪的诗人伊莱特："是我们的诗人。"

短暂的静滞后，某位宾客吹起了口哨，其他人也开始起哄。

阿诺利不甘不愿地站了起来，嘟哝着说道："我真不想和那个口臭的家伙接吻，换成马伦我都可以接受……"

虽然如此排斥，但他还是遵从了命令，在伊莱特的嘴唇上轻轻吻了一下。

伊莱特毫不在意，呵呵笑道："我能感觉到你的僵硬，阿诺利，振作点，别像个没见过世面的乡下人。"

卢米安面无表情地看着、听着，将大部分注意力放在了那盘旋的疯狂精神上。虽然它没有尝试侵入在场哪位的身体，但受它影响，所有人都变得有点躁动，情绪也出现了不稳定的迹象。

平时喜欢开玩笑也乐意被人开玩笑的小说家阿诺利听到伊莱特的调侃后，表情一冷，似乎想拿起桌上的餐刀，给伊莱特一下。但他最终忍住了那种冲动。

卢米安怀疑，如果那股疯狂气息不离开、不消散，随着游戏的推进，参与者们会越来越烦躁，越来越易怒，越来越嗜血。

就在这个时候，城堡某处响起了一声尖厉的、恐惧的惨叫。

充满恐惧情绪的尖厉惨叫传入了大客厅内每一位宾客的耳朵，让他们心灵一颤，不可遏制地感觉害怕。

画家马伦对此很是敏感，面色苍白、不太健康的他望向普伊弗伯爵，关切地问道："发生了什么事情？"

此时，普伊弗伯爵正微皱眉头，略显疑惑。听到马伦的问题，他回过神来，轻松自然地笑道："可能出了点意外，我让仆人去问问具体的情况。放心，这影响不到我们。能有什么事情？"

普伊弗伯爵示意待在大客厅一角的贴身男仆前往惨叫发生的地方，然后对所有宾客道："继续，继续。"

说话的同时，这位索伦家族的成员将目光投向了卢米安。

从献上金条开始，他就一直在观察这位"皇帝"的一举一动和细微表情，想弄清楚为什么是这个家伙吃到了有金币的那块国王饼，而不是自己。

卢米安忍受着弥漫于自己体内的少许疯狂，望向画家马伦道："用你的屁股画一幅画。"

作为科尔杜村的恶作剧大王，他的"武器库"里有非常多的选择，足以给在场每一个游戏参与者安排一个让他们难以忘怀的任务。

但这不是卢米安最在意、最关切的问题，盘旋于沙发区域上空的血腥精神让他非常担忧。

这奇异的、可怕的事物没有因为无法侵入卢米安的身体而离开，它依旧徘徊在半空，没有一点减弱的迹象，甚至还往外散播着暴躁、嗜血和易怒。卢米安都怀疑刚才那声惨叫和这股疯狂精神盘旋不走有一定联系。

长相英俊但苍白疲惫的画家马伦第一次听说用屁股作画，一时愣在那里，不知道该怎么办。

小说家阿诺利等人在"自己已接过任务，不能让别人逃脱"的想法的影响下，不仅兴奋地起哄，让周围的仆人将颜料和画纸拿了过来，而且还主动地帮马伦解起皮带。

马伦逃避不过，只好给屁股涂上颜料，往画纸上连续印了几下，勉强算是完成了一幅幼儿涂鸦般的作品。

看到这一幕，小说家阿诺利突发灵感："我们把它裱起来，寄给那些艺术评论家怎么样？看看他们会对这么一幅作品给出什么样的评价。

"画作署名就是'皇帝'这个单词，标题，嗯，马伦，你有什么想法？"

马伦避着众人，一边擦着屁股，一边想了下道："就叫'咖啡馆'。"

"这有什么意义？"《小特里尔人》报的主编康奈尔好奇地问道。

"没有意义，刚好想到这么一个名词。"马伦摇了摇头，丢下染了颜料的手帕和软纸，提好了裤子，"这幅画本身就没有意义。"

他们讨论时，普伊弗伯爵的贴身男仆走回大客厅，于男主人的耳畔低语了几句。

受暗藏的"血皇帝"疯狂气息影响，卢米安即使完全集中精神，也没能听清楚对方在说什么，只勉强分辨出几个单词："失去……伤害……危险……"

普伊弗伯爵表情微沉，透出些许凝重之感。他旋即轻轻颔首，示意贴身男仆回到刚才的位置，自己则摆出一副不是什么大事的模样。

卢米安一边观察着这位索伦家族成员的神色，一边竭力思索起让那股疯狂精神离开的办法。

总不能等到所有人都完成了指定的任务吧？不，还缺了一步，上次的国王饼游戏结束时，献给佛蒙达·索伦的那块国王饼被普伊弗伯爵吃掉了……

想到这里，卢米安将目光投向了还在餐盘内的那块祭品，然后前倾身体，探出右手，将它拿起。

对此，普伊弗伯爵没有任何疑问。在他看来，夏尔要是不去拿那块祭品反而有问题！

几乎是同时，盘旋游走且散发着负面影响的疯狂精神仿佛受到了挑衅，猛地固定在了卢米安的头顶。它倾泻出种种负面情绪，就像在诅咒这个胆敢吃掉自己祭品的卑微人类。

卢米安感受到了愤怒、憎恨和想要撕裂自己灵魂般的咬牙切齿，他不仅没有害怕，反而露出了笑容。

这说明他做对了！

要是那股疯狂的精神对他取走祭品的行为没有太大反应，他都不知道该怎么阻止对方继续徘徊于众人的头顶了。

虽然这也不表示一定能成功，说不定还会有危险，但至少比国王饼游戏参与者们越来越易怒、嗜血，最终互相残杀要好。

到时候，卢米安还可以传送逃离，而其他人，除了普伊弗伯爵，估计没谁能活下来。

当然，他把祭品吃掉后，会不会出现异变，带来新的危险，他也无法预知，但现在这种情况，做总比没做好。

对国王饼游戏的参与者来说，若卢米安没做尝试，他们必死无疑，做了则有不小的希望能生还。

卢米安将那块作为祭品的国王饼凑到嘴边，咬了一大口下来。

那股疯狂的精神愈发愤怒和暴戾。它也不到其他人头顶徘徊了，就在卢米安脑袋上方盘旋，时而想要落下，时而试图撕碎目标，但又都碍于亚利斯塔·图铎的气息，本能地停了下来。

又是一声惨叫骤然响起。

这来自红天鹅堡某个地方，和之前那声惨叫不属于同一个人——刚才是男性，现在是女性。

普伊弗伯爵眼皮一跳，笑了笑道："应该是收拾意外状况的仆人被一些比较可怕的画面吓到了。"

文学评论家安永等宾客都接受了这个解释。一方面，他们是客人，对城堡内发生的事情无权过问；另一方面，他们逐渐沉浸在了国王饼游戏里，有点狂热，有点急躁，有点焦虑，对别的事情不像之前那么关注。

卢米安一口一口地吃起作为祭品的国王饼，把那股疯狂精神无形的愤怒和诅咒当成了于耳畔奏响的音乐。

和他每次获取恩赐时听到的那些恐怖呓语相比，这就是交响乐队的美妙演奏。

在没法真正发出声音，又不敢侵入他身体的前提下，那疯狂的精神仅能间接影响他的情绪和状态。而在这个过程中，卢米安还分心安排着不同人的任务，发现参与者们眼里只剩下游戏。

城堡内时不时发出一声惨叫，让人毛发耸立，背脊发冷。

终于，卢米安啃完了祭品，盘旋于他头顶的那股疯狂精神戛然停止。下一秒，它神秘地消失了，仿佛凭空蒸发。

国王饼游戏的参与者们依旧显得狂热，但已不再那么易怒和暴躁。

卢米安悄然吐了口气，侧头对身旁的爱洛丝道："跳一段扭扭舞，不会就找别人教。"

比起本身就充满性暗示的康康舞，扭扭舞只要不是男女对跳，就显得相对正常，只是看起来比较滑稽。爱洛丝放松下来，离开座位，不太熟练地扭动起身体。

在众人的大笑声里，卢米安又给剩余的参与者安排起任务。

等到全部参与者都轮了一遍，他才直起身体，用一种俯视所有人的姿态道："最后一个任务，保守秘密，不能将今天的游戏情况告诉任何人。"

"是，皇帝陛下！"还沉浸在游戏氛围内的爱洛丝、洛朗特等人齐声回应，神态恭敬。

当然，这也有卢米安身上还残留着些许"血皇帝"气息的原因。

看到每个参与者都呈现一种本能的服从，卢米安悄然吐了口气，露出笑容道："今天的游戏到此结束。"

普伊弗伯爵随之站起，笑着做了个"请"的手势："我们现在去餐厅。"

从客厅到餐厅必然会经过城堡主建筑的大厅，已恢复正常的卢米安余光看到几名男仆和女佣在靠近走廊的位置忙碌。

他们正用拖把清理一片泛红的水痕。

泛红……卢米安眼皮微跳，收回了视线。

等到晚餐结束，众人相继告辞，卢米安也找到普伊弗伯爵，笑着拿出了那五根沉甸甸的金条。

普伊弗伯爵摇了摇头："既然是我提议的游戏，那我就得遵循规则，你是看不起我，觉得我缺这三万费尔金吗？"

"这是礼貌。"卢米安微笑着回应后，没有谦让，动作迅捷而流畅地将金条塞回了衣兜。

按照约定，他让诗人伊莱特坐上了自己那辆四轮四座马车，并以随身携带的钞票有限为借口，只给了对方三千费尔金。

伊莱特完全不在意，放好钞票，聊起自己的美学观。

等到马车驶动，卢米安开口问道："你去哪个区？"

"送我到圣心修道院就行了。"伊莱特笑容满面地说道，"我去那里找个朋友，得到赞助的诗人总是会找朋友大喝一顿。"

圣心修道院啊……卢米安轻轻颔首，提高声音，吩咐了车夫一句。

没多久，马车抵达了那座美丽如同油画的修道院，哪怕在黑暗的夜色里，墙壁表面那些金色也映着绯红的月光，显得异常梦幻。

目送伊莱特走入修道院后，卢米安吩咐车夫返回纪念堂区的泉水街。

哒哒哒的马蹄声里，一片片树林、一块块良田被甩在了后方。

突然，忒尔弥波罗斯恢宏层叠的嗓音回荡在了卢米安的脑海："有个危险的生物在跟踪你，从红天鹅堡开始。它充满敌意，即将发动攻击。"

危险的生物……卢米安眯了眯眼睛，冷静地打开车厢之门，轻松地跳了下去。他对着车夫，用之前扮演皇帝残留的威严道："你到前面那个小镇等我。"

车夫犹豫了两秒，最终还是选择听从命令。

卢米安一边目送着车夫和马车离去，一边不慌不忙地从手里提着的公文包内取出了"拷打"拳套，平静且随意地将铁黑色的手套戴在手上。

附近的树林霍然变得更加黑暗，流经此地的小河仿佛染上了血液般的红色。

那条染上血色的河流内，缓慢爬出了一道身影。

不知为什么，卢米安就像遭受了震慑，思绪变得迟缓，竟没有立刻发动攻击，眼睁睁看着那道身影爬到了岸上。

那是一个陌生的男人，他脸庞僵硬而阴郁，身上的衣物被水泡得出现了软化迹象，卢米安第一时间就发现那是和血肉融合在一起的。

这是一尊蜡像，一尊活过来的蜡像！

蜡像的身上溢出了一滴滴鲜红的血液，它们和往下滑落的河水混杂在一起，不断地砸落于岸边野草之上。

伴随着滴答滴答的声音，蜡像浅蓝的眼眸在白色的基底内轻微转动，模糊地映出了卢米安的身影。

仅仅只是被它这么看了一眼，卢米安的脑海就变得空白，仿佛大脑极度抗拒和它对视，又像是遭到了强烈的压制，身心皆不敢反抗。

转瞬之间，源于求生本能的危险直觉在卢米安心里冒出，越来越明显。终于，它们彻底爆发，压过了别的情绪和状态。

卢米安的视线一下恢复，此时此刻，他的眼里，那张阴郁呆板、眼仁僵硬的蜡像脸孔和自己的距离已不到一米，那不断滴落着血液的苍白手掌五指张开，根根都如同利刃，猛地刺了过来。

卢米安已来不及做别的反应，只能下意识抬起右掌，挡在脸前。

伴随着砰的一声，那锋利程度远超匕首的苍白手指被铁黑色带短刺的"拷打"拳套挡住了。

而没被拳套阻隔的地方，蜡像的手指洞穿了卢米安的掌缘，在他的脸上留下了一个明显的伤痕。要不是他及时挣脱了那种震慑，这一击就能刺破他的颅骨，贯入他的大脑。

熟悉的疼痛让卢米安更加清醒，他左手紧紧握起，带着点燃的赤红火焰，以摆拳的姿态全力轰向了那尊蜡像的侧脸。

与此同时，他脸露笑容，右掌握起，依靠血肉的阻隔使蜡像右手回缩的动作变得滞涩，短暂禁锢住了它的闪避。

砰！

"拷打"拳套将蜡像的脑袋打得歪歪斜斜，拳套表面的铁黑短刺吻在了坚硬的脸上，制造出一道道由深变浅的夸张划痕。

而这蜡像竟然如真人一样流下了鲜红的血液，可裂处的伤口不见半点肉的质感，只有蜡泪的层层堆叠和被火烧融般的柔软质感。

紧接着，蜡像浅蓝的眼眸凸出了一根根血色的细管，从内到外张扬起强烈的嗜血欲望。这让它比之前更加生动，更像活人了。

卢米安之前选择"拷打"拳套，是因为它是自身最强力的神奇物品，而敌人是忒尔弥波洛斯口中的危险生物，不能有丝毫大意，但他没想到的是，跟踪者不是活人，而是一尊蜡像。这样一来，"拷打"拳套唤起某种欲望或情绪的能力似乎就无法产生效果了，只能作为防御性的武器来使用。

若非刚才遭遇了诡异的震慑，卢米安已经将拳套取下，丢到一旁，换用"体面"胸针了。而现在，敌人近在眼前，他只能将就着用"拷打"拳套，但重点技能变成了注火，连哼哈之术都不敢用，怕对类似的东西没有效果。

再次让卢米安意外的是，刚才那一拳居然激发了蜡像的嗜血欲望——对方好像在某种程度上还活着，有微弱的、属于自身的情绪和欲望！

"还活着就好！"卢米安脸上的笑容更加明显了。

他收回右掌，忍着疼痛，又是一记带着赤红火焰的摆拳，将蜡像的脑袋从歪斜打回了原本的位置。

嗜血欲望变强的蜡像没有试图拉开距离，而是再次使用那种震慑能力，本能地、疯狂地和卢米安做起近身格斗。

这正合卢米安的心意，他那铁黑色带根根短刺的拳套包裹着赤红的火焰，以迅猛短打的姿态，不断和蜡像的胳膊、手臂、拳头、肩膀、躯干、脑袋碰撞着。每一拳都不算非常强力，要的就是一个高频！

砰砰砰，啪啪啪，卢米安戴着"拷打"的双拳拖曳着赤红的火光，将一点也不呆板，甚至非常灵巧且具备出色格斗技巧的蜡像压制得没法使用别的能力。

他的双脚间或前踩，间或提膝，应对着来自下方的攻击。

也就是十几二十秒的时间，那尊蜡像霍然停滞，体内发出了虚幻的爆炸声。它眼眸内的那些"毛细血管"完全炸开，将浅蓝染成了鲜红，它的脑袋随之出现了一道道从内往外的裂缝，和"拷打"制造的伤痕贯通在了一起。

欲望引爆！

在卢米安超高频率的攻击下，"拷打"拳套的欲望引爆效果被触发了！

看到这一幕，卢米安收回双拳，静静地看着那尊蜡像血色的眸子映出痛苦的情绪。两滴偏红的泪水在它的眼角缓慢成形，往下滑落。

蜡像张开了嘴巴，仿佛想说点什么，却发不出声音。

轰隆隆！

它体内出现了沉闷的爆炸，全身上下都裂开了夸张的伤口。一股股赤红的火焰从那些地方蹿出，将这尊蜡像彻底点燃。

注火！

在剧烈的燃烧里，蜡像飞快变软，身上尽是染血的黏稠液滴。

扑通！

它倒在了地上。

这到底是什么怪物？卢米安凝视了十几秒，从"猎人"的角度出发，直觉地判断这猎物应该析不出非凡特性。

在这个过程中，他拾起了公文包，将"拷打"拳套放了回去。

卢米安不再耽搁，转过身体，走向这片树林之外。

他的背后，一道道赤红的火焰腾跃，灼烧着他滴落的血液。

炽烈的火光里，那尊蜡像已熔化得不成人形，而卢米安的身影一步步变淡，骤然消失在了不远之处。

灵界穿梭！

他为了避开"拷打"拳套带来的邪神注视和危险生物，直接转移位置，传送去了前方小镇——那是他提前勘察过的、掌握了灵界坐标的地方。

…………

又过了几十秒，只剩少许火焰还在燃烧的林中道路上，一片残破的、凋敝的荒野忽然铺开。那里的杂草逐渐茂盛，一道套着白色长袍的身影飞快勾勒了出来。

那身影戴着浅色的面纱，腹部明显凸起，身上流转着实质的母性光辉，俨然便是夜游会的"月女士"。

"月女士"将目光投向了已彻底熔化的染血蜡像，看着赤红的火焰在那里静静跳跃。审视了十几秒后，这位女士连同残破的荒野瞬间消失不见。

红天鹅堡内，主建筑的某个房间里。

穿着红色衬衫和黑色窄裤的普伊弗伯爵坐在凌乱的桌子后，冷漠地注视着前方摆放的一颗蜡像人头。

那人头雕刻得和真人没什么区别，眼眸浅蓝，头发偏黑。

无声的等待中，普伊弗伯爵显得有点焦虑，时不时拉扯领口、改变坐姿，甚至解开了衬衫最上方的那颗纽扣，就像周围的空气异常稀薄，让他不太能顺畅呼吸一样。

时间一分一秒流逝间，那颗蜡像人头突然发出了咔嚓的声音。它一下裂成很多块，每一块都呈现出高度熔化的状态。

普伊弗愕然站起，瞳孔瞬间放大。他的眼睛里，一根根细小的血管凸显了出来，破裂了不少，染出了一片鲜红。

"被干掉了？"普伊弗又惊又疑地无声自语起来。

夏尔·杜布瓦比他预想中还要神秘，还要强大！就算他本人不是，他背后的隐秘势力也是！

普伊弗伯爵来回踱起了步，表情颇为沉凝。

◈ 第七章 ◈

★ C H A P T E R 0 7 ★

曙光

卢米安传送到前方小镇后，没立刻露面，而是待在暗处，默算起时间。

等他觉得"猎人"以奔跑的方式足以从那片树林抵达这里后，才真正进入小镇，找到车夫，返回了纪念堂区泉水街11号。

摆着众多书架的房间内，卢米安望着手拿雪茄的加德纳·马丁，坦然说道："我被袭击了。"

这是瞒不过老大的。

"嗯?"加德纳·马丁用鼻音表示了疑问。

卢米安用非常坦诚的姿态，从自己在普伊弗伯爵之后挑选国王饼，却感受到疯狂精神盘旋、试图入侵开始，一直讲到了自身用注火炸毁、熔化了那尊蜡像，并展示了手上和脸上的伤口。

他隐瞒了"血皇帝"气息和"拷打"手套的存在，将疯狂精神为什么不真正占据他的身体归结于自身还不了解的原因。

加德纳·马丁抽着雪茄，静静听着，对卢米安没被疯狂精神侵入身体这件事竟一点也不意外。

他要是感觉意外，表现出了怀疑，卢米安会当机立断地请K先生过来，共同清除这个铁血十字会据点。

加德纳·马丁拿着已经少了一半的雪茄，微笑着说道："看来我们铁血十字会的正式成员都比普伊弗更受他那位先祖的精神青睐，但又让它畏惧。"

意思是，遭受过市场大道13号那栋建筑内诡异污染的非凡者?即使没有"血皇帝"的气息，那股疯狂的精神也不会侵入我之外的铁血十字会正式成员?

也不知道是真还是假，要不，老大你去试试?卢米安忽然有点想怂恿加德纳·马丁去和普伊弗伯爵玩国王饼游戏。

"现在我确认了一件事情。"加德纳·马丁的表情迅速变得严肃，"那位索伦家族的先祖，也就是佛蒙达·索伦，还没有真正死亡，还以我们暂时无法理解的状态活着。"

卢米安不太明白加德纳·马丁是靠什么确定佛蒙达·索伦还没有死亡的，但看样子对方也不打算解释，只好放弃了追问。

他现在只关心一个问题："那我的任务算是结束了?"

很显然，结合普伊弗伯爵喜欢给朋友做蜡像人头和刚才袭击自己的是一尊蜡像这两点，卢米安相信自己已经遭到对方的怀疑，再和对方接触会有很大的危险。

加德纳·马丁缓缓摇头："不，还要继续。"

他拿着雪茄，站了起来，往落地窗方向踱了几步道："你在普伊弗后面挑选却成了'国王'这件事情，肯定会让他怀疑你的来历，但他会更想弄清楚导致这件事情发生的真正原因，后续那尊蜡像的袭击也主要是为了这个。

"所以，他还会邀请你，用不同的方式试探你，榨取出你隐藏的秘密。对我们来说，这就是机会，确认佛蒙达等索伦家族先祖真正状态的机会。

"而借此，我们可以掌握这个曾经异常强大的家族逐渐衰落的原因，这对同样以'猎人'途径为主的我们有非常重要的意义，是我们当前的主要任务。

"简单来说就是，现在的索伦家族就像那个红天鹅堡，早就年久失修，但又隐藏着很多的秘密，有足以震慑窥探者的卫队，我们要做的则是摸清楚城堡的防御漏洞，确认那些秘密会不会对我们造成致命的威胁，然后找机会突破守卫，绕开陷阱，拿走宝藏。

"放心，普伊弗之后的邀请，我都会暗中提供保护，你需要承担的风险并不大。"

卢米安思索了一下道："'长官'，你之前说我们的主要任务是找到第四纪那个特里尔的真正入口。"

这主要任务怎么说变就变?

加德纳·马丁抽了口雪茄，露出了笑容："这两件事情本身就存在一定的关联，是为同一个目的服务的，但你暂时不需要知道。"

什么目的? 也就是说，铁血十字会当前的重心有两个，一个在探索地底，寻找第四纪那个特里尔的入口上，另一个在调查索伦家族这两三百年来逐渐衰落的原因，想办法从他们那里咬下一块肥肉上?

根据K先生的说法，索伦家族衰落的其中一个原因是有段时间多位重要成员疯掉和死去……我和加德纳·马丁主要负责调查索伦家族，同时，包括"督导"奥尔森在内的其他成员探索地底? 卢米安对铁血十字会近期的计划有了较为清晰的认知。

而这也是他的主要任务。

当然，他只知道要做什么，不明白为什么这么做。

"是，'长官'。"卢米安没再多说，应承了下来。

他隐隐有种预感，这将是他彻底消化"纵火家"魔药，在"猎人"途径上更进一步的机会。要知道，根据"魔术师"女士的说法，索伦家族是曾经拥有"猎人"途径天使的强大势力。

加德纳·马丁没问普伊弗究竟献给了"国王"多少黄金，示意卢米安可以离开，等待那位空头伯爵的下一次邀请。

穿过重新修葺的大厅时，卢米安看见同为铁血十字会正式成员的管家福斯蒂诺领着一个套着黑色斗篷的人进来。

那人个子中等，不到一米七五，衣着较为宽松，又裹得严严实实，让人看不清楚他的具体容貌和身材特征。卢米安只能依据他走路的姿势、身高的情况、步伐的大小，初步判断是名男性。

福斯蒂诺对卢米安点了点头，算是打过招呼，然后领着那位神秘人士匆匆通过大厅，进了加德纳·马丁的书房。

这会是谁？深夜过来讨论什么事情？卢米安收回视线，思绪纷呈地离开了泉水街11号。

市场区，乱街，金鸡旅馆。

卢米安上到二楼后，忽然加重脚步，踩出了咚咚咚的声音。他慢悠悠地回到207房间，点燃电石灯，转过靠背椅，坐了下来，微笑地望着虚掩的房门。

过了二三十秒，201房间方向传来了轻微的脚步声。那脚步声先犹疑后坚定，很快抵达了207外面，接着，有人轻轻敲响了房门。

"请进。"卢米安微抬下巴道。

来者果然是洛朗特，他套着亚麻衬衣和黑色长裤，与每次外出时的正式截然不同。

反手关上房门后，洛朗特望着卢米安说道："杜布瓦先生，我想向你借五百费尔金。"

卢米安怔了一下，有点没预料到这个发展。

他以为这家伙是来求自己不要戳穿其真正身份的，谁知道，居然跑来借钱！

"为什么需要五百费尔金？"卢米安的表情没有任何变化。

洛朗特嗓音略沉地说道："我即将成为《小特里尔人》报的副主编之一，虽然只是资历最浅的那个，但也不能继续住在这里了。

"我得定期邀请同事们到家里聚会，和他们建立起良好的关系。所以，我想借五百费尔金，去天文台区、纪念堂区这种地方租个好的公寓，带我妈妈搬过去，抓紧时间让她学会怎么举办一场小型宴会。

"等我领到了薪水，我会分期归还欠款的。利率您觉得多少比较好？"

这既是借钱巩固工作，也是主动将把柄递给我，顺带给我点好处，让我不至于破坏他的好事……卢米安高看了洛朗特一点，若有所思地轻轻颔首道："我不需要利息，你在《小特里尔人》报肯定能接触到一些值得关注或者令人诧异的新闻、消息和广告，我希望你定期整理一份给我。"

卢米安一边说一边拿出钱包，点数出五张面额为100费尔金的钞票："今年内还上就行了。"

洛朗特暗自舒了口气道："没有问题。"

目睹这个投机者写下欠条、离开207房间后，卢米安从衣兜内掏出了普伊弗伯爵献上的那五根沉甸甸的金条，在手里抛了一下。

有了这笔意外之财，他已经攒到了价值七万五千费尔金的黄金，同时还有未兑换成黄金的两千费尔金和剩余的四千费尔金活动经费。

"用不了多久就能完成'盔甲幽影'的契约，再次召唤它了……"卢米安把玩了一阵金条，将放"拷打"拳套的公文包留在了靠背椅位置，自行洗漱上床，等待那必然到来的噩梦。

浑浑噩噩间，卢米安又一次看见了外墙呈米黄色、沾着陈年血液的红天鹅堡。处在茫然状态的他走了进去，抵达了玩国王饼游戏的那个大客厅。

爱洛丝小姐、画家马伦、《小特里尔人》报主编康奈尔等经常参加普伊弗伯爵宴会的宾客都坐在沙发区域，仿佛正等待卢米安驾临，而洛朗特和另外几名宾客的临时女伴都不在此地。

这让现场看起来像是另外的或者过去的沙龙。

随着卢米安一步步靠近沙发区域，普伊弗伯爵等人相继站起，恭敬侍立。

"下午好，国王陛下。"他们齐声问候。

卢米安近乎本能地、冷酷地扫了他们一眼："嗯？"

普伊弗伯爵等人怔了一秒道："皇帝陛下！"

卢米安轻轻颔首，坐到单人沙发上，看着这些宾客围绕自己坐下。

他们漫无边际地闲聊着，话题发散而模糊。

突然，小说家阿诺利抬起右手，抓了抓自己的脸庞。嗤啦一声，他撕下了一大块皮肤，让蠕动的血肉和发黑的细管呈现了出来。

几乎是同时，画家马伦等人或直接拿起餐刀捅向自己的心脏，或撕咬起身旁同伴的脖子。转瞬之间，整个客厅变得异常血腥，处处都是骇人的场景。

卢米安思绪一震，眼前所见立刻发生了变化。

他置身于城堡另外一处大厅内，在无数根点燃的白色蜡烛的簇拥下，守护着一具棺材。那棺材由青铜打造而成，表面已锈迹斑斑，不知在这里安放了多少年。

卢米安心里升腾起了失去至亲、失去依靠般的悲伤和无助，缓慢地伸出右手，试图摩挲那具青铜锈棺。

就在这时，棺材的盖子吱呀一声往旁边打开，露出了一道幽深的缝隙。一只深红近黑、血管根根凸显的手掌猛然伸了出来，掌心握着一颗干枯到极点但溢出些许血液的心脏。那心脏还在轻轻地、微不可见地收缩膨胀着。

看到这颗干枯心脏后，卢米安的思绪飞快混乱，染上了一定程度的疯狂。他右掌微微一热，猛然从梦中醒了过来。

对于噩梦，他一点也不惊讶和慌张，一边平复本能加快的心跳，一边回忆起噩梦中的种种细节。

渐渐地，卢米安皱起了眉头。

在第一幕场景里，绝大部分国王饼游戏参与者最终都疯了，他们或自残，或残害起别人，但有三个例外，直至场景变化，都还算是正常人。

一个是卢米安自己，一个是普伊弗伯爵。还有一个是卢米安没有想到的：那位爱洛丝小姐！

她不像表现出来的那么拘谨乖巧啊，也有自己的秘密……卢米安无声笑了笑。

至于第二幕场景内的青铜棺材、亡者尸体、干枯心脏分别代表什么，他完全解读不出来，只能猜测这也许和索伦家族的秘密有关。

和上次一样，卢米安这晚又做了好几次噩梦，但梦的清晰程度和完整情况是逐渐下降的。

快到天亮的时候，噩梦完全不见了。起床后，趁着记忆还清晰，卢米安赶紧将这些情况写成书信，寄给了"魔术师"女士。

过了一刻钟，"魔术师"女士回了封较为简短的信。

> 铁血十字会对索伦家族衰败原因的追查和我之前的一些推测有明显矛盾，看来他们宣称的和他们实际拥有的未必等同，也许只是掌握了某些关键情报，让他们能在具备相应条件后达成想要的目标，而其中一个重要条件绕不开索伦家族。

读到这里，卢米安的太阳穴都有点涨痛。

"魔术师"女士看似说了一堆，但关键部分总是含含糊糊，自己每一个单词都能读懂，组合在一起就弄不清楚是什么意思了：铁血十字会实际拥有的是什么，宣称的又是什么?

卢米安揉了揉额角,继续往下阅读。

> 对你来说,这既是危险,也是机会。调查清楚索伦家族衰败的真相也是我所期待的,这是"愚者"先生给我们塔罗会的长期任务,正像"圣杯二"接触魔女教派、确认原初魔女的状态一样,不用着急,慢慢来,即使用年为单位来完成,也没有关系。

"……"卢米安看得愣了一下。

芙兰卡的大阿卡那牌"审判"女士同意她接触魔女教派确实在卢米安的预料之中,但确认原初魔女的状态是什么可怕的任务?那可是一位真正的神灵啊!

按照卢米安这段时间从各个渠道学到的知识,神灵不仅不能直视,试图了解祂具体的情况也是一件非常危险的事情。至于以宿命为名的那些邪神,只是较为清楚地知道祂们的存在这件事情,本身就等于污染。

长期任务……得等芙兰卡成了半神才有可能完成的任务?卢米安若有所思地将目光投向了回信的最后一段话——

> 你的重心就放在这件事情上,需要帮助又没有其他办法的时候可以提前写信告诉我。至于极光会那边,你就不要参与别的任务了,以铁血十字会这条线为主,我相信K先生能够理解。

"魔术师"女士之前给我的任务是加入极光会,一步步取得K先生的信任,她的最终目的应该是让我成为一位神使,铁血十字会相关只是完成这个任务的必要前置。而从她现在的语气看,主次改变了,要以铁血十字会的事情为主……卢米安从这封回信里解读出了一个相当重要的信号。

赤红火焰冒出,烧掉手中信纸后,卢米安背负挎包,将"拷打"拳套放了进去,然后直奔白外套街。他在那里随意找了家咖啡馆,用起早餐。

一直到快九点,卢米安才砰砰砰地拍响了601公寓的房门。

芙兰卡这次没有抱怨被吵醒,她看起来还没有睡,表情惨淡,忧心忡忡。一看见卢米安,她就抓了抓还未扎成马尾的偏亚麻色长发道:"你绝对想不到,我接了一个死亡任务!"

"确认原初魔女的状态?"卢米安笑了起来。

感觉芙兰卡是自愿的后,他完全不替对方担忧了。

"你怎么知道?"芙兰卡一脸惊讶。

"你想听真话还是假话?假话是我占卜出来的,真话是我刚向我的大阿卡那牌汇报了最近的情况,她提到了你的选择。"卢米安走至长沙发前,放松地坐了下去,"简娜呢?"

芙兰卡恍然大悟,随口说道:"去老鸽笼了。自从要回她爸爸的赔款后,她就沉迷在教唆别人这件事情上了,昨天才挖我的墙角,教唆了一个合同到期的女配角转至纪念堂区一家剧场。好吧,收入是多了不少,可直接给我提也能涨薪水啊,老鸽笼最近的收益还是不错的。"

她倒没有真的埋怨简娜,因为简娜提前问过她的意见,得到了她的允许。她觉得这样的教唆挺好的,出走一个配角,还能给其他演员学徒提供机会,比如简娜,比如曾经的那些舞女。

简单说完这件事情,芙兰卡叹了口气道:"'审判'女士只是让我和魔女教派接触,在控制住自身欲望和精神状态的前提下,利用她们的资源提升自己,并注意她们的动向,掌握她们近期的计划;等到我真正有了神性,成了圣者,再考虑确认原初魔女的状态。嗯,通过魔女教派的动向、她们近期的计划和向原初魔女祈祷时的反应,其实也能推测出一些情况。"

"你不是在烦恼任务啊?"卢米安挑了下眉毛。

芙兰卡"哎"了一声:"是在烦恼任务,但烦恼的是那样一来,我到了序列4还得是魔女,没法变回男人。"

"可以等序列3啊。"卢米安一脸轻松地说道。

"也是,虽然那会更难。"芙兰卡已经想通了这件事情,转而问起卢米安为什么突然向"魔术师"女士汇报。

卢米安将昨天在红天鹅堡的经历和加德纳·马丁的话语大致提了提,没讲具体的细节。

芙兰卡认真听完,思索了几秒道:"我们两个现在的任务加起来就是'猎人''魔女'途径相关势力的秘密和动向啊。塔罗会对这方面的事情似乎很在意……"

卢米安笑了笑:"这样我们才有机会。"

芙兰卡"嗯"了一声,突然想起一事:"你说你命令那个普伊弗伯爵给了你多少黄金?"

"三万。"卢米安如实回答。

芙兰卡眼睛一亮:"你现在有多少黄金了?"

"七万五千,随时还能再加六千。"卢米安没有隐瞒。

芙兰卡的笑容一下变得灿烂:"那我先借你两万五千,不要利息的!我们今晚就召唤那个'盔甲幽影'，争取在下周的聚会前弄清楚一些事情。"

"你有两万五千费尔金了？"卢米安略感诧异。

他记得芙兰卡之前为晋升"欢愉魔女"花光了积蓄。

芙兰卡颇为得意地说道："帮你对付纪尧姆·贝内，我拿到了两万费尔金，而加德纳·马丁最近很快乐，让我自己处置老鸽笼和那些舞女的大部分收益。嘿嘿，'审判'女士还给了我一万的活动经费。"

赚钱速度不比我慢啊……卢米安知道老鸽笼剧场和那些舞女赚取的利润虽然比不上微风舞厅，但也绝对不少，芙兰卡如果能拿大部分，每个月会有两万左右的收入。他点了下头道："好，今天晚上十一点就去上次那个地方举行召唤仪式。"

芙兰卡的喜悦溢于言表："我现在就安排人去换两万五千的黄金。"

深夜，里斯特码头，被烧毁的那栋建筑内。

芙兰卡看着卢米安布置祭坛，将所有黄金都摆了上去。她没有选择置身于灵性之墙外面，而是留在了同伴身旁。

卢米安依次点燃蜡烛，滴上精油，往后退了一步道：

"不属于这个时代的愚者，

"……"

几乎是同时，芙兰卡跟着诵念起"愚者"先生的尊名，以免被仪式的力量误伤。

很快，淡薄的迷雾和涌动的危险里，卢米安念出了最后一部分咒文：

"我！

"我以伟大愚者的名义召唤：

"徘徊于虚妄之中的灵，众多幽影的组合体，卢米安·李的契约生物。"

腾起的烛火里，布满神秘花纹的虚幻大门勾勒而出，那道穿着鱼鳞般漆黑盔甲的模糊幽影走了出来。和上次一样，那每块鳞片上似乎都封印着一张脸孔，属于不同生物的脸孔。

真是鱼鳞甲啊……芙兰卡看得目不转睛，既期待又忐忑，这让她都忘记了弥漫于周围的不安和"盔甲幽影"洋溢出的明显恶意。

卢米安望着"盔甲幽影"，用赫密斯语道："我将履行契约，向您献祭价值十万费尔金的黄金。"

坦白讲，对于价值十万费尔金的黄金这点，他有些疑问。因为费尔金兑换黄金的价格是有微小波动的，所以，是按照签订契约时的兑换价格准备，还是以现在的情况来，他完全无法确定，只好多换了价值一千费尔金的黄金备用。

随着卢米安的话语结束，摆在祭坛上的金条、金饰等物霍然崩解，化成一点点金粒，飞向了神秘虚幻的大门。它们大部分落在了"盔甲幽影"的身上，少数穿过敞开的虚幻大门，不知去向。"盔甲幽影"鱼鳞般的漆黑盔甲表面有近五分之一慢慢染上了金色，不再阴沉暗淡，变得神圣澄澈。

芙兰卡看得眼睛都直了。她脑海内闪过了一些属于原本世界的传说和名词，无声自语道："这是，重塑金身？"

她记忆中的"金身"指的是神像表面刷的金粉或者盖的金箔，有时也代指有神性或者有成就者的特殊身躯，而"盔甲幽影"的表现就像是一尊破烂的神像重新给自己涂上金粉。

等到祭坛上的黄金全部消失，卢米安感觉契约已得到了完整的履行。他抓住机会，用赫密斯语帮芙兰卡问道："您来自哪里？"

"盔甲幽影"张开了嘴巴，嗓音低沉威严但阴森虚渺地说了一句话。然而，卢米安一点也没有听懂，只能略显茫然地看着"盔甲幽影"走回虚幻大门后。

等到召唤仪式彻底结束，卢米安侧头望向芙兰卡，发现这位同伴正怔怔出神，眉头微皱，表情迷茫。

他心中一动，问道："你听懂了'盔甲幽影'的回答？"

芙兰卡缓慢点头："他用的语言和我故乡的语言很接近。他说的是……"

芙兰卡顿了一下，又茫然又疑惑地自言自语般道："血天子扰乱地府，冥道人舍身入河。"

虽然芙兰卡说的是因蒂斯语，但卢米安还是听得糊里糊涂，完全不明白是什么意思，表达了什么。他环顾了一圈，见这栋被烧毁的建筑周围依旧安静，没什么异常，才开口说道："能解释一下吗？"

芙兰卡琢磨了好几秒才道："'天子'约等于'皇帝'，'道人'，嗯，你就当是厉害的非凡者。

"整句话的意思大概是，以'血色'为称号的皇帝破坏地狱，带来了动乱，而以'冥界'为称号的道士，呃，厉害非凡者，舍弃自己的生命，进入了某条河流，目的应该是封印那位皇帝。"

以"血色"为称号的皇帝……卢米安心中一惊："'血皇帝'？"

他霍然回想起在撒玛利亚妇人泉看到的那些画面："血皇帝"的模糊身影燃烧着无形的火焰，盔甲染血而残破；虚暗的水流重复着缩回泉眼又奔涌出来的过程；那样的水流与周围的淡薄雾气结合，变成了苍白的泉水；亚利斯塔·图铎的残影在最后关头被奇异的力量拉回了泉眼深处，双方似乎还发生了激烈的争斗……

依循芙兰卡的描述，卢米安对"盔甲幽影"那句话和自己的遭遇有了新的猜测。他若有所思地对芙兰卡道："我怀疑你说的'血天子'就是'血皇帝'亚利斯塔·图铎的残影。"

"可为什么'血皇帝'的残影会跑到我的故乡？"芙兰卡没有第一时间联想到亚利斯塔·图铎，但觉得卢米安的推断有一定的道理。

特殊的鱼鳞式铠甲和源于神话传说的哼哈之术本就让她怀疑"盔甲幽影"来自故乡，而现在，语言也基本对上了，这让她愈发确定。

卢米安轻轻点头道："这得从我和'海拉'女士一起去取撒玛利亚妇人泉的泉水讲起……"

"你是和'海拉'女士一起去的？"芙兰卡咕哝了一句后，没催促卢米安回答，听着他继续往下讲述。

卢米安简单讲完在撒玛利亚妇人泉看到的和经历的种种细节，不给芙兰卡发散思维的机会，直接说出了自己的猜测："我怀疑在四皇之战里，'血皇帝'没有彻底死亡，依靠某些特殊的原因保留下了部分残魂，而在那场神战中，我们这个世界和你故乡所在的那个世界被打出了一个通道，让你故乡的某条神秘河流渗透了过来，被'愚者'先生封印，制造出了撒玛利亚妇人泉。

"那河流应该和死亡、冥界等领域密切相关，处于死亡状态的'血皇帝'残影被卷了进去，来回于你的故乡和撒玛利亚妇人泉乃至第四纪那个特里尔之间。

"'血皇帝'还有一定的本能想要复活，而复活的第一步是摆脱那条河流的拘禁。在这个过程中，祂给你故乡的地狱带来了动乱，属于死亡和冥界领域的那个厉害非凡者不得不牺牲自己，沉入那条神秘河流，以便更充分地发挥它的力量，将'血皇帝'的残影完全封印。"

芙兰卡听得时而迷惑，时而清醒，等到卢米安结束，才又惊又疑地说道："你猜得好像还挺真实的，非常符合逻辑……"

那很好地解释了"盔甲幽影"的话语和撒玛利亚妇人泉内的种种现象。

芙兰卡沉默了一会儿又道："在我故乡，那条神秘虚幻的河流应该叫'黄泉'。可我穿越前，'黄泉'和'地府'都属于虚无缥缈的传说，无人能够证实，也没有'血天子''冥道人'相关的神话遗留……难道是因为我平凡普通，接触不到？"

卢米安笑了笑："在我发现奥萝尔是'巫师'前，什么超凡力量，什么恶魔鬼魂，也是不存在的。"

芙兰卡"嗯"了一声，神情逐渐兴奋："既然两个世界之间有了通道，那我们回归故乡就不再是虚无缥缈的梦想了！"

"'海拉'女士说，那苍白的泉水碰到就死。"卢米安好心地提醒了一句。

芙兰卡表情僵硬了几秒道："那只是对现在的我们而言，也许有了神性，成了圣者，就可以接触了。"

"天使和真神的身影都被拘禁在泉水里面。"卢米安再次做出提醒。

"……"芙兰卡白了卢米安一眼，"你烦不烦啊！比起以前没有思路、没有方向、没有希望，现在好歹有一点曙光了，知道该往什么地方奋斗。'海拉'女士去取撒玛利亚妇人泉水的原因之一可能就是确认那条虚幻河流的情况，看它是不是'黄泉'，不愧是'海拉'女士，比我们所有人都更快找到线索！"

卢米安微不可见地耸了耸肩膀，没再打击芙兰卡高涨的情绪和积极性。

芙兰卡兴奋地来回走了几步，忽然提出了一个疑问："你刚才是在问'盔甲幽影'来自哪里，它为什么会说'血皇帝'和'冥道人'的事情？"

这答非所问啊！会不会藏着什么秘密？卢米安想了下道："它是死亡后产生的幽影，部分能力也明显在死亡领域……它还有摆脱拘束挣脱囚禁的冲动……结合这几点，我认为它是被那位'冥道人'封印的鬼怪类生物，询问它来自哪里，必然绕不开'冥道人'现在的状态，于是有了刚才那个回答。"

芙兰卡恍然大悟："有道理！它被'冥道人'打破金身，封印了起来，所以需要搜集黄金来重塑金身，摆脱拘禁？"

见卢米安又一脸不解，芙兰卡将金身的定义和自己的理解大致讲了讲。

"这样啊。"卢米安缓慢地点头，"以后说不定可以继续用黄金和'盔甲幽影'交易，但也不能真的让它恢复到原本的状态。这家伙很危险，又有强烈的恶意，一旦摆脱封印，不知道会做出什么事情。"

芙兰卡深表赞同："至少得等我们晋升到序列4再考虑这件事情。"

卢米安"哟"了一声："你不是说获得神性、成为圣者是非常困难的一件事情吗，现在这么有信心了？"

"这不是找到目标后充满了动力，所以幻想一下吗？"芙兰卡瞥了卢米安一眼，"靠，我们是不是拿错对方的剧本了？"

她记得不久前自己才说卢米安把打开神性之门、跳转途径想得太轻松了。

卢米安轻笑道："有奋斗的目标和动力是好事。嗯，下周就是卷毛狒狒研究会的聚会了，要把'盔甲幽影'和'血皇帝''冥道人''黄泉'的事情通报给其他人吗？"

"以前我会这么做，只是得向每个人收取一笔费用；但现在嘛，不弄清楚'愚人节'的问题，我可不敢分享。"芙兰卡思索着说道，"但可以问一问涉及死亡的虚幻河流，看谁有相应的情报。"

卢米安想了下道："我来问。"

芙兰卡怔了两秒，旋即明白了原因：卢米安是和"海拉"女士一起去的撒玛利亚妇人泉，由这位假扮"麻瓜"的同伴问相关情况会更加合理，有前因，也有思考，完全符合逻辑。

要知道，在"海拉"那里，卢米安和"袖剑"彼此间还不认识，芙兰卡若贸然提及死亡河流，必然会被怀疑。

…………

周一，芙兰卡又一次到了夏约镇的红房子咖啡馆。

和之前不同，她虽然还是利用"谎言"变成了黑发褐眼的模样，但衣着更贴近日常，用衬衫、长裤来搭配靴子。这是为了让那位"魔女"觉得她是男性变成的"魔女"，不至于一有机会就直接动手，不做任何交流。

可惜的是，那个橙红色长发的"魔女"一上午都没有出现，倒是有两女性顾客借着不同的契机和芙兰卡聊了聊，言谈甚欢。

芙兰卡喝着咖啡，应付着这些攀谈者，一点也不急切。

她奇怪的是卢米安为什么不着急，反倒叮嘱自己慢慢来。要知道，不尽早清除至福会内和苏珊娜·马蒂斯走得比较近的那些核心成员，他就始终处在玫瑰学派的阴影里。

…………

卢米安已向"魔术师"女士汇报过至福会、玫瑰学派和红房子咖啡馆女性欢乐派对的事情，得到的回复很简单——

> 近期不要离开特里尔，就没有大问题。

卢米安点燃信纸，离开夜莺街，散步般走向了市场大道。

快接近微风舞厅时，他看见了一道熟悉的身影。

那人眼眸深棕，鼻梁高挺，留着满下巴的亚麻色胡须，穿着类似古代巫师的长袍，正是引领卢米安加入K先生神秘学聚会的"秘祈人"，奥斯塔·特鲁尔。

"我的卷心菜。"卢米安笑着问道，"你到这里来做什么？"

奥斯塔·特鲁尔嗓音颇为磁性地回答道："找布里涅尔男爵清除欠款。"

"有钱了？"卢米安挑了下眉毛。

奥斯塔·特鲁尔微微笑道："是的，我才发现魔药自带知识里的某些尊名是可以祈求的，没有危险，这给了我很大的帮助。"

卢米安愣了一下，目光幽暗地抬起右手，在胸前按照上下左右的顺序点了四次。

奥斯塔回以同样的动作，笑得更为亲切了。

卢米安没再寒暄，挥了挥手，越过了这位"秘祈人"。他沉默地抵达了微风舞厅外面那个骷髅头组成的白色圆球形雕像前，轻轻地叹了口气。

晚上九点，早已回到金鸡旅馆207房间等待的卢米安终于看见那个纯银打造、眼窝内燃烧着苍白火焰的骷髅人头送来一封信。

信来自"海拉"，内容颇为简短：

> 一个小时后将有聚会。
>
> 如想参加，就在十点前后五分钟内默念以下咒文。

总算来了……卢米安吐了口气，折好信纸，转身离开了金鸡旅馆。

他没去找芙兰卡，他们之前已经就聚会的事情沟通过很多次，无须再浪费时间确认。

卢米安一路来到了位于夜莺街的新安全屋，将放着"拷打"拳套的挎包丢到了床上。他没再额外准备铁皮柜，因为以房间内暗藏的几个陷阱，普通的小偷根本靠近不了核心区域，强行闯入只会葬送自己的生命，而不普通的小偷，铁皮柜也拦不住。

等到时间差不多，卢米安按照"海拉"女士和芙兰卡对姐姐参加聚会时的外形描述，套上了巫师式的带兜帽黑袍。紧接着，他掏出"谎言"，将它变成了一只充满简洁美感的银白色耳饰，夹在了自己的右耳耳垂上。

全身镜内，卢米安平静地看着自己陡然矮了一截，头发变成纯粹的金色，又厚又长。他的五官也有了变化，完全靠近了记忆中的奥萝尔，鼻梁高挺秀气，红唇不厚不薄，眼眸浅蓝澄澈，凝缩着微光。

卢米安以前总觉得姐姐是个外表和内心很不一样的人，看似明艳阳光、开朗大方，实际却是个喜欢窝在家里、不太愿意外出和别人交流的女性，只有真正得到她信赖的自己，才能见识到她随意放松、满嘴奇怪话语、爱笑也爱欺负人的一面。

而这样的奥萝尔如果真的出门，却不会表现出一点畏惧，就像卢米安一样，能自然地和科尔杜村的老太太们交流，能精彩生动地给孩子们讲故事，得到他们的喜爱。

自从知道姐姐的来历后，卢米安开始理解奥萝尔的内心为什么和外表、气质不太一样。当然，很多人都有类似的情况，只是奥萝尔因为自身的特殊，表现得更加明显了一点。

最近这段时间，卢米安常常会想，姐姐原本是什么样子，过着什么样的生活。渐渐地，他看到镜中的奥萝尔浅蓝眼眸变得迷离，仿佛陷入了对往事的追忆。

卢米安还记得第一次听姐姐提及故乡，是在自己到科尔杜村的第二年。

那时，牧羊人转回了高原草场，奥萝尔带着他去抚摸那些刚出生没多久的小羊，然后"残忍"地卖走了它们的亲人，再到长着朵朵或白或黄野花的青绿草场去，整理出一片不会影响到周围的区域，摆上烤架和木炭，做起野炊。

当夜色来临，高空繁星显映，如同数不清的钻石汇成璀璨河流时，奥萝尔忽然怔怔出神，抬手抹了抹眼睛。

卢米安问她在想什么，她说她在想故乡，想家。

镜中的奥萝尔眼眸失去了焦距，映着电石灯偏黄染蓝的光芒，闪烁出些许晶莹。

那个明媚阳光下、青绿草场旁的山村再也回不去了。

过了一阵，卢米安打开从微风舞厅借来的怀表，确认了时间。然后，他戴上了一个银白色的半脸面具，只剩弧度优美的嘴唇和线条如画的下巴裸露在外。

紧接着，卢米安拿出了一张用古弗萨克语书写着"麻瓜"单词的纸张，将它贴在了左胸位置。

按照芙兰卡的说法，卷毛狒狒研究会的成员数以百计，聚会时又都各有不同的伪装，要是不在身上标明相应的代号，除非私下极为熟悉，没人知道谁是谁。

而卷毛狒狒研究会的成员虽然都来自同一个世界，但彼此故乡不同，语言也不是同一种，穿越到这边后同样不在一个国家，难免会出现沟通障碍。最开始，他们是靠掌握了多种语言的部分成员翻译，后来逐渐以北大陆诸国语言的源头古弗萨克语为通用语言。

——对生活在不同国家的卷毛狒狒研究会成员来说，这种语言和身体自带的母语接近，学习和掌握起来会容易很多。

当然，也有母语和古弗萨克语差别比较大的成员，但数量不多，只能少数服从多数。反正在他们掌握相应的语言前，会有人帮他们翻译。

卢米安本身就有古弗萨克语的底子，到了特里尔后，还一直借助奥萝尔的巫术笔记深入学习这种语言，正常的沟通和交流已不成问题。

等时间差不多快到十点，卢米安对着全身镜又微调了下身材细节，将各种仪式材料和装"体面"胸针的酒壶放入了巫师黑袍的暗袋内。

做完这些事情，卢米安手拿"海拉"女士的书信，用赫密斯语诵念起请求参加聚会的咒文："来自古老年代的超凡者，夜之国的主宰，崇高的天之母亲，请允许我进入您的国度。"

卢米安话音刚落，就感觉周围霍然变得幽暗，并看见镜中的自己就像一幅铅笔素描一般被橡皮擦飞快抹除。

他眼前一黑，似乎进入了最深最沉的睡眠。

❖ 第八章 ❖

★　C H A P T E R　0 8　★

卷毛狒狒研究会

骤然间，卢米安浑浑噩噩地想起了聚会之事，听见了自己心脏强有力的跳动。他猛地清醒，发现自己已来到一座宫殿，殿内的巨石墙壁上许多缝隙，缝隙内长了些许杂草。

宫殿深处有一张巨大的斑驳石椅，但无人靠近，而透过墙上的缝隙和残破的窗户，卢米安看见外面夜色深沉清冷，弥漫着浓郁的雾气。

一道道星光穿透雾气落下，为宫殿带来了昏暗的环境，照出了被迷雾笼罩的、若隐若现的、簇拥着宫殿的城镇。

城镇内没有人影，如同一场迷梦，而宫殿里，镶嵌在墙壁上的石制烛台早亮起一团团偏黄的火光。

此时，已有上百道人影抵达，各自做着不同的打扮，卢米安一眼望去，暂时未发现"海拉"，只认出了"袖剑"芙兰卡。

她套着最喜爱的刺客服装，黑袍配着皮甲，兜帽拉得不算太低，脸庞戴着银色半脸面具，正和几个做同样打扮的人聚在一起，不知闲聊着什么。

然而，这些刺客里只有芙兰卡是真正的"刺客"。

卢米安没去和芙兰卡打招呼，按照她的教导和"海拉"女士之前在信件里给出的提示，向着靠近巨大石椅的地方走去。

这种人数众多的聚会和集市没什么区别，不太可能以整体的形式做统一的沟通和交易，只能分成一个个小团体扎堆，除非有特别重要的事情，"甘道夫"会长或者"海拉"等副会长才会走到巨大石椅前，让大家聚集到一起，用演讲的方式通告。

当然，想面向所有人发布需求时，也可以这么做。

奥萝尔最常参加的是"学院"这个小组的聚会，他们固定的见面地点在宫殿深处，巨大石椅左侧的角落里。

卢米安一边往那个方向走去，一边感慨起聚会形式的神奇。

他只念了一段咒文就离开了市场区夜莺街的安全屋，来到了这么一座神秘古老的宫殿！而这里的卷毛狒狒研究会成员们来自南北大陆不同地方，竟然能同时抵达。

这样的神奇是卢米安之前未见识过的，比传送更让他觉得不可思议，只有"伟大母亲"恩赐者的"播种"可以媲美。

令卢米安不解的是，芙兰卡之前一直不告诉他进入聚会的方法，说即使面对面讲出来，他也听不到，除非获得了"海拉"女士的允许。可这不就是念一段咒文的事情吗，怎么会听不到？

根据芙兰卡的说法，这样的力量很可能来自某件封印物，某件"海拉"女士无法掌握但可以在一定程度内利用的封印物。

除了这种召集聚会的方式，卷毛狒狒研究会还有别的办法，但那都是不同小组自己想出来的，用于内部或者小圈子的聚会。像"袖剑"芙兰卡，她和关系较好的一些成员，私下里建了一个"电报群"，利用小型化、简单化的分析机在固定时间聊天交流。

卢米安想了想芙兰卡和"海拉"对奥萝尔聚会状态的粗略描述，根据自己的推测，脚步逐渐变得轻盈。

他觉得以卷毛狒狒研究会成员们都有共同的特殊来历这点，姐姐即使有警惕之心，也会呈现出和自己相处时的那种全身心放松的状态，甚至表现得更加明显。

这是没有沉甸甸秘密的状态。

又有不少人影到来，他们在空气里飞快勾勒而出，就像拓印成功的油画。

这些卷毛狒狒研究会的成员有的套着式样古典的铁灰色全身盔甲；有的涂着红黄白多色油彩，扮演着小丑；有的画着夸张的、根本看不出原本容貌的妆容，像是某些民俗传说里的恶毒巫婆；有的戴着橙黄南瓜雕出来的怪物头盔；有的依靠自制的头套，变成了脸色苍白、嘴唇鲜红的吸血鬼；有的穿着马型衣物，把自己整个人都套了进去……这比报纸杂志上的化装舞会更为夸张，更有想象力。

卢米安嘴角带着轻微的笑意，从这些卷毛狒狒研究会成员之间穿过，时不时用领首的姿态回应向自己打招呼的人。

终于，他抵达了"学院"小组所在的那个角落。

卢米安目光自然地扫了一圈，看见了贴在身上的一个个代号："小矮星""教授""狮鹫""老鹰""熊""校长""元素周期表""同位素"……

"小矮星"是个身高一米六出头的男子，他头上戴着装饰了乱糟糟黄发的表演皮套，右掌被银色的、浮夸的手套包裹着，身上是一件敞开的棕色夹克，里面配深色的衬衣。

看到卢米安过来，这个"小矮星"迎了上去，又惊又喜地说道："'麻瓜'，你总算又出现了。"

卢米安用奥萝尔的嗓音微笑着回答道："之前出了点事情，休养了一段时间。"

"现在没事了吧？""小矮星"关切地问道。

"还好。"卢米安不确定对方和奥萝尔有多少交情，未用开玩笑的方式来回答。他转而将目光投向了坐在石阶上的一位女士。

那女士戴着蝴蝶造型的黑色面具，身穿打着领结的白色衬衣和长长的深色外套，胸前佩戴着明显来自打字机的纸制铭牌：教授。

"'副教授'没有来吗？"卢米安笑着问道。

"副教授"是名男性，前几年因为代号相近的缘故，和"教授"在现实里约着见了面，后来成了夫妻。

他们都是"巫师"，喜欢研究各种各样的法术，奥萝尔巫术笔记内的除草术就是来自"副教授"。

"教授"嘴唇颜色偏淡，脸型显瘦，有双好看的褐色眼眸。她简单地回答道："他现实里有点事情，需要招待客人，抽不出时间，反正我参加了就等于他参加了，都一样。

"'麻瓜'，你有什么事情吗？"

卢米安浅笑道："我想感谢他的除草术。"

"这有什么值得感谢的？难道你的家里遭遇了大量野草的入侵？""小矮星"在旁边好奇地问道。

卢米安学着奥萝尔回忆往事时的表情细节，浅蓝眼眸微微转动，道："我前段时间遇到了一种据说来自深渊的植物，它不仅长得很快、生命力旺盛，还会释放麻醉气体，会像食人花一样吃人，每次出现都几百上千，而除草术能让它们全部枯萎，虽然不至于直接死亡，但也会在一定时间内失去活力。"

"除草术还能对付超凡植物？""教授"都有点惊讶了。

卢米安轻轻点头："但必须是草本和藤本类植物。"

这是奥萝尔在巫术笔记上添加的使用心得。

看得出来，她曾经用本堂神甫的深渊魔花实验过，并且在状态明显不对的时候还很有学术精神地记录了下来。

"这是一个有趣的发现。""教授"拉着卢米安，讨论起除草术的种种细节。

还好，卢米安深入研究过这个法术，还请教过芙兰卡和"海拉"女士。虽然他没法真正地使用，但若只是单纯交流相关问题，完全不会露怯。

和"学院"小组的成员们就法术问题、神秘学知识探讨了一阵，卢米安忽然感觉自己连同周围区域都笼罩上了一层阴影，他猛地抬起头，看见了一道巨大的身影。

那身影超过了两米四，套着简单朴素的亚麻长袍，头部被附带的兜帽笼罩着，手里拿着一根能敲破所有正常人类脑袋的粗大魔法杖。

这是卷毛狒狒研究会的会长"甘道夫"，芙兰卡说他应该是转生到了弗萨克帝国一个有巨人血统的中年男子身上，酷爱喝烈酒和研究神秘学知识，具体途径不详，时而像是"知识"，也就是"阅读者"途径的，时而表现出了"通识者"和"窥秘人"的特质，时而让人觉得以他的身体条件不走"战士"途径就太可惜了。

像非凡特性不灭定律等高端神秘学知识，最早就是从"甘道夫"这里传播出去的。

不知为什么，芙兰卡提及"甘道夫"时，表情总是怪怪的，似乎觉得这个代号和对方的身高体重不太匹配。

脸庞被奇怪阴影挡住的"甘道夫"望着卢米安，嗓音粗犷地笑道："你错过好几次聚会了，我之前还担心你是不是出了什么意外。"

"是出了点事情，但已经解决了。"卢米安抿了抿嘴巴，没有掩饰心底突然涌现的唏嘘和无奈。

"解决了就好。""甘道夫"欣慰地点了点头。

他和卢米安又寒暄了几句，走向了别的小组。

卢米安第一次参加卷毛狒狒研究会的讨论，按照"海拉"女士的建议，始终少说多听，大部分时候保持着沉默。

这个过程中，已坐到石阶上的他用带着浅淡笑意的姿态，倾听般望着每一个发言的人，让自己表现得非常专注。

奥萝尔也经常这样，和普阿利斯夫人、科尔杜村那些老太太聊天的时候，如果话题进入了自己不感兴趣的领域，她就会含笑看着讲话的人，让对方感觉自己得到了重视，说的内容是足够有意思的。而实际上，奥萝尔的思绪已经漫无边际地发散开来，想着自己的事情，时不时回归一段时间，抓一抓重点，免得等会儿接不上话，让场面变得尴尬。

卢米安当然不会在讨论神秘学知识、间或做些交易的时候真的放飞自我，他主要是在模仿奥萝尔的状态。

过了一段时间，卢米安抓住空隙，站了起来，准备离开"学院"小组的聚集地。

脸上用可洗油彩画着元素周期表的女士略感诧异地问道："你今天居然没有买点什么？"

姐姐，你每次参加聚会都要花一笔钱才开心吗？卢米安无声咕哝了一句，笑着说道："有两个原因，一是最近到了瓶颈期，更专注于搜集'卷轴教授'魔药的配方和材料……"

他娓娓道来，讲了一堆，主要是分析为什么没有相应的需求，最后才说："二嘛，没钱，还欠了别人一大笔。"

"学院"其他组员顿时发出了善意的笑声。

他们都看出来了，"麻瓜"没来参加聚会的这段时间确实是遇到了不小的事情，让本来富裕的她竟然变成了穷鬼，还是欠了一堆债的穷鬼。

当然，他们也不是太担心"麻瓜"，因为这几年来，他们都见识到了这位同伴赚钱的能力。

卢米安脚步轻盈地走向了巨大石椅右侧的第三根柱子旁，那里聚集的是"炼狱"小组的成员，"海拉"就经常参与他们的讨论。

这位女士已经抵达，和之前不同的是，她身上的冰冷感减弱了不少，附带头纱的帽子下，皮肤苍白但不惨淡，面容一片模糊。

卢米安静静旁观着"炼狱"小组的成员讨论和交易，隔了一会儿才若有所思地问道："你们有谁听说过一条涉及死亡领域的虚幻河流？"

"海拉"望了卢米安一眼，并未作答。

另外一名"炼狱"小组的成员，代号是"三头恶犬"的男性思索着说道："'麻瓜'，你问这个做什么？

"我只是听说，在地狱，也就是冥界的深处，存在这么一条虚幻的河流，'收尸人'途径的其中一个高序列就和它有关。"

居然直接就回答了，没收点情报费？虽然也只是据说，完全没有证实……卢米安笑了笑道："我最近常常在想，为什么我们故乡的神话传说里有这么一条河，这里的也有。"

他间接地点了一句，没有多提。

"三头恶犬"想了想，道："这可能得从神话根源和人类思维的相似性来讨论。"

卢米安用奥萝尔的嗓音"嗯"了一声，没有进一步询问。他又旁听了一阵，才转向这座古老宫殿的一处破口。

有了前面的铺垫后，他可以自然地接触"愚人节"的成员，听一听他们的交流了。

往目标地点走去的途中，卢米安将之前看到的、听到的在脑海内快速过了一遍。他发现姐姐奥萝尔的人缘相当不错，不管是"学院"还是"炼狱"的组员，都对她表现出了足够的善意。

斜穿过古老宫殿后，卢米安看见一个头上罩着丝袜的男子跳到半截断柱上，对周围装扮各异的卷毛狒狒研究会成员道："我来朗诵一首诗！

"大海啊，你全部都是水；

"骏马啊，你长着四条腿；

"魔女啊，你滋味真不错！"

这完全不是诗啊……卢米安已经买到《罗塞尔大帝秘录》，知道这是在调侃那位大帝和某个"魔女"发生了超友谊关系，并在日记里感慨"魔女"的滋味真不错。

一步，两步，卢米安来到了"愚人节"小组附近，看见背对自己的那个男子套着黑色的占卜家式长袍，身后用金色油彩写着一个古弗萨克语单词：洛基。

根据芙兰卡的说法，"洛基"是他们那个世界某些传说里的谎言、诡计和火焰之神，而这个以"洛基"为代号的成员是"愚人节"小组的创立者，他在神之途径上不比"海拉"他们走得慢，但并没有担任副会长……卢米安脑海内闪过了一系列的信息。

他随之进入了"愚人节"小组所在的那片区域，所有的笑声、欢闹声忽然停止。"洛基"等人同时转过身来，将目光投向了戴着半脸面具、套着巫师黑袍的卢米安。

顶着"麻瓜"身份的卢米安勾起嘴角，露出了一抹略显灿烂的笑容："各位，好久不见。"

面对卢米安的问候，"愚人节"那十几名成员都陷入了短暂的沉默。

这里面，有好几个人的目光变化和肢体语言让卢米安觉得问题较大。他们分别是套着丝袜以遮掩容貌的"吟游诗人"，戴着半脸面具、留着红色竖发、脸颊画着泪滴和星星状妆容的"西索"，顶着红黄白小丑油彩的"疯女"和装扮滑稽搞笑的"咸蛋超人"。

这四个"愚人节"小组成员有的眼现惊讶疑惑之情，有的不自觉缩了缩身体，有的下意识眯起了眼睛，有的微不可见地改变了身体姿态，显得比刚才更加防备。

要不是卢米安这段时间里经常找安东尼·瑞德这位"心理医生"请教，并集中记忆了心虚之人发现早已死去的苦主还活着时会有什么样的眼神变化和肢体动作，肯定没法分辨得如此清楚，或多或少总会遗漏一些。

相比较而言，卢米安之前重点怀疑的"洛基"和"我有个朋友"，各方面的反应都很正常。

——前者是"愚人节"小组的创立者和领导者，这个小组真要存在什么异常，他没出问题的概率很低；后者按照"袖剑"芙兰卡的说法，疑似"观众"途径的"心理医生"，而奥萝尔在记录这条途径的知识时，内容缺失严重，和梦境中只言片语透露出来的信息不太吻合。

穿着马戏团占卜家式黑袍的"洛基"只是简单地用兜帽阴影来模糊脸孔，似乎一点也不担心被人看出具体容貌。

短暂的沉默后，他没有掩饰自身诧异地说道："'麻瓜'，你竟然又出现了。我还以为你听隐匿贤者的课后辅导把自己听成了疯子，失去了控制，以至于好几个月没参加任何聚会。"

"Rap，是Rap，不是课后辅导。"头套丝袜的"吟游诗人"笑着纠正道。

卢米安听芙兰卡讲解过，Rap是一种奇怪的音乐形式，卷毛狒狒研究会很多成员喜欢把来自未知存在的危险呓语比喻成Rap。

"麻瓜"不厚不薄的红唇保持着微微翘起的形状，道："是有点疯的迹象和表现，但还能控制。"

在卷毛狒狒研究会，这是一个很常见的话题。之前已经有多名成员因各种各样的原因失控，或变成怪物，或成了死人，所以，"心理医生"们仅是靠类似聚会时治疗同伴的心理或精神问题，就能狠赚一笔。

套着白大褂、戴着鸟嘴面具的"我有个朋友"点了点头："去年我评估过你的精神和心理状态，问题不是太大，但之后有快一年，你都没再定期评估。要小心啊，我有个朋友就是疏忽大意，太有信心，结果住进了疯人院。"

这位"心理医生"看起来足够正常，而且还很关心患者的情况，但从他加入"愚人节"小组这点，卢米安就觉得他应该也有异常，至少精神状态不会太健康。

像卢米安这种恶作剧大王，也没有对未来绝望，不至于以追求乐趣为人生唯一目的，出现类似情况的，心理或多或少都有问题。

"洛基"没有追问"麻瓜"缺席多次聚会的原因，摊开双手，对"愚人节"小组所在区域的全部卷毛狒狒研究会成员道："各位，我最近又发现了一位历史上的穿越者！"

"谁?"

头套丝袜的"吟游诗人"脱口问道，其他成员亦是一下集中起注意力。

见所有人都投来了目光，"洛基"手势丰富地说道："我收获了一些古代典籍，上面提到第三纪曾经存在过一位远古太阳神。

"我们之前不是一直在疑惑各大教会的圣典，尤其是永恒烈阳教会的，和我们那个世界的宗教典籍很像吗? 现在，我应该找到了答案。"

这位"愚人节"的首领一边说一边在胸口以上下左右的顺序点了四下，仿佛在以此代指故乡的某个宗教。

卢米安看得眼皮一跳：K先生向那位祈祷时做的也是这个手势！是巧合，还是有某种必然的联系?

而且，远古太阳神不是与众不同歌舞厅那位天使的父亲吗？

"洛基"语调浮夸地继续说道："对，就是你们想的那样。各大教会的圣典都是抄远古太阳神的，只是侧重点不同，修改了相应的细节。那位的典籍我只找到很少一些，但看得出来，绝对来自我们的世界。

"希望你们能搜集到更多的远古太阳神资料，最终确认祂也是穿越者，比罗塞尔更早。你们要是希望看一看我收获的那些典籍，等会儿记得寻求交易，一百克黄金或者等值货币换一份副本，很便宜是不是？也就因为大家是自己人，也就因为这牵涉到回家的希望，要不然我肯定不会只卖这一点黄金。"

装扮滑稽搞笑的"咸蛋超人"叹了口气道："这没什么意义。我知道，你觉得那位已经成了神灵，肯定比我们更加了解整个世界的真相，说不定已经掌握了穿越的秘密和回去的办法，但按照你的说法，祂不也没有回去吗？"

"要看见光！""洛基"翘起嘴角道，"而且我怀疑，那位没能回去的原因是祂陨落了，死在了某场神战里。"

"听起来很有意思。"衣物上印着扑克图案的"西索"忽然开口。

"洛基"缓慢环顾起周围的卷毛狒狒研究会成员，笑着说道："那位的资料和典籍被有意识地抹去，只剩少量在秘密流传，它们绝大部分都藏在地底，靠近着那位遗留的力量源泉。

"据说，在类似的地方，序列越高越危险，越容易失控。我们这些普通的非凡者反而有机会接近，那里面也许就藏着两个世界连通的真相和返回故乡的方法。"

说到这里的时候，"洛基"的目光扫过了卢米安戴着面具的脸庞。

这是想悄然怂恿奥萝尔和别的卷毛狒狒研究会成员去地底？卢米安对可能存在的恶作剧相当警惕。

当然，他能瞬间察觉问题还有一个原因，那就是"正义"女士提过，靠近撒玛利亚妇人泉后，序列越高越危险，而且她还讲解过问题的本质是什么。

这让卢米安怀疑"洛基"提到的远古太阳神遗留是类似撒玛利亚妇人泉的地方，而撒玛利亚妇人泉有多危险多恐怖，他是深有体会的！

怂恿别人去探索地底是因为渴望回家又不想自己冒险，还是单纯地做损害别人却不有利于自己的恶作剧？卢米安望了"洛基"的侧脸一眼，故意说道："我最近也在思考类似的问题。

"为什么这个世界的很多神话传说里都有一条涉及死亡领域的虚幻河流，而我们的故乡也有？会不会是某些穿越回去的前辈弄出来的？"

基于卢米安对奥萝尔的了解，她要是听到什么地方有返回故乡的线索，不可能不感兴趣，而既然要问，那就尽量不要掉入对方预设的节奏，最好找到一点相关性，把话题扯开。这是卢米安和姐姐为学习、作业、考试、格斗、恶作剧等事情斗智斗勇的一点经验。

顶着红黄白小丑油彩的"疯女"呵呵笑道："人类不就是这样，喜欢拿自己身边的事情往神话传说里加。在最古老的年代，人类必然是依水而居，周围肯定有河流，他们就会觉得死后的世界应该也有这么一条河流；同样，挖掘土地埋葬尸体时，挖得越深，越可能挖出地下河。"

卢米安模仿着奥萝尔的语气做出回应："你说得很科学，但我觉得不够神秘学，而我们想要回去，依靠的只能是神秘学。"

他把刚刚从"炼狱"小组获得的冥河传说讲了一遍，末了道："我觉得这也是一个调查的方向。"

脸庞藏在兜帽阴影里但隐约能够看见的"洛基"轻声笑道："虽然说冥界应该在灵界的某个地方，但我觉得它和地底肯定也有密切联系，在南北大陆许许多多民俗传说里，所谓的地狱也是藏在地底的。

"所以，我们的调查重心得放在地底，不管是第三纪那位远古太阳神的遗留，还是冥河的相关问题，都得深入地底才能真正接触到。"

你这是怕大家死得不够快啊……卢米安无声咕哝了一句。

他装着很感兴趣，和"洛基""我有个朋友"等"愚人节"成员交流起远古太阳神、地底和冥河的信息。

过了近二十分钟，卢米安决定暂时脱离"愚人节"小组所在的这片区域。

他已经试出有至少四名"愚人节"组员存在异常反应，接下来就要交给"袖剑"芙兰卡了。如果"愚人节"那几个组员真有问题，那他们在面对"麻瓜"时必然高度警惕，轻易不会试探和接触，免得踩中陷阱，目前应该会以观察和侧面搜集情报为主。

而对于"袖剑"，他们可以放心大胆地恶作剧，到时候，芙兰卡以自身遭遇恶作剧、受到实质性伤害为理由，于现实中把那几名"愚人节"组员找出来，挨个儿揍一遍，是可以说服其他卷毛狒狒研究会成员的。

至于揍的过程中有没有问出什么了不得的情报，那又是另外一件事情了。

卢米安刚脱离这处缺口几步，就看见身高超过两米四的会长"甘道夫"走到那个巨大石椅前，嗓音洪亮地说道："各位，我有些事情想和你们讨论。"

卢米安停下了脚步，将目光投向那位套着亚麻长袍的卷毛狒狒研究会会长。

近乎半巨人的"甘道夫"无须机械造物和神秘学手段辅助，就让整座古老宫殿回荡起自己的声音："我刚才和'同位素'聊了一阵，觉得有个问题值得我们重视了。他提到，自从晋升序列6，就比以往更频繁地遇到非凡者和超凡事件。

"这和我最近几年的粗略印象非常一致。你们知道的，我喜欢和每一个成员聊天，询问超凡力量带来的额外变化，而我自身在神之途径上也比大部分人走得更远一点，体会更深。

"说这么多，是为了告诉大家一个结论：几乎没有例外，随着序列的提升，非凡者周围发生神秘学相关事件的频率是显著提高的。在序列9时，这个现象还不明显；从序列7或者序列6开始，即使平时不太注意这方面的人，也会有较为直观的感受，觉得自己怎么总是碰上超凡事件。

"我用数字来大概举个例子：序列9时，每个季度遇到的超凡事件或者其他非凡者的数量假设是一，这很容易被自身参与的神秘学聚会和小圈子活动掩盖，没法确切体会到；序列8则是二；到了序列7，可能飙升至五或者六。也就是说，每个月都会遇见一到两次超凡事件，或者原本不认识的非凡者。

"对于这样一个现象，各位有什么想法或者推测，能否找到原因？这里面也许蕴含着某些神秘学基础规律。"

卢米安听得有点怔怔出神：这不就是非凡特性聚合定律吗？

这位代号"甘道夫"的穿越者真的很有研究精神，对细节的变化也非常敏锐，竟然发现了非凡特性聚合定律的部分外在表现！

那个提出最近几年晋升序列9和序列8比过去更容易，甚至可以直接吞食非凡特性的人，也是他，他甚至还给出了较为精确的风险变化情况。

研究型人才啊……卢米安用奥萝尔的习惯性用词于内心感慨了一句。

对于他这种体内关着邪神天使、身上又有神灵层面封印和气息的人，非凡特性聚合定律的表现可以说强烈到根本无法忽视，换个傻瓜来都会觉得肯定有问题。

什么每个月一到两次超凡事件？

每周！

算上遇到的非凡者，可以说是每天！

但有时，卢米安又觉得非凡特性聚合定律还没有发挥它应有的作用，什么时候把罪人组织的成员和洛希·露易丝·桑松的家人吸引到市场大道和自己偶遇，才算合格。

可能是恩赐的力量没有非凡特性的聚合能力强，也可能是武尔弥波洛斯被封印着，降低了相关影响，总之，他的愿望始终没有实现。

作为顶替姐姐参加聚会的人，本着不能高调的原则，卢米安未直接走到"甘道夫"身旁将非凡特性聚合定律卖一个好价钱。

他随意地扫了一圈，发现"海拉"女士和"袖剑"芙兰卡都保持着沉默，听着周围的卷毛狒狒研究会成员讨论这个现象。

卢米安明确知道芙兰卡掌握了非凡特性聚合定律，而以"海拉"在探索撒玛利亚妇人泉时展露出来的隐秘知识渊博程度，她应该也不会没留意到类似现象。她们未提出"聚合"这个单词，可能有不同的考量。

对芙兰卡而言，只要不追求打开神性大门，非凡特性聚合定律就不是什么必须立刻了解的知识，只要知道相应的现象、懂得规避风险就行了。具体的内容，可以等她缺钱了，征得了"审判"女士同意，再来聚会贩卖。

在不同团体就会长"甘道夫"抛出的议题激烈讨论时，卢米安往"学院"小组走去。途中，他看见"袖剑"芙兰卡迎面过来。

"'麻瓜'？你总算又来参加聚会了！我真怕出什么事情！"芙兰卡表现得略显浮夸，但还算在合理范围内。毕竟她在卷毛狒狒研究会所有成员眼中的形象就是这么一个表情和感情都很丰富、喜欢交流、喜欢尝试的人。

卢米安抿了抿嘴巴，微微笑道："确实出了事情，但很好地解决了。"

心理素质真好，提到科尔杜村的灾难时都没有过度的反应……芙兰卡望着"麻瓜"未戴面具的下半张脸孔，没掩饰自身好奇地问道："什么事？"

"一次神秘学灾难。"卢米安展现出了抗拒的姿态。

芙兰卡见好就收，笑着聊起了别的事情。

"刚才我在'愚人节'小组听'洛基'说他又发现了一个古代穿越者，叫什么远古太阳神。"卢米安主动提及和"愚人节"组员的交流，"'疯女''西索''吟游诗人'和'咸蛋超人'他们都不是太相信。"

"疯女""西索""吟游诗人""咸蛋超人"……芙兰卡和卢米安已很有沟通默契，一听就懂这位同伴想表达的真正意思，很快记下了他认为有问题的四个"愚人节"组员。加上平时讨论就认为有嫌疑的"洛基"和"我有个朋友"，一共六个人。

"是吗？除了罗塞尔大帝，还有别的古代穿越者？"芙兰卡兴奋地反问道。

这不是假装的，她本身就对古代穿越者很感兴趣。

她趁机和"麻瓜"告别，走向了"愚人节"小组所在的宫殿缺口位置。

卢米安则回到了"学院"小组，听"教授""同位素"和"小矮星"他们讨论自身遇到的神秘学事件。

这么一场聚会的限制是两个小时，但中途随时可以离开，只要诵念进来时的那段咒文，将最后那句改成"请让我离开您的国度"，就可以返回原本所在了。

不少卷毛狒狒研究会成员在达成了交易目的、讨论过自身关心的问题后，确实会提前脱离，免得现实里出现什么意外，但更多的人会选择留下。

对他们来说，和有共同来历、不需要时刻担忧自身秘密会不自觉泄露的人交流是一件很愉快的事情，哪怕到最后聊的都是一些没价值的话题，也能收获美好的情绪，让精神和心理状态得到缓解。

卢米安相信姐姐在类似聚会时也是很放松的，因此，他一半是为了假冒，不表现出异常，一半是代替奥萝尔享受这种氛围，耐心地留到了最后。

隐隐约约间，他有种情绪变得更细腻、更容易被触动的感觉，就像奥萝尔的灵魂碎片浮出了水面，影响起他的精神。

这次聚会的最后，穿着带领结衬衣的"教授"望向卢米安道："'麻瓜'，你还住在南方吗？"

呃，不特指哪个国家……是知道奥萝尔在因蒂斯？卢米安心念电转间，坦诚说道："不，我已经搬到特里尔大区了。"

"教授"的嘴唇勾勒出了明显的笑意："我和'副教授'也住到特里尔了，要不要来一次线下聚会？"

"我也在特里尔大区。""小矮星"很积极地说道，"元素周期表"和"同位素"跟着点了点头。

线下聚会……奥萝尔以前确实会偶尔外出几天，这是去和"教授"他们现实聚会了？嗯，不同圈子有不同的风格，芙兰卡她们是"电报群"，"学院"这些人是分地区现实聚会？

卢米安想了想道："下次吧，等我解决好身上的一些事情。"

他故意提及身上有些事情，希望能流传到"洛基""疯女"这些有嫌疑的"愚人节"组员耳中。

"好的。""教授"等人都很理解，毕竟"麻瓜"之前坦诚自己遭遇了某些意外。

…………

"来自古老年代的超凡者，夜之国的主宰，崇高的天之母亲，请让我离开您的国度。"

随着这句咒文的反复响起，古老宫殿内的身影一道接一道被擦去。卢米安再次清醒过来时，发现自己已回到位于夜莺街的安全屋。

真是神奇啊……K先生的神秘学聚会和这相比，就像把我这处安全屋和罗塞尔大帝的夏宫放到了一起，根本不在一个档次上，差得有点多……卢米安边感慨，边变回了原本的样子。

他没急着给"魔术师"女士写信汇报"盔甲幽影"的回答，询问远古太阳神的情况，一换好衣物就直奔白外套街3号，敲响了601公寓的大门。

简娜去看望她的哥哥了，明早才会回来，芙兰卡则嘀嘀咕咕地坐在安乐椅上，仿佛正咒骂着谁。

"怎么了？"卢米安坐至长沙发。

"'洛基'那个混蛋，我想买他的资料副本，结果他说别人可以用黄金，我不行。"芙兰卡没好气地回答，"他说他想试试'魔女'的滋味，靠，他怎么不自己去喝魔药变'女巫'？等我骂了他一顿，他才说是开玩笑的，卖了份古代资料给我。"

讲到这里，芙兰卡笑了起来："虽然有聚会之地的特殊阻隔，没法追溯交易到手上的这些物品曾经属于谁、位于哪里，但物品的本质属性是无法掩盖的。具体到这些资料副本就是，纸张是哪种，来自哪家工厂，弄出上面单词的机械打字机或者印刷机是哪个型号的，大概在什么位置。这能提供一些信息，也许可以帮助我们找出现实中的'洛基'，当然，前提是他没做反占卜，没进行任何误导和藏匿。"

芙兰卡一边说，一边拿出镜子做起魔镜占卜的前置准备。很快，她念完咒文，看见镜面变得幽暗，隐约有水声传出。

"这份资料使用的机械打字机在哪里？"芙兰卡拿着从"洛基"手上买来的资料副本，思索着问道。

镜子内部，苍老的声音在哗啦的动静里响起："特里尔，独自一人酒吧。"

独自一人酒吧？听到答案的卢米安一阵愕然。

卷毛狒狒研究会"愚人节"小组的创立者"洛基"居然也在特里尔，并且和那间独自一人酒吧有关联？这会不会有点巧？

卢米安对独自一人酒吧的印象是，开在与众不同歌舞厅的斜对面，地下室有表演木偶戏的剧场，灯光昏暗，色调偏黑，略显阴森。

他原本不觉得这有什么大问题，但知道与众不同歌舞厅那些戴单片眼镜的人都处在"是阿蒙"和"不是阿蒙"的叠加状态后，他认为能和这家歌舞厅竞争并存活下来的独自一人酒吧也绝对不简单。

加上他曾经看见第八局的莉雅进入那家酒吧，他怀疑那是第八局的秘密据点，目的就是监控与众不同歌舞厅内的阿蒙们。

"洛基"难道也是第八局的成员，是真正意义上的官方非凡者？

或者，他只是住在天文台区，知道独自一人酒吧有足够的特殊，所以才借着喝酒的机会利用那里的机械打字机制作资料副本，以防被人追溯？

"怎么了？"芙兰卡看着卢米安眉头微皱，陷入沉思，许久没有说话，于是伸出右手，在他眼前晃了晃。

卢米安思索着说道："这家酒吧问题很大。"

"你知道这家酒吧？"芙兰卡一脸诧异。

这家伙似乎掌握着很多自己不知道的隐秘！

卢米安笑了一声："这得从我和'海拉'女士寻找撒玛利亚妇人泉说起。"

"……"芙兰卡愣了一下，"这么一件事情，你要分几次才能把所有细节讲完？

147

你是属牙膏的吗？挤一下才出一截！"

"之前的重点是撒玛利亚妇人泉内的情况，而这件事发生在途中。"卢米安完全不觉羞愧地解释道。

他从遇见群岛骗子莫尼特、被他吓唬了几次开始讲起，将查理被骗、与众不同歌舞厅的特殊、"魔术师"女士对阿蒙们的介绍串联了起来，最后说到独自一人酒吧就开在与众不同歌舞厅的斜对面，曾经有第八局的正式成员进出。

芙兰卡有种在听鬼故事的感觉，下意识想拿个枕头抱住，但发现安乐椅上没有。她很快醒悟过来，挺了挺腰背，一脸"铁血真男人怎么能被恐怖事件吓到"的表情。

这都是用来欺负简娜的！

等到卢米安讲完，她"嘶"了一声道："你的经历还真是丰富啊，都遇上这种只存在于恐怖故事里的老怪物了。你之前怎么不提醒我？那个群岛骗子时不时就会来市场区一次，我要是哪天遇到了怎么办？"

"那是为你们好。你们要是不知道他有问题，遇上他时就不会表现出异常，也就不会被他注意到，而现在，你看他的眼神如果有了变化，说不定就会被他怀疑，成为他寄生的对象。"卢米安半是恐吓半是提醒地点了芙兰卡一句。

"也是。"芙兰卡咬了咬牙道，"以后只要遇上他，回家之后，我都向'愚者'先生祈求一次天使的庇佑！"

她甩了下脑袋，将对阿蒙们的恐惧放到一边，把话题拉回了正轨："这涉及独自一人酒吧，后面真的很难调查了……"

说到这里，芙兰卡忽然有了一个充满想象力的猜测："你说，'洛基'会不会已经被某个阿蒙寄生了？"

"啊？"卢米安有点跟不上芙兰卡的思路。

芙兰卡表情凝重地说道："你想想，远古太阳神的典籍和传说都遗失两三千年了，而既然七神教会的圣典都是抄祂的，那肯定会抹去相关的信息，'洛基'又是从哪里拿到这些资料的？

"虽然存在很多可能，但如果他就是阿蒙，那就很好解释了，再没有人比阿蒙更清楚祂父亲的情况。

"作为穿越者的孩子，别说祂可以通过寄生获取'洛基'的记忆，就算不行，也能完美地扮演我们的同伴。你还说过，祂喜爱欺诈，曾几次吓你，这和'洛基'平时的表现很像。

"嗯，与众不同歌舞厅的阿蒙制作资料副本时，特意跑到斜对面的独自一人酒吧使用机械打字机，误导可能的追溯，也是这种风格的体现。"

卢米安被芙兰卡不受约束的想象力惊到，隔了好一会儿才思索着说道："这样一来，确实能解释这份资料为什么那么巧合地指向独自一人酒吧。而在这种邪恶天使的引导下，'愚人节'的组员们逐渐对未来绝望，越来越追求自我的快乐，开始对卷毛狒狒研究会别的成员下手，也是合理的发展。

"但是，阿蒙不会故意让资料指向独自一人酒吧，那会让调查者很自然地怀疑上住在斜对面的祂……"

"可能祂预料到了调查者会这么想。"芙兰卡习惯性地反驳了一句。

卢米安缓慢地摇了摇头："如果是阿蒙，你刚才的占卜肯定会被误导，或者得不到答案。嗯，不管怎么样，这确实是一种可能性，我打算这两天去独自一人酒吧喝点东西，再实地勘察一下，但不做深入的调查。"

芙兰卡"嗯"了一声，唉声叹气道："其实，我也知道'洛基'被某个阿蒙寄生的可能性很小。我们进入聚会之地的本质是转入某种特别的状态，在这种状态下，'海拉'女士借用的那件封印物应该能分辨出每个成员体内是否有异常，并不对相应事物做转化，将它留在原地。

"哎，我只是在给自己找理由、找借口，我们在缺乏实质性证据和有力怀疑的情况下追溯'洛基'的踪迹，试图将他找出来，是一件，一件很不好的事情。

"这让我感觉自己背叛了研究会，背叛了同伴们，所以才希望'洛基'被阿蒙寄生了，那样我就没有类似的负罪感了，因为我是在替研究会清除隐患。"

转入特别状态前往聚会之地能筛选出体内的异常？可忒尔弥波洛斯也没出问题啊……卢米安不知道是"愚者"先生封印的特殊，还是"海拉"女士借用的封印物其实不存在过滤异常的能力，防备不了阿蒙等可以寄生的天使。

他暂时未提出异议，笑着说道："在我看来，'洛基'必然有问题，只是大和小的区别。他卖你资料的时候，是不是怂恿你去地底探索，寻找更多的远古太阳神遗留？"

"是啊。"芙兰卡点了点头，"他还说类似的地方，序列越高越危险，越容易失控，只有我们这些中低序列者能够靠近。"

"这只是相对而言，你觉得我之前探索撒玛利亚妇人泉危险吗？"卢米安反问道。

"很危险。"芙兰卡对那件事情已有足够的认知。

这还是在你不知道"血皇帝"的残影差点把我抓过去的前提下……卢米安咕哝了一句道："寻找远古太阳神的遗留只会比这更危险。'洛基'要是没有试过就怂恿你们去地底寻找，就是拿你们当炮灰；而他如果试过了，必然会遭受污染，一点点出现异化。他可没有'愚者'先生这种伟大存在给予净化。所以，尽早把'洛基'找出来，既是对你们好，也是对他好。"

芙兰卡听完之后，咬了咬嘴唇道："也是。在这件事情上，'洛基'是真的用心险恶，'愚人节'的其他组员看似好奇，试图参与，但我觉得是在配合他。"

说服芙兰卡后，卢米安好奇地问道："你说进入聚会之地的前提是转入某种特别的状态，是什么状态啊？"

芙兰卡收起刚才的犹豫，颇为兴奋地分享道："我以前询问过我的大阿卡那牌，虽然我没法说出咒文，也难以详细描述聚会之地，但她还是根据我的话语和表现推测是隐秘的力量。"

"隐秘的力量……"卢米安轻轻颔首。

是挺隐秘的，连咒文都被隐秘了，无法告诉别人。

芙兰卡继续说道："隐秘的力量在'黑夜'途径，也就是黑夜女神教会掌握的神之途径。"

说到这里，芙兰卡不自觉压低了嗓音："我怀疑'海拉'女士是黑夜教会的人。"

"类似于'007'？"卢米安今天并没有遇到那位"007"，因为参与聚会的人实在是太多了，他又不知道对方惯常的打扮和长期出没的小组。

芙兰卡再次"嗯"了一声："差不多，但可能更受重视，所处的位置更高，掌握的隐秘知识也更多。"

回想了下"海拉"女士在取撒玛利亚妇人泉水这件事情上的种种表现，卢米安觉得芙兰卡的讲述是没有问题的。

那位女士确实掌握了很多隐秘知识，并且有明显超越普通神奇物品、疑似具备神性力量的黑钻石指环，另外，她借用来召集聚会的那件封印物厉害到超乎卢米安想象。

卢米安随口问道："'黑夜'途径的力量主要有哪些表现？"

根据奥萝尔的巫术笔记，这条途径的前面三个序列分别是"不眠者""午夜诗人"和"梦魇"，主要涉及灵性的增强、精力的提升、睡眠的减少、诗歌的神秘学应用和强行让人沉睡的特殊能力。

芙兰卡回想了下道："隐秘的力量，对灵的驱使，真实的梦境……"

真实的梦境……听到这个回答，卢米安突然怔住。

他记起了自己在科尔杜村废墟里做的那个真实梦境。

科尔杜村那场灾难的最后，卢米安不仅受到体内封印的和周围散逸的宿命力量的影响，陷入了无尽的循环，而且还进入真实的梦境，连带官方调查员莱恩、莉雅等人在进入某片区域后也不可遏制地沉睡，变成了他梦境的一部分。

当时还是神秘学文盲的卢米安没觉得这有什么问题，后来找诗人先生解读梦中各个元素的象征意义时才知道，梦境本身并不源于忒尔弥波洛斯的力量，也非"愚者"先生的封印导致，它另有源头，代表一种保护和安抚。

从那时候开始，他一直在思考这真实梦境的来源，但始终没找到答案，毕竟有太多的可能性。现在，借由芙兰卡对"黑夜"途径的进一步讲述和聚会时的体验，他霍然有了灵感："黑夜"途径不仅会让人做噩梦，是梦魇的化身，而且还能制造真实梦境！不会是"海拉"女士发现奥萝尔出现意外，匆匆赶到科尔杜村却来迟一步，只能利用封印物的力量，让我进入真实梦境，借此安抚我的心灵和精神吧？

不，她没必要在这件事情上隐瞒我并装作不知情，这有什么好隐瞒的？而且，如果是她做的，不会有明显的沉眠力量外泄或者遗留……

难道是长期使用那段涉及隐秘力量的咒文参加聚会，让奥萝尔或多或少被那件封印物污染或者标记了，等到她身体崩解的时候，那封印物感应到了变化，本能地给予了一定的反馈，这种反馈虽然没能救下奥萝尔，却给我带来了一场真实的梦境？

嗯，莉雅和瓦伦泰他们是在血色山峰，也就是祭祀之地周围的某片区域被强制入睡的，那就在三头六臂的巨人附近，这符合我刚才的推测，梦境力量的源头和奥萝尔紧密相关……

芙兰卡看见卢米安许久没有言语，仿佛在认真思考，未立刻打断他，而是等到他眼神有了变化，似乎从自我的世界脱离了，才开口问道："你想到了什么？"

"你还记得我讲过的科尔杜村灾难吗？在祭祀之地变成的血色山峰周围，有片被黑夜统治般的区域，那会让每一个进入的人不可抗拒地睡着，做一场真实的梦境。"卢米安简单解释道。

芙兰卡越听越是惊愕和恐惧："难道，难道'海拉'女士也有问题？"

"我觉得不是。"卢米安摇了摇头，将自己的推测拣重点讲了讲。

芙兰卡长长地、没有掩饰地舒了口气："这确实更符合现场情况。嗯，你没注意到吗？咒文的前面部分就是标准的三段式尊名，这说明那封印物要么有活着的特性，要么曾经是活着的生物，对于这样的东西，本能地影响向它祈求的人，对祈求做出一定的反应很正常。"

卢米安仔细想了想，发现确实如此。

两人交流了一阵，约定由卢米安找时间去独自一人酒吧简单看看。

回到金鸡旅馆，卢米安拉上窗帘，坐到桌前，就着电石灯的光芒，开始给"魔术师"女士写信。

信的重点是"盔甲幽影"的表现和回答，顺带询问了远古太阳神的情况，以及这位古老神灵与极光会的关系。

考虑到已经是深夜，卢米安等到自然睡醒，用过早餐才把这封信寄了出去。

中午时分，"魔术师"女士终于回了信，让特意返回金鸡旅馆207房间的卢米安没有白跑一趟。

"盔甲幽影"的回答和它的状态让我们对□□的情况有了更进一步的了解。

仅仅只是看完第一句话，卢米安就愣在了那里。

他的视线落在话语的空白部分，不明白这是"魔术师"女士特意开了个玩笑，还是信件本身遭遇了某种力量的扭曲。

结合自身对"魔术师"的了解，卢米安初步推测是这位女士很顺畅地写完整个句子后发现有个信息暂时不能让自己知晓，而她又懒得涂黑再反占卜，或者换张纸重新写一遍，于是直接用某种力量将那个单词给抹掉了。

这有什么不能让我知道的，不就是另外一个世界吗？卢米安咕哝着读起后面的句子。

这是不错的收获，但暂时还派不上用场，虽然"倒吊人"先生会很高兴就是了。

过段时间，等他准备好，也许会让你再召唤一次"盔甲幽影"，由他负责提供黄金，以此换取提问的机会。

问题由他来想，你的作用是沟通，"圣杯二"的作用是翻译。嗯，不要忘记向"倒吊人"先生要一份报酬。

"倒吊人"先生……卢米安重复起这个代号，目光往信纸的下方移动。

远古太阳神的问题很复杂，我了解的也不算多，目前只能告诉你，这位是第三纪那段历史的主宰者，祂结束了被残暴古神们统治的第二纪，给我们人类带来了曙光。

极光会信仰的那位和祂的关系同样复杂，仅仅是了解本身也存在风险，你就当那位是祂一半遗产的继承者吧。而另外一半被七神中的某些存在瓜分，这直接带来了众神时代，也就是我们常说的第四纪。

如果说第四纪还有少量历史、传说、文献和物品遗留，那往前的第三纪和第二纪就只存在于各大教会的圣典里，近乎神话，卢米安仅知道第三纪叫"灾变纪元"，第二纪叫"黑暗纪元"。

此时，从"魔术师"女士的只言片语里，他竟感受到了那古老历史的宏大和魅力：残暴的古神们，结束人类黑暗时代的远古太阳神，不知为何陨落的第三纪主宰者和在祂尸体上诞生的众神时代……

这样一位古老的神灵，为什么会生下阿蒙这种孩子？阿蒙的母亲又是谁？阿蒙和极光会信仰的那位还有没有联系？卢米安越想越觉得远古太阳神的家教问题很大。

他对这位神灵有了一定的好感，这不仅是因为祂结束了古神们的统治，给了人类曙光，还在于祂疑似更早的穿越者，疑似和奥萝尔、和罗塞尔大帝来自同一个世界。

同样，卢米安开始理解K先生和极光会为什么那样痛恨邪神信徒，他们信仰的那位继承的可是远古太阳神的遗产。

腾的一朵火焰冒出，点燃了卢米安手中的信纸。他略作收拾，戴上"谎言"变成的银色耳饰，调整起自身的容貌，让人完全不会联想到卢米安·李。

做完这件事情，他直接取下了"谎言"，将它放入衣物的暗袋。

——根据他这段时间的使用心得，用"谎言"变出的模样在离开"谎言"后并不会消失，这是一种血肉层面的重塑，要想变回原样，得再次用"谎言"调整。

带上挎包，卢米安走出了金鸡旅馆。

前往市场大道的途中，他听见了当当当的钟响，这代表下午一点来临了。

卢米安掏出从微风舞厅借的金壳怀表，对着远处的钟楼，校准起时间——这块怀表每隔几天就会慢上一分钟。

过了大半个小时，卢米安抵达了旧街。

他散步般走向独自一人酒吧，目光自然地扫过了与众不同歌舞厅。

那里还没什么客人，三个右眼戴着单片眼镜的门卫懒散地靠在不同地方，时而闲聊，时而发呆。

一名穿蓝色压花制服的邮差将脚踏车停在了路旁，拿着一沓信件，走向与众不同歌舞厅的信报箱。他的右眼同样戴着一块单片眼镜。

卢米安看得有点头皮发麻，收回视线，走入了独自一人酒吧。

这间酒吧依旧光照不佳，哪怕中午也显得颇为昏暗，暂时没别的客人。吧台位置的酒保不是上次那个，竟是卢米安认识的第八局调查员莉雅！

这位女士穿着白色衬衫，打着领结，配一条黑色的过膝裙，头发简单挽起，扎着银色的小铃铛，和之前的打扮不同，别有一番韵味。

"杜松子酒加冰。"卢米安坐到吧台前的高脚凳上，敲了敲台面。

他随即笑问："怎么换了个酒保？"

莉雅看了他一眼，调侃般笑道："先生，没有谁规定酒吧只能请一个酒保，那样酒保会累到猝死的。"

"好吧。"卢米安付了八个里克的硬币，等着加冰的杜松子酒送到面前。

他喝了近十分钟后，才不经意地问道："你们这里有打字机吗？我忽然想起来还有份文件要做。"

莉雅擦拭着酒杯道："地窖那个剧场旁边的房间有个弄剧本的打字机，使用费两个里克，每张纸一科佩。"

"挺贵的……"卢米安咕哝着起身，端着酒杯走入了地窖。

他对那个木偶戏剧场有点心理阴影，没有靠近，直接拐入了侧面的房间。

这里确实摆着一台黄铜色的机械打字机，旁边坐着个沉默看报的男人。

卢米安按照事前的准备，打出了一份简短的文件。这上面某些字母的磨损情况和"洛基"那份资料的完全一致。

卢米安微不可见地点了点头，向那个没发出过一点声音的男人支付了使用费和纸张费，然后快步离开了这略显阴森的地下室房间。

刚回到酒吧大厅，卢米安忽然恍惚了一下，耳畔隐约听见了当当当的钟声。他迅速恢复，望向莉雅，发现她没任何异常反应。

"你听到钟声了吗？"卢米安将酒杯放到了吧台上。

莉雅皱了皱眉："还没到整点，怎么会有钟声？"

卢米安压制住了内心的疑惑，喝掉剩下的酒，离开了独自一人酒吧。

路过与众不同歌舞厅时，他发现门口的单片眼镜守卫只剩两个了，那邮差也不知所终。卢米安没有多看，迅速脱离了这条街道。

返回市场区的公共马车上，两点的钟声准时到来，卢米安本能地掏出怀表，打开看了一眼。

他愕然发现，一小时前刚校准过的怀表竟然又慢了。

慢了一分钟。

❖ 第九章 ❖
C H A P T E R 0 9
大闹歌舞厅

卢米安仔细看了那块怀表一阵，确认它没有出现机械故障，而之前一个小时，他本人也未磕到碰到，不至于对怀表造成影响。

"从我校准怀表到现在，唯一让我感觉异常的情况是离开独自一人酒吧时的恍惚和隐约听到的钟响。

"嗯，与众不同歌舞厅门口戴单片眼镜的守卫也少了一个，这些和我的怀表突然变慢一分钟是否存在关联？"

卢米安认真思索了一阵，只能找出疑似的原因。他打算回到市场区后，写信询问下"魔术师"女士。

正常而言，他不可能拿这么点小事麻烦大阿卡那牌，但怀表的异常大概率发生在旧街，而与众不同歌舞厅的阿蒙们又有了点变化，这些都是不能疏忽大意的理由。

卢米安揣好怀表，在公共马车抵达一个站点后忽然走下马车，转入附近街道，并时刻注意着周围来往的人和动物。

他连续更换了通往不同地方的三趟公共马车，尝试着发现和甩掉可能的追踪者——这是一个"猎人"的自我修养。

走完全部流程，卢米安才进入一家百货公司，于公共盥洗室隔间内放好装"拷打"拳套的挎包，戴上"谎言"耳夹，变回了原本的模样。

他还脱掉了棕色夹克，换上了挎包内携带的深色马甲，以夏尔·杜布瓦的身份返回老实人市场区。

将自我的恍惚、隐约的钟声和与众不同歌舞厅守卫们的变化写到信里，寄给"魔术师"女士后，卢米安长长地舒了口气。

他每次去旧街，虽然都未遭遇真正意义上的灾难，但总是感觉不太舒服，有种难以言喻的恐惧在心底激荡。

没多久，玩偶信使带来了"魔术师"女士的回信。

你的感觉是敏锐的，也是正确的。

你出现的恍惚和听见的钟声，都是"愚者"先生的"时天使"制造的，袛找到目标，清除了与众不同歌舞厅和整个特里尔的所有阿蒙。你的怀表变慢了一分钟也是因为这场战斗的影响。

在之后一段时间内，你不用再担心阿蒙对你做什么。当然，你也应该知道，这样的神话生物不可能这么轻松就被解决，就彻底地陨落，在南北大陆各个国家还有大量的阿蒙存在，在特里尔的地底，在天使力量无法远程施加影响的地方，说不定都还藏着几个阿蒙。

看完"魔术师"女士的回信，卢米安怔了好几秒钟。

那么一个恍惚就代表了一场天使层面的战斗？如果不是他刚校准过怀表，都发现不了实质上的证据！

若非他体内还封印着忒尔弥波洛斯这个天使位格的生物，他肯定会和莉雅一样，连钟声都无法听到，连恍惚都难以产生！

"这就是天使的力量吗？也就是'时天使'和阿蒙们之间的战斗没有影响到周围的人，否则当时在旧街的市民们连自己怎么死去的都不知道……

"怀表慢了一分钟……我短暂的恍惚间发生了一场天使层级的战斗……'时天使'……'愚者'先生的'时天使'真的能部分掌控时间啊……

"一越过神性大门，各种能力都变得好神奇，'环中人'的反复循环，'黑夜'途径的隐秘力量，'魔术师'女士的星光之门，'时天使'的钟声，都是我以前无法想象的……"卢米安惊讶和感叹之余，第一次不是因为想要复活姐姐而渴求高序列的力量。

那是一种源于本能的向往之情。

想到一段时间内不用再害怕阿蒙突然从某个角落里蹿出，将自己推入新的危险，卢米安的心情就变得相当不错。他由衷地赞美起"愚者"先生，赞美起那位"时天使"和自己的大阿卡那牌"魔术师"女士。

之后，他整个人都放松了不少，烧掉那封回信，转去了白外套街3号的601公寓。

芙兰卡正等着他带回独自一人酒吧和"洛基"的情报。

"一个好消息，一个坏消息，你想听哪个？"卢米安关上房门后，笑着问道。

芙兰卡上下打量了他几眼："心情很不错嘛……好消息是找到'洛基'相关的线索了？坏消息是我们缺乏足够的能力追查下去？"

"都不是。"卢米安抢占了芙兰卡那张安乐椅。

芙兰卡看得愣了一下，没想到这家伙竟如此无耻。

她还没来得及"喂"出声音，卢米安已继续说道："好消息是'愚者'先生的'时天使'出手，清理了与众不同歌舞厅和整个特里尔的阿蒙们，下次聚会时，'洛基'要是没有无故缺席，那就说明他没有被某个阿蒙寄生。

"坏消息是，你买来的资料副本确实是用独自一人酒吧地窖内的机械打字机敲出来的，可是我们根本没法在第八局的地盘追查。嗯，我现在很确定独自一人酒吧是第八局的据点。"

莉雅都在那里当酒保了。

芙兰卡听得时而兴奋，时而皱眉："你看见'愚者'先生的'时天使'了？可我怎么没感觉到特里尔有明显的动静……

"确实，不管'洛基'是不是第八局的人，直接问最近有谁用过那个机械打字机都会导致你我被第八局盯上；而找借口使用那个打字机，尝试占卜最近的使用者，很可能指向第八局的某些成员，乃至圣者。开在与众不同歌舞厅斜对面的第八局据点必然有高序列者坐镇！"

注意力转移到正事上的芙兰卡忘记了让卢米安离开自己的专属座位。

卢米安将自己怀表慢了一分钟的情况和'魔术师'女士的回信大致讲了讲，听得芙兰卡啧啧称奇，悠然神往。

说完"时天使"的事情，卢米安想了下道："在聚会时，'洛基'没有很好地掩饰自己的容貌，我怀疑他拥有类似尼瑟之脸或者'谎言'的能力。"

芙兰卡点了点头："如果他真是第八局的正式成员，那我觉得他应该是'占卜家'途径的非凡者，至少是序列6的'无面人'，你的'谎言'就对应这个序列。嗯，第八局的非凡者有不少是'占卜家'途径的。"

"'魔术师'之上是'无面人'？"卢米安拿到"谎言"后就怀疑它是"占卜家"途径的，只是不清楚相应的序列名称。

"对，这条途径从序列7'魔术师'开始就诡异难杀，擅长变化；到了序列5，能力更是恐怖，可以无声无息将一个人变成没有自我的傀儡，名称是'秘偶大师'。"比卢米安更早进入神秘学世界、更早加入塔罗会的芙兰卡明显掌握着更多的神之途径相关信息。

卢米安就"占卜家"途径和芙兰卡交流了一阵后，两人又同时陷入了怎么在现实中找出"洛基"的烦恼里。

这时，轻快的脚步声上楼，简娜打开了601公寓的房门。

她望了眼坐在安乐椅上的卢米安和站在旁边的芙兰卡，疑惑地问："你们，在聊什么？"

"在想一个难题。"卢米安截头去尾，告诉简娜自己和芙兰卡正追踪一个代号为"洛基"的仇敌，遇到了很多的麻烦，最后问道："你有什么思路？"

"我能想到的方法，你们都否决了啊。"简娜好笑地摇了摇头。

不等两名同伴开口，她若有所思地说道："夏尔，你可以把自己当成'洛基'，当成那些喜欢捉弄别人的家伙，从他们的角度思考之前发生的种种事情，看能不能找出线索。你不是也喜欢恶作剧吗，应该和他们有共同语言啊。"

我的恶作剧和他们的恶作剧还是有很大不同……卢米安没将这句话说出口，尝试着回想自己恶作剧时的动机、思路和心态变化，以此分析"愚人节"组员们的行为和目的。

过了片刻，他皱起了眉头："所有的恶作剧都是为了在目标出糗或遭受打击时收获欢乐，那些人以我姐姐为恶作剧对象，却无法确认最终的结果，也就难以从中得到真正的快乐……

"同样，怂恿芙兰卡去探索地底这件事情，他们要怎么掌握芙兰卡的动向，看见她的悲惨结局？要知道，即使芙兰卡从此不去那个神秘学聚会，也可能是因为别的事情才遭遇意外的。"

房间内的三个人都思考起这个问题：做了恶作剧的人要是没有看到恶作剧的结局，会缺乏足够的成就感，得不到预想中的快乐，而"洛基"等人靠什么来确定奥萝尔或者芙兰卡的遭遇？

过了一阵，卢米安沉声说道："要么恶作剧只是遮掩，他们做这些事情另有目的，要么他们有办法监控相应的目标。"

芙兰卡忽然有些背脊发凉，下意识环顾了房间一圈。

"什么办法？"简娜帮她问道。

卢米安缓慢地摇头："不知道，这可能就藏着线索。"

时而沉默时而探讨的交流中，三人始终想不出答案，只能暂时把这件事情放到了一旁。

往微风舞厅返回的途中，卢米安望着下午的阳光，试探着问道："忒尔弥波洛斯，我能通过预言之术找到'洛基'吗？"

忒尔弥波罗斯恢宏层叠的嗓音响了起来："你离开旧街后，如果不做反跟踪，现在已经遇上'洛基'了。"

如果我没有做反跟踪，现在已经遇上"洛基"了？卢米安被忒尔弥波洛斯的回答吓了一跳。

他只是单纯地想知道预言之术在面对"占卜家"途径的非凡者时能不能发挥作用，忒尔弥波洛斯不回答也无所谓，已经是"受契之人"的他完全可以自己响应自己，弄瓶"预言药水"来试试效果，谁知道这位宿命的天使直接给出了这么一个答案。

卢米安心念电转，分析起这么一句话里蕴含的信息量：离开旧街后，"洛基"跟踪过他一段时间！

资料副本的来历是一个陷阱！

今天中午，"洛基"就在独自一人酒吧内！

他故意用独自一人酒吧的机械打字机制作资料副本，为的就是让可能的追踪者找到那里，从而锁定对方，反向跟踪，给予致命打击。

而如果追踪者非常厉害，身处第八局据点内的他也能保证最基本的安全，不会很简单就被找出来，他甚至还能利用第八局这个官方组织的势力来打击对方。

想到这里，卢米安又是遗憾，又是庆幸。

他遗憾的是，在离开旧街到完成反跟踪流程的这段时间内，自己竟然没有发现"洛基"的跟踪，以至于错过了这位"愚人节"小组的创立者，他本来有机会和对方聊聊"麻瓜"相关事情的。

卢米安庆幸的则是，自己当时完全没有做好准备，真要发现了"洛基"，逼迫他提前动手，大概率会死得比较惨。毕竟按照芙兰卡的描述，"占卜家"途径到了序列7"魔术师"就有很多诡异的能力，成了"秘偶大师"后更是可以无声无息置人于死地。

真要被"洛基"突袭，卢米安都不确定自己有没有机会启用K先生的手指，也不清楚能不能及时发现真正的"洛基"在哪里，从而靠哼哈之术摆脱困境。

但此时，他内心的火焰让他遗憾大过庆幸。

卢米安走向微风舞厅的脚步不知不觉放缓，他将中午在独自一人酒吧内的经历完整过滤了一遍：

酒吧光线昏暗，已经过了午餐时间，除了窗边还有两三个酒客在醉醺醺地聊天之外，整个一楼似乎就只剩下装扮成酒保的莉雅；

充当木偶戏剧场的地窖内偶尔传出几句来自不同之人的对白；

放着机械打字机的房间里有个看报纸的男人，他一直没有说过话，视线集中在报纸上，即使在收取打字费用时，也仅是点了下头……

他们之中谁是"洛基"？卢米安停在了微风舞厅斜对面，目光有些失去焦点。

很显然，莉雅不会是"洛基"，这不是因为性别不对，而是序列不够。按照芙兰卡的说法，"洛基"在去年年初甚至更早就喜欢让自己的容貌半遮半掩地暴露出来，疑似晋升了"无面人"，而莉雅在几个月前还是序列7的"魔术师"。

在真实梦境里，她应该没法隐藏具体的序列。

卢米安逐渐将怀疑的目标放在了守着打字机看报的那个男人身上：他可以随

时利用那台机械打字机制作资料副本，也能很轻松地发现有没有陌生人来借用机械打字机……

卢米安仔细回忆起看报男人的外形特征，发现他普普通通，没有任何的记忆点——三十岁左右，黑发蓝眼，不好看，也不难看，穿着黑色的正装，就像街头常见的那种小职员。

"而且，'秘偶大师'还能制作傀儡，那说不定只是秘偶，不是'洛基'，所以才一直沉默，假装看报……

"'秘偶大师'既然能把人变成傀儡，那可不可以把老鼠、蟑螂、臭虫等东西也变成傀儡？那样的话，可能性就太多了，独自一人酒吧内的每个生物都可能是'洛基'……

"这还怎么把他找出来？好烦人的家伙，和阿蒙们虽然表现形式不同，但一样的烦人！

"也就是我身上困着天使，又有'愚者'先生的封印和'血皇帝'的气息，要不然身为'占卜家'的'秘偶大师'轻松就能找到我……纯粹靠反跟踪和'谎言'应该摆脱不了'洛基'……

"好烦，那是第八局的据点，没法靠覆盖式攻击把真正的'洛基'逼出来……"卢米安越想越是烦躁。

在成功摆脱掉一次追踪的情况下，他再想用类似的试探把"洛基"钓出来已基本不可能，对方只要智商正常，都会怀疑这反复出现的事情里藏着陷阱。

而且，频繁去独自一人酒吧也会引起第八局注意，那会更加麻烦。

卢米安深深地吸了口气，又缓缓吐出，强迫自己冷静下来，保持情绪的稳定。

他将思考的重心放到了对"洛基"这个人的分析上："按照安东尼的理论，'洛基'和绝大部分'愚人节'成员都是那种自视聪明的人，否则在对未来绝望后，不太可能通过恶作剧来寻找乐趣，而可能放纵欲望，沉溺于生活里的种种享受……这样的人有没有可能通过一个他们自以为识破的陷阱来引诱他们上钩？"

卢米安在脑海内不断拆开各种信息又不断将它们重组，试图找出一个可行的方案。这让他逐渐暴躁，恨不得直接冲进独自一人酒吧，将莉雅之外的人和生物全部干掉。

终于，卢米安想到了一件事情。

这件事情虽然不能变成针对"洛基"的方案，却可以试探下独自一人酒吧的情况，看能不能从中找出可以利用和追查的细节，而且还能让他发泄发泄情绪，出口恶气，并赚上一笔钱。

反复推敲了一阵，卢米安转过身体，走向了乱街。

金鸡旅馆，401房间。

卢米安推开虚掩的房门，看见破产商人菲兹坐在木桌前，正将一根长棍般的黑麦面包往黏糊糊的汤里泡。

菲兹回头看了一眼，放下手里的食物，又茫然又慌张地站了起来："夏尔先生，有什么事情吗？"

这个破产商人偏褐色的头发油腻腻的，但倔强地保持着足够的整齐，深棕的眼眸和嘴边的笑纹让他自然地呈现出讨好的状态。和上次相比，菲兹的衣物脏了一些，似乎已没有多余的时间做清洁。

卢米安直截了当地开口问道："你有没有可以证明蒂蒙斯欠你十万费尔金的文件？那个与众不同歌舞厅的老板。"

菲兹眼睛一亮："有！我有我们合资经商的合同，上面约定了他回购股份、给予十万费尔金和相应利润的时间。

"夏尔先生，你不需要用与众不同歌舞厅来提醒我蒂蒙斯是谁，我每天都会诅咒那个混蛋一百次！

"夏尔先生，这是有希望拿回我的钱了？"

卢米安勾起了嘴角："有这么一个机会了，这可能是你一生中唯一的一个机会，一旦错过，就真的拿不回那笔钱了。"

现在是与众不同歌舞厅力量最薄弱的时候！没有阿蒙们，只剩下一些不同程度被异化的人类！

菲兹听得又激动又担忧，当场将珍藏的合同翻了出来，交给卢米安。

虽然他也不是太相信这个黑帮头目，但已经没有其他办法的他只能祈祷对方能带回好消息。

天文台区，旧街。

卢米安换了个模样，换了身衣物，以衬衫、马甲、礼帽配薄正装的姿态走向了与众不同歌舞厅。

右眼戴着单片眼镜、身上穿着黑色短西装的一个守卫拦住了他："先生，进入我们歌舞厅需要佩戴单片眼镜。"

卢米安微笑着回答道："是莫尼特让我来的，说我可以不用像你们这样在右眼戴单片眼镜。"

两名守卫对视了一眼，同时露出意味深长的笑容："那没有问题。"

看来你们都知道被莫尼特邀请来的人会有什么下场……也被感染了那种恶劣的性格，甚至在悄悄地信仰阿蒙？

可惜你们不知道，现在的与众不同歌舞厅已经不是你们记忆中的样子……卢米安冷笑了一声，决定等会儿找个最像阿蒙的，一拳把他的单片眼镜打碎。

这既是发泄之前被阿蒙利用和惊吓的愤怒、恐惧，也是为了引起独自一人酒吧的注意，要不然，他们怎么会知道有人能从蒂蒙斯手上要回被骗的钱？

此时已经是傍晚，与众不同歌舞厅内亮起了一盏盏煤气壁灯和使用彩色玻璃的吊灯。

不少戴着单片眼镜、穿着短西装的人或在舞池内对扭；或拿着一杯酒靠在栏杆上，含笑看着别人舞动肢体；或于角落里拉着小提琴，吹着单簧管，为现场带来热烈的氛围。

这里一副什么事情都没有发生过的样子，卢米安看了一阵，转向通往二楼的阶梯。

站在那里的单片眼镜守卫伸出右手拦住了卢米安，笑意不明地问道："找谁？"

卢米安状态放松地回答道："找蒂蒙斯还钱。"

"那你不能上去。"单片眼镜守卫并没有太强烈地阻止，仿佛在看一场喜剧。

卢米安翘起嘴角，露出了灿烂的笑容。

砰！

他左拳挥出，打在了那名守卫的脸上，打得那副单片眼镜飞了出去，摔落于地，咔嚓裂出一道道缝隙。

在单片眼镜掉落并滑动的声音里，那名守卫偏着脑袋，用一种既愕然又疑惑的目光望向卢米安。

他的态度相当诡异，既没有愤怒反击，也未高声呼喊别的同伴来帮忙，仿佛刚才遭遇的一切不过是场充满谜团的戏剧表演。

卢米安带着笑容，越过了这名守卫，头也不回地沿楼梯往上。

守卫眸光闪烁了几下后，放弃了伸手阻拦。他的脸上虽然残留着不解和思索，但眼神却飞快变化，嘴角也翘了起来，似乎在期待着什么，似乎觉得即将有好戏上演。

卢米安抵达二楼后，那里两名戴着单片眼镜的守卫同样未阻止他，只用透着点古怪和期待的笑容目送这名闯入者与自己擦肩而过。

都没有低序列的非凡者吗？卢米安颇为失望地无声咕哝了一句。

他本来预备好也等待着一场战斗，为的是表演给对面的独自一人酒吧看，谁知道与众不同歌舞厅内剩下的这些假阿蒙都是普通人，没有谁尝试对付他。

不过，这想想也正常，阿蒙又不是"愚者"先生和"伟大母亲"等存在，可以大规模给予信徒恩赐，而中低序列非凡者们应该都被寄生过，估计已经在之前那场普通人无法察觉的天使间战斗里被清除了。

剩下的这些，大概率连歌舞厅已经发生了异变、多个同事神秘失踪都不清楚，还以为卢米安等一下就会变成同类，或者遭遇足以将他吓疯的恶作剧。

既然没有假阿蒙来和自己演对手戏，卢米安只好自导自演。他直接拔出了藏在腋下枪袋内的左轮，向着走廊两侧的房间，随意地扣动扳机。

乓！乓！乓！

每一枚子弹都准确地命中了一面玻璃窗，哗啦的破碎声此起彼伏，伴随着枪响传出很远。

二楼的守卫们看着卢米安的表现都有点诧异和迷惑，怀疑这家伙是不是被哪个同事反复欺诈过，以至于精神崩溃，成了疯子，要不然他怎么会和空气、窗户过不去？

这些守卫都本能地抬起右手，捏了捏夹在右眼眼窝内的单片眼镜，神情间愈发期待，想看一看这出好戏会有什么样的结局。

去吧，去面对海水下的冰山和黑暗里的恐惧吧！

卢米安连开四枪后，来到了看起来最大的那个办公室前。他推开虚掩着的房门，发现宽大木桌的后面坐着一名男子。

那男子额头较宽，脸颊偏窄，头发深黑而微卷，眼眸浅蓝却没有焦距。同样，他右眼戴着一个水晶制成般的单片眼镜，身上套着宽松而舒适的黑袍。

"蒂蒙斯？"卢米安走了进去，微皱眉头问道。

那名男子猛然回神，仿佛丢了什么重要物品一般，心情失落地回答道："我是蒂蒙斯。"

"你还没死？"卢米安又诧异又好笑地问道。

在他的认知里，与众不同歌舞厅别的人会处在"是阿蒙"和"不是阿蒙"的叠加状态，但这里的老板蒂蒙斯必然是被深度寄生的那类，而这样的人在之前那场天使层面的战斗里肯定会被彻底清理，失去自己的生命。

现在看起来，似乎不是这样。

蒂蒙斯看了卢米安一眼，保持着那种丢失了灵魂般的沮丧和空虚道："有很多人希望我死，但他们似乎没有诅咒的能力。也许我已经死掉，现在活着的只是一个躯体。"

"这不重要，重要的是你得归还我的委托人十一万费尔金，本金加利息。"卢米安用左手从挎包内拿出了破产商人菲兹给的那份合同。

他跃跃欲试地等待着，等待蒂蒙斯拒绝自己的要求，选择攻击自己。

蒂蒙斯摆脱了部分沮丧的情绪，抬手托住额头，笑了笑道："保险柜里有现金和饰品，你自己拿吧，密码是010103。"

"我以为你会反抗一下的。"卢米安失望地叹了口气。

蒂蒙斯看着他手里的左轮道："我只是一个诈骗犯，不是守财奴，钱没了还可以再骗，人要是死了就什么都没有了。

"而且，我今天已经失去了最重要的东西，和它相比，十一万费尔金不算什么。"

什么叫钱没了还可以再骗？就没想过合法致富吗？卢米安撇了下嘴巴，侧身走向就放在这个办公室内的机械保险柜。

三，二，一……他一边靠近保险柜，一边倒数着时间，等待蒂蒙斯从背后袭击自己。可是，这位与众不同歌舞厅的老板什么都没做，甚至未高声呼救，也没有试图报警。

卢米安蹲到了铁灰色的机械保险柜前，按照蒂蒙斯给予的密码一次次拧动旋钮，然后听到了咔嚓的声音。

他瞄了眼那明显超过十万费尔金的钞票和金条，打开挎包，将它们全部扫了进去。

做完这件事情，卢米安抬起左轮，乓地打碎了这间办公室的窗户，攀爬了上去。

蒂蒙斯的嘴角重新勾起，又带上了这里所有人都具备的玩味笑意。

就在这时，卢米安突然回身，向他扣动了扳机。

乓！

一枚黄澄澄的子弹擦着蒂蒙斯的头发打在了旁边的柜子上，钻了进去。

戴着单片眼镜的蒂蒙斯身体猛地一缩，笑容不复存在，眸光惊疑不定。他甚至闻到头顶有烧焦的气味传出。

卢米安笑了起来，挥了挥手道："惊喜吗？"

问完，他跃下窗台，落到了与众不同歌舞厅后面那条巷子内。

蒂蒙斯的表情逐渐收敛，又疑惑又茫然。

与众不同歌舞厅内，那些右眼戴着单片眼镜、身上穿着短西装的人虽然各自做着不同的事情，但都在殷切期盼着刚才的闯入者戴着单片眼镜下楼，正式加入这个大家庭。

在间或响起的枪声里，他们始终没有等到希望看见的画面。

旧街靠近炼狱广场的位置有一座属于永恒烈阳教堂的钟楼，钟楼的旁边是足有十层高的新型建筑。

芙兰卡做着常见的女性佣兵打扮，拿着一个黄铜色的伸缩式单筒望远镜，站在天台边缘远远望着那间独自一人酒吧。

隐约传来的枪声里，白衬衫、黑领结配深色过膝裙的酒保莉雅出现在了门口，眺望起斜对面的与众不同歌舞厅。

没多久，芙兰卡发现有灰色老鼠从莉雅脚边爬出，横穿街道，消失在了那栋古代建筑的墙边。

又过了两三分钟，一男一女离开独自一人酒吧，强行闯过守卫的阻拦，进了与众不同歌舞厅。

芙兰卡利用单筒望远镜仔仔细细地打量了这两人一阵，发现他们和守卫交流时表情生动，肢体灵活，没有任何异常，可在穿越街道时和越过守卫后，神情都相当呆板，举止动作都透出几分僵硬。

"秘偶?"芙兰卡做出了猜测。

至于制造并操纵傀儡的"秘偶大师"在哪里，她完全看不出来，只能粗略判断这种能力的有效范围有好几十米，甚至更广。

与此同时，她忍不住吐槽了几句:"有观众的时候是真人，没观众的时候就懒得维持脸部表情和人物细节了? 这也太不敬业了吧?

"或者是专门为了吓唬周围偷窥的人，以及正巧经过、偶尔瞄上一眼的市民?"

芙兰卡耐心等待着，一直等到卢米安变回原样，换了衣物，做好反跟踪之事，来这里和她会合，都未发现任何一名"秘偶大师"的身影。

来来回回的，除了莉雅，都是傀儡!

"这也太……太谨慎和小心了吧? 我什么都发现不了，只能确认真的有'秘偶大师'在这里，很可能不止一位。"芙兰卡向卢米安抱怨道。

卢米安仅仅是听她描述，就有种面对阿蒙时的脑袋涨痛感。他们成为"邻居"的原因是都擅于隐藏本体、诡异难找吗?

"没法用魔镜占卜来获得线索?"卢米安想了想道。

芙兰卡摇了摇头:"这可是'占卜家'途径，除非我能直接拿到其中一个傀儡，否则没办法找出他们的本体。"

卢米安沉默了，望着已归于平静的与众不同歌舞厅一眼道:"回去吧，下次聚会时从'我有个朋友''西索'和'吟游诗人'他们身上搜集线索。他们应该没有'洛基'这么难找，我们还能假装被骗，看能不能把他们钓出来。"

到时候，不能让"袖剑"出面，得"麻瓜"自己上。因为芙兰卡已经买过"洛基"的资料副本，是追查他的嫌疑者之一。

"好吧。"芙兰卡想想也只有这个办法了。

两人迅速离开这栋高层公寓，雇了一辆四轮四座的出租马车。

马车来到天文台区和纪念堂区交界之处，芙兰卡侧过脑袋，看了卢米安一眼，问：“不再做一次反跟踪吗？”

“有你反占卜不就行了？”卢米安笑着回应道，“再说，脱离与众不同歌舞厅后，我已经做过好几次反跟踪了。”

芙兰卡凝视了他两秒，无奈地叹了口气道：“好吧。”

市场区，市场大道。

卢米安斜背着装有大量钞票和黄金的挎包，挥别芙兰卡，往乱街方向走去，芙兰卡则返回白外套街。

乱街一如既往地吵闹和拥堵，卢米安从一个个摊贩和一个个行人间穿过，靠近着金鸡旅馆。

忽然，他感觉自己的身体变得不够协调，关节内仿佛被灌入了不少胶水。

不好！

卢米安既是“猎人”，又是“舞蹈家”，对身体的掌控能力是非常强的，一旦身体出现不被他自己了解的异常情况，就说明是出了问题。

几乎同时，他感觉自身的思维变得滞涩，脑海仿佛被浓雾笼罩，每个想法都有卡顿，需要很用力才会变得清晰：

“遭遇袭击了……

“'洛基'真的，来了……

“这就是，'秘偶大师'能力，的表现？

“等到最后，我完全，无法思考，是不是就会，变成他的，傀儡？

“我的危险直觉，被蒙蔽了……

“靠，忒尔弥，波洛斯，你不可能，没察觉到，我命运的变化，居然没，提醒我一句……

“祂之前，故意告诉我，'洛基'差点，跟踪上我，为的就是，让我再来一次？

“我成了'洛基'，的傀儡，有助于，祂摆脱，封印？

“不能就这样，等待，必须尽力反抗……

“'洛基'会在，哪里……”

这么一系列下意识的念头断断续续闪现着，卢米安有点艰难地将一只手探入衣兜，并动作僵硬地环顾起四周。

他之前和芙兰卡讨论过“秘偶大师”的情况，一致认为“无声无息置人于死地”这个能力肯定有一些限制，否则不可能序列5就能掌握这个能力，得打开神性之门的圣者才能办到，芙兰卡知道的另外几条途径的序列5根本没法抗衡。

两人相信，这个能力不需要通过某种媒介就能实现，但必须在很近的距离内才可以发挥作用，就像"惩戒之戒"的精神刺穿，得将双方距离拉到五米之内才有效果。

此时此刻，卢米安结合自身的遭遇，怀疑"洛基"就躲在周围的人群里，距离自己不会超过十米。

映入他眼帘的是一个个街头小贩与或驻足或匆匆路过的行人，他们有的面容熟悉，有的非常陌生，与往常的情况没有任何区别。

仓促之间，卢米安根本没法将"洛基"从这些人里分辨出来，而且，这还是一个擅于变化和伪装的"无面人"！

寻找"洛基"的过程中，卢米安让左手掌心腾出了一团赤红的火焰。这一是看烧灼自身、制造痛苦能否对抗"秘偶大师"的控制和侵蚀，二是以此出题，看"洛基"会怎么答题，便于从他的反应中窥探出他的具体位置和制造傀儡能力的弱点在哪里。

熟悉的疼痛刚刚蹿入脑海，卢米安就听到了"啪"的响指声。他掌心那团赤红火焰瞬间崩散，化作流光，无法形成可以爆炸的事物。

卢米安猛地转身，试图望向打响指的地方。

但他的关节仿佛已被黏稠的胶水凝住，动作变得愈发僵硬，一顿一顿的。这就导致他完成转身的速度比预计慢了整整一秒钟，他眼眸里映出的目标区域内，每个人都很正常，看不出谁打过响指。

"'秘偶大师'，果然能，操纵火焰……

"疼痛对我，思绪的逐渐迟缓，身体的僵硬，呆板，没什么，帮助，只提高了，一点，反应速度……

"不能在，这方面，浪费时间了，当前，最重要的，是把'洛基'，找出来，要不然，不管是，使用，哼哈之术，还是，召唤K先生，或者等待，芙兰卡来救，都不能，有效改变，现状……

"不知道，灵界穿梭，可不可以，使用，如果，等下的，两三次尝试，失败，我就，试一试，能不能，传送出，'秘偶大师'的，能力范围……"

卢米安的念头越来越卡顿，越来越滞涩，但还没到无法思考、做不出反应、躲避不了攻击的程度。

很快，战斗经验已称得上丰富的他有了思路和办法："从目前的，情况看，'秘偶大师'，确实得在，近距离，才能将，目标，逐渐转化为，傀儡……

"既然，如此，那我，就让十米，范围内，没有人，和动物，存在！

"谁要是，还逗留在，火焰地狱内，谁就是，'洛基'！"

卢米安一想清楚当前的情况，立刻就张开嘴巴，大声喊道："着，火，了！"

伴随着这充满卡顿感的话语，卢米安体内涌出了一股股赤红的火焰。这火焰以他的双脚为圆心向周围蔓延开来，噼里啪啦地烧灼起地上的果皮等垃圾。

附近的街头小贩和来往的行人事前得到了提醒，看到火苗蹿升后，飞快做出反应，拿着属于自己的物品向乱街两头狂奔而去。

看到这样的场景，卢米安露出了滞后的笑容：是，你是能操纵火焰，但我现在不做任何精细化的操作，我唯一的行动就是不断地点燃周围的东西，增加各种各样的火源！而且，这迟早会引来官方非凡者的关注！

赤红的火焰吞吐着向四周散开，如同一片鲜艳的海洋在缓缓淹没大地。虽然卢米安连眼珠的转动都出现了明显的卡顿，但他还是看见一道身影不断在烈火中闪现，无法捕捉，难以锁定。

那身影黑发蓝眼，五官普通，平平无奇，和路上的许多小职员没什么区别。

挥别卢米安后，芙兰卡向着白外套街走去。突然，她拐入一条巷子，藏进了阴影内。

这位"欢愉魔女"开始向乱街潜去。

这是她和卢米安事前的约定：如果强闯与众不同歌舞厅的行为没能调动独自一人酒吧内的非凡者，或者没让他们暴露出真正的自己，那就在脱离旧街后再来一次"钓鱼"，看能不能遇上目标。

芙兰卡询问卢米安要不要反跟踪，其实是在问要不要按原定计划行事，而卢米安给予了非常肯定的答复。

向乱街靠近的途中，阴影内的芙兰卡拿出了一面镜子，那是用卢米安血液和毛发制造的镜子替身！

在这个距离下，镜子替身没法发挥替死代伤的作用，但它和原主血脉相关，有很强的神秘学联系，可以用来观察卢米安的粗略状态。

简单来说就是，这镜子如果突然破碎，就代表卢米安已经死亡，它要是有了几道深深的裂痕，则说明原主受了重伤。

同样的，芙兰卡也将一个镜子替身放在了卢米安那里。因为他们不确定两人分开之后，"洛基"究竟会挑选谁为目标，只能一个藏在暗中，一个正常活动，并通过镜子替身确认彼此的状况，及时给予援助——这是靠观察运势无法得出的结论，有很强反占卜能力的"洛基"必然是在做出决定后才让命运发生相应的变化。

潜行一阵后，芙兰卡忽然感觉掌中的镜子变得冰冷。她利用黑暗视觉，穿透阴影，看见那面镜子变得灰蒙蒙的，既像是生了锈，又仿佛被沉入了冰湖的底部。

夏尔被袭击了？

芙兰卡心中一紧，加快了速度。

她赶到乱街的时候，正好看见火焰蔓延，一道人影不断于赤红中闪现，间或张开嘴巴，发出乓的声音。

这和真的枪响很像，吓得小贩和行人远远避开，以为又有黑帮在激烈火并。

卢米安非常艰难地躲闪着，有两次甚至没能成功，被空气子弹擦过身体，留下了明显的伤痕。

但看得出来，那道人影并不想真正地击伤他，似乎在担心某个节点来临前，这样的行为会导致自身的控制出现问题。

芙兰卡见卢米安暂时没什么大事，无声舒了口气，藏入阴影里，边靠近战斗区域，边拿出了一面镜子。

拉近距离后，她脱离阴影，将镜子对准了那一丛丛火焰，并让右手覆盖上没有温度般的黑焰。

等到那身影闪现至镜子照出的区域，芙兰卡立刻将右手抹向了镜面。

无声无息间，那道身影燃起了漆黑的火焰。他飞快变薄变小，化成了一张剪裁精致的纸人。

十几二十米外的人群里，这穿着黑色正装、外形异常普通的男子显现了出来。

这个时候，卢米安的思绪不再滞涩，身体也摆脱了那种僵硬。他整个人陡然消失，出现在了疑似"洛基"的敌人侧面，双方间的距离不超过七米。

卢米安随即发出了声音："哼！"

一道白光从他的鼻孔内蹿出，直奔那个黑发蓝眼、平平无奇的男子。

与此同时，芙兰卡很配合地凝聚出一根透明的冰晶长枪，扔到了目标所在的那片区域。白色的冰霜从长枪刺中的地面急速往外蔓延，让周围之人感受到了寒冷，身体出现了一定的僵硬。

就在这时，一个脸型瘦削、棕发褐眼的路人挡在了疑似"洛基"的男子身旁，被卢米安制造的白光命中。

这路人没有昏迷，他一点事情都没有，他眼神木然地唱出了一声咏叹调："噢，我的太阳！"

刹那间，卢米安和芙兰卡等人的脑海内就像有一轮太阳升起，照得他们眼睛都睁不开，念头也变得不够活跃。

两人下意识就做出了闪避，或于躲入阴影的同时让体表覆盖起晶莹而坚固的冰霜，或直接翻滚到了路边，并使用尼瑟之脸改变了外形。

等到"阳光"退去，他们看见疑似"洛基"的男子和唱出咏叹调的路人都不见了踪影。

远处的小贩和行人害怕地向这边张望着，更近一点的人们则眼睛紧闭，流着泪水。

卢米安飞快环顾了一圈，只见在零星的几盏煤气路灯和还在燃烧的赤红火焰照耀之下，远处人头攒动，无人敢靠近，最前方的那部分还因为"太阳"的刺激睁不开眼睛。

在这样的场景中，无论是疑似"洛基"的男子，还是唱出咏叹调的路人，都无从寻觅踪迹。

"母猪养的，这就跑了？"卢米安又急又怒，忍不住骂了一声。

这都还没有真正意义上的交手，就跑了？一击不中，立刻脱离接触？

"靠，属老鼠的吗？不仅滑不留手，而且一有风吹草动就跑得连人影都看不到了！"芙兰卡一边靠拢卢米安，一边用奇怪的、像是硬生生翻译过来的词汇骂道，"'占卜家'和'偷盗者'途径的非凡者不愧是可以互换的相邻途径，风格也太像了吧？"

这主要就体现在，打不到本体，抓不着正主。

不同的是，"占卜家"途径从序列7开始就这样，而"偷盗者"途径可能得等到推开神性大门，晋升序列4。

卢米安心念电转，思索起怎么将"洛基"和他秘偶的踪迹找出来。他们也许已经离开，也许还潜伏在傍晚的乱街！

"秘偶……对，那个唱咏叹调的秘偶硬接了我的哼哈之术却不受影响，这说明他大概率已经是死人，不存在活跃的、清醒的灵体……我刚才差点被转化为傀偶的体验也间接证实了这点……

"既然秘偶是死者，那他应该就不存在活人的命运，没有所谓的运势，即使有，也会定格在一片黑暗上，这代表死亡……找不出拥有'无面人'能力的'洛基'，可以从他的秘偶入手！"

想到这里，卢米安集中起精神，认真观察十几二十米外那些市民的运势。他一扫而过，凡是有自身命运且非一片漆黑的直接越过。

快速浏览了一遍后，卢米安没有发现疑似秘偶的目标，他缓缓地、失望地叹了口气。

"先离开这里吧，灭火的消防队员快来了，官方非凡者应该也在路上了。"芙兰卡提醒了卢米安一句。

卢米安收回目光，在赤红火焰熄灭前，转身离开了乱街。

他打算绕个半圈再返回金鸡旅馆，将从与众不同歌舞厅要回来的被骗款项交给破产商人菲兹，并按约定的比例拿走属于自己的那部分。

走了十几步后，卢米安脑海内霍然浮现了因感染疾病而死的鲁尔先生、唱着欢乐之都歌曲吊死的米歇尔太太——他担心自己将涉及超凡力量的灾难带到金鸡旅馆，带给委托者菲兹。

奥萝尔在自己其中两本小说里塑造过那种非常恶劣变态的罪犯，他们很喜欢从目标重视的人杀起，让目标眼睁睁看着周围的朋友一个接一个悲惨死去。

"洛基"作为"愚人节"的首领，最喜欢玩弄别人的心灵，且对坑害同伴没有一点心理障碍，更别说杀死之前根本没见过面的无辜者。所以，初次袭击失败的他有不小的概率从卢米安的熟人入手，利用他们的死亡击溃卢米安的精神，于暗处看着卢米安失去理智，变得疯狂，然后再借助这个机会，收割卢米安的生命。

虽然这只是一种可能性，但卢米安不想冒险。他停了下来，转向市场大道。

"怎么了？"芙兰卡疑惑地问。

卢米安已初步平复好情绪，微笑着说道："去微风舞厅喝杯酒。"

和自己经常接触的那些黑帮成员死了也就死了，混黑帮就要有这样的觉悟！

芙兰卡愣了一下，大致明白了卢米安的担忧：因为钓到大鱼却未能抓获，所以"洛基"明显已掌握两人的真实容貌，他可以一直躲在暗处，等着合适机会到来；而卢米安和她自己除非放弃当前的身份，综合利用反占卜和反跟踪的能力，换一个地方生存，否则必将陷入看见周围的老鼠都觉得它会袭击自己的胡乱猜想里。比起人员混杂的金鸡旅馆，微风舞厅的二楼相对清净，更有利于防备。而且，一旦爆发超凡层面的战斗，影响黑帮成员总比影响普通人要好。

"我也回去换身衣服。"芙兰卡的潜台词是自己也要改头换面，藏入暗处，让"洛基"没法找到，以避开可能的袭击。

同样，她会让简娜回去和哥哥住一段时间，免得被波及。

面对这种诡异可怕的敌人，"教唆者"的生存能力还是太弱了。

卢米安用右手拍了下藏在衣物内侧的芙兰卡镜子替身，告诉对方时刻关注彼此的粗略状况。

芙兰卡郑重地点头，表示知道了。

微风舞厅，二楼咖啡馆。

卢米安坐在远离窗户的最内侧位置，对自己的保镖萨科塔道："你去金鸡旅馆把一个叫菲兹的破产商人叫过来。"

有了这么一个中转，菲兹更像是借助萨瓦党才达成的目的，而与夏尔·杜布瓦没有任何私人关系，"洛基"真要选择受害者，肯定会从隶属于卢米安的萨瓦党成员里挑。

卢米安一边抚摸着放在腿上的沉重挎包，等待菲兹到来，一边思考起"洛基"相关的问题。

在失去那位"愚人节"首领踪迹的情况下，他只能从这件事情中的某些现象里寻找线索。

而其中一个细节是卢米安行动前就预设过的选项："如果真的钓出了'洛基'，那为什么上次可以依靠反跟踪技巧摆脱这位'愚人节'首领，而这次不行？"

卢米安在脱离与众不同歌舞厅后，故意和上次一样做完了整套反跟踪流程，并变回了原本的容貌、换了身衣服、改装了挎包，等到他重新穿过旧街与芙兰卡会合，却不再进行反跟踪，为的就是设立对比的样本，找出不同之处。要不然，若是没能成功抓住诡异难杀的"洛基"，他岂不是白钓鱼了吗？

总得有点别的收获！

这属于大陷阱里暗藏的小陷阱。

"按照正常的逻辑，既然我上次的反跟踪流程能甩掉'洛基'，这次应该也不会例外。毕竟我不仅注意了周围的人和动物，就连天上的飞鸟都有避开，哪怕真有虫子成了'洛基'的傀儡，也会因为跟不上我的速度而被甩掉……

"所以，要么是芙兰卡一早就被盯上了，要么是我做完反跟踪、重新穿过旧街时，被'洛基'认出来了。

"芙兰卡做了反占卜，在距离独自一人酒吧和与众不同歌舞厅比较远的地方，甚至都没进入旧街，使用的还是非神秘学手段观察，不太可能很快就暴露，除非'洛基'一开始就知道会有这么一个观察者……

"可能性最大的还是我穿过旧街时被认出来了。可他是怎么认出来的？我不仅变回了原本的样子，换了身衣服，而且为了不被怀疑，还选择乘坐出租马车经过。按照安东尼的说法，这能让外面的人看不见我未更改的皮鞋，也能藏住我习惯性的走路姿态和肢体语言……

"我甚至还洒了点香水，掩盖原本的气味……我身上究竟有什么无法更改的特征让'洛基'能在短时间内认出我？"

卢米安比较起前后的不同，逐渐有了一些猜测："要么'秘偶大师'或者他的某个秘偶能直接从灵魂、意识等层面辨识一个人，要么'洛基'可以发现我身上不同于别人的特征。宿命的天使，'愚者'先生的封印，还是'血皇帝'的气息？

"'谎言'虽然也是'占卜家'途径的，但它和'洛基'对应的序列层次不至于有明显的、可以直观感应到的聚合力……"

卢米安越想越觉得原因是"洛基"有办法识破自己的伪装，但跟踪能力有限，会被防备着陌生人、动物、飞鸟和虫子同时又没法直接占卜的目标甩掉。不管"洛基"是靠什么办法识破的,这都是最能解释前后情况对比的一个理由。

基于这个理由,卢米安有了新的思路。他望了眼已然黑暗的夜空,嘴角微不可见地翘了起来。

又过了一刻钟,破产商人菲兹被萨科塔带到了咖啡馆内。

卢米安示意萨科塔暂时离开这里,然后对菲兹道:"钱已经拿回来了,你觉得你可以分多少?"

他一边说,一边将钞票、黄金和饰品倒在桌上,扫了几眼道:"总的大概有十三万费尔金。"

菲兹脱口而出道:"六万,不,五万,不,给我三万费尔金就行了。"

卢米安笑了笑,抽出几沓绑好的钞票,扔给了菲兹:"按照之前的约定,利息归我,本金我拿百分之五十。这里是五万费尔金。"

菲兹惊喜地接过,连连道谢。

虽然没能拿到全款,但五万费尔金也足以让他开始一段全新的、充满希望的人生。百分之五十本金加利息的报酬太值了!

卢米安同样感觉欣喜,借着"愚者"先生座旁"时天使"的行动,自己轻轻松松就赚了五万费尔金钞票加价值三万的黄金。要知道,他之前那么辛苦筹集黄金,到最后也才七万五千。

他认真考虑起要不要买些对应领域的祭品感谢"愚者"先生,感谢那位"时天使"。

又等了大半个小时,卢米安进入同样位于二楼的卧室,甩掉挎包,利用"谎言"又一次改变了容貌,像是黑发褐眼版本的、偏向男性的奥萝尔。

他换上衬衫、马甲、长裤和皮靴,取下"谎言",将"拷打"拳套放入公文包内,并审视起窗外的情况。

确认没有人类、老鼠和飞鸟后,卢米安推开窗户,轻巧跃下,一副不知道"洛基"能直接识破自己伪装的模样。

夜晚的后巷安静无人,卢米安避开了有老鼠、蟑螂出没的垃圾堆往前行走着。他时而快,时而慢,时而改变方向,时而绕一大圈,就像在摆脱一个看不见的跟踪者。

终于,他抵达了白外套街,进了那个租约还未到期的废弃安全屋。然后他按照流程,拉上厚厚的窗帘,审视起房间每个角落。

和以往相比,他不仅烧死了臭虫,赶走了老鼠,而且连米粒大小的各种飞虫都没有放过,务求这里干干净净。

做完这件事情,卢米安坐至桌边,摊平纸张,开始写信。

尊敬的"海拉"女士：

我以我姐姐"麻瓜"的身份参与"愚人节"小组讨论时，发现"西索""疯女""吟游诗人"和"咸蛋超人"对"麻瓜"时隔许久后的出现明显反应异常，而"我有个朋友"疑似"麻瓜"最后那段时间找过的心理医生。同时，他们都在配合"洛基"演戏，想要蛊惑其他小组的成员去地底寻找远古太阳神的遗留。

我认为"洛基"是"愚人节"实质上的首领，如果别的人有问题，他也肯定存在异常，所以从他那里买了份远古太阳神资料的副本，请人帮忙占卜出了使用的机械打字机在特里尔天文台区旧街的独自一人酒吧。

经过实地勘察，我发现那里是第八局的据点。但我似乎被"洛基"盯上了，并于傍晚遭遇了一次袭击，险些变成他的秘偶。我靠着自己的能力和身上的物品才勉强逃脱，可这也导致我现实中的身份暴露在了他眼前。

写这封信的时候，我已经躲到了之前预备的安全屋内，但我不确定是否真正摆脱了"洛基"的跟踪。

我感觉他有问题的可能性已变得非常大，如果不弄清楚这件事情，将来的某一天，他也许会给研究会带来巨大的灾难。

我希望能得到您的帮助。

卢米安没有不好意思，直截了当地表明了自己的企图。他就是想用自己当诱饵，把"洛基"钓出来，并让能借用隐秘力量的"海拉"藏于暗处，给予那个"愚人节"首领致命打击！

面对这种诡异难杀的家伙，也许只有序列高于他和芙兰卡，且有办法隐秘自身存在的"海拉"可以不被提前发现，将目标的本体找出来。

折好信纸，卢米安快速布置祭坛，召唤出了那个眼窝冒着苍白火焰的纯银骷髅脑袋。

…………

芙兰卡隐身返回了白外套街3号601公寓，劝说简娜暂时回家，避个两三天。简娜反复确认自己是不是真的没法提供帮助后，才骂骂咧咧地开门而去，理智地放弃了逞强。

芙兰卡快速更换起衣物，依靠从至福会成员伦塔司那里弄来的伪装道具，改变起自己的外形。

她一边化妆，一边骂起了命运的妈妈："靠，不应该让简娜先走的！她比我更擅长使用这些东西，化妆水平也更高。"

这是一名演员学徒的基本功。

简单做好伪装，芙兰卡时而隐身，时而于阴影内潜藏，绕着市场区转了小半圈。这个过程中，她不仅做了反占卜，而且还使用了从卢米安那里学来的反跟踪技巧。最后，她回到了白外套街，进了门牌号为"6"的那栋建筑。

她给自己准备的安全屋就位于这里，可以看见斜对面的原本的住处。

呼……完成了所有流程的芙兰卡舒了口气，躺到了那张鲁恩式安乐椅上。与此同时，她嘀嘀咕咕地自语道："我和夏尔认识还不到三个月，怎么感觉比之前一年内经历的事情都要多……妈的，这家伙是灾星转世吗？"

…………

位于白外套街的安全屋内，卢米安只等待了近一刻钟，就看见那个纯银骷髅脑袋从突然浮现的黑暗中冒出，嘴巴里咬着一张简单对折的信纸。

"谢谢。"卢米安习惯性地说了一声，接过了那封信。

如果"海拉"不愿意对付只是有嫌疑的卷毛狒狒研究会成员，那他只能放弃计划，赶紧去找芙兰卡，带着她用灵界穿梭转移去山丘区、埃拉托区等偏郊外的地方，然后再潜回来。

他觉得只有这样才能真正摆脱"洛基"的跟踪或者说锁定，而之后也不能再于明面上活动了，除非换个区域。

卢米安展开纸张，发现"海拉"的回信很简洁："好的。"

卢米安的嘴角一下翘起，手中冒出赤红的火焰，点燃了那封回信。紧接着，他将桌子表面恢复了正常状态，并用"谎言"耳夹变回了原本的模样。

卢米安随即熄灭电石灯，躺到床上，紧闭双眼，假装入睡。

时间一分一秒流逝，夜色越来越深，白外套街周围逐渐变得安静。绯红的月光透过厚厚的窗帘，为房间带来了些许亮度。

不知过了多久，一道灰黑色的、小小的身影从墙角的破洞处钻了进来。

那是一只看起来普普通通的老鼠。

老鼠缓慢地、无声地来到桌边，爬了上去，于表面来回走动、东嗅西闻，就像是在巡视自己的领地是否被人侵犯过。

过了片刻，它结束了这样的举动，缩到暗淡月光无法照亮的黑暗区域，将身体转向了睡床。

这老鼠目光幽深地望起卢米安，透出一种非常人性化的感觉。就这样，它仿佛于黑暗中变成了雕像，一动不动，保持着凝视卢米安的状态。

过了近十分钟，这间公寓门外的走廊上传来轻微的、难以察觉的脚步声。

哒，哒，哒，那脚步声越来越近。

突然，脚步声消失了，似乎从来没有出现过，或是停于某个位置，不再往前。

那只老鼠随即离开绯红月光无法直接照到的黑暗区域，沿桌脚下滑，返回了它钻出来的那个破洞。

它迅速消失不见了，房间内变得愈发安静，只有缓慢悠长的人类呼吸声隐约可闻。

卢米安始终没有睁开眼睛，身体状态非常放松，似乎已经真正睡去。

❖ 第十章 ❖
★ C H A P T E R 1 0 ★
秘偶大师

白外套街6号的一间公寓内，芙兰卡躺在安乐椅上，身体随着椅子前后轻晃。

她烦恼地想着之后该怎么办的问题。有这么一个诡异可怕的敌人躲在暗处，危险地窥视着，是一件让人不管坐还是站都难以安心和放松的事情。

"必须尽快解决。只有千日做贼，哪有千日防贼的道理，一个疏忽就完了……

"要不，放弃任务，换去别的地方？或者一不做二不休，以任务大概率会失败为借口，直接请'审判'女士帮忙，把'洛基'抓出来？

"这有可行性，但我会背负上到成为半神前都难以偿还完毕的债务，即使有夏尔分走一半，也是非常沉重的负担……

"也可以直接请'海拉'女士召集紧急聚会，当场指控'洛基'等人害死了'麻瓜'，要求找出可以信赖的成员审问彼此，看哪方在撒谎。呃，'洛基'他们是不是真有问题，还不能完全确定，但我勾结外人、引入间谍是板上钉钉的事情……"

芙兰卡越想越是烦躁，直接用起故乡的俗语，没再刻意转化。

忽然，她有了强烈的危险预感。几乎是同时，她感觉身体内部爆发出了一种极为阴森的寒冷。

她的身体迅速变得僵硬，她湖水色的两只眼睛内分别映出了一道身影，同样的身影：小职员们常穿的黑色短正装，整齐后梳的褐色头发，带着几分南大陆血统的脸庞，闪烁着些许阴绿却木然呆板的眸子……

"怨魂"！

芙兰卡脑海内闪过了这么一个名词，知道自己遭遇了什么样的袭击。她的思绪开始模糊，她的右手仿佛在与无形之物对抗般往上抬起。

芙兰卡鼓荡起精神体内的灵性，要从内到外地爆发"魔女"的黑焰。

这针对灵体，能灼烧"怨魂"，而"魔女"对这种火焰的抵抗能力明显比其他途径要强，完全可以用受伤换取脱困，甚至重创敌人。

就在这时，芙兰卡耳畔响起了一道颇具磁性的声音："没用的，放弃吧。"

这声音如同一支支利箭，刺在了芙兰卡的精神上，打断了她凝聚黑焰的尝试。声音刚落，她脑海就仿佛蒙上了浓雾，眼前似乎出现了一块厚厚的毛玻璃。

那声音还在继续："我傍晚不用全力，是为了试探一下。那个身上封印着高位存在的、假扮'麻瓜'的家伙肯定有一些特殊的能力，我要是不做好情报搜集就全力而为，死的也许是我。

"试探完，事情更加有趣了。我刚才去他那里转了转，感觉还不够保险，所以打算先把你变成我的秘偶，出其不意地做一次偷袭。

"呵呵，你以为你能摆脱我的锁定？我们身上都有一点特殊，只要双方距离在一公里内，我就可以借助伟大存在的力量感应到你的位置。

"我早就想要一个'魔女'做秘偶了，滋味一定很不错……"

芙兰卡的灵体一次次被这声音影响，她提前激发镜子替身和凝聚黑焰的努力也因此被一次次打断，思绪越发滞涩，关节像是被灌满了胶水。

"他，'洛基'能，感应到，我的位置？

"什么特殊，他为什么，能……"

芙兰卡还未想出一种可能性，做出一次完整的反抗，那颇具磁性的声音已带着笑意说道："不能再耽搁时间了，我得加快进度，免得出现意外。"

说到这里，那声音转为恭敬，用一种芙兰卡异常熟悉的语言诵念道：

"福生玄黄仙尊，

"福生玄黄天君，

"……"

拉着厚厚窗帘的房间内。

卢米安忽然感觉放在衣物内侧的镜子替身变得异常冰冷，即使隔着一件亚麻衬衣，也让他忍不住打了个寒战。他心中一紧，再也顾不得假睡，翻身坐起，拿出了那面镜子。

暗淡的绯红月光下，镜子变得灰蒙蒙的，握在手里仿佛一块坚冰。

卢米安知道这代表芙兰卡出了事情，没有犹豫，借助替身和本体之间的神秘学联系，让右肩位置的黑色印记发出了幽光。

他的身影陡然消失在床上，于白外套街6号那间公寓的客厅内勾勒而出。

几乎同时，卢米安看见周围灰蒙蒙的，就像蒙了一层能阻隔绯红月光的雾气，而芙兰卡躺在安乐椅上，身体僵硬地扭动着，仿佛正垂死挣扎。

她湖水色的眼眸里夹杂着愤怒、恐惧、急切、担忧等情绪，隐隐约约显现了一道身影，她的脑袋似乎想缓慢摆动，却又被无形的丝线牵扯着，一顿一顿。

就在这个时候，卢米安和芙兰卡的耳畔同时响起了指甲刮擦黑板般的声音。

那是一个个他们无法听懂的单词，刺入了他们的灵体，带着他们的精神不断往上攀升，来到了一片闪烁着无数星星的幽暗虚空。

虚空的最高处，有众多游弋的、难以描述具体形态的神秘符号。它们围绕着连光都无法透出般的黑暗，形成了一扇动态的、奇异的大门。

卢米安和芙兰卡的灵不由自主地向那扇门飞去，还未靠近，就听到了里面有微弱的声音传出。

这既仿佛包容着整个宇宙所有世界的奥秘，又如同每个人心底潜藏的疯狂、自毁和阴暗。

越靠近那扇动态的大门，呓语就越明显，让卢米安和芙兰卡的脑袋出现了剧烈的抽痛，但又有某种强烈的、本能的渴望驱使着他们进入大门，与门后的无形之物重叠贴合，建立密契联系，从而获得关于本质、源头、超凡、力量的知识。

那数不清的神秘符号不断游弋，大门隐约有点敞开，大量的只能感知到它们存在却无法看见它们具体形态的无形之物蜂拥着挤到了门缝处。

嗡的一声，卢米安和芙兰卡的脑海变得一片空白，就像被巨锤狠狠砸了一下。他们之前听到的那些呓语在他们的心灵内活了过来，每一个单词都变成了阴影般的、奇形怪状的生物，向着精神体和血肉之躯的每一个角落侵蚀而去。

芙兰卡的眼睛骤然睁大，偏亚麻色的头发无风自扬，飘浮至半空，隐约变粗了少许。她的眼角、她的鼻孔、她的耳朵、她的嘴巴、她身上诸多毛孔都有点点鲜血溢出，就像体内有某个魔鬼正试图将她的血肉和表皮分开。

芙兰卡的思绪出现了强烈的混乱，如同一个人类被扔进了工厂的搅拌机里。

趁着这个机会，那附在她身上的"怨魂"脱离了这位"欢愉魔女"。身穿黑色短正装、眼眸内闪烁着些许阴绿的"怨魂"随即张开嘴巴，发出了一声刺耳的尖啸。

虚幻和真实的破碎声同时响起，芙兰卡的身体消失在了安乐椅上，出现于仅有的那个卧室内。

虽然镜子替身被自然激发了，但她只是摆脱了可能的失控影响，依旧昏迷了过去，当场失去了知觉。

在碎了一安乐椅的镜子碎片的映照下，同样受到呓语和尖啸双重打击的卢米安比芙兰卡的状态要好不少——他每次晋升序列或祈求恩赐时，都会遭受更加厉害、更加恐怖的低语的影响，靠着封印的保护和自身的毅力一次又一次地坚持了下来，所以对此类攻击有着相对较高的抵抗能力。

此时，他虽然也出现了头部的剧痛、思维的缺失和许多部位的毛细血管破裂，但还是没有完全失去本能的反应和基本的念头，他只是不自觉地弯下了腰背，脸庞在一片片血色中狰狞地扭曲了起来。

下一秒，那"怨魂"消失在了安乐椅前，映入了卢米安的蓝色双眸。

卢米安的脑袋瞬间变得模糊，身体一阵阴冷，血液都仿佛冻成了白霜。趁着还能做一定的思考，卢米安立刻就要使用灵界穿梭能力，脱离这个房间，转移到几百米之外。

他很清楚"秘偶大师"没有变成"怨魂"的能力，即使拥有类似的神奇物品，以他们的战斗风格，也不太会亲自上场，所以，附身自己的"怨魂"大概率是傀儡。而傀儡这种东西，一旦脱离"秘偶大师"的操纵范围就会失去控制，不再发挥作用，到时候，他会再传送回来，尝试带走芙兰卡。

虽然这会让他基本失去战斗能力，但也废掉了"洛基"一个秘偶，让对方必须权衡是直接梭哈，还是谨慎退走。毕竟"洛基"也不知道他的灵性究竟能支撑几次传送——这不是"纵火家"应有的能力，"洛基"极大概率无法准确判断！

卢米安刚要激发灵界穿梭印记，耳畔就响起了颇具磁性的嗓音："放弃吧。"

这声音嗖地刺入了卢米安的灵体，带来了一阵混乱，打断了他的尝试。接着，他的思绪开始滞涩，身体变得愈发僵硬和呆板。

那颇具磁性的嗓音不加掩饰地笑了起来："我不知道你在自己房间里弄了什么陷阱，这也许和'海拉'有关。毕竟如果没有她配合，你没法假冒成'麻瓜'混进研究会，对吧，奥萝尔·李的弟弟卢米安·李？我看过你的通缉令了。

"在特里尔，最容易接触到的非凡者是'猎人'途径的，所以有这么一句话流传：不要在一个'猎人'的主场和他战斗。

"没人知道'猎人'们会在自己的家里埋什么奇奇怪怪的陷阱。我不想冒险，也不打算面对'海拉'，虽然我也不是太怕她，除非她已经想到办法，成了半神。总之，我为什么要在一个'猎人'的主场和他战斗？我的选择是突袭'袖剑'，引你来救，把你调离自己的主场，在我预设的地方战斗。

"在下午的试探里，我就确定你们之间有观察对方状态的物品，或者建立了某种神秘学联系，嗯，应该是交换的镜子替身。呵呵，你以为当时我另一个秘偶在做什么？

"其实我并不想杀掉'袖剑'，也不打算把她变成秘偶，毕竟一个活着的'魔女'滋味更好。我甚至还能利用这段遭遇，让她既痛苦又绝望，等她借此晋升了序列4，我就有一个半神秘偶了……"

这声音并没有挑衅能力，但每一句话都让卢米安的怒火直线攀升。

而这些话语明显能影响精神和灵体，总是干扰着卢米安使用能力，加上"怨魂"附身和"秘偶大师"的双重限制，卢米安几乎变成了一尊不会说话不会动的雕像，僵立在了原地，等着命运的最终审判到来。

淡薄的灰雾弥漫在房间内，让这里的动静难以传到外界。

那颇具磁性的声音笑了笑，继续说道："本来不应该这么麻烦的，可惜你体内封印着一个高位者，只有把你秘偶化才可以确保我的安全。我可不想在你死后面对一个高位者，没人知道他是会感谢我，还是顺手把我也干掉。

"你是不是很疑惑我为什么能认出你？你身上那个封印，别人大概率感应不到，可在我的眼里则像是黑夜里的萤火虫一样鲜明。你刚到那个放打字机的房间，我就确定你是假扮'麻瓜'的那个人，所以，除非你能将我甩开一段距离，就像第一次反跟踪那样，否则我不用秘偶也能跟上你。

"是的，你出现在聚会里、来到我们'愚人节'小组时，我就知道你有问题。我当时怀疑的是'麻瓜'依靠封印摆脱了灵魂的分裂，谁知道，她确实死了，你是她的弟弟。

"哈哈，我还记得去年下半年，她每次参加聚会都会找'我有个朋友'治疗不正确使用唤魂术带来的心理问题和精神隐患，而'我有个朋友'会将她的痛苦、她的渴望、她的挣扎、她的心软、她的变化一次次转告给我们。

"这是挺恶劣的，完全违背了医生的准则，但很好玩，很有趣，让我们获得了足够的成就感，让我们全都在那里大笑。"

听到这里，卢米安的脑海嗡了一下。

"洛基"指出他的漏洞时，他只是有点懊恼，但当"洛基"讲述起奥萝尔的遭遇，他的愤怒则一下到了极点。

奥萝尔生了病，很真诚地去找医生治疗，可医生不仅敷衍她，还将她的痛苦和惨状视作快乐的源泉，并一次又一次出卖她的隐私，把她的病情和她的挣扎全部告诉了别人，让他们在背后嘲笑她。

而且，唤魂术还是这群人卖给奥萝尔的。

该死！

这群人，每一个，都该死！

值得，最悲惨，的死法！

虽然思绪充满卡顿，但卢米安心底的怒火还是爆发了，这点燃了他的精神，蔓延向他的血肉。

他没去控制，在不断的干扰下也没法控制。

赤红的火焰开始从卢米安的体内往外冒出，而卢米安的眼睛里一根根细小的红管凸显出来，满是狰狞的血色——这是失控的前兆，如果一直持续下去，他将真正失控。

但卢米安没有恐惧，甚至主动配合。

哪怕我，失控为怪物，变成了，疯子，也要，拖着你们，这群人，一起，坠入深渊！

依靠身体的本能反应，赤红的焰流向着四面八方蔓延而去，这灼烧了"怨魂"，点燃了家具，制造起了一场火灾。

可惜，这对不知躲在哪里的"洛基"和怨魂化的秘偶没有太大的作用，短时间内，火焰还燃烧不到那个程度。

这唯一的作用是让那颇具磁性的嗓音停了两秒，然后他才重新笑道："没用的。我知道，你主要是想靠火焰向外界求助，而不是攻击我，但我之前欺骗了'袖剑'，说是加快进度，其实是借助灰雾力量，制造特殊的环境，封闭这里的信息。

"你要是全力而为，确实能打破残余雾气的阻隔，毕竟我没法请求来太多的力量，但现在嘛，没用的。"

"洛基"话音刚落，就有一股疯狂的、恐怖的、暴戾的、夸张的气息从卢米安身上冒了出来，直接冲破淡薄雾气的分隔，奔向天空。

伴随着那股疯狂暴戾的气息冲出淡薄的灰雾，整个白外套街6号都似乎有了轻微的晃动，像是受到了惊吓。

这栋建筑内，不同房间里，已经熟睡的那部分人无意识地颤抖起来，陷入了一场血色的噩梦；还未睡着的那些则惊疑茫然地左顾右盼，仿佛回到了街垒遍地、枪响炮鸣时有发生的几年之前。

芙兰卡那间公寓斜下方，一个安静房间的卧床上，原本双眼紧闭、疑似睡着的男子霍然坐起，又警惕又畏惧地抬起脑袋，望向恐怖气息的源头。

与此同时，圣罗伯斯教堂的地底，市场区宗教裁判所的办公区域内。

正在值夜的昂古莱姆·德·弗朗索瓦猛地站起，要往封印那些神奇物品的地方跑去，试图在短时间内提升自己应对意外和灾难的能力。

别的房间里，伊姆雷和瓦伦泰等人亦是感觉到了那仿佛在撼动整个特里尔的暴戾气息，有的瑟瑟发抖，有的脸色惨白。

这比"暗影之树"那场灾难更让他们感觉恐惧。

但他们都没有僵立不动，或直接冲出了房间与昂古莱姆会合，或张开双臂，急促地赞美了句太阳，然后狂奔向上方的圣罗伯斯教堂。

纪念堂区，泉水街11号。正在摩挲一副全身盔甲的加德纳·马丁微微皱起了眉头，疑惑地将目光投向了东南区域。

他感觉那里有什么事物在召唤自己，隐隐让他的血液更灼热了一点。

特里尔地底深处，那个始终提着棕色小型皮箱、饿熊般的奥尔森骤然侧过了耳朵，倾听起不远处的动静——那里又有厮杀和呐喊声若有似无地传来。

这位铁血十字会的"督导"眼神一下变得凶戾和疯狂，伸出右手，在脖子上按了一下。那里有道微不可见的细线凸显了出来，渗透出火色的血液。

位于塞伦佐河中央的岛区内，坐落在这里的永恒烈阳教会圣维耶芙教堂原本已一片黑暗，只有旁边的钟楼还残存着灯火，而此时此刻，这座沉睡的教堂忽然亮起了一抹灿烂的阳光。阳光由下往上，瞬间填满了洋葱般的多个穹顶，照亮了每一扇彩绘玻璃。

特里尔北边，大教堂区的核心位置，蒸汽与机械之神教会的总主教座堂高耸着一根根粗大的铁黑色烟囱。

轰隆隆，被安置在教堂内部的巨大蒸汽机开始运转，大量的淡白雾气经由森林般的烟囱喷薄往上，笼罩了这片夜空。

埃拉托区，距离圣心修道院很近的小镇内。一条金毛大狗连同它身旁的淑女齐齐侧身，望向特里尔这座大都市的远处。

红天鹅堡内，已经躺在床上的普伊弗伯爵唰地睁开了眼睛。他感觉整个古堡变得极为压抑，地底深处又传来了那噩梦般的咆哮和嘶喊。

这一刻，就在市场区内的非凡者和位于特里尔其他地方的厉害人物都被那毫不掩饰的、无比张扬的疯狂气息吸引了注意力。

藏在芙兰卡那个公寓斜下方房间内的"洛基"刚针对那暴戾恐怖的气息做出反应，正准备召回附身卢米安的"怨魂"，谨慎为重地让它带着自己从灵界逃离，就看见周围的黑暗瞬间变得浓郁，吞没了绯红的月光，为这片区域带来了极致的安宁。他不可遏制地、毫无察觉地闭上了眼睛，重新倒在床上，真正地睡了过去。

卢米安的思绪一下恢复正常，他就着点燃自身的怒火，将积压的所有情绪灌注进了赤红的火焰。

"去死吧！"

他低吼一声，眼睛血管根根凸显，猛地踏出左脚，快速拧腰摆背，全力挥出了右拳。

轰隆隆的沉闷爆鸣声里，卢米安身上那些火焰全部聚集到了他的拳头表面，自然地压缩成了炽白的颜色。

那炽白的火球脱离了卢米安的右拳，循着他预设的轨道，轰向了公寓侧面的墙上——他刚才听到的声音就是从那堵墙后传来的！

轰隆！

那堵墙垮塌出了一个大洞，显现出站在走廊上的一名男子。他棕发褐眼，脸庞瘦削，正是"洛基"傍晚用过的那个秘偶。

刚才说话的一直是它！

卢米安还未反应过来自己找到的不是真正的"洛基"，就看见黑暗如同潮水般涌来，淹没了自己。

他已初步发泄出刚才的愤怒和因此产生的火焰，心情飞快变得宁和，不自觉地闭上了眼睛，缓慢地倒向地面。

他扭曲的脸庞开始舒展，他的身体和灵魂都得到了安抚。

他不再有失控的前兆。

穿着黑寡妇式衣裙、戴着带面纱软帽的"海拉"从黑暗中走了出来。

距离这栋公寓最近，又在搜寻"洛基"、卢米安等人战斗痕迹的她毫无疑问是第一个赶来的。

她没有耽搁，直接让卢米安、芙兰卡、"洛基"和两个秘偶消失在了原地。她的身影跟着不见，浓郁的黑暗也急速退去。

除了垮塌的墙壁，现场没留下一点痕迹。也就是两秒后，这间公寓霍然被阳光照亮。

特里尔的地底，某个无人的矿洞内。

卢米安、芙兰卡等人的身影飞快勾勒了出来。他们依旧在沉睡，只有脸色略显苍白的"海拉"保持着清醒，屹立于侧面。

这位卷毛狒狒研究会的副会长头发已不像之前那么干枯分叉，变得颇为柔顺，染上了黑夜的颜色。她拿出一个装满烈酒的水壶，咕噜喝了三分之一后，才将目光投向了卢米安。

"海拉"的额头无声无息裂开，喷薄出幽暗的光芒，形成了一扇无法具体描述的、充满古老意味的虚幻青铜大门。

那大门摇晃着、吱呀着裂开了一道缝隙，缝隙后面是看不到尽头的黑暗，黑暗里则仿佛藏着数不清的、密密麻麻的、难以名状的眼睛。

受到这满是死亡气息的虚幻大门影响，附在卢米安身上的"怨魂"无从抗拒地飞了出来。

下一秒，它落到了地面。因为"海拉"已抬起右手，按住了自己的额头，那异常古老的青铜大门随之消失，绽放的幽光也跟着缩回了裂口内部。

"海拉"随即望向还在沉睡的"洛基"。这位"愚人节"的首领有张普普通通的脸孔，和居住在白外套街的那些非常接近，让人没法分辨出来。

"海拉"凝视了两秒后，眼眸飞快失去了焦点。

"洛基"的梦中，套着黑寡妇式衣物的"海拉"出现在了一座笼罩着淡薄灰雾的古老城堡前。城堡的大门敞开着，死寂得仿佛坟墓的入口。

"海拉"抬头望了那有大量尖顶、形态瘦削的漆黑古堡一眼，走入大门，通过不算清晰的中庭，进入了悬挂着一盏盏造型奇特、光源不明的吊灯的大厅。

大厅内站立着众多宾客，每一位宾客的表情都颇为呆板，身体则一动不动，仿佛只是蜡像。被这上百尊"蜡像"簇拥的地方是有三层石阶的灰色平台，平台中间摆放着一张造型古老的暗红色座椅。

此时，座椅上有一名二十七八岁的男子。

他头戴丝绸礼帽，身穿黑色燕尾服，眼眸深灰，头发棕短，鼻梁偏高，嘴角微微翘起，含着不太明显的笑意。

这男子按着两侧的扶手，身体放松地后倾，靠住了椅背。"你是谁？"他的声音层层回荡在这座古堡内，似乎在质问"海拉"。

"海拉"越过疑似蜡像的人群，沿台阶走到了那名男子身前。她冰冷的嗓音没什么起伏地问道："'洛基'，你不认识我了吗？"

"洛基"笑得更加明显了："'海拉'，你果然还是找来了……"

"海拉"借着对方处于梦境状态的时机，直截了当地问："你为什么要谋害研究会的成员？"

"洛基"微仰脑袋，哈哈笑道："那些蠢货唯一的价值就是给我们提供乐趣。你应该也很清楚，末日还有几年就会到来，他们迟早会死，不如提前牺牲自己，娱乐我们。"

"海拉"一下沉默了，周围的空气变得愈发冰冷，石砖铺成的地面和四周的墙壁上隐约有一只只苍白的、腐烂的手掌想要探出。

过了几秒，她再次开口："你为什么要谋害'麻瓜'？"

"洛基"停止了大笑，望着"海拉"，勾起嘴角道："因为……"

他的表情骤然变化，而海拉从梦境中感应到了某种危险的来临。

"因为，福生玄黄天尊……""洛基"的声音飞快变远，整个梦境在"海拉"的意志驱使下开始坍塌。

很快，那座古堡崩解成了碎片，消失在了纯粹但虚幻的黑暗里。

现实世界中，特里尔地底某个无人矿洞内，"海拉"睁开了眼睛，苍白的皮肤下有无数活着的细小生物在蠕动。她的身影飞快消失，又重新勾勒，不再有刚才呈现出来的异常。

而"洛基"的身体已崩溃成了一摊血肉和在血肉里爬进爬出的扭曲蠕虫。"海拉"静静地看着，没有看到非凡特性析出。

…………

被淡薄迷雾层层笼罩的漆黑古堡内，某个阴森的房间里，摆放着一具暗红色的棺材。一只苍白的手掌突然从棺材里伸了出来，攀住木板的边缘。

…………

特里尔地底，某个无人的采石场空洞内。

"海拉"一直看着透明扭曲的蠕虫全部死去，也未发现有非凡特性析出。她侧头望向了沉睡的卢米安和芙兰卡，确认他们都在黑夜和梦境的安抚下摆脱了濒临失控的状态，呼吸变得平稳，便才解除了强制入睡的能力。

过了两秒，卢米安猛地睁开了眼睛，豹子一样跳了起来。他瞬间制造出三团赤红的火焰，照亮了这处矿洞。

在他警惕又茫然地环顾四周时，精神受创程度更严重的芙兰卡才揉着脑袋，惊惧地爬起。

下一秒，她看见了身穿黑寡妇式衣裙的"海拉"，看见了熟悉的、带面纱的软帽，脱口而出道："'海拉'女士，你怎么来了？"

说完，她就后悔了，因为这暴露了她也是卷毛狒狒研究会的成员。如果没有这么一句话，她还能假装自己不是"袖剑"，只是夏尔的朋友。

"'袖剑'？"海拉"开口问道。

芙兰卡干笑了起来："是的，你怎么认出我的？"

"研究会只有你一个'魔女'。"海拉"很平静地回答道。

芙兰卡更尴尬了，不知所谓地回应道："我也是靠你的打扮和气质认出你的，聚会的时候你都没有露过脸。"

两人相认时，卢米安的警惕和防备明显缓解了不少，毕竟"海拉"女士已经来了，至少安全可以保证了。

他随即看见了躺在地上、失去呼吸的两个秘偶，看见了那摊满是死去的透明蛆虫的血肉。

"那是'洛基'？"卢米安指了下既让人恶心又分外惊悚的烂泥状血肉。

"海拉"将目光投了过去："对。"

卢米安沉默了一下道："他死了？"

"海拉"轻轻颔首道："以自我创造的失控死去，但没有彻底死去。"

"啊？"芙兰卡发出了疑惑的声音。

这都碎成什么样子了，连蛆都爬出来了，还没彻底死去？

她已经想明白了"海拉"女士为什么会出现，一定是夏尔这个混蛋又拿自己当诱饵，并写信请"海拉"女士来清理门户！

"海拉"看向卢米安，嗓音清冷地说道："不是只有高位'魔女'才能复活，高层次的'占卜家'同样可以。'洛基'应该是信仰了这个领域的一位邪神，加上自身的特殊，才能在死后抛弃身体，带着特性，于提前预备好的地方复活。

"可惜我没有预见到这件事情。我如果提前祈求了真正的隐秘，他就没法复活了，非凡特性也会遗留下来。"

这位女士平静地说起自己的疏漏，没有找借口，也未表现出懊恼之情。

卢米安望着那摊满是死亡蛆虫的烂泥血肉，脸上逐渐浮现了一抹笑容。他翘起嘴角道："挺好的。如果他就这样死了，我反而会觉得失望，怎么能不是我亲手杀死的？"

说这句话的时候，卢米安心里有火焰在熊熊燃烧，充满了对高序列力量的强烈渴望。

"洛基"非常厉害，自己和芙兰卡联手都差点被他制作成秘偶，可疑似已晋升序列4的"海拉"轻轻松松就解决了他，使用的时间甚至不会超过十秒钟。

——卢米安知道，自己爆发出"血皇帝"气息后，必然会引起市场区官方非凡者的注意，而他们很可能请求教会圣者帮助。所以，"海拉"借此找过来后，必须在十秒钟内控制住"洛基"并转移位置，否则大概率会被特里尔的圣者、天使们堵住。

这就是半神！

想到将来要找"洛基"等人复仇，想到自己清除那些邪神信徒的打算，想到让自身发自内心认可的神奇的高端力量，卢米安就恨不得赶紧总结出更多的"纵火家"扮演守则，在未来两三个月内消化掉这份魔药，尝试晋升"阴谋家"。

见卢米安没有任何遗憾和失望，反而充满斗志，"海拉"微不可见地点了下头。

卢米安依旧看着"洛基"的尸体道："他信仰的是哪位邪神？"

听到这个问题，芙兰卡心中一动，望向"海拉"道："不会是……"

这位"欢愉魔女"顿了一下，改换成卢米安无法听懂的复杂语言说道："福生玄黄……"

"海拉"打断了她："你忘了我也听不懂吗？"

"呃……"芙兰卡忍不住拍了下自己的脑袋。

我这猪脑子！

"海拉"继续说道："你用古弗萨克语或者因蒂斯语讲吧。还有，记住，每说一段就停顿一下，讲讲别的。"

芙兰卡"嗯"了一声，组织了下语言，用古弗萨克语道："福生玄黄仙尊……"

"海拉"又一次打断了她，和她聊了几句被"洛基"袭击时的状况。

然后芙兰卡才接续起之前的话题："福生玄黄天君……"

卢米安安静地听着，大概看明白了"海拉"女士为什么要求这么做。这是不让芙兰卡完整地诵念出那位邪神的尊名，免得被对方注视。

"福生玄黄上帝……"芙兰卡复述出第三段描述后，揉了揉脑袋道，"我当时听'洛基'念到这里，就感觉整个人被放逐到了另外一个世界，看什么都雾蒙蒙的，听什么都不清楚，想什么都异常迟钝，只隐约记得应该还有一句。"

"海拉"同样用古弗萨克语帮忙补充道："福生，玄黄，天尊。"

这一次，她甚至连单纯的一段话都断了两次句。

"这尊名的风格很奇怪啊。"卢米安没有掩饰自己的疑惑。

这和他知晓的"愚者"先生、永恒烈阳等神灵的尊名差别有点大，无论格式，还是用词，都给人一种来自其他文明的感觉。

芙兰卡皱起了眉头："你这么一说，我想起点事情。"

"什么事情?"卢米安很配合地问道。

芙兰卡正要开口，忽然又闭上了嘴巴。她看向"海拉"，讪笑道："你不介意我帮助夏尔混进研究会，调查'愚人节'小组吧?"

"他是得到我允许的。""海拉"平静地回应道。

芙兰卡还是保持着刚才的"卑微"笑容："那你介不介意，我把，我把穿越的秘密也告诉了夏尔?"

"海拉"一下沉默，隔了好几秒才道："我现在介意有用吗? 把你们两个都隐秘了?"

"我是因为'愚人节'小组疑似害死了'麻瓜'，而要调查他们就绕不开我们的秘密，才简单，简单给夏尔讲了讲。"芙兰卡突然记起这也不完全是坏事，连忙补充道，"而且，夏尔真的帮我们找到了穿越相关的线索，找到了返回我们世界的可能性!"

说完，她摆出了一副"我已经用功劳弥补了过失"的表情。

"什么线索?""海拉"第一次以脱口而出的形式问道。

芙兰卡悄然吐了口气道："这比较复杂，我先讲刚才那些尊名让我想起的事情。

"之前我们不是一直在互相交流，希望能从每个人穿越前做过的事情里寻找共通性、提炼相似点，从而找出原因吗? 他们有的人是收到了奇怪的手机，有的人是在山里进了一座废弃的古庙，还有的人是在研究民俗文化，但我一直说不清楚我是做了什么导致的。不是想不起来，而是做得太多了。

"你们都知道的，我这个人喜欢新奇，新手机要买，新游戏要玩，新开的餐馆要试一试，大型的展会还喜欢自己做衣服去角色扮演。我穿越前真的做了太多的事情，没法弄清楚到底是哪件让我穿越的。

"可听到'洛基'诵念的那几段尊名，我想起来了，我那天晚上玩了一款新游戏，叫《恐怖来袭》，里面有个隐藏怪物信仰的好像就是什么玄黄天尊。"

卢米安虽然没有听懂芙兰卡说的"游戏"是什么，但充分理解了这位同伴想要表达的核心意思：她穿越到这个世界好像和"洛基"信仰的福生玄黄天尊有关！

淡金头发自然披下的"海拉"安静听完，思索着说道："我没有类似的印象，我之前讲过，我穿越前在看一些小众神话的书籍，里面提到了一位擅于欺诈和恶作剧的神灵，和'洛基'很像……"

芙兰卡眼睛一亮，有了猜测："'洛基'会不会就是直接诵念了那四段尊名才穿越的？所以，他一穿越，一回想当时做过的事情，一尝试还原，就和那位邪神建立了联系？

"嗯，他在交流类似问题时，都说得含含糊糊，'愚人节'部分组员也是这样……"

"我们不会都是被那个玄黄天尊给送过来的吧？或者，祂就在这个世界，将我们拉了过来？祂嫌疑很大！"

"海拉"想了一阵，轻轻颔首："下次聚会的时候，我们可以重新开启这个话题，带着明确的方向和其他人交流。"

芙兰卡怔了一下道："'愚人节'小组那些人还会出现吗？"

"有问题的估计不会了。""海拉"冷静地说，"即使现在就紧急召集聚会，也得挨个儿通知，这段时间，足够'洛基'复活并提醒他的同党了。"

卢米安挑了下眉毛："为什么要每个人都通知到？只请'愚人节'的组员们参加紧急聚会就行了，他们又不知道别人来不来。

"只是通知他们十几个人的话，用不了多少时间。"

"海拉"侧头看了卢米安一眼，沉默了两秒道："好，我现在去准备。但你也不要抱太大的希望，再紧急的聚会，也得预留十分钟的时间给别人伪装，否则他们应该不会来。"

而十分钟加上前面讨论的时间，也许就能让"洛基"复活，警示同党。

卢米安表情不变，轻轻点头："总得试一试。"

"是啊，能抓一个是一个，有了突破口，再找别的人就会简单不少。"芙兰卡赞同卢米安的想法。

她怀疑之前亡故的那些卷毛狒狒研究会成员里有部分就是被"洛基"等人害死的。

"海拉"不再浪费时间，身周突然变得幽暗，拒绝起三团火焰的光芒照入。她的身影随之消失，不知去了哪里。

这是开始为紧急聚会做前置的工作。

卢米安望着爬满死去蛆虫的烂泥状血肉，目光闪烁，陷入了自己的思绪。

芙兰卡认真审视起自己的身体状态，发现没有实质上的、较为明显的伤势，她之前遭受的痛苦主要来自精神受到的冲击，随着灵体得到安抚和治疗，身上只留下了一些不太明显的裂口。

"呼。"芙兰卡长长地舒了口气道，"'洛基'真是又阴险又厉害，还好你知道找'海拉'女士帮忙，要不然，只靠我们，现在已经成为他的秘偶。"

卢米安深表赞同。

若非他想到可以借助"海拉"的力量，又猜出"洛基"能直接发现自己身上的某种特质，决定今晚就做一次钓鱼行动，结局也许不会太好。如果在没有准备的情况下被"洛基"摸到附近、全力而为，不管是他，还是芙兰卡，都没有还手之力。他还能利用相对容易激发、不需要复杂程序的"血皇帝"气息无差别引来官方非凡者，然后打个时间差，传送逃走，芙兰卡则几乎注定被控制。

当然，若是没有钓鱼行动，卢米安很可能会选择带着芙兰卡用灵界穿梭离开，直接脱离"洛基"的视线，之后再潜伏回来。

"你不用担心变成秘偶，'洛基'想的是把你养成序列4的'魔女'再转化。"卢米安随口安慰了芙兰卡一句。

芙兰卡愣了一下道："他给我说的是很早就想要一个'魔女'当秘偶了……"

"他骗你的，他还说那四段尊名是加快进度，其实是给我制造一个陷阱，可以隔绝大部分挣扎动静的陷阱。"卢米安冷静地指出芙兰卡被骗了。

"……靠！"芙兰卡忍不住骂了一句，"他嘴里说的还有真话吗？不愧是'愚人节'的首领，住在与众不同歌舞厅斜对面的新型诈骗犯！"

说到这里，芙兰卡自言自语起来："诵念的尊名肯定是真的，他能利用我们身上共有的特质，借助那个天尊的力量直接定位我，应该也是真的。至于具体的范围嘛，以他表现出来的风格，大概率是胡说的，不能相信。

"会是什么特征呢……如果穿越这件事情确实是那个天尊弄出来的，那我们身上很可能都有祂遗留的气息或者烙印，而'洛基'借助祂的力量，不难在一定范围内定位我们。"

芙兰卡突然侧过脑袋，望向卢米安："聚会的时候，你应该就被'洛基'认出来是假的'麻瓜'了！你身上没有天尊的气息或者烙印！"

"对。"卢米安的情绪有点低沉。

"这个细节等下得告诉'海拉'女士，看大家能不能想出一个办法消除身上的天尊气息，要不然以后会被'洛基'他们猎杀的。"芙兰卡一边说一边望向有点点阴绿光芒渗出并与尸体某个部位结合的"怨魂"，"这份非凡特性该怎么处理？"

这可是序列5的非凡特性！

对于这件战利品，她有自己的想法，但不知道卢米安是什么态度。

"'海拉'女士自己干掉的'洛基'，战利品肯定得归她。"卢米安不甚在意地说道。

他随即指了指另外那具秘偶变成的尸体："他怎么没有析出非凡特性？"

"是啊，总不能他也会复活吧？"芙兰卡咕哝了一句后道，"难道是恩赐者，没有非凡特性？"

她预想的也是把"怨魂"非凡特性给"海拉"女士。

卢米安缓慢点头："傍晚那会儿，我以为是'太阳'途径的秘偶，后来被控制的时候，他说的每一句话都像是疯狂的呓语，能够影响我的精神和灵体，和'太阳'途径的风格不太一样。嗯，确实应该是某个邪神的恩赐者，被'洛基'制成了秘偶。"

"等下问问'海拉'女士。"

芙兰卡话音刚落，"海拉"那套着黑寡妇式衣裙的身影就勾勒在了这处无人的矿洞。

她对卢米安和芙兰卡道："再等五分钟，我们就诵念那段咒文，进入夜之国的宫殿。"

"好。"卢米安吸了口气，又缓缓吐出。

芙兰卡立刻将研究会成员可能有共同特质的事情告诉了"海拉"，末了问道："有没有办法确认和消除？'洛基'这么一个'秘偶大师'藏在暗处，随时可能找过来，真的很恐怖。"

"海拉"想了下道："一是晋升序列4，成为半神，这样才可能勉强压制天尊遗留的气息；二是寻找具备隐秘、守秘等效果的神奇物品。我目前只能想到这两个办法，下次聚会时看看其他人有没有更好的思路。"

这时，卢米安望向"海拉"，语气略显急切地问道："女士，你有从'洛基'那里问出什么或者找到什么吗？"

"海拉"拿出酒壶，咕噜又喝了三分之一。她苍白的脸庞多了几分潮红，嗓音冰冷地说道："我问'洛基'为什么要谋害其他成员时，他说是为了追寻乐趣，为了制造恶作剧来获得情绪和精神上的满足，但我单独问他为什么要谋害'麻瓜'时，他的回答是福生玄黄……"

"海拉"没有说完，但她的意思在场两位都懂。

把唤魂术卖给奥萝尔，并引导她对自身使用，让她一步步精神分裂，似乎是那位福生玄黄天尊的意志。

"祂为什么要这么做……奥萝尔才序列7，只是一个小人物……"卢米安微微埋下脑袋，痛苦地低语着。

"海拉"清冷地回答道："大概是因为'麻瓜'那具身体的原主和家庭本身就有问题。"

卢米安沉默了片刻道："会不会是'洛基'在撒谎？他这种满口谎言的人说的不一定是真话。"

"在我制造的梦境里，他没法撒谎，除非他提前获得了在梦中保持清醒的特质，但这是不可能的。""海拉"否定了卢米安的猜测。

梦境……芙兰卡望了"海拉"一眼，觉得这和自己对她序列途径的印象不太吻合。

卢米安又一次沉默。

奥萝尔的穿越疑似是福生玄黄天尊导致的，而她复活后被福生玄黄天尊盯上则是因为洛希·露易丝·桑松和她的家人是宿命的信徒，这显得奥萝尔后续的遭遇就像是一场注定的悲剧。

芙兰卡见状转移起话题，指着那两具秘偶的尸体道："'海拉'女士，那份非凡特性是你应得的战利品。我们想知道的是，这个秘偶为什么不析出非凡特性？"

"海拉"没有拒绝，一边看着"怨魂"的非凡特性继续析出，一边询问起芙兰卡和卢米安被控制时的种种感受。

简单交流后，她思索着说道："这应该是信仰某位邪神的恩赐者，对应的序列7是'演讲者'，序列6是'歌唱家'。这两个序列的人都能用声音传递不同的神秘学力量，符合你们的描述。

"另外，这条途径的非凡者在序列9时会频繁地举行密契仪式，从无形之门后获得奥秘和知识，而不同的人听到的、感受到的都不一样，后续得到的能力也就不一样。能用歌声制造出太阳的刺眼效果，应该就是其中一种表现。"

"哪位邪神？"芙兰卡脱口问道。

"海拉"摇了摇头："我也不清楚具体的尊名，对我们来说，知道了反而是一件很危险的事情。我遇到过祂的信徒，他们有时会用'第一哲学'或者'奥秘掌控者'来代指这位邪神。"

不等芙兰卡再问，"海拉"轻轻颔首道："我们该去聚会之地了。"

卢米安和芙兰卡同时诵念起那段咒文："来自古老年代的超凡者，夜之国的主宰，崇高的天之母亲，请允许我进入您的国度。"

随着周围的幽暗和沉睡般的感觉消失，卢米安、芙兰卡再次来到了那座古老而破败的宫殿内。

这里还没有人影，空荡而死寂。

芙兰卡总觉得有什么不对，想了十几秒才恍然大悟："我们还没有做伪装！"

她话音刚落，就看见卢米安罩上了一层朦朦胧胧仿佛梦境的雾气，让人看不清楚他具体的形态和容貌。

卢米安随即使用尼瑟之脸，让自己变成了戴着兜帽、穿着巫师黑袍的"麻瓜"。

得到"海拉"女士帮助，身体仿佛藏入了黑暗般模糊后，芙兰卡舒了口气，耐心等待着"愚人节"组员们的到来。

时间一分一秒流逝，沉默的宫殿内突然有两道身影飞快勾勒而出。

来到古老宫殿内的一个是"黑土"，一个叫"巴克斯"。前者做深山猎人打扮，戴着毛茸茸的帽子，挂着厚厚的皮口罩；后者只穿了条短裤，脸上有张黄铜色的面具。他们看见"海拉"后，轻轻点了下头，算是问候。

紧接着，他们的目光扫过了未贴代号的芙兰卡和笼罩着梦境般雾气的"麻瓜"。

"这位是？"深山猎人打扮的"黑土"指着芙兰卡，疑惑地问道。

"'袖剑'。来得比较急，忘了贴标签。"芙兰卡自行回答道。

"黑土"和"巴克斯"顿时打消了怀疑，不再警惕和防备。

这种紧急召集的聚会里，"袖剑"犯类似错误再正常不过。这是她的风格！

又过了片刻，陆续有别的"愚人节"小组成员到来，但卢米安没有看见"我有个朋友""西索""吟游诗人""疯女"和"咸蛋超人"这五个嫌疑最大的目标。

他的表情逐渐沉了下来，感觉"洛基"已经复活，有问题的成员都得到了警示。这里的十来个则属于被利用的对象，"洛基"他们的行动要是过火，被别的卷毛狒狒研究会成员察觉了，这些就是可以被抛出来接受调查的挡箭牌。他们没什么问题，自然不会被查出异常，也就能有效掩盖真正信仰了福生玄黄天尊的那六个人。

此时，"黑土"他们逐渐发现了不对：参加紧急聚会的人为什么这么少？这都超过约定的时间了，正常来说，至少得有一半以上的人抵达才对。

"'海拉'，这是怎么回事？"全身上下只有面具和短裤的"巴克斯"沉声问道。

卢米安冷笑了一声，就像在看一群傻瓜。

如果说"洛基"他们是坏，这些则是蠢，自以为聪明，自以为掌握了真相，自以为在享受末日来临前的种种放纵，其实只是被人当武器和盾牌使用。

卢米安敢打赌，"洛基""我有个朋友"等"愚人节"小组核心成员私下聚会时，少不了嘲笑这群蠢货。

"海拉"嗓音冰冷地说道："召集你们聚会，是因为'洛基'背叛了我们。"

"黑土""巴克斯"等人同时愣住，旋即左右张望，没有发现"洛基"的身影。

"海拉"继续说道："他信仰了一个邪神，带着'我有个朋友'等人谋害了多名研究会成员。"

"这样的指控需要证据。""巴克斯"下意识反驳道。

已戴上"谎言"耳夹的卢米安用奥萝尔的声音说道："我就是证据！你们应该都看见我买了唤魂术，这导致我的精神出现问题，差点失控，还好及时找到人帮忙，封印了分裂出来的人格。

"在此之前，我一直找'我有个朋友'治疗，但情况不仅没有好转，反而越来越严重了。我找到他们，想和他们理论，谁知道他们还打算谋杀我！"

"黑土"沉默了片刻道："我记得这件事情，你是找'疯女'买的。他们哄骗你买唤魂术的理由是，穿越应该是双方的事情，而非单方面的原因，要不然为什么是穿越到这个世界，为什么恰好附在这么一些人身上，肯定是身体的原主做过什么，才建立起了两个世界间的联系，所以，在弄不清楚自己是做了什么才导致穿越之前，把身体原主的残魂找回来，问一问，说不定有意外的收获。'麻瓜'，你当时是不是太想家、太想念故乡了，这样的理由也会相信？"

听到这里，在场"愚人节"小组成员的眼神里或多或少都带上了戏谑和嘲笑。

"麻瓜"居然会上这种只能骗骗小孩子的当！他们就没一个被"疯女"忽悠，哪怕她说自身试过，有一定的成果，但还不能称之为线索。

"疯女"……卢米安在心里重复起这个代号。他随即笑道："我当时确实是被返回故乡的渴望蒙蔽了眼睛，但你们也好不到哪里去。

"你们看看，'洛基''疯女''吟游诗人'他们有来吗？他们很清楚自己在做什么，也明白一旦暴露就必须立刻脱离研究会，而你们，愚蠢，白痴，什么都不知道，什么都不明白，还在配合他们！猪狗都比你们聪明！"

"洛基"等人没有出现的事实和"麻瓜"的嘲笑像利箭一样戳中了"黑土"等"愚人节"成员的心灵漏洞。他们有的恼羞成怒，想要反骂回去；有的身体摇晃，既绝望又茫然；有的内心仿佛正被无数的虫子啃咬，痛苦宛若实质。

芙兰卡见状，进入教唆模式，准确"补刀"道："你们还不明白吗？你们是弃子，是被放弃的对象，是失去了作用的代理人！你们从来没有成为'愚人节'的核心成员，从来没得到过'洛基'的信任，他们只会在背后嘲笑你们！

"现在'洛基'他们已经暴露，可以毫无忌惮地狩猎研究会的成员了，你们觉得，最容易被他们找到和锁定的会是谁？

"你们唯一能做的就是回忆曾经和'洛基'他们打交道的细节，包括现实里组织起来的恶作剧，让我们能尽快清除这些叛徒。

"记住，坦白从宽，抗拒从严。"

"黑土""巴克斯"等人顺着"袖剑"的思路想了想，发现还真有可能。他们望向彼此，内心都有了明显的动摇，见识过"洛基"他们厉害的几名成员更是不自觉地出现了轻微的颤抖。

芙兰卡最后抛出了一颗重磅炸弹："不要以为换个地方、搬一次家就能逃避狩猎，我告诉你们，'麻瓜'的经验是，'洛基'他们疑似有办法通过神秘学上的联系在一定范围内锁定研究会的成员。

"具体是什么办法，下次正式聚会时，我会告知所有人的。"

"黑土"咬了咬牙道："细节太多了，我觉得没有几个小时讲不完。"

其他"愚人节"小组成员纷纷点头。

"海拉"想了下道："你们等下就回去，把所有细节写下来，寄给我。记住，一回去就带上行李，到至少五公里外的旅馆或者酒店暂住。"

"巴克斯"等人舒了口气，相继答应了下来。

紧接着，卢米安看见他们同时闭上了眼睛，仿佛站着睡着了。他和芙兰卡皆若有所思地侧头，发现"海拉"女士的眼眸先是失去焦点，然后也闭了起来。

过了片刻，"海拉"睁开了眼睛，对卢米安和芙兰卡道："没有暗藏的'洛基'帮手和天尊信徒。"

这是担心"洛基"冒险留一个同党来刺探消息啊……芙兰卡恍然大悟。

下一秒，"黑土""巴克斯"等人同时醒来，毫无察觉地诵念咒文，离开了古老而衰败的宫殿。

卢米安解除了尼瑟之脸，取下"谎言"耳夹，询问起"海拉"："每次聚会使用咒文时，应该都会沾染一点那件封印物的隐秘气息吧？可不可以利用这个把'疯女'他们找出来？"

"海拉"摇了摇头："他们已经没有相应的气息。"

很显然，她之前就试过了。

卢米安没有再说，缓慢地、无声地吐了口气。

三人相继离开夜之国，回到了特里尔地底那处无人的矿洞。

"海拉"收起了析出来的"怨魂"非凡特性，对卢米安和芙兰卡道："如果不能找出'洛基'，将他真正杀死，你们最多在特里尔市场区再留三个月。到时候，不管你们还有什么事情没有完成，都得考虑转移了。"

"为什么是三个月？"芙兰卡疑惑地反问。

她觉得再待一周都很危险。

"海拉"简单解释道："'洛基'虽然带着非凡特性复活了，但他失去了所有秘偶。一个'秘偶大师'要是没有秘偶，是不会贸然出现和袭击别人的，除非他太过自信，觉得你们足够弱小，而你们已经表现出了相当不错的实力。

"对没有秘偶的'秘偶大师'来说，再想弄到合适的、厉害的秘偶，需要谋划，也需要运气，更需要一次次的更换，你们应该有三个月到半年的窗口期。"

"我明白了。"芙兰卡决定向"审判"女士汇报，说两个月内要是还没有进展，自己希望能放弃铁血十字会任务，换一个地方。

卢米安同样点了下头。他想的是，有没有可能在三个月内消化完"纵火家"魔药，搜集到"阴谋家"的魔药配方和主材料。

这时，"海拉"指了指"洛基"身体崩溃成的烂泥血肉和扭曲蠕虫道："那些死去的虫子都是很好的灵性材料，用途很多，不过，它们也有隐藏的问题，已经在一定程度上被污染，会给你们带来未知的危险。"

芙兰卡想到差点成为秘偶的可怕经历，摇了摇头，表示自己不要。

卢米安静静望了那数不清的蛆虫和烂泥状血肉一阵，突然让悬浮在肩膀上的赤红火球飞出，轰在了"洛基"的尸体上。

火球没有爆炸，猛烈地燃烧起来，蹿起赤红的光芒。

看着被焚烧的蛆虫和血肉，看着升腾的炽烈火焰，卢米安感觉自己的"纵火家"魔药又消化了一截。

这来自被"洛基"控制时，依靠濒临失控的状态点燃自身，让"血皇帝"气息共鸣激发的经历。

这使得卢米安又总结出了一条属于自己的"纵火家"扮演守则："纵火家"不是纵火犯，只有敢于点燃自己，才能点燃他人！

"纵火家"魔药的消化进度比卢米安预计的要快不少，大概是因为在无保护的情况下激发"血皇帝"亚利斯塔·图铎的气息就相当于在特里尔放了一把大火，而且烧的还是圣维耶芙大教堂或者蒸汽与机械之神教会的总主教座堂。

"海拉"看了被赤红火焰吞噬的血肉和蠕虫几秒，转而对芙兰卡道："现在可以说穿越相关的线索了吧？"

芙兰卡"嗯"了一声，组织了下语言道："夏尔之前尝试过一种特殊的召唤仪式，结果因为意外，召唤出来一个疑似来自我和'麻瓜'家乡的幽影，还签订了契约。

"我知道了这件事情后，让夏尔又召唤了一次，试着和那幽影对话。那幽影用的语言果然很接近我的家乡，我们问他是从哪里来的，他说，'血天子扰乱地府，冥道人舍身入河'。"

芙兰卡是用因蒂斯语来表述后面那句话的。

"海拉"安静听完，将目光投向了卢米安："'血皇帝'亚利斯塔·图铎的残影？将祂拖回去的是冥道人？"

"我们是这么猜测的。"卢米安简单回了一句，表示芙兰卡也知道撒玛利亚妇人泉的事情，没必要说得太隐晦。

"冥道人……""海拉"小声重复起这个名词。

芙兰卡则继续讲述自己和卢米安的猜测，怀疑泉水后面那条虚幻之河连通着自己等卷毛狒狒研究会成员原本的世界。

"海拉"沉默着没有说话，染着幽暗色泽的眼眸内有细碎的光芒闪动，就像藏了一片繁星。

"大概就是这样，等清除了研究会内部的叛徒，我会和大家分享这些信息的。"芙兰卡思索了几秒，提醒起"海拉"，"'洛基'的同党除了'愚人节'那些，可能还有潜伏在其他小组的，平时正常参与活动，也不恶作剧，到了关键时刻再发挥作用。"

"海拉"轻轻颔首道："我会和'甘道夫'他们讨论下怎么处理这件事情。"

这位女士随即望向卢米安："如果没别的事情，我就带你们返回地面了。"

卢米安收回凝视火焰的目光，吐了口气道："我处理下这里。"

他蹲了下去，将双手按在了洛基尸体的前方。轰隆隆，伴随着沉闷的爆炸声和大地轻微的颤动，承载着血肉和蠕虫的地面猛然下陷，落入了泥石堆里。

芙兰卡看到这一幕，恍然大悟地点了点头：这样一来，洛基尸体上残余的污染就不会被之后可能经过的洞穴冒险家们接触到了。

她帮忙将两具秘偶的尸体也提了过去，犹豫着要不要拔"怨魂"的牙齿和指甲。这都是相当不错的灵性材料，可以用来制作非凡武器。

如果那"怨魂"已经失控，成了怪物，芙兰卡不会对处理他的尸体有任何心理负担，但现在他还保持着人类的形态。

考虑到自身不缺乏攻击类武器和涂抹武器的毒药，芙兰卡只是拿走了半透明"怨魂"掉落的粉尘，摄取了残留的灵性。

脱光邪神恩赐者的衣物，检查了下有没有可供追寻的线索后，芙兰卡将两具尸体都丢进了燃烧的火坑里。

做完这些事情，她望向"海拉"，好奇地问道："'海拉'女士，你晋升序列4，成为半神了吗？"

要不然怎么能那么轻松就控制住"洛基"？

"是的。""海拉"点了下头。

芙兰卡斟酌着、试探着问道："你以前好像是'收尸人'途径的，但这次表现出了'黑夜'途径的力量，用的是神奇物品吗？"

就像借用某件封印物，让大家可以隐秘地进入夜之国参与聚会一样？

——"收尸人"途径又被称为"死神"途径。

"海拉"嗓音清冷地回答道："我转到'黑夜'途径的序列4'守夜人'了。"

"为什么啊?"芙兰卡不太理解"海拉"的选择。

虽然她曾经打算在晋升序列4时转到相邻的"猎人"途径,但那主要是为了恢复男性的身体。正常情况下,沿着一条途径往下走肯定是更好的选择,毕竟前面几个序列的扮演都是在这条途径上的深化,承接同途径的序列4会更容易和安全一点。

当然,如果实在找不到本途径序列4的魔药配方和主材料,转至相邻途径也是可以考虑的,不会必然半疯,而且还能获得杂糅的、古怪的能力。

芙兰卡之前从未看到"海拉"表现出想要转途径的想法,她在研究会讨论交流时,关注的都是"收尸人"领域的问题,搜集和出售的材料、物品也大部分集中在这条途径。

难道是"收尸人"途径的序列4魔药配方、主辅材料或者相应仪式没法搞定?芙兰卡依靠自己还算丰富的神秘学知识做起猜测。

"海拉"略显苍白的脸庞上表情霍然柔和了少许。她望向废弃矿洞外的黑暗,声音多了几分起伏:"如果我一直在'死神'途径上前行,我信仰的神灵会忍不住将我做成特定时刻使用的关键容器。"

说到这里,"海拉"少见地笑了笑,目光有点放空地说道:"祂维持人性已经很艰难了,就不要再影响祂了。"

芙兰卡听得一头雾水,但大概理解了"海拉"女士转途径是有原因的。

"海拉"侧头看了她一眼道:"如果我能晋升序列3,我应该会转回'死神'途径,或者转去'战士'途径。'黑夜'途径的高层次资源太紧张了。"

"哇哦。"芙兰卡想象了下兼具"黑夜""收尸人""战士"途径不同序列能力的"海拉",觉得这似乎很酷,也很强。

想到自己将来可能也同时拥有"魔女"和"猎人"的部分能力,她充满期待。

这时,卢米安烧掉了"洛基"变异的尸体,填平了那处坑洞,"海拉"立刻让这片区域变得黑暗。

❖ 第十一章 ❖

★ C H A P T E R 11 ★

福生玄黄天尊

等到卢米安和芙兰卡恢复了清醒，发现自己两人已离开废弃矿洞，站在乱街那个地下特里尔的入口附近。

远处，白外套街隐隐有动静传来。

"呼，这是我成为非凡者以来最凶险的一次。"芙兰卡吐了口气，由衷感慨道，"如果不是'洛基'要拿我当诱饵钓你过来，我大概率已经成为秘偶。"

卢米安"嗯"了一声，没有说话。他往前迈步，缓慢地走入了街道。

芙兰卡跟了上去，好奇地问："'洛基'用垃圾话干扰你精神的时候，有说什么吗？虽然那很多是谎言，但也藏着相当有价值的信息。"

比如，卷毛狒狒研究会每个成员都疑似有天尊残留气息这件事情。

卢米安沉默了几秒道："他讲了他们是怎么谋害奥萝尔的，怎么一次又一次泄露她的心理状态和精神治疗过程，怎么肆无忌惮地嘲笑她……"

他讲述得很简单，可再简单也还是让他的怒火又一次翻腾着上涌。

"啊？"芙兰卡先一愣，旋即明白了关键点，"那个'心理医生'，'我有个朋友'？"

卢米安缓慢地点了点头。

芙兰卡仔细琢磨起来，越琢磨越是生气。

"靠！他们怎么能这么坏？我支持你把他们大卸八块，五马分尸，剥皮塞草！"过了几十秒，她终于骂了出来。

卢米安没有说话，仿佛在衡量可行性。

芙兰卡瞄了他一眼，犹豫着说道："刚才和'愚人节'其他组员面对面的时候，你竟然忍住了，没有直接动手杀人……"

卢米安低笑了一声："为什么要杀那群蠢货？让这些自以为聪明的家伙一想起'洛基'等人的利用就痛苦、难堪、悔恨，比杀死他们都让我开心。之后只要有人提起'洛基'，就相当于在当面骂他们的智商，而他们还没法阻止。"

芙兰卡闻言，悄然舒了口气。她对卢米安道："白外套街看起来挺热闹的，我打算今晚住到简娜那里去，嘿嘿。

"嗯，之后，我会把这件事情粗略地告诉我的大阿卡那牌，说两个月内要是没彻底杀死'洛基'，就希望能调离市场区。你也一样，可以申请负责铁血十字会位于其他地方的分会。"

"我也会写信给我的大阿卡那牌。"卢米安表示自己不会疏忽大意，轻视"洛基"潜在的危害。

他一向把私事和公事分得较为清楚，不管是对付本堂神甫，还是调查"洛基"，都没有想过寻求"魔术师"女士的帮助，但这次，他用了"血皇帝"的气息，制造出了不小的动静，事后有必要汇报一下。

芙兰卡见卢米安还保持着基本的理智，总算放下心来，挥了挥手，往植物园区方向潜去。

卢米安收回视线，沿着还残留着白昼的炎热的街道，进了金鸡旅馆——他也不想这个时间点去白外套街面对正仔细搜寻线索的官方非凡者。

刚推开207房间的门，卢米安就看见了一道身影。

那是套着橘黄色收腰长裙，拿着一顶镶花宽边圆帽的"魔术师"女士。

"您，在等我?"卢米安下意识问道。

"魔术师"笑了笑:"不然呢?"

"您怎么知道我会回这里?"卢米安关上了房门。

"魔术师"微微一笑道:"这是命运的启示。说吧，为什么会使用'血皇帝'的气息?"

卢米安听得愣了一下:"动静很大吗?"

他知道"血皇帝"气息一旦激发，必然会引来附近官方非凡者和周围厉害人物的关注，就像跑去圣维耶芙教堂纵火一样，动静肯定小不了，但他没想到的是，连似乎不在特里尔的"魔术师"女士都惊动了，还专门赶了过来。

他还打算写信汇报这件事情呢。

"魔术师"女士认真点了点头:"很大。甚至让部分人以为进入第四纪那个特里尔的大门打开了。"

动静比我想象的还要大啊，不愧是"血皇帝"亚利斯塔·图铎……卢米安既不懊恼，也不诧异，平静地坐到了睡床边缘。

事情都发生了，懊恼和诧异没有任何意义，而且，即使再来一次，他还是会这么做。

卢米安从自己假扮成姐姐混入卷毛狒狒研究会，确定卖给姐姐唤魂术的人是否有问题开始，一直讲到了"洛基"失控身亡却未析出非凡特性、疑似有复活的办法，以及"海拉""圣杯二"拼凑出了邪神的完整尊名。

"魔术师"没有打断他，脸上的笑容不知什么时候已然消失。

"我需要间杂着把那四句尊名念出来，还是可以直接讲？"卢米安最后问道。

"魔术师"女士嗓音平缓地说道："直接讲，不用古赫密斯语、巨人语等缺乏保护的超凡语言就没有问题。"

卢米安下意识环顾了一圈，发现整个房间都暗淡了少许，绯红的月光虽然能穿透玻璃窗照进这里，但似乎还是受到一层无形的、隔音的、偏深的帘布阻隔。

他随即将芙兰卡翻译后的尊名完整复述了一遍。说完，他看见"魔术师"女士沉默不语，就像变成了一尊雕像。

"这有什么不对吗？"卢米安试探着问道。

"魔术师"思索着望向他，道："你说，你是靠怒火爆发带来的濒临失控状态引发'血皇帝'气息的共鸣，从而在三重控制下弄出了可以突破淡薄雾气掩盖的动静？"

"对。"卢米安现在回想起当时的情况依旧心有余悸，"正常来说，我的情绪一旦超过限度，就会记起苏茜女士留下的暗示，但当时，连相应的回忆都变得断断续续，时而模糊，暗示也没能产生应有的效果。

"其实，我刚被控制时，如果不抱有侥幸之心，直接尝试激发'血皇帝'气息，'洛基'应该是没法真正阻拦的。等到控制加深就不行了，只能依靠这种被动的反应……"

"魔术师"女士露出了若有所思的表情，未作回应。

"这部分情况存在问题？"卢米安直截了当地问道。

"魔术师"微微颔首道："这部分细节本身没什么问题，很合理，是当时情况的正常发展，有问题的是，你才获得'血皇帝'气息没多久，正好就派上了用场。"

卢米安怔了几秒，愕然脱口道："阿蒙把'地血'矿石塞入我的衣兜，难道就是预见到了我今晚的遭遇？祂的目的是帮我？"

差点把我害死的帮忙？

"这可能只是目的之一，而且不是祂的目的。""魔术师"女士轻轻叹了口气道，"是约等于祂父亲的那位的目的。"

卢米安再次愣住，问道："极光会信仰的那位？继承了远古太阳神一半遗产的那位？"

不知为什么，他脑海里回想起了K先生的疯狂大笑：虔诚才是唯一的出路！

"魔术师"女士自言自语般回应："我之前以为是要安排你更深地卷入索伦家族、铁血十字会和第四纪那个特里尔相关的事情，现在看来，还有破坏另外那位谋划的目的……"

见卢米安依旧不明白为什么会牵扯到极光会信仰的那位神灵，"魔术师"诱导式提醒了一句："你还记得你当时感觉接受另外一位大阿卡那牌的委托是正常的、合理的小事，不需要告诉我吗？"

"记得。"卢米安不觉得这有什么问题，"这确实是我犯了错，但和那位没什么关系啊，是我真实想法的体现。"

"魔术师"女士笑了起来："恰好在那段时间，我和'正义'小姐没有碰过面，于是有了信息差。"

卢米安突然嗅到了阴谋的味道，眸光闪烁不停。

"魔术师"女士继续说道："两个巧合凑在一起，也许就不是巧合了。你再想想那位完整的尊名。"

"想不起来。"卢米安摇了摇头，"'正义'女士做了心理暗示，只有祈求来'愚者'先生的天使庇佑才能想起来。"

"也不急，等你能回想的时候自然可以明白问题出自哪里。""魔术师"简单提醒道，"遇见的巧合多了，一定要高度警惕。"

卢米安郑重点头。

"魔术师"女士旋即宽慰了他一句："也不用太紧张，更不用排斥和K先生接触。这一次，那位安排得这么明显，就是告诉我们，祂知道，祂在看，祂在听。"

"这也意味着祂暂时是没有恶意的，要不然，不仅你已经完蛋了，我也很危险。"

卢米安背负的问题已经很多，对于这种太高层次的事情，他完全顾不上烦恼，烦恼了也没什么用，毕竟他最能依仗的就是塔罗会了。

他转而询问道："女士，'洛基'他们信仰的究竟是哪位邪神？"

弄清楚了那个邪神的领域和特点，将来才能更好地防备和对付祂的信徒。

"魔术师"沉默了好几十秒，沉默到卢米安这种胆量惊人的非凡者都忍不住心跳加快。

终于，她叹了口气道："其实，我跟你提过那位邪神。"

"啊？"卢米安完全没有这方面的印象。

"魔术师"女士又默然了几秒才道："我告诉过你，'愚者'先生在对抗某位古老的神灵，那关系到我们所有人的结局和这个世界是否能度过末日。

"那个古老的神灵就是福生玄黄天尊。"

"竟然是'愚者'先生的敌人……"卢米安没想到会获得这样的答案。

有"愚者"先生烙印的自己……疑似被福生玄黄天尊弄到这个世界的奥萝尔……信仰福生玄黄天尊的"洛基"等人将唤魂术卖给了奥萝尔，带来了后面一系列灾难……"愚者"先生在对抗福生玄黄天尊……

这种种信息瞬间浮现在卢米安的脑海，让他感觉快要交织出一个代表真相的线团，但又还缺了关键部分。

"魔术师"女士想了下又道："我还告诉过你，如果用'愚者'先生那三段尊名之外的描述或者不举行仪式向他祈祷，我不保证回应的一定是他，甚至会有非常危险的遭遇。"

"现在，我可以明白地告诉你答案，在那些情况下，回应你的也许是福生玄黄天尊。"

以不正确的方式向"愚者"先生祈祷，回应的也许是福生玄黄天尊……卢米安觉得这信息量好大，自己的脑袋都似乎要爆炸。

霍然，他发现了一个细节："愚者"先生尊名里的"执掌好运的黄黑之王"和芙兰卡翻译的"福生玄黄天尊"有点像！

想到这里，卢米安骤然全身冰冷。

他犹豫了几秒，还是决定开口询问："'愚者'先生和福生玄黄天尊究竟是什么关系？"

"魔术师"女士略显苦涩地笑了笑："我知道的也不那么详细和准确。举个例子就是，极光会信仰的那位继承了远古太阳神一半遗产后，远古太阳神以某种方式复活了。"

卢米安大概理解了，松了口气，道："也有点像奥萝尔和洛希·露易丝·桑松的关系。"

这更有助于他理解。

"魔术师"女士听得怔了一下。她本能地伸手，想要从虚空里拿出点喝的，但最终还是忍住了。

卢米安将整件事情再次过了一遍，有点痛苦又明显不解地问道："那位天尊究竟想做什么？奥萝尔只是一个序列7，就算洛希·露易丝·桑松和她的家人是宿命的信徒，也做不了什么大事啊……"

"魔术师"女士又叹了口气："也许祂想加速末日的到来，想让屏障外面的邪神更多地入侵。那样一来，'愚者'先生为了保护这个世界、保护我们这些人，可能会放弃对抗，让天尊完整地归来。"

卢米安怔怔听着，脑海内忽然闪过了一个念头："愚者"先生要是放弃对抗福生玄黄天尊，会有什么样的结局？

"魔术师"没再继续这个话题："更多的信息我现在也不能告诉你，总之，追杀'洛基'那些人，既是你的私人仇恨，也是我们塔罗会的公共任务。你要是有把握，就自己动手；如果没有，随时找我、找别的大阿卡那牌帮忙，务求最大程度地清理天尊的爪牙。"

说到这里，这位女士站了起来，房间内骤然冒出点点繁星，让卢米安仿佛来到了浩瀚璀璨的星空。

那些星辰不断转动着，似乎在昭示着什么，"魔术师"女士凝望了片刻后道："确实占卜不出复活后的'洛基'在哪里、有什么身份，而其他人还缺乏足够的信息。等'海拉'整理好相应的资料，你寄一份给我。"

卢米安也等着被放弃的那些"愚人节"组员能回想起有用的细节，点了下头道："好的。"

"魔术师"女士看了他几秒，仿佛在思考般说道："将来，如果我给你的任务有明显的不对劲，你可以拒绝接受，或者先当面答应，之后再私下联络别的大阿卡那牌确认。"

"为什么？"卢米安听得有点糊涂。

"魔术师"女士这不是相当于在说她自己可能会出问题吗？

"魔术师"自嘲般笑了笑："因为我是高危人士，容易被天尊影响的高危人士。天尊占据的是'占卜家''偷盗者'和'学徒'这三条途径的顶端，这三条途径的非凡者序列越高，越容易被祂影响，毕竟每个人体内都有最初。

"而……嗯，你需要理解的是，我作为'学徒'途径的高位者，又是'愚者'先生的信徒，偶尔被天尊误导、愚弄、欺诈，是很正常的一件事情。

"当然，'愚者'先生也在这三条途径的顶端，所以他才会和天尊对抗。所以，你也不用担心我，我绝大部分时候受到的是'愚者'先生的影响，状态没什么问题，只偶尔会有异常。"

这就像我如果不举行仪式就祈祷，或是使用那三段描述外的尊名，都有可能被天尊注视，得到祂的回应，埋下隐患……

"占卜家""偷盗者""学徒"这三条途径的高位者更接近天尊和"愚者"先生，即使所有行为都按正常的流程走，也有概率出问题……

卢米安先是理解了"魔术师"女士刚才的叮嘱，接着发现她的话语里透露出了一些违背神秘学常识的信息——"愚者"先生和福生玄黄天尊竟然能占据三条途径的顶端！

正常而言，一条途径走到最后的序列0就代表了真神，那占据三条途径顶端的又叫什么呢？伟大存在？

卢米安第一次较为清晰地认知到，"愚者"先生、福生玄黄天尊的位格也许高于永恒烈阳等真神。

同样，阿蒙的父亲，那位远古太阳神应该也在这个层次，毕竟祂一半的遗产就造就了极光会现在信仰的那位。

很快，卢米安又想起"魔术师"女士对不同神灵有不同的描述：

有些神灵即使只是知道祂的存在，了解祂的尊名，也会因此遭受污染，出现异变，或是遇到危险；

有些神灵平时可以挂在嘴边，只要不用超凡语言念出祂三段及以上的尊名就不会被注视。

这大概就是神灵层次的划分……"愚者"先生和福生玄黄天尊占据的是三条相邻的、可以互换的途径，这是掌握复合途径的暗藏条件？卢米安不敢再深入去想，害怕知道得多了会出什么问题。

对于"魔术师"女士处在"学徒"途径这个信息，他是早有预料的，因为奥萝尔的巫术笔记上提过，这条途径的序列9"学徒"擅长开门，序列7则叫"占星人"，符合"魔术师"女士的日常表现和她时不时说出口的"占星""占卜""命运"等词语。

"我明白了。"卢米安应声，转而说起自己要是在两个月内没能彻底杀死"洛基"，希望借助铁血十字会内部程序调离市场区的事情，和怎么掩盖身上封印痕迹的问题。

"魔术师"很是理解："没有问题，虽然你也能写信给我，用自己当诱饵，但'洛基'未必没有耐心再等几个月，而我又不可能始终待在你周围。

"封印痕迹的问题嘛，你要是不主动激发，也就只有信仰了天尊的'占卜家''学徒'和'偷盗者'途径非凡者能直接感应到，这和天尊气息的不可控是不一样的。

"如果你短时间内有需求，既可以向'愚者'先生祈求天使的庇佑，也可以写信给我，我会给你做个能守秘的符咒。

"'圣杯二'身上的天尊气息暂时也只能这么处理，好在欲望母树等邪神已不再特别关注他们这类人。"

卢米安舒了口气道："我可以把您刚才讲的天尊情报告诉'圣杯二'吗？"

"她的大阿卡那牌会给她简单解释的，但没法像我刚才说的那么明确，她自身知道的也不够清楚。""魔术师"女士否定了卢米安的想法，"你要是把我说的这些完整告诉了'圣杯二'，会给她带来危险的。"

卢米安不再提问，看着"魔术师"女士用星光制造出梦幻大门，一步踏入，消失不见。

房间内加装了深色隔音玻璃般的感觉随之退去，绯红的月光穿过窗户，将摆放着电石灯的桌子照亮。

卢米安坐在床边望着月光，脑海里思绪纷呈，总是忍不住去回想"洛基"讲述的奥萝尔被害经过。

他又一次开始深呼吸，对接下来要做什么事情有了非常明确的想法：消化"纵火家"魔药！

植物园区，巴斯德街。

天刚蒙蒙亮，芙兰卡就和简娜一起沿这条街道返回市场区。

她暂时还没想好该怎么给简娜讲昨晚的危险情况，借口简娜哥哥在家，担心被他听到，把这件事情推到了今天晚上。

回到市场大道后，简娜挥了挥手，走向老鸽笼剧场。还未进入那栋改造过的砖红色三层建筑，她就看见墙角位置有小孩玩闹般的几个涂鸦。

这是净化者要求紧急见面的标志，并附带了时间和地点信息。

简娜自然地收回目光，走入了老鸽笼剧场。

过了一刻钟，作为老板"情人"的她没受任何阻拦，从后门离开，来到靠近圣罗伯斯教堂的一条僻静巷子内。

没多久，瓦伦泰和伊姆雷出现了。前者没有客气，直接问道："对于昨晚的恐怖气息，你有收到什么消息？"

简娜很是茫然："什么恐怖气息？"

"你没有感应到？"有部分南大陆血统的伊姆雷皱眉询问，"也没做噩梦？"

简娜摇了摇头："我昨晚不在市场区，回家看望我哥哥了。"

"这样啊……"伊姆雷仔细观察着简娜的表情，认为她没有撒谎。

她确实不知道那恐怖气息的事情。

两名净化者简单讲了讲昨天晚上白外套街突然出现一股恐怖暴戾气息的事情，让简娜多留意最近有谁表现得较为反常。

简娜答应下来，又好奇道："那气息很明显吗？为什么你们在教堂都能感应到？"

"这没法描述清楚，你要是有机会体验就知道了。"伊姆雷自己都不清楚那恐怖气息究竟影响了多大范围。

告别两名净化者，返回老鸽笼剧场的途中，简娜突然想到昨晚最反常的不就是芙兰卡吗？神神秘秘地说有危险，让自己回家躲一阵，结果深夜又跑过来挤一张床，说白外套街出了点事情，没法回去……

那恐怖气息就是在白外套街出现的……简娜有所猜测地点了下头。

此时，芙兰卡喝完咖啡，回到了已归于正常的白外套街。她刚打开601公寓的门，就发现自己藏在门缝里的无形蛛丝已然掉落。

这说明有人进来过！

下一秒，她看见自己的安乐椅上坐了一个人。那是五官深邃、眼眸棕红、气质亲和、鬓角有几根白发的加德纳·马丁。

"你怎么来了？"芙兰卡吓了一跳。

她分外庆幸自己不是和卢米安一起回来的。

加德纳·马丁若有所思地问道："你对昨晚那股气息有什么看法？"

"什么气息？"芙兰卡一脸茫然。

身穿正装但未打领结的加德纳·马丁看着芙兰卡的脸庞，进一步解释道："一股透着血腥味和铁锈味的恐怖气息。"

"什么时候的事？"芙兰卡回想了下，摇起了脑袋，"我昨晚去简娜家里做客了，不在市场区。"

加德纳·马丁缓缓点头，笑了起来："难怪你没有感应到。"

除了我、夏尔和"海拉"女士对付"洛基"，昨晚还发生了别的什么事情吗？芙兰卡疑惑地走向茶几，端起自己的杯子，咕噜喝了口水，问道："究竟发生了什么事？"

加德纳·马丁站起身来，走到窗边，望向下面的白外套街："昨天深夜，这条街道的6号建筑内，有一股暴戾恐怖的气息冒出，维持了近十秒钟。"

6号……6号？芙兰卡差点被自己的口水呛到。

这不是她通过一个现在已经离开特里尔的鲁恩商人租的安全屋所在吗？也就是昨晚和"洛基"战斗的地方。难道是"海拉"女士或者"洛基"弄出来的动静？或者，夏尔？

芙兰卡趁着加德纳·马丁没有转身，迅速平复起状态。她感觉自己因为昏迷了过去，好像错过了不少关键点。

乱街，金鸡旅馆。

晨练回来的卢米安刚换好衣服，走到一楼大厅，就看见了最近专注于调查腓力将军遗孀和孩子的安东尼·瑞德。

这位"心理医生"看了卢米安一眼道："市场区昨晚发生了什么事情？怎么一堆人找我买相应的情报？"

卢米安笑了起来："可能是白外套街那边爆发了奇怪气息。"

安东尼·瑞德这个中年男子模样的"心理医生"看着卢米安的笑容，若有所思地说道："你的表现告诉我，这事和你有一定的关系。"

靠，这也能看得出来？卢米安觉得自己的笑容、表情和肢体动作都很正常，回答不算出彩，但也没什么问题啊。

安东尼·瑞德进一步说道："你刚才的笑容和动作都带着点得意。而你现在的反应告诉我，这件事情和你的关系还很深。"

不读心也能看得出来吗？卢米安这才发现自己认为没有问题的表情和动作在"心理医生"眼里未必如此。

安东尼·瑞德平静地说道："我直接说出我解读的结果，是告诉你以后遇到'心理医生'，想要撒谎的时候，最好提前酝酿好情绪，把准备讲述的事情在心里模拟一遍，当成真的来对待。

"白外套街奇怪气息的事情，你如果不想说，可以不用告诉我，我现在也没什么精力搜集这方面的情报卖钱。"

卢米安回味了下安东尼的话语，轻轻点了点头，转而问道："腓力将军的事，你查得怎么样了，需要我们帮忙吗？"

安东尼·瑞德环顾了一圈，见这个时间点没什么租客来往于大厅，而费尔斯太太相隔较远，才低声说道："腓力将军的遗孀、孩子和他活着时来往最密切的几个朋友，目前都看不出有什么问题，过着很正常的生活。

"但我发现，腓力将军的遗孀每季度都会向一个叫'寻梦者'的慈善组织捐献一大笔钱，总计捐赠的现金已差不多等于他们家明面上财产的一半。"

"很慷慨啊。"卢米安想了下道，"那寻梦者是个什么样的慈善组织？"

安东尼·瑞德回答道："这是我接下来调查的方向。目前只知道他们的宗旨是为前来特里尔追寻梦想但又暂时陷入了困境的优秀年轻人提供一定的帮助，不属于两大教会，也非政府设立，是私人性质的慈善组织，主要在上流社会募捐。"

卢米安笑了笑，用嘲讽的口吻叮嘱道："你调查寻梦者的时候小心一点。当然，不小心也没关系，至少我已经知道，你要是突然失踪，或者神秘死亡，问题大概率来自那个慈善组织。"

安东尼·瑞德摸了摸自己淡黄色的寸发："放心，我这个人胆小，怕死，听到枪声都会躲起来，真要嗅到了危险的气息，不会拉不下脸向你求助。再说，这本身也是你答应过我的事情。"

不等回应，他转而说道："纪尧姆·贝内的夫人一直住在图书馆区的露台街20号，没有尝试搬走。

"我收买了周围一些普通人，他们最近给我的反馈是，偶尔会有神秘男子趁着夜色拜访那位夫人，疑似在偷情。"

那位"调味品美人"保利娜……她逃到露台街后没有搬走，说明她获得了新的安全感，结合周围邻居的流言，她大概率已经和罪人组织的布瓦尔·蓬派罗重新建立了联系……

卢米安再次露出了笑容："让你的线人总结下神秘男子拜访的规律，这样我们才能更加准确地捉奸。"

务求直接抓住罪人组织的联络员布瓦尔·蓬派罗！这样一来，卢米安才有机会锁定罪人组织，找到洛希·露易丝·桑松的家人。

他原本希望从桑松这个姓氏入手，甚至将曾经参选市场区国会议员的雅克·桑松当成了首要目标，但后来他发现桑松是因蒂斯一个大姓，姓这个的人非常多，而雅克·桑松的家庭关系相对简单，明面上没什么问题，未出现妹妹、女儿等亲属失踪的事情。

兜兜转转，卢米安暂时还是只能调查"罪人"这个信仰宿命的组织，以找出和奥萝尔身体原主有关系的人。

他觉得"洛基"等人盯上奥萝尔这件事情还有一些谜团，总不能是那位福生玄黄天尊直接降下神谕，让"洛基"他们引导"麻瓜"对她自己使用唤魂术吧？这不仅不符合神灵的身份和位格，而且福生玄黄天尊正和"愚者"先生在激烈地对抗，状态应该不至于那么好。

另外，奥萝尔肯定没参与过"愚人节"小组的现实聚会，在借助隐秘的力量才能进入的夜之国古老宫殿内，"洛基"拿什么看出她身体的原主是邪神信徒？

卢米安觉得，要么是奥萝尔很早就受洛希·露易丝·桑松的残存意志困扰，找"我有个朋友"做过治疗，泄露了秘密，从而被盯上；要么是"愚人节"小组那几个核心成员里有人与罪人组织关系密切，偶然知道了洛希·露易丝·桑松的事情。

安东尼·瑞德见卢米安能按捺住内心的急切，耐心等着拜访纪尧姆·贝内那位夫人的神秘男人留下更多的线索，遂赞许地点了下头。

…………

市场大道，微风舞厅。

卢米安刚来到楼梯口，就看见萨科塔等在那里。

"老大在楼上。"萨科塔压着嗓音说道。

他跟了布里涅尔男爵很长一段时间都不知道萨瓦党的老大是谁，等换成夏尔做微风舞厅的主人，老大已经亲自来这里两次了！

老大来做什么？卢米安将这两天发生的事情在心里快速过了一遍，大概有了点底。

他上到二楼，看见身穿正装但未打领结的加德纳·马丁正缓慢品着咖啡。

"你去哪里了？"加德纳·马丁放下杯子，微笑着问道。

卢米安坦然回答："找情报贩子安东尼·瑞德聊了聊。我之前委托了他一个任务，帮我盯着纪尧姆·贝内，也就是我刚干掉的那个仇人的遗孀，看看她会接触哪些人。我相信纪尧姆·贝内的身后有一个信仰邪神的隐秘组织。"

加德纳·马丁笑了笑道："一个都不想放过啊？你比我认为的更加狠辣。嗯，对付信仰邪神的隐秘组织，可以适当借助官方的力量。"

不等卢米安回应，他再次问道："你昨晚感应到一股暴戾恐怖的气息了吗？"

卢米安诚实点头："感应到了。"

就在现场……

他回想了下自己身体和"血皇帝"气息共鸣时的状态，又补了两句："当时，我的血液好像都要燃烧了起来。我原本想去气息传出来的地方看看，但官方非凡者比我更快，封锁了白外套街。"

加德纳·马丁对卢米安的诚实很满意："等官方非凡者盯得不那么紧了，你到白外套街6号去看看，也许能发现点什么。"

"好。"卢米安答应得非常爽快。

重回犯罪现场也是一件有趣的事情。

…………

深夜，白外套街3号，601公寓，芙兰卡房间内。

这位"欢愉魔女"坐在打字机和无线电收发报机旁边，边看收到的信息，边对坐在自己床边的简娜道："事情大概就是，夏尔又找到了一个仇人，那家伙是'占卜家'途径的序列5'秘偶大师'，是第八局的成员，又阴险又厉害，不仅发现了我们的观察，而且还反向跟踪我们，突袭我们……"

芙兰卡略去卷毛狒狒研究会部分，将整件事情讲了一遍。在这个故事里，"海拉"的身份是通过某个神秘学聚会付钱请来的厉害非凡者。

说到最后，芙兰卡摊了下手道："我当时昏迷了过去，不知道什么恐怖暴戾的气息，等我醒来，我们都转移到了地底，那个代号'洛基'的'秘偶大师'已经死了，夏尔正在烧他的尸体，那位女士在旁边看着。"

简娜被"秘偶大师"的能力和表现吓到，紧了紧身体，觉得夏日的夜晚都冰冷了几分。

芙兰卡见状，趁机说道："还有更恐怖的！"

她把能讲的都简单讲了讲，听得简娜背脊发凉，不自觉往芙兰卡的方向挪动了几步。

"靠，你们还做过什么是我不知道的？"简娜用脏话给自己壮起胆。

"不是我们，是夏尔！"芙兰卡正想再讲点恐怖事件，无线电收发报机就有信息进来。

那台复杂的分析机自动翻译，通过连接的机械打字机吐出了一张纸。

芙兰卡拿起一看，发现来自"007"："'袖剑'，你知道市场区昨晚的恐怖气息是怎么回事吗?"

芙兰卡噼里啪啦地打出字母，回了这封电报："我又不是市场区的人，你怎么觉得我会知道?"

"007"很快回复："你提供给我的情报、让我帮的忙绝大部分都在市场区，或者与市场区密切相关，你最近大半年要是不在市场区，我把脑袋给你当马桶!"

芙兰卡干笑了两声，在简娜的目光里回道："这事吧，我还真知道情况。但现在不能告诉你，等下次聚会你就知道了。"

…………

芙兰卡和"007"交流的时候，卢米安正在金鸡旅馆207房间休息。

他暂时没去寻找扮演的机会，因为他虽然得到了"海拉"女士的治疗，摆脱了濒临失控的状态，身体也在早上六点自动复原了，但精神还残留着些许问题，需要时间和休息来一点点抚平。而且，他还得等待"海拉"女士寄来"愚人节"那些组员的口供。

快到凌晨时，那个纯银制成般的骷髅脑袋咬着厚厚一沓纸张，从黑暗里浮现出来。

卢米安道了声谢，接过那沓纸张，点燃电石灯，快速浏览起口供。

"海拉"已经完整阅读过，在一些重要信息上做了标注，这有效节约了卢米安的时间。而且，他对卷毛狒狒研究会的过往还不是那么了解，真要让他挑选，未必能很准确地把握住关键点。

经过近一个小时的浏览，卢米安对整体情况有了大致的了解：

"愚人节"成员不多，私下聚会和恶作剧的频率也不算高，活动区域主要在三个地方，一是特里尔，二是费内波特王国的沿海省份加亚，三是南大陆的西拜朗;

参与过特里尔聚会的核心成员有"洛基""我有个朋友"和"疯女";

于加亚省桑塔港祈海仪式上做过恶作剧的有"吟游诗人""咸蛋超人""疯女"和"愚人节"小组部分被利用的成员，在加亚省首府托莱尔煽动过当地大学生游行的有"吟游诗人"和"咸蛋超人"……

参与南大陆西拜朗恶作剧活动的核心成员有"西索"和"疯女";

在"愚人节"小组于特里尔举行的一次私下聚会里，"洛基"曾经用开玩笑的口吻提起他继承了一座古堡;

在特里尔的另外一次聚会里，"我有个朋友"突生灵感，想要催眠某些精神科医生，让他们自己"想出"通过破坏脑额叶来治疗某些精神疾病的方案……

苏茜女士指责的那个充满恶意、会让病人永远"平静"的治疗方案竟然是"我有个朋友"的恶作剧……

也是，只有来自另外一个世界的他才能跳过前置的猜测，直接给出这么一个思路……

他的目的竟然只是想看看这个世界的精神科医生有没有那么愚蠢、偏执和卑劣，想制造一起足以留名医学史的荒诞悲剧……那上百位彻底"平静"、失去灵魂的病人永远想不到他们的悲惨遭遇源自一场毫无人性的恶作剧……

"洛基"和"我有个朋友"他们比我想象的还要坏……卢米安望着口供的最后一页，不由自主地摇了摇头。

他以为自己在流浪的时候已经见识到了人类最恶的一面——为了点吃的，为了摆脱困境，为了发泄情绪，有人谋杀别的流浪汉；有人趁同伴睡着，把他卖给了矿山；有人诱拐街上的小孩；有人欺凌周围的弱小，用种种方式羞辱他们；有人拉帮结伙，天天驱赶别的流浪汉，不管他们死活。

但现在，卢米安发现，这些恶和"洛基""我有个朋友"等"愚人节"核心成员的恶比起来明显差了层次，也不够纯粹。

"深渊的恶魔看到他们都得喊一声教父，本堂神甫和他们比起来都称得上圣人。"卢米安咕哝了一句，在脑海里纵火烧了这些人一遍又一遍。

他吐了口气，从这些口供和"海拉"女士的标注里提取起有用的信息："卷毛狮狮研究会内部至少有八名成员疑似死于'愚人节'小组直接或间接的恶作剧……

"'我有个朋友'和'洛基'一样，参加了在特里尔的每一次私下聚会，但没有去过费内波特王国的加亚省和西拜朗，这说明他应该也住在特里尔……

"同样，'吟游诗人'和'咸蛋超人'疑似在费内波特的加亚省，'西索'位于南大陆西拜朗……

"每个地方的私下聚会，'疯女'都有参与，而私下聚会都是约定好之后一个月内就举行，这说明'疯女'有类似传送的能力或者物品……

"'洛基'继承古堡这个玩笑和他的梦境吻合，也许可以从那座古堡的外形入手，查出'洛基'的下落……

"'我有个朋友'在聚会上表现出了丰富的医学知识，而且不仅仅局限于心理领域……他要么穿越前是厉害的全科医生，要么占据的身体是资深医师。这样的人，平时伪装的身份会不会就是一名医生？他既有条件和能力假扮，还能借此赚取大量的金钱……

"'吟游诗人'最喜欢搜集罗塞尔大帝的日记，用各种方式嘲笑，那本《罗塞尔大帝秘录》会不会就是他写的？

"'咸蛋超人'和'西索'在聚会时都表现得相对低调，没留下什么值得琢磨的细节……"

卢米安根据这些信息，初步敲定了接下来的追查方向：一是找出"洛基"梦里那座古堡；二是从医生行业着手，看能不能发现"我有个朋友"的线索；三是等下次聚会确认过研究会现有成员里没《罗塞尔大帝秘录》的作者，再去追寻原著。

至于其他几人，等处理完这些，有了更多的收获，再考虑他们。

卢米安随即召唤起"知识之兔"，让它把这些资料抄了一遍，寄给了"魔术师"女士。

…………

"这是？"简娜看着从黑暗里浮现的纯银头骨，有点不敢直视对方眼窝内的苍白火焰。

芙兰卡略显尴尬地笑道："这是那位厉害女士的信使，她帮我们整理好了从犯们的口供。"

芙兰卡一把抓过了骷髅脑袋嘴巴里咬着的厚厚纸张，不想让简娜看到第一手资料——那会暴露卷毛狒狒研究会的！

简娜望着消失于黑暗中的纯银头骨，既茫然又好奇地问道："什么是信使？"

"就相当于神秘学世界的邮差，属于私人的邮差。"芙兰卡简单解释道。

简娜将目光移向了芙兰卡："你有吗？"

芙兰卡一时沉默："这必须是特定途径到了特定序列才能拥有，或者有他们提供帮助。"

"哦，你没有啊……"简娜解读出了芙兰卡这句话里的真正意思。

她很是神往地问道："'魔女'途径得到序列几才能有信使？"

芙兰卡又一次沉默："到我知道的序列4都没有。"

回答完，她小声嘀咕起来："你挑衅的能力都可以转'猎人'途径的。"

简娜轻笑了一声，回想了下道："上次帮夏尔看灵界生物的资料时，我好像有瞄到几种灵界生物标注有'适合当信使'这样的描述。我们有没有办法将它们召唤出来，签订信使契约？"

"不行，呃，也不是不行。"芙兰卡忽然想到可以借助"愚者"先生的威能召唤灵界生物，并请祂做契约的见证者，就像夏尔获得契约能力一样。

见芙兰卡陷入了沉思，简娜安静地等待着，没有说话。

过了片刻，芙兰卡缓慢点头："我想到一个方法，回头试下行不行。"她随即对简娜道，"我来整理这些口供，你就不要熬夜了，明早还要去老鸽笼呢。"

简娜没有多问，离开了芙兰卡的卧室。

芙兰卡舒了口气，扯下了刚进来的一封电报。

这同样来自"007"："'袖剑'，你什么时候从市场区搬走啊？自从你来到这里，各种破事就一个接一个，我都快成真的007了，我怀疑你是行走的灾难源头！"

"呸！"芙兰卡啐了一口，自言自语道，"是我的问题吗？是夏尔！"

自从卢米安来到市场区，她的生活也不像之前那么悠闲了。"洛基"之事刚刚平息，皮肤上的细小裂口还没完全复原，她明天下午又得去夏约镇，接触红房子咖啡馆女性欢乐派对的参与者和那名疑似魔女教派成员的女子。

…………

早上九点多，结束锻炼、吃过早餐的卢米安发现自己难得空闲了下来。

铁血十字会那边，得等待普伊弗·索伦的下一次召唤；罪人组织方向，必须耐心搜集情报，不能惊动偶尔来拜访的神秘男子；于格·阿图瓦相关，是安东尼·瑞德负责的，还没到需要他帮忙的程度；对至福会的追查，他暂时不方便再暗中跟随芙兰卡，因为对方要接触魔女教派的人；"洛基"的古堡和"我有个朋友"的线索，调查方向是有了，但还缺乏真正的切入口。

卢米安想来想去，觉得目前能做又最该做的事情是扮演"纵火家"，可市场区正处在敏感期，不知有多少高位者盯着，他得寻找足够保险的机会。

要不趁空闲给K先生汇报下工作，问问他有没有适合扮演"纵火家"的任务给我做……卢米安心念电转间，路过了位于乱街另外一侧的磨坊舞厅。这算是他的产业，目前交给了赏金猎人卢加诺·托斯卡诺和萨瓦党的路易斯在管理。

卢米安思索了几秒，转入了磨坊舞厅。

第十二章

★ C H A P T E R 1 2 ★

人血面包

此时，这家舞厅还未开门营业，每个服务生都恭敬地向卢米安问好，但又不敢靠近。

卢米安很快看见了卢加诺·托斯卡诺，这个五官端正、浓眉大眼、身材魁梧的赏金猎人还是穿着那身便宜正装，戴着黑色礼帽。

他拿着一本杂志，笑着迎向卢米安："头儿，你怎么来了？"

卢米安没有回答，目光落到了卢加诺的手上："你在看什么杂志？"

"《医学基础》。"卢加诺讨好地展示了下手里的书籍。

医学基础……卢米安动了下眉毛："你怎么看这种书？"

如果是《急救手册》，他还能理解。

卢加诺笑容满面地回答道："我下个序列就是'医师'，虽然魔药会直接给予我相应的非凡能力，但掌握的医学知识多了，应该能帮助我更好地发挥能力。而且，我还想假扮成真正的医生赚钱。"

歪打正着的扮演法……"医师"……卢米安心中一动，开口问道："你听说过切除脑额叶的手术吗？"

卢加诺略感奇怪地看了卢米安一眼："你也听说这个手术了啊？"下意识回应后，他堆起了笑容，"不愧是您，学识渊博，爱好广泛，连这种最前沿的手术都知道。"

"看来你很了解。"卢米安略过了卢加诺的讨好。

卢加诺飞快地点头："我在几本杂志上看到过。有医师认为这种手术的本质是破坏病人的大脑，而且是不可逆的。也就是说，它看似治好了患者的疯病，却让患者变得呆傻，永远平静，不再有情绪的波动。

"他们觉得，如果不用这种手术治疗，疯病还有希望通过别的方法转好，可一旦呆傻，就再也没有可能治愈了。"

因蒂斯还是有不少医生学术水平高，又敢于讲真话，职业道德也不错……卢米安暗自点了下头。

确认卢加诺对医学界有一定了解后，他闲聊般问道："最近有什么奇怪的医学案例吗？"

卢加诺仔细回想了一阵，缓慢摇头道："没什么奇怪的。"

卢米安正想换一个问题，卢加诺又补充道："真要说奇怪，最近小范围流行的一个民俗倒是挺奇怪的。"

"和医学相关的民俗？"卢米安品读出了卢加诺话语里潜藏的意思。

棕发褐眼的卢加诺笑着回答道："算是吧。大概就是一群特里尔市民觉得死刑犯流下的血液带着生命最后最坚韧的力量，如果用面包蘸一些吃下，能治疗多种疾病。这让不少专栏医生非常生气，称这是一种复古的、血腥的愚蠢行为，相比较而言，去教堂祈求庇护可能更有效一点。"

"我怎么没听说过有这么一个民俗？"卢米安觉得那些特里尔市民的行为中透着一种难以言喻的意味，不仅仅是愚蠢。

卢加诺笑了起来："头儿，这很正常，我之前也没听说过。是最近两三个月才出现的民俗，可能是某些外乡人带来的，信的人越来越多了。"

卢米安和这个攒钱购买"医师"主材料的赏金猎人又聊了一阵，对特里尔医学界有了一个模糊的印象。

快到中午的时候，填饱肚子的他转入白外套街，进了作为公寓的3号建筑。

在这个过程中，卢米安没有掩饰自己的好奇，特意审视了白外套街6号的外观情况，未发现任何痕迹遗留。

他敲开601公寓的大门，将"谎言"耳夹丢给了将亚麻色长发简单扎起的芙兰卡。这位同伴下午又得去接触魔女教派的人了，得变成上次的模样。

"你怎么才来？"芙兰卡准确接住银白色的耳夹，"你没收到'海拉'女士寄来的资料吗？我一直等你过来讨论。"

卢米安笑了一声："你怎么比我还急？"

他带上房门后，坐到沙发位置，将自己从资料里提取出的关键信息和相应猜测全部说了一遍，芙兰卡时不时插嘴，给出自己的意见。

临到末尾，卢米安把赏金猎人卢加诺·托斯卡诺讲述的特里尔医学界情况和奇怪民俗大致复述了出来。

芙兰卡的表情一下变得古怪。

"有问题？"卢米安不惊反喜。

芙兰卡"嗯"了一声："那个用面包蘸死刑犯鲜血吃下可以治病的流言和我家乡的古代民俗很像，可那都是很多年前的事情了，自从普及了教育，这类民俗就基本消失了。原版的民俗是用死刑犯鲜血染红的馒头可以治疗严重的肺部疾病，前提是得趁热吃。"

卢米安听得挑了下右边眉毛。他就说那个奇怪民俗给他一种难以言喻的感觉——恶作剧的感觉！这是"愚人节"的风格！

"'我有个朋友'做的？"卢米安突然有点兴奋。

能催眠的"心理医生"完全可以在无人知晓的情况下让这么一个民俗出现并传播！

芙兰卡郑重地点头："'我有个朋友'也是来自我和你姐姐故乡的人，要不然，你姐姐不会信任他，找他治疗心理问题。

"他的代号、他掌握的语言都证明了这一点，而除了他和'黑土'，'愚人节'别的成员未必知道那个古代民俗。"

"'洛基'也不知道？"卢米安愕然反问。

"我不确定。"芙兰卡皱起了眉头，"我和他不熟，他也从未表露过同乡的身份，要不是他诵念那四段尊名的时候用的是我和你姐姐故乡的语言，我都不知道他会。我一直以为他们小组的罗塞尔大帝日记是'我有个朋友'和'黑土'他们翻译的。"

卢米安露出了笑容："要真是'我有个朋友'制造的民俗恶作剧就好了，我等会儿去监狱区的行刑场旁观一下。"

监狱区又叫红帽区，官方编号为"4"，是最古老的几个城区之一，有因蒂斯最出名的一座监狱——圣马尔监狱。这个区因此而得名。

圣马尔监狱附近则有特里尔最忙碌的一个行刑场——鲁瓦综合行刑场。

"小心一点，'心理医生'比'秘偶大师'更谨慎。"芙兰卡提醒了一句。

虽然"我有个朋友"不是"占卜家""偷盗者"和"学徒"这三条途径的非凡者，即使信仰了福生玄黄天尊，也发现不了卢米安身上的封印，但卢米安还是觉得不能大意，于是要回"谎言"耳夹，简单改变了容貌——他担心复活的"洛基"已经与"我有个朋友"沟通过自己和芙兰卡的现实长相。

芙兰卡重新拿到"谎言"耳夹后，好奇问道：那天的恐怖气息是怎么回事？

卢米安笑了起来："这得从我和'海拉'女士寻找撒玛利亚妇人泉说起。"

芙兰卡先是一愣，继而骂起脏话："靠！就这么一件事情，你到底还有多少细节没讲？"

"这取决于什么时候用上。"卢米安简单提了提被"血皇帝"气息侵蚀入血肉的情况。

芙兰卡已经忘记了恼怒，仔细看起卢米安抬高的右掌，终于发现了那几块疑似被挤压出来的不明显痕迹。

"哇哦，你身上竟然有真神的气息！虽然只是空壳，但那也是真神的气息，而且还是同途径真神的。"芙兰卡颇为艳羡地感慨起来，恨不得给自己也整一个。

她随即望向卢米安还缠着绑带的左手："这只上面又是什么？"

"什么都没有，是用来吸引注意力的。"卢米安微笑着回答。

芙兰卡呆了两秒："你这人好阴险啊！你要是晋升了'阴谋家'，消化速度一定很快！"

"希望结果像你祝福的这么好。"卢米安没有谦虚。

下午，卢米安乘坐公共马车来到塞伦佐河北岸，抵达了监狱区的鲁瓦综合行刑场。

特里尔市民的一大爱好就是去现场看处决犯人。今天虽然不是周末，但这里也聚集了不少人，甚至有很多小贩或支起摊位，或穿梭其中，兜售着吃的和喝的。这里面不乏衣着艳丽的站街女郎寻觅生意，也有特意过来闲逛的一批作家。

如果不是路口写有"鲁瓦综合行刑场"这个名称，远处还屹立着绞刑架和斩头台，卢米安都怀疑自己是不是来错了地方，进了旁边哪个热闹又喧嚣的集市。

踩着夯土铺成的地面，卢米安将自己藏到了人群当中，逛集市般把这个行刑场绕了一遍。他没发现什么可疑之人，倒是看到十几二十个手拿面包的男男女女挤到了最面前，他们衣着都很陈旧，部分还称得上简陋。

过了好一阵，人群忽然涌动起来，挤到了通往行刑场的道路两侧，迎接从圣马尔监狱过来的队伍。

卢米安没去凑这个热闹，只是听见有人喝彩，有人吹口哨，还有女性高喊"我愿意嫁给你"。

后者不是求婚，而是对过往民俗的一种调侃。在罗塞尔大帝之前的古典时代，死刑犯从监狱走到刑场的途中，围观的市民里要是有谁向他求婚，而他也选择答应，他将获得改判，存活下来。但死刑犯们也不是都会接受，有的非常看重颜值，有的很有尊严，宁愿选择用死亡来坚持自己的理念。

最有名的两起案例是，某个英俊的男死刑犯拒绝了围观女性的求婚，认为她的长相是个噩梦，而某个漂亮女死刑犯面对刽子手的求爱，以这是对爱情和婚姻的侮辱为理由放弃了自救。

卢米安挤到了围观者的前排，看见夯土铺成的枪毙点内站着两名死刑犯。他们都较为年轻，不超过三十岁，穿着统一制式的囚服——红色短上衣、黄色长裤、绿色帽子，双脚拖着铁球，两只手被铁链反绑在身后。

这两名男性一个黑发蓝眼，一个棕发褐眸，长相都称得上不错，但彼此互望间眼神里却充满了仇恨。

看见负责处刑的枪手已抵达预定位置，分别抬起了手中的步枪，那两名死刑犯同时高声呼喊：

"自由万岁！"

"重现荣光！"

喊完之后，两人愤怒对视，在乒乒的枪响里倒了下去，鲜血汩汩流出。

拿着面包的那些人一下激动起来，但又被前方的士兵拦住，没法冲入枪毙点。等到两名死刑犯的情况得到确认，士兵们整队离开，那些拿着面包的市民才疯狂冲向了染上鲜血的那片夯土。

卢米安没去看他们，而是观察起四周，看谁在欣赏这出荒诞的喜剧。

围观的特里尔市民中，有的颇为好奇，向旁边的人打听起原因；有的兴致勃勃，继续看着热闹。这让卢米安根本分辨不出谁是在欣赏自己恶作剧的成果，谁又是单纯地找点乐趣。

这就是特里尔的民风，卢米安觉得哪怕换成苏茜女士这种厉害的、序列较高的"心理医生"来，都确认不了起哄的、嘲笑的、故意大声建议错误方向的围观者里面谁是源头，谁是气氛到了尽情发挥自我的真正路人。

对这种状况，卢米安虽然早有预料，但还是忍不住感叹了一声："你们特里尔人啊……"

难怪"愚人节"小组喜欢在这里私下聚会，简直就像是鱼类回到了水中。

放弃观察的卢米安随意挑选了一个正用黑麦面包蘸着死刑犯遗留鲜血的中年男子，等到对方往鲁瓦综合行刑场的某个出口跑去，才悄然跟在了后面。

来到一条僻静无人、堆着街垒的巷后，卢米安几步绕至前方，挡住了那个穿着破旧亚麻衬衣的中年男子。他抬起还缠着绑带的左掌，用黑帮成员俯视普通民众的姿态问道："你拿的是什么？"

留着黑色短发、脸庞消瘦的中年男子畏畏缩缩地回答道："是，是蘸了死刑犯血的面包。"

"这能用来做什么？"卢米安表现得就像是一个好奇的、路过的黑帮打手。

那中年男子透出了明显的害怕："能，能治病。"

"谁告诉你可以治病的？"这才是卢米安想问的重点。

那中年男子有点茫然地回答道："我听隔壁街纪尧姆讲的，他说他有个工友的孩子就是吃了这种人血面包才好起来的。"

隔壁街邻居的工友的孩子……卢米安觉得这和流言没什么区别，想要找到源头，不太容易。他望着手拿人血面包的中年男子，若有所思地问道："你家里也有人生病？"

"是的。"那中年男子瞬间变得颓然，带着点痛苦。他望了眼手中的人血面包，一下又充满希望。

卢米安沉默了几秒道："医生怎么说？"

那中年男子低下脑袋，看着人血面包道："他说治不好了，我也没钱去治……"

卢米安没再具体询问，默然侧过身体，任由这名中年男子拿着染血的面包从街垒旁边绕过，穿出了这条僻静的巷子。

他缓步回到鲁瓦综合行刑场，发现"集市"还未散去，不少市民趁这个机会野餐、唱歌、跳舞，来了一场简陋的聚会。

卢米安缩到了夯土广场边缘的树木后面，坐在阴影里，无声凝视着人来人往。

时间一分一秒流逝，行刑场内的"集市"逐渐冷清了下来，而太阳已经沉到了天空与大地交界的地方，周围环境变得颇为昏暗。

卢米安藏在暗处，看着一个个市民、一个个小贩离开，没发现什么值得怀疑的目标。

当黑暗的夜晚真正来临，鲁瓦综合行刑场已经空无一人，只剩下绯红的月光照耀时，卢米安缓慢站起，准备离开。

突然，他看见一道黑影翻过侧面围栏，动作迅捷地潜入了行刑场。

卢米安停下了动作，往树木阴影内藏得更深了。

那黑影个子瘦高，戴着礼帽，直接来到刚有死刑犯被枪毙的那片区域，蹲了下去，伸出双手，挖起渗入了部分鲜血的泥土。

"这也是相信死刑犯鲜血可以用来治病的人？这动作，这速度，像是非凡者啊……"卢米安无声无息地注视着那道黑影忙碌。

没多久，戴着礼帽的瘦高黑影捧着一堆染血的泥土站了起来。他没立刻离开鲁瓦行刑场，反而走向深处，来到了绞刑架前。

这黑影将染血的泥土埋在了绞刑架下方，借助绯红的月光分辨起那里生长的植物，似乎在寻找某样东西。

…………

夏约镇，顶着鲜艳蘑菇盖式屋顶的红房子咖啡馆内。

黑发褐眸、一身猎装的芙兰卡要了粗盐红酒牛肉、炸薯条、弗萨克鸡蛋饼和放了几片火腿肉的鹌鹑浓汤当晚餐。

她今天下午和几名女士相谈甚欢，感觉到了她们眼中流转的渴求和欲望。与此同时，她觉得有人在暗中观察自己，所以一直留到了晚上。

等到芙兰卡差不多用完了晚餐，从二楼下来了一名女子。

那正是上次跟踪芙兰卡的"魔女"，今天的她自然披散着瀑布般的橙红色长发，穿着白色的男士衬衫、偏棕色的背带裤和深棕的短靴，展现出了比例完美的身材，容貌精致而干净，气质清纯中带着点野性。

没有任何犹豫，这疑似魔女教派成员的女子笔直走向了芙兰卡，拉开椅子，坐到了她的对面。

芙兰卡故意用男性化的方式打量着这位"魔女"的容貌和身材，笑吟吟地看着她坐下，等着她开口。

"你怎么又到这里来了？"那名橙红色头发的"魔女"用审视的目光望着芙兰卡道。

芙兰卡微微一笑："夏约酒是我最喜欢的葡萄酒，这里的风景和氛围也很不错。"

见橙红色长发的"魔女"一脸不相信，芙兰卡笑着补充道："而且，我听说……"她压低了嗓音，语气暧昧地说道，"这里有女性欢乐派对。"

橙红色长发的"魔女"眼睛顿时微虚："你听谁说的？"

芙兰卡看着对面"魔女"的脸庞，故意说道："我之前遇到了一个色情狂，他想偷袭我，被我解决了。他说他是一个叫至福会的组织的外围成员，而这个组织的核心成员是喜欢同性的女人，她们正在想办法接触红房子咖啡馆女性欢乐派对的参与者，打算发展她们入会。"

芙兰卡不确定魔女教派有没有与至福会合作，毕竟信仰邪神的组织在一定程度上联合起来也不是不可能，就像是格·阿图瓦手下有多个邪神信徒一样，所以，她假作坦白，以此观察对面之人的反应。说话时，她也做好了防备突袭的准备。

橙红色长发的"魔女"表情微有变化，明显凝重了一点。她目光里隐含的敌意和防备少了一部分，但有不加掩饰的排斥。

哟，这是把女性欢乐派对的参与者都当成了自己的情人，不愿意让曾经可能是男人的我染指？芙兰卡不自觉模仿起卢米安的腔调，在心里调侃了一句。她初步确定，对方之前并未听说过至福会，但察觉到了某些迹象。

对面的"魔女"陷入了回忆，仿佛在寻找可能的问题。过了十几秒，她下意识撩了撩垂落的橙红色长发，警惕地问："你是来追查至福会的，还是想参与欢乐派对？"

芙兰卡笑了起来，引得周围顾客本能地注目，纷纷露出了惊艳的表情。

"都有。"芙兰卡望着那位"魔女"偏橙红色的眼睛道，"相比较而言，我更希望参加欢乐派对。我们这种人怎么可能抗拒得了这样的派对呢，你说是不是？"

她点明自己已经发现对方也是"魔女"，并且疑似从男性"刺客"转变而来的事实。这同样也是在暗示自己原本是男性，免得对方突然动手。

面前这一身男士打扮的"魔女"明显有些抗拒，但又被芙兰卡的容貌和气质吸引，沉默着没有回答。

芙兰卡略微前倾身体，用一种偏男士的口吻问道："该怎么称呼你？"

那"魔女"犹豫了片刻，闷闷回答道："布朗丝·索伦。你呢？"

索伦……又是一个索伦家族的？芙兰卡霍然想到卢米安最近的铁血十字会相关任务也是接触索伦家族的人。

她没有隐瞒自己的真实姓名，微笑着说道："芙兰卡·罗兰。"

布朗丝·索伦无声地吐了口气道："我们的派对很重视每个人的隐私和安全，不能让有问题的人加入，你如果真的渴望，必须接受我们的审查。"

芙兰卡一点也不在意，把玩着自己衬衫的纽扣，笑着反问道："那么，从什么地方开始审查呢？"

…………

监狱区，鲁瓦综合行刑场。

绯红的月光下，戴着礼帽的瘦高人影从绞刑架对应的地面挖出了几把野草。那些野草的根部闪烁着鲜血般的红色，在月光下显得分外妖异。

而瘦高的人影鼻梁很挺，皮肤较白，黑色中长发梳理得整整齐齐，眼睛是少见的红色，长相是带着阴柔感的英俊。

内穿白色衬衣、打着红色领结、外披黑色正装的瘦高人影欣喜地望着手中的奇异野草，正要站起身来，离开行刑场。

就在这个时候，他耳畔响起了一道带着些好奇的男性嗓音："你挖的是什么？"

蹲在绞刑架下方的瘦高身影愕然抬头，发现前方不知什么时候多了一道居高临下注视着自己的人影。那人留着一头金发，蓝色眼眸如同湖水，白色的衬衣简单配了件黑色的马甲，看起来既年轻又清爽。

他为什么能瞒过我的感官靠近我？我一点气味都没闻到，一点动静都没察觉！瘦高身影既惊又惧。惊惧的同时，他已然做出了反应，膝盖一弹，快得仿佛能拖出残影般扑向了卢米安。

他未拿那些奇异野草的右手探了出去，指甲全部额外长出了一截，上面布满神秘符号和花纹，看起来既坚硬又锋利。

而卢米安周围的黑暗像是活了过来，聚合成一根根漆黑的链条，试图将他层层缠绕，限制在原地。

卢米安眸光没有任何波动，望着急速靠近的身影，轻轻"哼"了一声。两道白色的光芒顿时从他鼻子内飞出，落到了根本来不及闪避的目标身上。

瘦高人影骤然晕了过去，砰地扑倒在地，黑暗凝聚的虚幻链条随之崩散。

"竟然不跑，反而想着进攻。"顶着张新脸孔的卢米安笑着摇了摇头。

他直接用灵界穿梭瞬移过来，就是不让目标提前察觉异常和危险，等到彼此的距离只剩两三米，那对方无论是逃跑还是反扑，都避不开哼哈之术了，最差的结果也是两败俱伤。所以，卢米安才犹有余闲地打了声招呼，要是对方愿意配合，好好回答，他也不是非得战斗。

就像卷毛狒狒研究会高频出现的一句话说的那样：以良好的道德让人服从！

卢米安仔细观察了几秒，确认瘦高身影真的昏迷了过去。他蹲了下来，检查起那些根部血红的奇异野草，发现它们除了有超乎寻常植物的灵性之外，没别的特殊之处。

卢米安想了想，提起瘦高身影，用力抖了好几下。等到对方快要苏醒过来，他松开手掌，后退了几步。

借助刚才的战斗，他初步确认对方是"药师"途径的中序列非凡者，而根据奥萝尔的巫术笔记，这条途径的序列7就叫"吸血鬼"，意味着每一个服食对应魔药晋升的人类最终都会变成另外的种族，生命形态出现改变。

奥萝尔对"吸血鬼"的粗略状态和大致能力有相当不错的了解，这是因为卷毛狒狒研究会有两名所谓的血族，其中包括"学院"小组内代号"校长"的那个成员。所以卢米安才能从目标的反应、速度、突然长出一截的锐利指甲和黑暗枷锁般的类法术能力判断他是一名"吸血鬼"。

既然不是"心理医生"，也没有类似的物品，那双方就不是真正意义上的敌人，能友善沟通还是尽量友善沟通。

瘦高身影刚一醒来就立刻跳起，戒备地打量四周，看见了站在绞刑架侧面那个衣着清爽、脸含笑容的金发年轻人。他下意识又要发动攻击，可念头一转间，强行忍耐了下来——对方明明轻松就控制住了自己，想杀就杀，想卖就卖，却什么都没有做，反而把自己弄醒！这一是说明他暂时没什么恶意；二是表明他对自身实力有足够的自信，根本不怕反抗和逃跑。

瘦高身影回想对方毫无征兆的出现和异常神奇的白光，觉得就算是家族里的男爵乃至子爵出手，自己也不可能输得这么快，这么没有反抗之力。

结合他对那两道白光是什么能力、属于哪条途径一无所知的现实，他怀疑眼前这位的序列也许超出了自己的预计！

"你想做什么？"瘦高身影沉声问道。

卢米安随时准备着使用哼哈之术，外表却一派轻松："你是吸血鬼？"

"血族。"瘦高身影强调道。

卢米安抬头望了眼高空的红月，微笑着问道："哪个家族的？"

虽然他根本不知道吸血鬼究竟分成了多少个大家族、有什么知名的姓氏，但这不妨碍他表现得像是一个活了很多年、有足够见识的老怪物——从瘦高身影的眼神、动作和语气里，他感觉到了对方的畏惧，于是顺势做了这样的扮演。至于模仿的对象，他根本不缺，其中一个毫无疑问是真正活了很多年的老怪物阿蒙。

"我是布鲁赫家族的。"瘦高身影没有掩饰自己的骄傲，"我叫拉诺·布鲁赫。"

什么鬼家族？完全没听说过……卢米安轻轻颔首道："布鲁赫家族的啊。"

他看了拉诺手里的奇异野草一眼："这是什么？"

"是曼德拉草。"拉诺觉得这种强大的非凡者肯定看不上只能称为灵性材料的植物，如实回答道。

不要问一句答一句，要主动一点，把有什么作用、为什么来挖讲清楚啊，你这样我还怎么维持形象？卢米安边腹诽，边思绪一转道："你特意来取，是因为这种草对你有什么不同寻常的作用吗？"

拉诺犹豫了两秒，最终还是屈服于内心的畏惧："是的，用它制成的药水能帮助我度过满月时的灵性潮涌状态。"

灵性潮涌状态……卢米安记起了奥萝尔巫术笔记上的一则内容："学院"那个"校长"在卷毛狒狒研究会上寻求过解决满月时灵性潮涌状态的办法，但没有收获。

根据那位血族的讲述，几年前，这个古老种族的始祖醒来，从黑夜女神那里拿回权柄后，整个血族的成员在满月时的状态都变得不太稳定。

这不像异种会因此疯狂，失去理智，反而是一种提升。但灵性骤然增长，如涨潮般涌来，还是对吸血鬼的身体造成了极大负担，部分成员甚至因为灵感短期提高太多而出现了幻觉，或是遭受了不必要的危险。

卢米安望着拉诺道："曼德拉草可以压制满月时的灵性潮涌状态？我认识的几位血族好像都不知道这件事情。"

整个卷毛狒狒研究会也不知道！

拉诺没有掩饰自己的得意："我应该是第一个发现的。曼德拉草是生长在吊死者尸体下方的一种植物，来源于大地的某种神力。"

大地领域的灵性植物？卢米安若有所思地问道："你是怎么发现的？"

见这么一位强大的非凡者也不清楚曼德拉草的来历和用处，拉诺脸上浮现了笑容："最初是一则流言，说吊死者尸体下方的植物能治疗多种疾病。你知道的，每一名血族都是'药师'，我虽然不信流言，但觉得可以试验一下，就弄了些曼德拉草调配药水，结果发现它能有效压制灵性的波动。"

流言……又是流言？卢米安控制住自己，没有皱眉："你知道那则流言是从哪里传出来的吗？"

"不知道。"拉诺摇起了脑袋，"在特里尔，各种各样的流言很多。就像最近几个月，我本来担心那些无知市民的盲目采集会破坏曼德拉草的生长，结果又有新的流言出现，于是他们开始追逐人血面包了。"

在特里尔想查流言的源头真是一件非常困难的事情……卢米安无奈地在心里叹了口气，转而问道："你为什么把被死刑犯鲜血染红的泥土弄到绞刑架这边来？"

拉诺炫耀起自己的研究结果："我发现，在吊死者尸体下方滋长的曼德拉草效果最好，但不是经常会有吊死者，而拿其他死刑犯的鲜血来浇灌，也能让曼德拉草生长，效果虽然不是那么好，可也足够使用了。"

卢米安缓慢点了下头，想到了另外一个问题："曼德拉草是谁命名的，最初不是流言吗？"

提及自己的"专业"，拉诺侃侃而谈："这是很早前就被命名的一种植物，但没人发现它有药用价值。它只是作为灵性材料，担当着某些法术的媒介……"

说到这里，拉诺忽然怔住："我的先祖们，那些伟大的'药师'，为什么没试过用曼德拉草调配药水？他们都不只局限于魔药自带的知识，会自己根据原理寻找材料，开发更多药剂的……也许他们试过，但那时候没有灵性潮涌？"

会不会是有了满月带来的灵性潮涌，曼德拉草才具备了某种神奇的力量？卢米安不是"药师"，也不是神秘学家，无法得出有效的结论，只能根据拉诺的自言自语做一些猜测。

他改变了话题："你为什么不把曼德拉草的作用报告你的长辈？这对整个血族都有很大的价值。"

拉诺嗫嚅着说道："我调配的药水还存在一些问题，我不知道是不是曼德拉草本身的毒性没法真正化解才会那样。我打算确认了这点才向上汇报，只有这样，我才能毫无疑问地得到成为男爵的机会。"

"什么问题？"卢米安半是好奇，半是帮卷毛狒狒研究会的"校长"询问。

拉诺理了下自己的黑色中长发，又疑惑又担忧地说道："每次喝曼德拉草调配的不同药剂，我都像吃了毒蘑菇，会看见地上开出大量鲜花，许多小人在里面跳舞，我身上则长满了蘑菇。

"每次出现的幻觉都有一定的不同，但时常会有重复元素。"

有没有一种可能，你抢先进入幻觉的行为让灵性潮涌状态没法带来副作用，所以你才觉得曼德拉草能压制这种现象？卢米安无声咕哝了起来。他没再多问，直接激发灵界穿梭，消失在了拉诺的眼前。

一位序列5的"旅行家"或者持有类似物品的非凡者？拉诺长长地舒了口气，大概猜到了对方为什么能在自己反应过来之前出现于自己身旁。

配上奇异的白光，这样的人物在半神以下绝对称得上强大！

窗外路灯早已亮起，芙兰卡望着对面的布朗丝·索伦道："姓名我已经说过了，我住在市场区，是萨瓦党这个黑帮的主要头目之一。我能说的就这么多，你们想怎么审查都可以，反正我的目的只有两个，一是追查至福会，清除掉隐患，二是趁机体验下女性欢乐派对。"

说到最后那句话的时候，芙兰卡没有掩饰地露出了笑容。

她今天采取的策略是和卢米安商量出来的"以诚动人"，只要红房子咖啡馆的"魔女"主动接触她，她就坦白自己的目的，并试探对方是否和至福会有牵扯。

而在一些细节上，芙兰卡还特意找了安东尼·瑞德这位"心理医生"商量，免得自己表现过火，那样还不如不做。

根据安东尼·瑞德的意见，她最好坦白但又不是完全坦白，如果一口气说出"我曾经是男人，现在是'欢愉魔女'，正潜伏在萨瓦党，为的是加入铁血十字会，将来变回原本的模样"，不仅不能取信于人，反而会让对方心生警惕，觉得她太过坦诚，必定另有目的。

所以，她只是说出了明面上的身份和主要的目的，其余都隐藏在细节里，让对方自己领悟和调查。

经过努力获得的情报，肯定比嘴上直接说出来的让人相信！

布朗丝·索伦盯着芙兰卡的眼眸道："以你表现出来的实力，为什么要委屈自己做一个黑帮的头目？"

"为了很重要的事情，我相信换成是你也会这么做。"芙兰卡半遮半掩地回答道，并暗示自己也辨认出了对方的神之途径、大概序列和原本状况。

说到这里，她抬手摩挲起夹在右耳耳垂上的银白色"谎言"，笑吟吟地补充道："忘了告诉你，这不是我真正的模样。我有做足够的伪装，要不然，你上次为什么会跟丢我？"

布朗丝望了那个银白色的耳夹一眼，有所明悟地点了点头。她没再追问芙兰卡的身份和来历，转而打听起至福会的事情。

芙兰卡看得出来，这位"魔女"对红房子咖啡馆的女性欢乐派对很重视，拒绝任何心怀不轨的组织和个人接触。

你不会真的把欢乐派对的部分参与者当成自己的情人，产生了感情吧？这样下去，你迟早会出问题。有感情是好事，在这种欢乐派对里找感情则是脑子不好的表现……

灵与肉真的没法彻底分开吗？灵魂的交流多了就想要肉体的结合，肉体的结合多了难免会拉近心灵上的距离……

芙兰卡作为旁观者，根据自己两段人生的见识和经验，腹诽了布朗丝·索伦的状态几句，由此还产生了一定的哲学思考，这让她隐约总结出了属于自己的第一条"欢愉魔女"扮演守则。

她没有隐瞒，一边怀疑魔女教派是为了图谋索伦家族，所以才发展了这么一位略显纯真、感情充沛的"魔女"，一边将至福会的大概情况和能力特点讲了讲。

听到"性瘾病人"这个名称和对应的表现，布朗丝·索伦神情凝重，愈发警惕。

芙兰卡见好就收，喝掉剩余的餐后甜酒，慢悠悠地起了身，戴上蓝色的圆顶软帽，走出了红房子咖啡馆。

坐上出租马车返回市场区的途中，她脑海心念电转，分析起后续可能存在的漏洞："得让简娜搬走，不，她住在我公寓里更能证明我的真实性别，但必须叮嘱她最近不要表现出'刺客'和'教唆者'的能力……

"夏尔那边的问题在于，如果布朗丝·索伦和普伊弗·索伦经常见面，就有可能发现慷慨大方的富商子弟其实是称霸市场区的黑帮头目，从而暴露出铁血十字会的目的。嗯，布朗丝是魔女教派的成员，和索伦家族不在一个立场，大概率会隐瞒这件事情并加以利用……

"布朗丝现在感情充沛，是在为序列5的'痛苦'做准备？……"

市场区，夜莺街，卢米安直接传送回了自己的安全屋。

等着芙兰卡交还"谎言"让自己变回原本模样的空闲时间里，他思考起人血面包的相关流言。

"如果最开始就发现还好，现在已经传开，几百上千人相信，再想追溯源头就很难很难。而且，就算找到了，那个人估计也是满脑子的虚假消息，根本说不出是谁告诉他的……能催眠的'心理医生'真是太难揪出来了……

"拉诺·布鲁赫听说的曼德拉草流言感觉也有点问题……"

卢米安思前想后，决定不去烦恼，直接汇报给"魔术师"女士，看能不能请苏茜女士乃至"正义"女士这位高位的"心理医生"来追查流言的源头。

她们是类似操作的专家，拥有"我有个朋友"的全部能力，并且更强！而涉及福生玄黄天尊的事情，属于塔罗会的公共任务。

同样，另外一条线索，卢米安也打算让大阿卡那牌们去烦恼，因为以他的实力根本没法调查。

他觉得既然"洛基"潜伏在第八局，那就有可能隐性污染过部分同事或者被同僚们发现过一些问题，这都是线索。

但有了对抗"秘偶大师"的经验，卢米安再回想独自一人酒吧的状况和那个地下室木偶戏剧场的表演，就不像以前那么浑噩，只是觉得阴森、昏暗中透着点恐怖，能较为清楚地感受到各种细节里隐藏的实质危险了。

他怀疑，木偶戏剧场的绝大部分观众都是秘偶，这才符合酒吧的名称：独自一人！只有一个活人，其余都是秘偶！

当然，这是夸大的说法，独自一人酒吧内明显还有几个第八局的成员充当着酒保和侍者，比如"洛基"，比如莉雅。但不管怎么样，能操纵一剧场秘偶的非凡者都远强于"洛基"，绝对不止序列5，很可能是一位"占卜家"途径的半神。

卢米安再是自信，也不觉得自己能从一位半神庇护的酒吧内找出线索，他甚至不敢尝试。对这个方向的深入调查，只有塔罗会的大阿卡那牌们能够完成！

卢米安没再犹豫，铺开信纸，向"魔术师"女士汇报起工作。

玩偶信使被召唤出来时，看了卢米安一眼道："你很喜欢打扮自己吗？"

这么说是因为我现在顶着一张全新的脸孔吗？卢米安笑了笑道："这是生活所迫，做某些事情的时候不能被人认出来。"

玩偶信使缓慢地点了下头："难怪你看不出来我每天都不一样。"

卢米安望着玩偶信使的淡金色小裙子，不知该撒谎，还是坦诚。它和以前有什么区别？

见卢米安没有回答，状似默认，玩偶信使抓起信纸，尖厉地说道："我头发更光滑了，我皮肤更有弹性了，我裙子变新了……"

这声音渐远，随着人影消失在了烛火里。

卢米安叹了口气，无声自语道："可能越是熟悉的人，我越不会关注他的细小变化……"这就像芙兰卡在他面前非常放松，以至于很多事情都懒得过脑子一样。

如果面对任何一个人都得高速运转大脑，状态无比紧绷，精神迟早会出问题。

见时间差不多了，卢米安离开夜莺街，敲响了白外套街3号601公寓的房门。

开门的是简娜，她愣了一下道："你是？"

卢米安嗤笑了起来："你到现在都还听不出我的脚步声吗？"

"靠，你这种让别人想揍你的气质会让你伪装失效的！"简娜知道卢米安有一件可以变化外形的神奇物品。

卢米安一边走入客厅，一边环顾起周围："芙兰卡呢？"

"去红房子咖啡馆还没回来。"简娜已大致知晓芙兰卡是要接触魔女教派的成员，也听同伴提了这个隐秘组织对女性"刺客"的恶意。

卢米安摸了摸怀里的芙兰卡镜子替身，见它没什么异常才坐到了单人沙发上。

这是简娜惯常的位置。

简娜白了他一眼，坐至旁边椅子的扶手上，若有所思地问道："你怎么又冒出来好几个仇人？你究竟有多少仇人？"

卢米安之前讲过科尔杜村那场灾难，直接略过前情，简单说道："让我姐姐出问题的唤魂术是从那个叫'愚人节'的组织买来的，而他们是故意卖给我姐姐的，我现在的目标是找出他们的核心成员，一个一个处刑。"

简娜抿了下嘴唇，没去打听细节，免得刺激到卢米安。

"我有什么能帮忙的吗？"她认真问道。

卢米安想了下道："你努力地成为'女巫'就是对我最大的帮助。"

"愚人节"的核心成员们不仅实力强大，而且没有底线，简娜只有成为"女巫"，可以自己做镜子替身后，才能参与追捕那些混蛋的事情。

简娜气得暗骂了两句，但没有逞强。她静静打量了卢米安几秒道："我感觉，你比前段时间要累……"

卢米安下意识露出了笑容："但也更有动力了。"

"但这样会不会太紧绷了？芙兰卡说过，始终绷紧的弦容易断掉，最好的做法是紧绷和放松交替着来。"简娜有点担忧地说道。

卢米安自嘲般笑了笑："可他们也不会放过我，甚至打定主意要亲手杀死我。"

见简娜不太理解，他表情冷峻地补充道："在知道我通缉犯身份的情况下，他们竟然没有向官方举报，这明显是希望我继续留在市场区，等他们完善计划，做好准备。"

从"洛基"的身体失控崩溃却没有彻底死亡开始，卢米安就在提防着"愚人节"小组核心成员对自己的举报，提防着官方非凡者可能的突袭，毕竟"洛基"知道了他是卢米安·李，也知道了他是萨瓦党的头目，掌管着微风舞厅，甚至还知道他身上有"血皇帝"亚利斯塔·图铎的气息。

结果，官方非凡者只是找市场区警察总局的人来询问了下那天晚上的异常，看夏尔·杜布瓦这个能力不错的黑帮头目是否知道点什么。这让卢米安确信"愚人节"小组还在打自己的主意，以至于不愿意将目标送给官方势力或是逼离市场区，逃出他们的视线。

要知道，一个封印着天使的秘偶对"洛基"来说绝对是可以让他实力获得质变的物品，错过了卢米安，他几乎不可能遇到第二个。

另外，福生玄黄天尊可能还想借忒尔弥波洛斯做点什么事情。

"愚人节"小组核心成员们在这件事情上的态度非常赤裸，不加掩饰，带着强烈的嘲讽和恶意，他们相信卢米安看得出来，也觉得卢米安会被激怒，选择在市场区等待。至于什么时候动手，主动权在他们手上，他们肯定不会在卢米安有帮手的情况下盲目出击。

简娜听出了卢米安冷峻表情和平静话语下潜藏的愤怒和戾气，没有再劝，只是咕哝着说道："希望这群坏蛋都有匹配他们的结局。"

卢米安刚才有了情绪的剧烈波动，以至于之前濒临失控状态遗留的一点小问题又变得明显。他做了个深呼吸，抬起右手捏了捏两侧太阳穴，缓解脑袋的抽痛。

"怎么了？"简娜关切地问道。

卢米安言简意赅地回答道："和'洛基'那场战斗留下的精神创伤，需要一两周才能完全复原。"

简娜眼眸微动，试着问道："需要我帮你按摩下脑袋吗？芙兰卡教的，我学得还不错。不用不好意思，谁叫我们是朋友呢！"

她后面那句话带上了点尾音，试图用调侃打趣的语气转移卢米安的注意力，缓和他的情绪状态。

卢米安嗤笑道："你怎么时不时就来一句，芙兰卡说过，芙兰卡教的。"

"你不也经常……"简娜突然闭上了嘴巴。

她原本想说的是"你不也经常我姐姐说过，我姐姐教的"。

卢米安一下沉默，简娜同样如此。

过了几秒，看卢米安没有拒绝，简娜离开椅子扶手，来到他的身后，伸手揉捏起他的太阳穴和头部两侧。卢米安的身体一下变得僵硬。

"你不会真的没和女孩子亲密接触过吧？"简娜下意识调笑了一句。

卢米安"呵"了一声："作为一名'猎人'，谁的手敢靠近我的脑袋，我都会本能地给他一个背摔，或者赐予他一颗巨大火球。我刚才忍得很辛苦，才没有把你烤焦。"

简娜又好气又好笑地加重了揉捏的力量："是不是'挑衅者'魔药彻底改变了你的语言系统和说话方式？"

"哟，用词这么文雅？"卢米安毫不客气地回了一句。

两人互相嘲讽间，卢米安的身体逐渐放松，过了几分钟，他向后靠在了沙发背上，半闭上了眼睛。他一边享受着简娜的按摩和头疼的缓解，一边自然地说起"洛基"和"我有个朋友"等"愚人节"核心成员的"恶作剧"，这听得简娜愤怒之情充满胸怀，下意识加重了力度。

"轻，轻点。"卢米安的脸庞肌肉扭曲了一下。

"刺客"的力气可一点儿不小。

简娜愤愤不平地放柔了动作："我在那么多戏剧剧本里都没看到过这么混蛋、这么恶劣的人，他们值得所有的酷刑！靠，我为什么还不是'女巫'？"

卢米安闭着眼睛，开口问道："你的'教唆者'魔药消化得怎么样了，总结出扮演守则了吗？"

简娜被转移了注意力，边揉捏边回想道："目前有两条，一是'教唆是手段，不是目的'，二是'教唆的核心是对事情本质和相应人员状态的洞察，而非使用能力'。另外，我还领悟了一件事情，教唆必然会带来灾难，只是看你希望让谁来承受这个灾难。"

"进度不错嘛。"卢米安少有地赞了一句。

站在他背后的简娜不自觉抬了抬下巴，谦虚地说道："我每天都在找扮演的机会，而老鸽笼这种戏剧演员和学徒很多的地方最不缺乏矛盾，我就是因为每次教唆前都得思考清楚自己希望谁获得利益、谁得到教训或是承受损失，才明白了教唆只是手段。"

卢米安的状态平和了不少，任由思绪蔓延，闲聊般问道："你觉得我能去哪里找扮演'纵火家'的机会？"

简娜双手未停，思索着说道："特里尔是有基本秩序的地方，你只能在各种小事上扮演，没法来一次大的……

"追杀那几个坏蛋的过程里应该有扮演的机会，我刚才听你说的时候，都恨不得把他们给点了！"

卢米安突然有了些想法，但不够清晰。

就在这时，有脚步声从楼梯处传来，逐渐清晰。简娜松开了按捏卢米安头部的双手，一边迎向门口，一边笑着说道："芙兰卡回来了。"

特里尔许多街区的夜晚都不够宁静，但这并不妨碍住在那些地方的市民进入沉眠。有人梦到了自己的孩子吃下人血面包后，病情逐渐好转，越来越健康。

突然，这人的梦里多了条负着小背包的金毛大狗。

金毛大狗蹲在梦境的边缘，引导着迷蒙、浑噩的场景呈出潜意识深处的某些画面。

那是挤出人群、拿着面包奔向死刑犯尸体时的激动，那是相信人血面包能够治病后的犹豫，那是第一次听说这件事情时的欣喜和怀疑……金毛大狗借此看见了将那则流言告诉梦境主人的身影，那是住在隔壁房屋的邻居。

就这样，金毛大狗穿行于一个又一个梦境，激发着对应的潜意识，以寻觅人血面包流言的源头。

几百个梦境后，这条金毛大狗发现其中两个梦境有较为明显的矛盾。

那梦境一个属于父亲，认为是自己从偶然路过的巫师那里获得了人血面包的奥秘，才让女儿战胜了病魔；一个是他的孩子，梦中突然生病又突然好转，人血面包的效果好得就像真正的魔药。

金毛大狗引导起那个父亲，让他在梦中呈现出路过巫师的形象——很普通，没什么特点。梦境内的画面飞快闪烁，对于巫师形象的回忆不断往前追溯着。等到两人相遇的那刻呈现出来，金毛大狗看见巫师有张完全不同于刚才的面孔！然后，那面孔急速变化，定格在了梦境主人正常印象中的样子。

金毛大狗对此有自己的解读：那个巫师的催眠必须面对面才能完成，所以梦境主人看到他的第一眼会不受干扰地留下最真实的模样，之后才被催眠影响，逐渐发生记忆形象的改变。

无须重复用梦境唤醒潜意识，金毛大狗脑海里自然浮现了巫师最初的模样：梳成三七分的棕色短发，带着笑意的亚麻色眼眸，脸庞偏瘦，有不少雀斑，鼻梁上架着一副金边眼镜……

金毛大狗退出梦境，看着骤然出现于自己身侧的"魔术师"女士，竟发出了人类的声音："有结果了。"

身穿女士衬衫和棕色长裙的"魔术师"女士叹了口气，有点跃跃欲试地说："把信息给我，我来确认一下。"

金毛大狗没有说话，眼眸霍然变得幽深。

过了几秒，"魔术师"女士前跨几步，让身周浮现了一点又一点星辉，那就像是浩瀚星空在地上的倒影。

璀璨而微缩的繁星飞快转动起来，给出了一个启示。"魔术师"女士解读完毕，直接拉开了隐藏在黑暗中的虚幻之门，消失在了原地。

也就是十几秒的时间，她重新出现，对金毛大狗道："占星结果指向的那条街道没有目标。"

"被误导了？"金毛大狗再次用女性嗓音问道。

"魔术师"女士点了下头，勾起嘴角道："但这也证明了你看见的就是目标。"

她话音刚落，套着白底绿边长裙的"正义"女士的身影就飞快勾勒而出。

"你刚才去了哪里？""魔术师"疑惑地问道。

"正义"女士嗓音清丽、温柔地回答道："去给那些想要追逐人血面包的梦境种下了一点暗示，告诉他们，这个周末，愚者药品公司会在纪念堂区做一次义诊，提供免费的诊治和药物。"

"什么时候计划做义诊的？""魔术师"下意识问道。

"正义"女士微微一笑："明天。我会赞助的。"

❖ 第十三章 ❖

C H A P T E R 1 3

夜战疯人院

早上六点，金鸡旅馆，207房间。

卢米安自然地从梦中醒来，开始洗漱。他还没决定今早吃什么，就看见玩偶信使出现，丢下了一封信。

卢米安略感疑惑地展开信纸，看见了一幅画像。

画像的旁边则有"魔术师"女士的笔迹："这应该就是'我有个朋友'的模样，我们会发动所有在特里尔的持牌者寻找他，包括你。"

卢米安看着手里的画像，低声笑了起来。

他真没想到大阿卡那牌们这么快就弄清楚了流言的源头，找出了"我有个朋友"的真实模样。

这想想也正常，流言出现在两三个月前，卢米安都还没来到特里尔，也未混入卷毛狒狒研究会。那时候，不管是"洛基"，还是"我有个朋友"，都未感受到实质的威胁，做恶作剧的时候自然肆无忌惮，再是谨慎，再是小心，也不可能做到现在这种程度，难免会留下一些痕迹。

对于别的非凡者来说，想发现这种痕迹非常困难，但"正义"女士是"观众"途径，也就是"心理医生"途径的高位者，不仅对"我有个朋友"的各种能力都足够了解，而且还全方位克制他。

即使实际行动的不是这位大阿卡那牌的持有者，她的搭档苏茜也能出色地完成这个任务。因为在卢米安的认知里，这位女士至少是"心理医生"途径的序列5，只差一步就到半神的那种。

望着戴金边眼镜、脸有雀斑、脸型偏瘦、棕色短发三七开的"我有个朋友"的画像，卢米安摩挲着纸面，勾起嘴角，自言自语道："凡走过必留下痕迹……控制不住作恶欲望的人，总有一天会被找出来。"

他拿上画像，趁着早出晚归时常不回的安东尼·瑞德还未离开金鸡旅馆，敲响了305房间的门。

"帮我留意下这个人，很可能是一个医生或者医学研究者。"卢米安将画像展示给了打扮成小职员的安东尼·瑞德。

紧接着，他简单讲了讲"我有个朋友"在聚会里的表现和有代表性的几次恶作剧，诚恳地询问道："这么一个人会躲在哪里？"

安东尼·瑞德叹了口气道："我是'心理医生'，不是'占卜家'。你说，他在平时聚会里表现出了丰富的医学知识？"

得到卢米安肯定的答复后，安东尼·瑞德想了下，又道："在一个充斥着恶作剧的聚会里，'观众'途径的非凡者表现出来的各种细节应该都是他想让你们记住的细节，不等于他真实的形象，甚至会相反。

"我推测，'我有个朋友'实际上不是医生，但对医学有足够的了解，积累了丰富的知识。"

实际不是医生……"魔术师"女士在信里也提到不要将搜寻的范围局限在医生群体……可这样一来，特里尔几百万人都有嫌疑啊……卢米安既庆幸又烦恼。

安东尼·瑞德补充了两句："这么一个具备反人类倾向又有足够智商的人很可能藏着挑战危险的嗜好，喜欢将别人当成小丑来戏弄，也许用不了多久，他又会来一次恶作剧，嘲弄所有的追捕者。"

前提是他不知道有多位半神在盯着他……卢米安目送安东尼·瑞德匆匆出门后，转去了白外套街。

他本来打算的是找卢加诺·托斯卡诺这个准"医师"问问对方认不认识画像上的人，但现在时间还太早了，磨坊舞厅尚未开门，那个家伙也不知道住在哪里。

…………

白外套街3号，601公寓内。

芙兰卡早已醒来，因为她也收到了自己大阿卡那牌的信件，正和简娜讨论可能的调查方向。

"不能委托太多情报贩子去找，那很容易让'我有个朋友'提前察觉，从而改变外形或是离开特里尔。"芙兰卡提醒起卢米安。

卢米安缓慢点头道："只靠我们自己，在特里尔想找出这么一个人几乎没什么希望……"

"不是还有安东尼吗？"芙兰卡对卢米安挤了下眼睛，意思是还有在特里尔的所有持牌者。

"是啊，我也会帮忙的。"简娜主动说道。

卢米安"嗯"了一声，打算按照预定的计划，先从医生群体开始。

…………

下午时分，简娜来到市场大道，于站牌旁等待起公共马车。

今天的她穿着偏米白色的长裙，头上戴了顶能遮挡阳光、扎着几朵布花的淡棕色草帽，将棕黄的头发于脑后扎个轻便的发髻，其余自然披下。

她没有化妆，脸庞很是干净，蓝色的眼眸虽然缺乏黑线映衬，但更显甜美。

简娜坐上公共马车，一路来到了七区，也就是温泉区。

这个区位于天文台区西侧，环境不错，富人众多，已经破产的古德维尔化工厂老板之前就住在这里，查理当见习侍者的那个白天鹅酒店也在这里。

温泉区还有不少出名的博物馆，又被称为"博物馆区"，而特里尔最大也最正规的疯人院代尔塔就位于其中一个温泉的旁边。

简娜这是去看望曾经非常照顾她的那个地下歌手，那个被毒刺帮的马格特强暴后，身心受到摧残，最终离开市场区，住进了疯人院的"浮夸女"。

卢米安杀掉马格特之后，简娜特意找到了她，将这个好消息告诉了她，之后一直有定期看望她。

原本的简娜自身也没什么钱，还惦记着偿还欠债，没法为这个朋友多做什么，后来，她在卢米安狩猎本堂神甫这件事情里一口气赚到了五千费尔金，加上那两笔赔款和各种进项，在偿还掉芙兰卡之外的所有欠款后，身上还剩七千五百多费尔金。

因为芙兰卡那边的还款压力很小，所以简娜终于能抽出一笔钱，将那个曾经的"浮夸女"送到无论设施、环境还是医生、护士都明显更好的代尔塔疯人院。她隔段时间就会去看望对方一次，一是交付费用，二是向医生和护士们表明这个病人是有亲戚朋友关注的，谁要是敢欺负她，会被找麻烦的。

简娜走下公共马车，戴上棕色草帽，沿着一条颇为热闹和繁华的街道往前走去。

没几步，她看到一个七八岁的小男孩孤零零地站在路边。

那小男孩脸蛋肉乎乎的，穿着属于小绅士的那种正装，一头淡黄的头发被梳理得整整齐齐。

注意到小男孩的眼神很是迷茫，简娜走了过去，埋低身体，好心问道："你和家人走丢了吗？需要我带你去警察局吗，或者，直接把警察找过来？"

小男孩白色的衬衣上打着一个水银色的领结，他叹了口气道："没有走丢，只是一个喜欢喝酒的女人找我帮一个忙，而我不知道该怎么帮忙，那边又似乎有点危险，只好在这里等。"

那边……简娜顺着小男孩抬起的手指望了一眼，感觉他说的是纪念堂区、市场区或者植物园区。

"为什么提供帮助需要在这里等？"简娜难以理解小孩子的思路。

肉乎乎的小男孩再次叹气："我也不知道为什么，我的直觉让我这么做。"

说到这里，他抬起脑袋望着简娜，露出可怜巴巴的表情："你能请我吃一个冰激凌吗？特里尔的天气实在是太热了！"

"那位请你帮忙的喜欢喝酒的女士呢？"简娜又疑惑又谨慎地问道。

小男孩左右看了一眼道："我说要在这里等之后，她就自己找地方喝酒去了。"

这也太不负责任了吧？小孩子走丢了怎么办？简娜忍不住皱了下眉头。

小男孩再次眼巴巴地说道："你可以买这家咖啡馆的冰激凌，这样我既能吃到冰激凌，又可以在里面等，不用担心迷失方向。"

也就是简娜最近财政宽裕，她犹豫了几秒道："要什么味的？"

"香草味！"小男孩回答得又快又大声。

简娜随即花费一费尔金，在旁边的咖啡馆内给小男孩买了一杯香草味冰激凌。

小男孩坐在靠窗的位置上，一边接过那杯冰激凌，一边任由内心的喜悦表现在脸上："谢谢你，你会获得好运的！"

简娜没有在意对方的道谢，看见小男孩专心致志地吃起冰激凌后，快步离开这里，找到巡逻的警员，告诉他们前方咖啡馆内有个走丢的孩子。

确认两名警员转入了那间咖啡馆后，简娜舒了口气，脚步轻快地继续往前。没多久，她抵达了代尔塔疯人院。

这疯人院紧靠温泉，围墙后是灰蓝色的三层带附楼建筑，建筑四周是一片片沐浴着金色阳光的青翠草坪和许多活动器械，环境非常好。

简娜顺利见到了自己的朋友。

那个曾经的"浮夸女"和别的女病人一样，留着齐耳的短发，脸庞素净，眼眸平和，看起来和正常人没什么区别。

简娜和她聊天时，也经常会出现对方没有生病、没有发疯的错觉，但简娜同样很清楚，她一旦受到某些刺激就会立刻进入狂躁的状态，既自残，也伤害他人。

聊了近半个小时，简娜走出指定的见面室，准备离开。

穿行于外侧走廊的途中，她将目光投向了窗外。

一片碧绿的草坪上，二三十个精神病人或缓慢散步，独自思考；或背靠树木，晒着太阳；或聚在一起，嘀嘀咕咕地不知在聊些什么。他们也都表现得和正常人差不多。

简娜随意扫了一圈，准备收回目光。

就在这时，她看见了一道穿着蓝白条纹病服的身影。

那身影超过一米七五，棕色的短发梳了三七分，亚麻色的眼眸被金边眼镜挡住了大半，脸庞明显偏瘦，有着不少雀斑。此时，他正沐浴着阳光，于绿色草坪上来回踱步，仿佛在思考着什么哲学问题。

简娜的瞳孔骤然放大。

这，这是"我有个朋友"！

简娜条件反射地想要转回脑袋，怕被疑似"我有个朋友"的精神病人发现她的注视。但几乎是同时，她想起了自己靠近于格·阿图瓦时的心态和表现，于是控制住了脖子，缓慢地、自然地收回了目光。

她保持着足够的镇定，按照原本的节奏，在窗外阳光的照射下，一步一步地走出了灰蓝色的建筑，戴上了扎着布花的淡棕色草帽。

一直到完全离开代尔塔疯人院，返回了和小男孩相遇的那条街道，简娜才悄然舒了口气。她表情未变，登上了通往市场区的公共马车。

傍晚时分，白外套街3号，601公寓内。

被简娜叫到这里的卢米安听完了她的发现，没有掩饰自己的错愕和怀疑："真的？你确认自己没有看错？"

这会不会太巧了？

简娜上午才看到"我有个朋友"的画像，下午就在目前只去过两次的代尔塔疯人院发现了目标，而不管卢米安、芙兰卡，还是在特里尔的大阿卡那牌、小阿卡那牌，都没有任何收获！

这巧合得让卢米安嗅到了阴谋的气味和安排的感觉，以至于缺乏实质的喜悦。

"是啊，这也太巧了吧……"在卢米安抵达之前，芙兰卡就是这样的态度。

她咕哝着说道："虽然这种有反人类倾向、智商也不低的家伙将自己藏到疯人院是一个相当经典的设定，而且也能密切接触医生，但不至于倒霉到刚好被一个看过他'通缉画像'的探视者碰上吧？看过他'通缉画像'的人在整个特里尔都不会超过五十个！"

这还算上了安东尼·瑞德和其他持牌者今天的询问对象。

"我怎么不知道有这种经典设定……"简娜嘀咕了一句后道，"但我真的遇上了，绝对没有认错，也许，是我最近运气比较好？"

说完之后，她看见卢米安和芙兰卡的脸上写满了不信。

深受巧合影响，有足够经验的卢米安思索着问道："你从今天早上起床开始回想，看看还有什么足够巧合的地方，或者发生过什么不同于往常的事情。"

坐在单人沙发上的简娜陷入了沉思。过了近一刻钟，她"靠"了一声道："和平时没什么区别啊！呃，有一件以前没遇到过的事情……"

她将自己碰上一个走丢的小男孩，请他吃了一杯香草味冰激凌，并找来警员看护的事情详细讲了一遍，末了有点不自信地问道："这应该没什么异常吧?"

芙兰卡自言自语般道："那个小男孩说你会获得好运?"

卢米安关注的则是另外一个细节："他说他是一位爱喝酒的女士带来的?"

"对。"简娜用一个单词回答了两个问题。

卢米安的心里顿时有了怀疑的对象。

除开部分舞女，他认识的爱喝酒的女士只有两位，其他只能算是浅尝和应酬。那一个是"海拉"女士，一个是"魔术师"女士。

前者总是随身携带多壶烈酒，而后者喜欢品尝不同口味的酒精饮料，甚至能直接从虚空里拿出一杯酒喝。

基于寻找"我有个朋友"是塔罗会的公共任务，而这事还没有通知过"海拉"女士，卢米安谨慎地判断那个小男孩是"魔术师"女士带来特里尔的。

结合芙兰卡对"获得好运"这句话的在意，卢米安认为那个小男孩应该有非常特别的能力，可以给予别人好运，而获得好运的简娜自然就幸运地碰上了"我有个朋友"。

见卢米安和芙兰卡都沉默了下来，几十秒没有说话，简娜愈发忐忑："这件事情真的有问题吗?"

卢米安看着这位同伴，若有所思地说道："也许你今天的运气确实足够好，从你给那个小男孩买冰激凌开始。"

这种付出和收获的把戏在宿命领域也很常见，就像转运仪式，必须是目标自愿拿走媒介，占了不该占的便宜，且主观上有这方面的意愿，才能完成转运。所以，卢米安合理怀疑，那名小男孩是"怪物"途径，也就是"命运"途径的非凡者，他通过索取冰激凌给予好运的隐蔽交易让简娜遇上了"我有个朋友"。

什么"我不知道该怎么帮忙，只能在这里等"，什么"请我吃个冰激凌，你会获得好运"，太有命运领域神神秘秘的风格了!

"是啊……"芙兰卡显然也想到了这种可能性。

简娜一下明白了过来："你们的意思是，那个小男孩是非常厉害的非凡者，他给了我足够的好运?可除了遇到'我有个朋友'，我没什么感觉啊，既没有捡到钱，也没有遇上免费派发的物品。"

"大概遇上'我有个朋友'花光了你的好运。"芙兰卡一阵感慨。

卢米安唰地站了起来："我去确认一下。"

他随即走入了芙兰卡的卧室，关上了房门。

"怎么确认?"简娜好奇地询问起芙兰卡。

芙兰卡有所猜测地回答道："写信。"

"给'海拉'女士？"简娜目前只知道那位女士有信使。

"别的女士。"芙兰卡不好明说。

她的卧室内，清理好祭坛的卢米安很快收到了"魔术师"女士的回信："原来是这样找出'我有个朋友'啊，作为一个占星家，我都觉得这事太神棍了。

"不用怀疑，那确实是我们请来的帮手，花费了不小的人情和一大堆冰激凌。既然有了结果，那你就采取行动吧，我会盯着的，帮你们防备意外。"

果然……卢米安脸上露出了笑容。

从"魔术师"女士的话语里，他推测那个小男孩不是塔罗会的成员，所以不会无偿参与公共任务，需要耗费人情和冰激凌。

冰激凌什么鬼？这种厉害的非凡者是靠冰激凌能打动的吗？

卢米安先是觉得荒诞好笑，旋即想起了布里涅尔男爵的教子，那个傻乎乎的家伙也明显不平常，而且有可能被美食收买。这让他怀疑小男孩外形的非凡者是不是都有这样的"弱点"。

卢米安推门而出，返回了客厅。

简娜有点紧张地起身问道："确认了吗？"

"是专门来给予好运的帮手，但他碰上你属于命运的安排，而你请他吃冰激凌代表你选择了正确的命运支流。"卢米安很有神棍感地回答道。

作为兼具宿命领域能力的非凡者，他对命运还是有一定发言权的。

"呼……"简娜没有掩饰地舒了口气，她刚才还担忧自己是不是落入了陷阱。

看到芙兰卡也站了起来，卢米安拿出银白色的"谎言"耳夹，勾起嘴角道："现在就去疯人院吧，我已经迫不及待。"

"好。"芙兰卡一边回应，一边在心里哀叹。

自从夏尔来了，自己真是隔三岔五就要和人战斗。距离"洛基"的袭击才过去没几天啊！

前往温泉区的四轮四座出租马车内。

卢米安望着窗外的黑色路灯杆，突然皱了下眉头。他疑惑地自语道："简娜看见的真是'我有个朋友'吗？"

芙兰卡和简娜侧头望向他，同时想到了一件事情：狩猎本堂神甫纪尧姆·贝内的时候，他们先后发现了两个替身，而真正的纪尧姆·贝内是蹲在一旁的大狗！

"你怀疑那是替身？"芙兰卡压着嗓音问道。

经受一次教训、增长一分见识是好事，目睹过本堂神甫的精彩表现后，他们再不提防这方面的可能性，那只能说明不适合"猎人"和"魔女"途径。

卢米安斟酌着低语道："在问题暴露、很可能遭遇追捕的情况下，'我有个朋友'会不会担心前面几个月的恶作剧成为隐患？

"如果我是他，既然没法抹去相应痕迹，那就得赶紧离开特里尔，过段时间再回来，可他没有这么做。这说明他要么有足够的信心让我们找不到他，要么有很重要的事情必须留在特里尔，那样一来，将自身藏到暗处，把替身摆在明面，是一个不错的选择。"

"他难道也有'谎言'或者你说的替代之术？"简娜疑惑地反问。

卢米安笑了起来："他可能没有'谎言'，但他信仰的那位邪神执掌着'占卜家'领域，是最厉害的'无面人'之一，只要掌握了对应的仪式魔法，完全可以请求祂改变特定目标的容貌外形。"

这就像塔罗会成员可以用"愚者"先生的名义召唤灵界生物一样。

"通过'无面人'相关的仪式魔法制造一个替身，而本人暗中监控……可他为什么不直接改变自己的外形呢，非得弄个替身？那样我们根本找不到他！"芙兰卡想到了一个危险的可能性。

卢米安点了点头："如果代尔塔疯人院那个真是替身，就说明他代表着陷阱，是故意用来钓我们的，而'我有个朋友'肯定会密切关注最终的结果。

"所以，要么那个替身蕴藏着极大危险，不仅会拖着追捕者一起死，还会制造不小的动静；要么两者距离很近，或者有神秘学联系。

"前面那种情况不用担心，有某位强大的女士防备意外，后面那些可能性，就得靠芙兰卡你了……"

若疯人院那个就是"我有个朋友"，问题就更简单了。

深夜，代尔塔疯人院三层，靠东侧附楼的房间内。

一副金边眼镜放在床头柜上，映照着渗入房间的些许月光，而床上的病人睡得正沉。

突然，一道黑色的人影打开了镶嵌着铁栏杆窗户的沉重房门，无声走了进来。他很有礼貌地握住把手，将房门轻轻关上，隔绝了一切动静，整个内部空间都似乎被封闭了起来。

卢米安利用"体面"胸针的能力扭曲了关门动作，将它变成了封闭整个房间。

完成这件事情后，依靠"谎言"修改过容貌的他没有立刻向床上的病人发动攻击，而是走至旁边，居高临下地俯视起对方。

那病人紧闭双眼，保持着沉睡的状态，五官轮廓和发型发色确实都属于"我有个朋友"。

见这家伙对自己的侵入毫无所觉，依旧呼呼大睡，卢米安开始确信他是一个替身。

按照"魔术师"女士信中的陈述,"我有个朋友"至少是"心理医生"途径的序列6"催眠师",小概率为序列5的"梦境行者",而这条途径上,无论哪个序列都非常擅长观察,不可能被人这么走到身旁还懵懂无知,睡得那么香。

现在的问题在于,这样的替身让人完全看不出陷阱在哪里。

在穿透窗帘的暗淡月光的照耀下,床上的病人突然睁开了眼睛,那双亚麻色的眼眸内瞬间映出了卢米安的身影。

几乎是同时,卢米安又一次看见了幽暗的虚空,看见了仿佛无数颗眨动眼睛般的星星,看见了那由活过来的神秘符号组成的无形之门。

他的心底、他的耳畔随之响起一道似乎来自虚空深处和心灵源头的声音:"穿过去吧,穿过这扇无形之门,你就能获得生命的改变,得到无穷无尽的知识……

"每个人都有神性,都能听到这个世界本源发出的声音,而你要想听得清楚,就要打开这扇无形之门,进入门后……"

卢米安的脑袋开始抽痛,他看见那无形之门在缓缓打开,感觉这声音的每一个单词都在自己的心里衍变成了活着的怪异生物。

那声音再次响了起来,带着几分迷茫,带着几分疑惑,在那里自言自语:"世界的尽头在什么地方,宇宙的最初是什么样子……

"创造这一切的是哪位神灵,又是谁创造了祂……

"宇宙之外是什么样子,别的世界有什么不同……

"人性和神性的区别在哪里,对自我的充分认知是人性还是神性……

"疯狂和理智的分界线在哪里,每个生灵最终的归宿都是疯狂吗……"

这样的话语既带着对神秘学知识的思索,又仿佛在寻求某些哲学问题的答案,听得卢米安脑袋越来越痛,久违地感受到了那种钢钎直接插入自己头部、搅动脆弱大脑的痛苦。

而且,这些问题还带来了他自身灵性和周围环境的诡异变化:疯狂开始上涌,似乎在试探理智的边界;周围的昏暗仿佛被赋予了人性,出现明显的蠕动;前方的睡床和脚下的地板缓慢勾勒出奇异的花纹,即使卢米安本人没有看到,身体也陡然出现了一阵剧烈瘙痒,恨不得把外面这层皮肤全部撕扯下来……

"是否有超越一切有限性和概念思维的东西……"那声音还在向虚空提问。

蠕动的昏暗深处,某种难以描述的事物正在一点点成形。卢米安根本无法抗拒,无法阻止,只能在剧烈的头痛里眼睁睁等待着巨大恐怖的降临。

就在这个时候,他眼前亮起了一道刺目的、灿烂的闪电。

那闪电仿佛是从神灵国度长下来的巨大树木,每一根银白色的枝丫都发出了嗞嗞嗞的声音。

轰隆隆！

银白闪电劈中床上病人的同时，卢米安才听见了震动自己耳膜和灵魂的雷鸣。这声音把那些单词活化成的怪异生物全部震荡出了他的身体，让他脑袋的抽痛症状得到明显缓解，只剩下轰鸣声带来的头晕。

恐怖的闪电肆虐于床上病人的身体之上，好几步外的卢米安感觉自己的皮肤就像被无数根细针刺了一样，既有密密麻麻的疼痛，又一片一片地麻痹。

隐隐约约间，他听到有神圣的诵念声在回荡，似乎在说"我来到，我看见，我记录"，而这间病房变得愈发黑暗，像是被某种力量推入了与外界隔绝的神秘空间。

卢米安吐了口气，再次将目光投向了睡床，看见那个病人已全身发黑，如同木炭，焦香不断散发而出。

那具粘着破碎病服、床单和被子的身体开始虚化，仿佛变成了一道漆黑的影子。影子的表面裂开了一道又一道口子，每道口子都布满神秘花纹和符号，既像一只只眼睛，又仿佛不断张合的几百上千张嘴巴。

卢米安还未来得及看清这样的变化，眼眸就被纯净的、明澈的、金黄的阳光填满了，耳畔又回荡起那神圣的、虚幻的声音。

等到他的视线恢复正常，焦黑的病床表面只剩下一道浅浅的黑色痕迹在那里诡异地扭动，就像是被叉住了关键部位的蛇类生物。

果然是陷阱……卢米安对此没有任何的意外。

他还从布满繁星的虚空和游弋符号组成的无形之门等幻境元素判断出刚才那个病人的能力和"洛基"的一个秘偶来源于同一位邪神的恩赐，而充当着"我有个朋友"替身的这位明显序列更高。

"'洛基'和'我有个朋友'曾经针对信仰某位邪神的隐秘组织采取了行动？

"这是福生玄黄天尊的意志，祂想达成什么目的？这个目的让'我有个朋友'选择滞留在特里尔？

"这个替身同时也是他对追捕者们赤裸裸的嘲讽？我知道你们在找我，也知道你们能发现哪些线索，我还故意给你们一点希望？"

卢米安的脑海内，念头如闪电般闪过，他试图从"我有个朋友"的角度分析当前的情况，找出对方藏在哪里的线索。

他觉得以刚才那个病人的危险程度，"我有个朋友"加上"洛基"应该都没法将他活捉，变成自己团队的一员。而"洛基"有个类似途径的秘偶，则说明刚才那个病人不是主动地、有意识地与他们合作。

结合替身那迷茫疑惑的语气和没有尽头般的问题，卢米安怀疑他是在获得恩赐的时候或者使用能力的过程中，被某些知识和真相弄疯了，成了真正意义上的精神病人。"我有个朋友"则仗着自己是专业的"心理医生"，不断地引导这个病人相信自己，让他变得友善，最终，"我有个朋友"达到了能够说服对方的程度，可以让他举行仪式，祈求外形的改变。

想到这里，卢米安望了眼镶着铁栏杆的窗户，看见之前那种深沉的昏暗已然消退，绯红的月光又穿透不算太厚的玻璃照入了病房。

与此相反的是，原本一切正常的代尔塔疯人院边缘，黑暗浓郁了不少，虚空隐隐出现弯曲，仿佛封闭成了一个球体。

出手解决掉那个危险病人后，"魔术师"女士没再使用别的能力，只是让整个疯人院和周围的草坪都进入了类似隐秘的状态。这似乎是在告诉卢米安，能自己解决的问题自己解决，我可以帮你的是不让这里的动静引来特里尔的官方非凡者。

卢米安舒了口气，从寻找"洛基"开始，快速将"愚人节"相关的事情在脑海里过滤了一遍。

他逐渐有了一个猜测，甚至形成了完整的故事——

"我有个朋友"曾经真的是代尔塔疯人院的医生、护士或者病人，有一天，他发现一名奇怪的患者总是提出各种哲学性问题的患者。

在福生玄黄天尊的引导下，"我有个朋友"开始接触那个患者，过程中不可避免地察觉对方周围藏着一些信仰某位邪神的恩赐者。于是，在"洛基"的帮忙下，两人赶走了那些有问题的家伙，取得了对奇怪患者的主导权，"洛基"还趁机收获了一个秘偶。

"洛基"复活后，得到提醒的"我有个朋友"借助奇怪患者对自己的信任，让他举行仪式魔法，向福生玄黄天尊祈求，从而变成了"我有个朋友"的替身，变成了一个行走的陷阱。

至于"我有个朋友"，肯定也变化了外貌，不知去向。

卢米安懊恼之余，忽然想到了一件事情：简娜是靠好运才碰上了"我有个朋友"的替身。但如果只是碰上替身，还是代表陷阱的替身，算什么好运？这是倒霉才对！

除非，顺着这个替身真能找到"我有个朋友"，或者简娜当时碰上的不仅仅是替身，还附带"我有个朋友"，只是她没有认出来或者直接看见而已！

而两者都说明，"我有个朋友"大概率还在这间疯人院里！

不管陷阱最终有没有发挥作用，追捕者其实都很容易忽视掉疯人院本身的问题，觉得"我有个朋友"肯定早就转移了藏身之处——油灯之下才是最黑暗、最容易被遗忘的地方！

想到这里，卢米安猛地转过身体，拉开沉重的房门，冲到了疯人院的走廊上。

哗啦的声音里，他直接撞破楼梯拐角处的窗户，落到了主建筑和两侧附楼围起来的那片草坪上。与此同时，他使用尼瑟之脸，把自己变成了刚才那名病人，

紧接着，卢米安于草坪上大声询问起星空："世界的尽头在什么地方，宇宙的最初是什么样子……

"创造这一切的是哪位神灵，又是谁创造了祂……"

这声音回荡在疯人院内，传到了每个房间里。

也就是几秒后，卢米安的耳畔响起了芙兰卡的声音："一楼的医生值班室和护士工作站，以及三楼靠西侧附楼的第一个病房内都有异动。"

听到同伴的告知，卢米安笑了起来。

他双手猛地按向前方虚空，让赤红的火焰瞬间燃烧了起来。这火焰腾地急速蔓延，照出了一张张笼罩整栋建筑的无形蛛网。

那蛛网层层叠叠，延伸至每一个房间，监控着所有人类的动静——这耗费了芙兰卡近一半的灵性和大量的时间来准备并维持。

赤红的火焰化作三条燃烧的巨蛇，顺着蛛网奔向了位于一楼的医生值班室和护士工作站，奔向了三楼那个病房。

熊熊燃烧的火焰巨蛇同时映入了那名值班医生、三名夜间护士和惊醒病人的眼中，他们皆脸现惊惧，动作各有不同地转过身体，边逃向火焰烧来的反方向，边高声喊道：

"着火了！着火了！"

"救命啊！救命啊！"

他们的声音回荡之时，火焰巨蛇燃烧着无形的蛛丝，带着冷热变化形成的灼风，以不断向旁边蔓延的姿态追向了他们的身后，堵住了逃离房间的出口，将他们逼到了墙角。

这五个人表现得都很正常，或闪转腾挪，寻找安全通道；或裹上被子，试图强行闯过火墙；或奔向另外的窗户处，打算一跃而下。

这看起来像是卢米安判断出错，有异动的并不等于"我有个朋友"，这么继续下去，只会让他烧死五个无辜者。

但那三条赤红色的火焰巨蛇没有任何的迟疑，继续追逐着值班医生、夜间护士和那名精神病人，透出一股冷漠、残酷、无视他人生命的疯狂。

眼见熊熊燃烧的火焰巨蛇即将吞没这五个目标，让其中好几人都露出了绝望的表情，位于三楼病房内的那名患者突然停下脚步，转过了身体。

他平凡无奇的脸孔上长出了一片又一片灰白如同石头的鳞片，他未覆盖蓝白条纹病服的皮肤表面同样如此。这让他瞬间变成了一个类似蜥蜴的恐怖人类，而那些灰白的鳞片抵御着熊熊烈火的灼烧，帮助他冲破了赤红巨蛇的阻拦。

借助火焰感应到这种变化的卢米安嘴角翘了起来，浑身上下都透出一种难以言喻的喜悦。

根据"魔术师"女士信中提供的情报，"观众"途径的非凡者到了序列6"催眠师"后，会获得一种名为"龙鳞"的能力，可以于皮肤表面制造出灰白色的鳞片，很大程度地抵御和减弱伤害。这和"观众"途径的神话生物形态有着非常密切的关系，因为每一个高位"观众"最终都会变成巨龙，心灵巨龙！

而龙鳞的出现证实三楼西侧病房内那名患者至少是"观众"途径的序列6非凡者，再结合刚才的陷阱、他自身的异动，这名"病人"的身份呼之欲出："我有个朋友"！

卢米安直接激发了右肩的黑色印记，使用灵界穿梭能力闪现到了那间病房内。

这次狩猎，他未佩戴"谎言"耳夹，也没随身携带"拷打"拳套，因为他的敌人是一名厉害的"心理医生"，情绪和欲望上的漏洞很容易被他利用。

卢米安的身影消失在草坪上的同时，值班医生房间和护士工作台内，不断吞噬可燃物而膨胀到巨大的赤红火蛇骤然崩散，化作点点辉芒，消失在了那一张张绝望恐惧的脸孔前。

这两个地方除了有不少物品残留着焦黑的痕迹，根本看不出来曾经遭遇过一场火灾。

代尔塔疯人院三层，靠西侧附楼的房间内，卢米安的身影一勾勒出来，眼眸就锁定了那个身体布满灰白鳞片、眼睛泛出淡金色泽的病人。

他没有打招呼，也没有开口询问，直接张开嘴巴，发出了声音："哈！"

一道微不可见的淡黄光芒从卢米安口中喷出，落向了疑似"我有个朋友"的非凡者。

然而，在只有两三米距离的情况下，哼哈之术制造的淡黄之气竟然擦着那名非凡者钻入了他侧后方那面有铁栏杆的玻璃窗。

战斗催眠！

这是"催眠师"的非凡能力之一，可以于战斗中强行催眠敌人，让他做出不正常的举动或是错误的判断。但这种行为不能直接危害被催眠者，也难以维持太久，目标很快就会清醒。

刚才，卢米安和那名非凡者面对面、眼对眼时，不知不觉遭遇了他的催眠，将他旁边玻璃窗上的倒影当成了攻击对象，哼哈之术自然就偏离了真正的目标。

趁着这机会，"我有个朋友"泛出淡金色泽的眼眸竖了起来，映出了男性化奥萝尔般的卢米安身影。

卢米安的脑袋突地后仰，就像被人扔了一个巨大漩涡进去。他充满喜悦和痛恨的情绪被彻底引爆，皮肤底下冒出了一团团赤红的火焰，眼眸内洋溢起呆滞的疯狂。

狂乱！

这是"心理医生"的非凡能力，用处是引爆目标的情绪和不稳定的心理情况，让目标陷入狂乱状态之中，遭遇精神层面的强烈伤害。如果目标自身还有很严重的心理问题，或者情绪已相当极端，面对狂乱时甚至会当场失控。

在完成苏茜女士和"正义"女士的心理治疗前，卢米安要是遇上了"我有个朋友"，一个狂乱就能让他真正疯狂，失控成怪物。

此时此刻，他鼻子处有岩浆似的血液在往下滴落，脑海一片混乱，本能地做起了深呼吸，短时间失去了衔接下一个动作的能力。

"我有个朋友"没利用这个机会给卢米安补上另外的攻击，这一是因为对方要是就此失控或者死亡，他体内封印的高位生物立刻就会脱离困境，而那样的生物，半神以下的非凡者哪怕只是看到一眼都有可能出现身心的崩溃；二则是"麻瓜"的弟弟既然来了，"袖剑"也不会离得太远，刚才被点燃的无形蛛丝应该就是她的手笔。

这样的情况下，"我有个朋友"第一选择是赶紧脱离战场，逃出代尔塔疯人院，重新躲藏起来。

电光石火间，他从蓝白条纹病服的衣兜内拿出了一支断箭。那断箭式样古老，尖端是黑曜石制成般的箭头，箭身上有一层层古朴而神秘的花纹。

噗的一声，"我有个朋友"将这支黑曜石断箭插入了自己的胸膛。

那物品瞬间活了过来，汲取起鲜红的血液。

"我有个朋友"立刻拖出残影，奔向了紧闭的房门处。他脸上虽然覆盖着灰白色的龙鳞，但此刻也奇异地透出了别样的魅力，就像成了巨龙里的英俊小伙儿。

这是"嗜血者之箭"，将它插在胸口、给它提供鲜血的情况下，它能让"我有个朋友"短暂地变成一只吸血鬼，获得极高的奔跑速度、夸张的再生情况和几个类法术能力。

砰！"我有个朋友"打开沉重坚固的疯人院病房门之后，并没能顺利地冲到走廊，他撞到了一堵不知什么时候凝结出来的透明冰墙上。

咔嚓和哗啦的声音里，那堵冰墙土崩瓦解，但也让"我有个朋友"失去平衡，摔倒在了地上。

大部分破碎的冰块没能刺穿他的龙鳞，仅有少量依靠高速的碰撞从缝隙里成功扎入了他的身体，染上了些许血色。

在吸血鬼夸张的再生能力的帮助下，那几个本身就轻微的伤口开始急速愈合。"我有个朋友"顾不得站起，随着他淡金色眼眸内光芒一闪，无形的波浪从他身上散逸往四周，席卷了这片区域。

处在隐身状态的芙兰卡就像看见了噩梦最深处的那些生物，看见了曾经最害怕的场景，浑身颤抖起来，脱离了能力的保护，出现于疯人院的走廊上。

震慑！

这是"心理医生"的震慑能力，又叫"龙威"和"群体混乱"，可以让单个的目标或者一个范围内的所有生灵瞬间惊慌，出现混乱。

依靠龙威控制住了场面的"我有个朋友"这才轻巧地跳了起来，打算选择远离芙兰卡的方向，狂奔往走廊的尽头。

他不趁机攻击对方是因为他知道"魔女"有镜子替身和魔杖替身，不可能一击就能杀死对方或者瓦解她的战斗能力，只会耽误自身逃跑的时间。

从破碎冰块里跳起的过程中，"我有个朋友"余光看见原本的病房内空空荡荡，没有一道人影存在。

卢米安·李似乎已经从狂乱的状态里恢复了过来，并利用传送及时避开了震慑的影响！

"我有个朋友"脑海内刚闪过这么一个想法，就看见男性化奥萝尔般的卢米安现身于侧前方。他没有犹豫，竖起的淡金色眼眸内映出了对方的身影，就要再给他来一次震慑。

下一秒，卢米安的身影又消失了，他连续使用了两次灵界穿梭！

几乎是同时，震慑落空的"我有个朋友"瞳孔放大，背脊发凉，脖子后面立起了一根又一根汗毛。

这一次，卢米安传送的目的地是他的背后。这就相当于闪现！

卢米安的身影瞬间勾勒在了"我有个朋友"的背后，看见他身体弥漫出浓郁的黑雾，并试图扑向走廊的侧面。

慢了！卢米安"哼"了一声，让两道白色的光芒从自己的鼻子内飞出，笼罩了前方那片区域。

"我有个朋友"避无可避，于横飞的途中被白光命中，砰地摔倒在地，滚了两圈。

卢米安大口喘起了粗气，身体空空荡荡，脑袋一阵又一阵抽痛。

三次传送加两次哼哈之术和刚才使用的其他能力将他完全掏空了，要不是和狩猎本堂神甫时相比又消化了不少"纵火家"魔药，他真的很难支撑起这样的消耗。

从震慑中恢复的芙兰卡走了过来，不太认同地摇了摇头："没必要这样啊，你又不是没有帮手。"

何必拼到一点保留都没有呢？就算没有大阿卡那牌在暗中等着，就算"我有个朋友"真能逃出疯人院，他不也留下了一些鲜血可以诅咒吗？

卢米安没有回应，脚步虚浮地走到了昏迷的"我有个朋友"身前。

盯着昏迷在走廊上的敌人，卢米安没有立刻动手，只是沉默着蹲了下去。他拿出源于至福会伦塔司的那瓶迷药，拧开盖子，将它凑到了那名身穿蓝白条纹病服的患者鼻端。

芙兰卡探头望了一眼道："先把胸口那根断箭拔下来，要不然我感觉他的体质能硬扛很大一部分迷药效果。"

疑似"我有个朋友"的非凡者身上，灰白石头般的鳞片正因哼哈之术带来的灵性昏迷而缓慢消退。卢米安点了点头，用拿瓶盖的手拔掉了那支黑曜石断箭。

芙兰卡见状，悄然舒了口气道："现在的问题是，怎么确定这家伙是真正的'我有个朋友'。厉害的'催眠师'完全可以催眠一个同途径、同序列的非凡者，改变对方的自我认知，让对方替代本人出现于各种场合，完成不同的恶作剧，与来袭的敌人战斗。

"妈的，这怎么比'秘偶大师'还烦的样子！"

她的意思是，眼前的敌人或许也是受害者，是被修改了认知、自以为是"我有个朋友"的受害者。这种可能性现在完全没法排除，所以她不太狠得下心直接杀掉对方通灵。

而且，在这种情况下，卢米安仅剩的那点"吐真剂"也不会管用，因为被催眠的人说的肯定是自认为的真话。

卢米安拧上了迷药的瓶盖，思索着说道："布置仪式，向'愚者'先生请求确认。既然'洛基'可以依靠那位天尊的帮助找出一定范围内的卷毛狒狒研究会成员，那我们也能用类似的办法激发'我有个朋友'身上的特殊气息。有就是真的，没有就是假的。"

"万一他是被'洛基'和'我有个朋友'抓起来的研究会某个成员呢？有好几位只是失踪，还没确认死亡的成员，里面就包括'心理医生'。"说到这里，芙兰卡忽然怀疑起"我有个朋友"晋升序列7时用的非凡特性来源。

被他们狩猎的那个研究会成员？

卢米安又想了下道："那让简娜进来，她应该还残留着这方面的好运，没碰上别的人就证明昏迷的这个是'我有个朋友'。

"你负责给简娜提供保护……"

卢米安话音未落，耳畔突然响起了"魔术师"女士的声音："不用这么麻烦。"

蹲在昏迷者面前的卢米安旋即感觉周围的空间活了过来，往内收缩，一下就把疑似"我有个朋友"的非凡者吞噬了。

"哇哦……"芙兰卡发出了惊叹的声音，卢米安则缓慢站直了身体。

两人耐心等待着，也就二三十秒的时间，那穿着蓝白条纹病服的非凡者被虚空吐了出来。接着，他们同时听到了"魔术师"女士的回复："是'我有个朋友'。"

…………

高空绯红的月亮下，代尔塔疯人院被明显浓郁过周围、弯曲成弧形的黑暗笼罩着。

那栋灰蓝色三层建筑的天台上，影影绰绰的"魔术师"对身旁同伴道："除了那个疯掉的家伙，没有暗藏的危险和更多的陷阱。是我反应过激，重视过度了？"

同样隐约可见、如同一场迷梦的"正义"平和地说道："你的选择没有任何问题，面对那位天尊相关的事情，再怎么重视都不算错误。

"只有每次都足够重视，才不会突然被祂欺诈，踩中真正的陷阱。"

"魔术师"轻轻颔首，合拢手中的笔记本，将目光又投向了这个位置根本看不到的三楼走廊。

…………

听完"魔术师"女士的结论，卢米安笑了起来。他放好还剩一半的迷药，侧头对芙兰卡道："可以让简娜进来了。"

芙兰卡点了点头，随即消失在了走廊靠内侧的阴影里。

卢米安低头端详起面容平凡无奇的"我有个朋友"，眸光幽深，嘴角含笑。

哼哈之术的效果应该早已过去，但至福会的迷药还在发挥着作用。以"我有个朋友"展现出来的体质，这应该也持续不了多久，但对早有准备的卢米安而言，这点时间足够了。

此时，受刚才大火和喊叫的影响，代尔塔疯人院内不少人都醒了过来，一楼尤其热闹。值班医生正带着几名健壮的看守到处巡逻，确认是否还有尚未真正熄灭的火种残存。

简娜和芙兰卡借助阴影的遮掩，避开他们，上到了三楼。

卢米安从简娜那里接过了来自本堂神甫纪尧姆·贝内的一张绵羊皮，将它铺在了地上。然后，他把"我有个朋友"裹了进去。

又凝视了这位"愚人节"的"心理医生"几秒，卢米安突然扬起手里的黑曜石断箭，噗的一下将它插入了"我有个朋友"的左眼。

剧烈的疼痛让"我有个朋友"挣脱了迷药的影响，左眼一片血色。几乎是同时，他听到了一声带着笑意的低语："羊！"

回荡的赫密斯语单词里，被仪式羊皮包裹的"我有个朋友"顿时遭幽暗的光芒吞没，无法使出任何能力。等到幽暗的光芒平息，他已变成了一只灰白色的绵羊。

卢米安将黑曜石断箭从破碎的眼珠里抽了出来，噗地又插进了"我有个朋友"的右眼。

"咩"的惨叫响起，卢米安收回黑曜石断箭，一手按着挣扎的绵羊，一手抚摸起对方头顶，微笑着说道："现在，我们终于能好好聊一下天了。"

他一边对绵羊低语，一边将黑曜石断箭丢给了简娜。紧接着，他拿出一瓶普通的创伤药，细致地抹到了"我有个朋友"的血色眼窝里，并用随身携带的白色绷带将对方的双眼一层层缠住。

直到此时，从昏迷中醒来又遭遇剧烈疼痛的"我有个朋友"才找回了一定的思绪，他急切地使用起能力，却一个都没成功。

旁边的芙兰卡和简娜看着卢米安认真地给"我有个朋友"变成的绵羊包扎伤口，皆有点瘆得慌，后者原本还想帮卢米安出出气，猛踢那个恶劣的"心理医生"的胯部，现在觉得这样就够了。

她把注意力转移到了手中的黑曜石断箭上，没发现它有特别的负面效果，也不知道是不是芙兰卡曾经讲过的神奇物品。

❖ 第十四章 ❖

★ C H A P T E R 14 ★

火刑

在卢米安拿出提前预备好的棕黄麻绳缠绕到那只绵羊的脖子上时，听到羊叫的值班医生带着几名健壮的看守巡逻到了这一层。

芙兰卡和简娜立刻躲入了阴影里，而男性化奥萝尔模样的卢米安不慌不忙地转过身体，牵着那只绵羊前往走廊的尽头。一股股赤红色的火焰从恢复了少许灵性的他身上冒出，于走廊上熊熊燃烧。

那名值班医生和几名看守不敢靠近，只看见一道人影行走于火焰的深处，一步步靠近着附楼走廊的尽头。

那人影还奇怪地牵着一头灰白色的绵羊，绵羊不想走，却被绳索拽住脖子，直接往前拖动。

在地面滑行了一段距离后，脖子越勒越紧、呼吸越来越困难的绵羊最终站了起来，迈开步伐，跟随着往前。

等到走廊上的火焰戛然熄灭，未烧到任何一个房间，值班医生和看守们已失去了牵羊男子的踪迹。

是我的幻觉吗……事情太过奇怪，匪夷所思，以至于这几位都产生了同样的想法。可留下烧焦痕迹的走廊证明刚才确实发生了一场没伤到任何人的火灾。

吩咐一名看守去最近的警察总局报警后，值班医生茫然又恍惚地回到了一楼办公室。

他倒至椅内，忍不住做起猜测："不会是执掌火灾的恶魔从深渊里爬出来了吧？它的特征是牵着一只绵羊？那是火焰的化身？"

值班医生越想越夸张，觉得不应该报警，应该直接去教堂请主教神甫们过来看看。

咚咚咚！

他听到了敲门的声音。

值班医生坐直了身体，沉声回应："请进。"

房门吱呀一声打开，值班医生的眸光瞬间凝固。来的人是刚才那个金发恶魔，他牵的绵羊甚至被白色的绷带缠绕住了眼睛，脸上的灰白毛发则沾染着点点血迹。

"有件事情麻烦你。"卢米安牵着"我有个朋友"进了医生办公室，嗓音平和地说道，"我这只羊有着严重的反人类倾向和极端的暴力行为，我想治疗它的精神疾病。"

怎么治……值班医生还没来得及说话，就看见那个长相俊秀的金发恶魔开口问道："你会脑额叶切除手术吗？"

"会，会一点。"值班医生下意识回答道，"可它是羊啊……"

这脑部结构能一样吗？

发出这么一个疑问的同时，值班医生看见那只绵羊疯狂挣扎，试图逃离，但被绳索紧紧束缚，没法摆脱。

卢米安笑了起来："没关系，可以试一试。它只是一只羊，死了就死了，我们还能吃烤全羊。"

他一边说一边将试图攻击自己的绵羊拖到了旁边的诊疗台上，然后用双手和双脚将它死死压住。

若患者是人类，没太多经验又被禁止做脑额叶切除手术的值班医生肯定不敢动手，但既然是一只羊，他就没什么顾忌了。

本着不惹怒那个纵火恶魔、好好配合以等待警察到来的想法，值班医生走到了诊疗台前。他有些犹豫地说道："我需要一把冰锥。"

他这是想找借口去冰库，和纵火恶魔拉开距离。可话音刚落，他就看见阴影内伸出一只手掌，递给自己一把锐利的细冰锥。

这，这是怎么回事……值班医生惊愕之余，隐约听到了"不用谢"这句话。他麻木地接过那根细冰锥，解开了绵羊头部缠绕的白色绷带。

那只绵羊挣扎得更加激烈了。

值班医生辨别了下它眼窝内部的受损情况，猛地将细而尖的冰锥从缝隙里插了进去，搅动起大脑里的额叶。

灰白色的绵羊挣扎了几秒后，霍然安静了下来。

等到手术完成，看见那只瞎了双眼的绵羊下了诊疗台，变得平静内敛、不再反抗，值班医生顿时产生了一种自己在做梦的感觉：手术真的成功了……针对人类创造的手术范式竟然在一只绵羊身上获得了成功……

进入呆滞茫然状态的值班医生看着那纵火恶魔牵着治好精神疾病的瞎眼绵羊走出办公室，消失在了门外的绯红月光里。他们所过之处，赤红火焰乱流，点燃了刚才解下的白色绷带和肉眼难见的毛发。

重新腾起的火光里还掺杂着黑色的焰流，它们如水流淌，洗涤着残余的冰锥和脚印等痕迹。

值班医生没感觉到任何危险，怔怔出神地看着，就仿佛在欣赏一场盛大的烟花。

不知过了多久，所有的火焰全部熄灭，派出去的那名看守带着一堆身穿黑色制服的警察回到了代尔塔疯人院。

"怎么才来？"值班医生下意识问道。

为首的警官恼怒地咒骂道："母狗养的，我们路上被打了黑枪，阴影里有人在射击我们！"

市场区，白外套街3号，601公寓内。

卢米安将"我有个朋友"变成的绵羊拴到餐桌其中一根支撑脚上后，没再管它，躺到客厅长沙发上，摆出一副准备睡觉的姿态。

他的外形已通过"谎言"调整回了原本的样子，"体面"胸针也早就取下来了。

"不现在审问？"芙兰卡望了安静站立、没试图拖着餐桌逃跑的绵羊一眼道。

她未看卢米安，因为这家伙现在非常让人讨厌，让人想揍他一顿，就连那只已成为"和平主义者"的绵羊都有点蠢蠢欲动。

卢米安嗓音没有波动地回答道："等我恢复了灵性再问。"

也是，这样更保险。反正"我有个朋友"现在是绵羊，又被切除了脑额叶，既没法使用能力，又缺乏反抗的想法……穿着刺客套装的芙兰卡收回视线，走向了自己的卧室，免得控制不住自己的双手、黑焰、冰霜和蛛丝。

她并不担心审问前的这段时间会出现什么意外，导致"我有个朋友"诡异死亡或失控成怪物，因为"魔术师"女士等大阿卡那牌之前已经确认过"我有个朋友"的身份，必然也顺势掌握了最重要的那些信息。

拿着黑曜石断箭的简娜则来到长沙发前，表情有点扭曲地"嗒"了一声："你的战利品。"

她把那只黑曜石断箭递给了还未闭上眼睛的卢米安。这个过程中，她右手轻轻颤抖，一副要顺势把箭头插入对方眼睛的模样。

卢米安并没有伸手去接，平静说道："这是你好运的报酬。或者说，这才是你真正的好运。"

说话怎么一股马戏团占卜师的味道……简娜没有拒绝，咕哝了一句后，飞快转身，也进了芙兰卡的卧室。

不得不说，这位同伴晋升"欢愉魔女"后，她一个女性看对方更换衣物都会有点脸蛋发红，耳朵变热。

等到芙兰卡换上轻便的居家衣物，她借助魔镜占卜大致弄清楚了那支黑曜石断箭的名称、能力和负面效果。

> 名称：嗜血者之箭。
>
> 能力：将它插入心脏所在的那侧胸口，任由它汲取自身血液后，使用者可以获得很强的自愈再生能力和相当出众的体质，无论速度、敏捷、和动物沟通的能力，还是视觉、嗅觉、听觉，都能得到极大程度的加快和增强，本人的魅力也会有一定的提升。
>
> 除了这些，使用者还将获得"深渊枷锁""腐蚀之爪""黑暗之翼"等黑暗领域的类法术能力。
>
> 负面效果：处在使用状态时，会厌恶阳光，渴望鲜血；
>
> 自身的血液会被物品不断汲取，直至因为失血过多而死亡，必须时刻关注自己的状态，及时将断箭拔出；
>
> 使用得越频繁，使用的次数越多，越会导致身体发生各种不明显的异变，等异变积累到超过限度，可能还会带来肉体的崩溃。注意：每次使用尽量不超过三分钟，使用的间隔最好在三天以上，这样一来，身体会得到恢复的机会，不积累异变。
>
> 使用时最好避开满月，虽然那会带来状态的提升，但也容易导致幻觉和危险。

"很不错的神奇物品啊。"芙兰卡由衷赞道，将"嗜血者之箭"还给了简娜，"单纯只是携带的话，竟然没有负面影响，这样的神奇物品在各种神秘学聚会里都能卖到四万费尔金以上。"

简娜拿着"嗜血者之箭"，若有所思地说道："如果我把它给你，是不是就还清欠你的钱了？"

她自认为欠芙兰卡三万费尔金。

芙兰卡打了个哈哈："不用急，这支'嗜血者之箭'能在很大程度上提升你的实力，让你真正拥有自保之力，等你的序列提高了，用不上它后再卖掉也不迟。欠我的那些钱，慢慢还，不用急的。"

简娜沉默了几秒，轻轻点了下头。

卢米安一觉睡到了早上六点，精神重新变得充沛，只脑袋还隐约有点抽痛。他翻身坐起，环顾了一圈，发现"我有个朋友"变成的绵羊正安静地站在餐桌旁边，空洞的眼窝内满是血痂。

卢米安笑了起来："体质不错嘛,这么重的伤和这么敷衍的治疗都没让你死掉。"

他将那只绵羊牵到客厅,把剩余的所有"吐真剂"都灌入了他的口中。做完这件事情,他才用赫密斯语诵念起解除咒文:"大主教阁下。"

幽暗光芒一闪,灰白色的羊皮裂了开来,暴露出"我有个朋友"穿着蓝白条纹病服的身体。

卢米安把无比平静的他扶到一张椅子上坐好,望着他空空荡荡的血色眼窝,笑着感慨道:"我昨天就说过,我们现在终于能好好聊一聊了。"

平静的"我有个朋友"没有回应他。

他退至沙发旁,坐了下来,沉默地等到"吐真剂"发挥了作用,才开口问道:"你叫什么名字,原本是做什么的,为什么住在代尔塔疯人院?"

卢米安这是先从最简单的问题开始测试"吐真剂"的效果,引导对方形成本能的、下意识的回答。

"我有个朋友"的声音没什么特色,但自有种令人信服的味道:"我叫皮埃尔·特里奥,原本是《基础医学》的副主编之一。

"我曾经告诉过你,我有个朋友因为疏忽大意、太有信心,结果住进了疯人院,那说的就是我自己。我沉迷于操纵他人心灵,对自身的问题不够重视,有一天突然就疯了。等我清醒过来,我已经被送到了代尔塔疯人院。

"幸运的是,我当时只是精神失常,并没有真正意义上失控,还有自我保护的本能,未在失去理智的情况下展现非凡能力。否则,我会被送去裁判所。"

你说的那个朋友果然是你自己……发现"我有个朋友"躲在疯人院后,卢米安就对当初那句话有了新的认知。

他追问道:"既然你已经恢复了清醒,找回了思维能力,那为什么还要留在代尔塔疯人院?"

"我有个朋友"未嘲讽,也未微笑,平静地回答道:"我发现疯人院很有意思,那些病人的思考方式、大脑状态、心灵岛屿都和正常人有显著区别,值得观察、研究和剖析。

"而且,他们之中既有因病疯掉的,也有被其他因素影响才成为精神病患者的,后者里面潜藏着一些接触过神秘、接触过异常的人。"

"包括被你伪装成自己的那个?"卢米安确认般问道。

"我有个朋友"缓慢地点了下头:"是的,他很特殊。我很早就注意到他,他像一个哲学家,总是提出各种各样奇奇怪怪的问题,而和他离得近的病人、照顾他的护士、给他治疗的医生都在慢慢向他的状态靠拢,他的周围还隐藏着一些似乎具备超凡能力的保护者。

"我们解决了那些保护者，试着取得他的信任，一切都很顺利，知道了他们属于一个叫'入门之人'的组织，修行一种叫'密多罗的礼拜'的密契之术，那可以让人类的星灵体飞升到诸层天域，看到最伟大的景象，触摸到不朽的边缘，并从无形之门后面得到能让自身质变的知识和相应的能力。"

"入门之人"……"无形之门"……卢米安记下了这些内容，继续问道："在'洛基'复活、给你警示后，你为什么不赶快逃离特里尔？"

"我有个朋友"嗓音不带丝毫感情地回答道："那多没有意思啊，总得弄死几个追捕者再逃走。"

竟然是这个理由……卢米安还以为有什么重要的事情让"我有个朋友"滞留特里尔："那你为什么不藏到别的地方？"

"我有个朋友"平静无波地说道："我想看见追捕者的绝望和痛苦。"

用生命来寻求乐子啊……卢米安笑了起来："你不知道塔罗会的实力吗？"

"我有个朋友"回想了下道："那个用塔罗牌为代号的隐秘组织？他们和你有什么关系？"

听到这里，卢米安哈哈大笑，笑得前俯后仰，异常夸张。

伴随着夸张的笑声，两间卧室的房门吱呀一声打开了。芙兰卡和简娜分别出现在门口，疑惑地望向卢米安。

"有什么好笑的事情吗？"芙兰卡嘟嘟囔囔地走了过去。

怎么审问个犯人审问出看喜剧表演的反应？

卢米安停止了大笑，揶揄着说道："无知会带来很多危险，傲慢同样如此，而既无知，又傲慢，则几乎没法拯救。"

简娜见状又缩回了卧室，关上了房门。她知道夏尔和芙兰卡有些事情是不方便自己了解的。

"怎么，这家伙既无知又傲慢？"芙兰卡用右手充当梳子，快速整理了下刚睡醒时的乱糟糟的长发。

她坐到安乐椅上，将目光投向了平静到没有任何情绪的"我有个朋友"。

卢米安把"我有个朋友"觉得单纯逃跑没有意思，非得找点乐趣，又不知道追捕者和塔罗会关系的事情完整讲了一遍。

芙兰卡听得竟一时无言，都不知道该说这个"愚人节"核心成员很有职业精神，非常坚持自身理念，还是说他既傲慢又无知。

过了几秒，芙兰卡回头望了眼客卧的房门："简娜越来越多地参与到我们的事情了，迟早会察觉到我们的真实信仰和背后的隐秘组织……"

卢米安不甚在意地说道："这个简单。'愚者'先生是官方承认的正神，你过几天找机会把简娜带到拉维尼码头，告诉她我们真正信仰的是谁，在为哪位神灵的眷者做事，问她要不要暗中改信'愚者'先生，不改也没关系。"

"嗯。"芙兰卡略有些沉重地点了下头。

卢米安重新望向平静等待的"我有个朋友"，将话题拉入了正轨："你们为什么要针对奥萝尔，'麻瓜'？"

"我有个朋友"像在说一件和自己没什么关系的事情："因为很多研究会成员在夸她，所以我们决定让她出次糗。"

"这什么逻辑？"芙兰卡脱口而出，"别人夸，你们就要捉弄？"

"我有个朋友"轻轻点头："让许多人心目中的美好形象破碎是恶作剧的精神之一，他们的反应能很好地取悦我们。"

芙兰卡气得脸都涨红了，想骂脏话却恨自己的语言库不够丰富。她深吸了口气又缓缓吐出，道："所以现在的你还知道什么是高兴和愉悦吗，还会有这两种情绪吗？"

卢米安则长长地吐了口气道："然后呢？"

"我有个朋友"露出回忆的表情："借着'麻瓜'到我们小组寻求交易的机会，我不定期给了她很多有用的意见，她越来越信任我，甚至会将一些困扰她的事情告诉我这位'心理医生'，寻求解决的办法。

"那段时间，我表现得非常可信，但那只是在为搜集足够的资料、设计一场大的恶作剧做准备。然后，我知道了'麻瓜'穿越时占据的这具身体属于一名信仰宿命邪神的少女，而且，她当时还发现父亲、母亲、哥哥、姐姐和弟弟都有点异常，存在许多深入思索会让人感觉恐惧的细节，于是，她找了个机会离家出走。

"这和我认识的某个家庭的情况很像，他们也有一名女性成员突然失踪。经过反复的对比，我、'洛基'和那个家庭都确认'麻瓜'就是他们家那个失踪的女性成员。然后，有一天，'洛基'拿着被那个家庭改良过的唤魂术，对我说，想办法卖给'麻瓜'，让她对自己使用。

"我依靠对'麻瓜'心理状态和精神情况的了解，精心设计了一整套说辞，借助她返回故乡的渴望和四处寻找线索的惯性，让'疯女'把唤魂术卖给了她。她果然开始精神分裂，洛希·露易丝·桑松在某种意义上又活了过来。

"后续的每一次治疗，我都让她表面看似好转，其实问题一次比一次严重。有的时候，我还会特意引导洛希那个人格出现，和她聊上几句，这很有趣。"

卢米安沉默地听着，没有愤怒打断"我有个朋友"讲述，倒是芙兰卡，气得用连续喝水来平复心情。

这群人怎么这么可恶！完全没有把别人当成真的人来对待！

等到"我有个朋友"讲完，卢米安开口问道："唤魂术来自洛希·露易丝·桑松的家庭？"

"对。""我有个朋友"的状态和无风的湖面一样，"他们将恩赐来的知识与某个'巫师'发明的唤魂术结合，就有了'麻瓜'买到的那个唤魂术。具体有什么特殊，我不清楚，我不是巫术研究者。"

恩赐来的知识……卢米安将"舞蹈家""托钵僧侣"和"受契之人"自带的知识在脑海里快速过了一遍，没发现有可以和唤魂术结合的内容。他合理怀疑是宿命途径更高序列附带的知识或者那位以宿命为名的邪神特意恩赐的。

卢米安想了几秒，语速缓慢地问道："洛希·露易丝·桑松的家庭知道'麻瓜'的存在和状态，甚至掌握了她现实的身份和居住的地点？"

"我有个朋友"点了下头："前面那部分是我告诉他们的，后面是洛希自己说的，他们后来还绕开我和'洛基'直接建立了联系。"

科尔杜村宿命信仰的传播、各种资源的获得都有那个罪人组织的身影啊……也是，本堂神甫离开科尔杜村后立刻就能加入他们，成为所谓的大主教，这间接证明了这点……卢米安情绪低沉，但头脑非常清晰。

他双手不自觉地握起，看着"我有个朋友"道："那个家庭的成员分别叫什么，住在哪里，是否为某个隐秘组织或者邪神教派的成员？"

"我有个朋友"摇了摇头："我住进疯人院后就和他们失去了联系，这段时间，我试过去找他们，发现他们已经搬离了住处，似乎也没再用原本的身份，好像在躲避着什么。

"洛希的父亲叫瓦赞，母亲叫康斯塔丝，哥哥叫布利斯，姐姐叫安妮特，弟弟叫阿蒂尔，都是桑松家族一个支系的成员，现在用什么名字我不知道。

"瓦赞是一名商人，曾经接近破产，但后来加入了那个名为'罪人'的隐秘组织，奇迹般摆脱了困境，重新取得了成功。他有很多产业，最出名的是兼具酒店、餐厅等功能的瓦赞咖啡馆，来往的都是上流社会人士，但在他们搬走之前，这些产业都被卖掉了。"

卢米安又仔细问了问罪人组织的情况和那个家庭每个成员的外形特征、步伐步态、举止习惯。

掌握好这些信息，他才若有所思地说道："你知道科尔杜村那场灾难里，罪人组织的半神或者较高序列的非凡者扮演了什么角色吗？"

"我有个朋友"回答道："在我住进疯人院前不久，瓦赞告诉我，他们对此感到很意外，这比他们约定的时间节点提前了不少，以至于他们没有一个赶到现场。

"那似乎是某些人太急于获得恩赐造成的，那次失败带来的事故还导致他们失去了大量线索，否则你早就被他们找到了。"

隐藏在科尔杜村暗处和我周围的"受难者"不是罪人组织那位半神？那和忒尔弥波洛斯配合干扰我命运的是谁？卢米安皱了下眉头，继续问道："洛希没有把提前举行仪式的事情告诉罪人组织，告诉她的父母兄弟？"

"没有。""我有个朋友"平铺直叙地说道，"他们猜测她想减少获取恩赐的人，让恩赐的力量更加集中。"

卢米安陷入了沉默，觉得这事透着点怪异。

是那蜥蜴状小精灵做的吗？它一边阻止奥萝尔向"海拉"女士求助，一边不让洛希·露易丝·桑松与罪人组织联系？

卢米安就这个细节反复问了几遍，未获得更多的信息。他怕"吐真剂"的效果过去，抓紧时间改变了话题："你们信仰的那位神灵让你们在特里尔做什么？"

"我有个朋友"空洞洞的眼眸对着沙发区域道："祂偶尔会给我们一些启示，让我们自己解读。如果能正确理解，完成了相应的事情，会有一些意想不到的收获。

"除了启示，祂几乎不给我们神谕。我们只有布置仪式才能向祂祈求，而这每周不能超过一次。"

福生玄黄天尊和"愚者"先生的状态很接近啊……卢米安本想追问福生玄黄天尊给过哪些启示，但又担心涉及这种存在的话题会带来危险。

经过短暂的斟酌和推敲，他决定从另一个角度切入，间接打听："人血面包的流言是你制造的吗？"

"是的。""我有个朋友"没有否认。

卢米安继续问道："曼德拉草可以治病的流言呢？"

"我有个朋友"平静道："也是我弄出来的。那是天尊给的启示，然后我才发现可以这么玩，过了一段时间就散布起人血面包的流言。"

曼德拉草的流言是福生玄黄天尊给的启示？那用它压制灵性潮涌状态会不会有什么隐患？卢米安考虑起要不要提醒那个有点天真的吸血鬼拉诺·布鲁赫。

他又绕着圈子问了问福生玄黄天尊别的启示，没得到太有用的情报，只好进入最后一个话题："讲一讲'疯女''咸蛋超人''西索''洛基'和'吟游诗人'的情况。"

"我有个朋友"嗓音平缓地说道："'疯女'应该是一名'旅行家'，我不知道她固定住在哪里……

"'咸蛋超人'之前是'太阳'途径的序列6'公证人'，现在我不清楚。他最近没来过特里尔，我也没离开过疯人院，只是每次聚会的时候聊上几句……

"'洛基'是'占卜家'途径的序列5'秘偶大师'，但我怀疑他比我们更得到天尊的重视，能动用许多我们不知道的资源，他甚至有一座不知藏在哪里的神秘古堡第兰……

"'吟游诗人'是'偷盗者'途径的序列6'盗火人'。当然，我不确定他现在的情况，我们已经很久没在现实里见过面了……那本《罗塞尔大帝秘录》确实是他写的，托名出版……

"我和'西索'不熟，他没参加过在北大陆的任何一次现实聚会。在我看来，他很危险，仅次于'洛基'，和'疯女'差不多……

"如果我不是疯了一段时间，现在应该也序列5了……"

第兰古堡……卢米安记起"海拉"女士对"洛基"梦境的描述，怀疑那座不知藏在哪里的神秘古堡就是"洛基"复活的地方。

"吟游诗人"属于"偷盗者"途径的非凡者是他之前没有料到的，他还以为那绰号来源于"水手"途径的"海洋歌者"或者"黑夜"途径的"午夜诗人"。但想想也正常，在乡野故事里，吟游诗人往往都会兼职小偷。

这也证实了福生玄黄天尊对"占卜家""学徒"和"偷盗者"途径能施加不小的影响，六名核心成员里就有一半属于这三条途径。

等到"我有个朋友"讲完，芙兰卡颇为关切地追问道："研究会里还有哪些成员是你们的同伙?"

"我有个朋友"泛不起隐瞒的欲望，心平气和地回答道："我知道的有'小矮星'……"

"'小矮星'?"芙兰卡愕然脱口，"我以为他取这个绰号是在自嘲身高，结果，他是在自嘲身份?"

"我有个朋友"轻轻点头："在找到组织、加入研究会前，他其实就已经和'洛基'认识。你们都知道，'洛基'可以借助天尊的力量感应到一定范围内的穿越者，而'小矮星'也在特里尔大区。

"他是先成为'洛基'的手下，然后才进入研究会的，被安排在了别的小组。他居然给自己取了'小矮星'这么一个绰号，理由是秉承恶作剧的精神，把真实情况赤裸裸地展现出来，嘲讽和愚弄缺乏敏锐度的所有研究会成员。但实际上，我知道，他在犹豫，他在内疚，他充满挣扎，希望用这种方式提醒别的研究会成员自己有问题。

"我打算有机会告诉他，从来不歧视他身高、对他很温柔很亲切的'麻瓜'就是被我们这群人害到出问题的，他也算是间接的帮手，到时候，他崩溃和痛苦的表情一定很好看。"

"靠!"芙兰卡骂出了声音。

虽然"我有个朋友"被切除了脑额叶,整个人变得非常平静,说话的语气里不再带有任何的嘲讽,但平铺直叙出来的想法还是充满了恶劣色彩,让芙兰卡完全控制不住自己的情绪。

"还有呢?"卢米安帮她问道。

"我有个朋友"又连续报了五个绰号,末了道:"这是我知道的几个,至于'洛基'他们悄然发展、没告诉我的,我就不清楚了。"

"还不少啊……"芙兰卡又痛恨又沮丧。

卢米安侧头看了她一眼道:"把这些情报告诉'海拉'女士就行了,怎么处理是他们几个会长、副会长的事情,你不需要为难和犹豫,只用享受成果。奥萝尔,呃,你家乡不是有句话吗,不看到羊羔被杀,不亲自烹饪,就能毫无心理障碍地享受美味的羔羊肉,否则难免仁慈、心软、纠结痛苦。"

芙兰卡吐了口气,嘟囔着说道:"你姐姐改编名人名言也改编得太离谱了吧……"

她重新振作精神,望向"我有个朋友":"你们是因为信仰天尊才到处宣扬末日即将来临、赶紧追逐快乐,从而毫无心理障碍地做各种坏事,还是确定了末日即将来临,人类无法反抗,才绝望地信仰了天尊?"

"我有个朋友"回答道:"都有。有的是尝试复刻穿越前的行为,直接得到了天尊的注视;有的是遭遇灾难,初步接触到末日的事情,精神崩溃后才信仰了天尊。"

说到这里,"我有个朋友"空洞洞的眼窝转向了刚才提问的芙兰卡:"后来,天尊还给了我们一些启示,让我们猜到了部分真相,那包括……"

不知为什么,卢米安忽然有了强烈的危险预感,直接打断了"我有个朋友"的陈述:"不用讲了!"

"我有个朋友"立刻闭上了嘴巴。

"为什么不能讲?"芙兰卡正心痒痒地等着答案,谁知没了下文。

卢米安记起了和末日相关的"屏障"等概念,正色说道:"你现在还不适合了解末日的真相,那些知识很可能让你当场失控或是遭受致命的污染,等你成了半神再打听吧。"

"好吧。"芙兰卡望了卢米安一眼,嘀嘀咕咕地说道,"你怎么表现得像是知道真相一样……"

凭什么他可以,我不可以?

"我也只了解一点。"卢米安坦然回答道,"而那也确实给我带来了危险,幸亏有'愚者'先生的封印。"

此时，随着"吐真剂"效果的退去，"我有个朋友"又归于不变的平静，连回答问题的欲望都消失了。

芙兰卡凝视了这个被切除脑额叶的"心理医生"几秒，叹息着说道："有的时候，我们还是太天真了，可能都抱着把自己当成主角的想法。"

卢米安知道这里的"我们"指的是卷毛狒狒研究会的成员。

芙兰卡收回目光，转而对卢米安道："昨晚给绵羊动手术的时候，我把'我有个朋友'和他那个替身的病房都搜查了一遍，在后者那里发现了一些纸张，上面写的内容我没细看，感觉有点晦涩难懂。"

她一边说，一边起身返回房间，拿出了薄薄一沓纸张。

卢米安接过翻了翻，很快皱起了眉头："密多罗的礼拜……"

"这是什么?"芙兰卡刚才没听到审问的前半段。

卢米安简单讲了讲，末了道："这应该是穿越无形之门，和某位邪神密切契合，获得知识和经验的法术。就连普通人在接受正确的指导后，应该都能学会。"

"我就说读起来怎么感觉很邪门，什么诸层天域，什么无形之门，什么伟大的景象、不朽的边缘，一听就很危险!"芙兰卡由衷感叹道

卢米安收起了"密多罗的礼拜"这个密契之术，虽然他不会使用，也没必要使用，但相应的知识还是可以掌握的，这有助于对付依靠"密多罗的礼拜"获得知识和力量的邪神信徒们。

他随即对芙兰卡道："你把刚才那些情报转告给'海拉'女士，我去处理'我有个朋友'。"

"嗯。"芙兰卡轻轻点头，看着卢米安戴上"谎言"耳夹，走到靠背椅前，抓住那个平静男子的肩膀，瞬间消失不见。

监狱区，鲁瓦综合行刑场。

此时还未到早上七点，这里没有一道人影存在，湿漉漉的，仿佛与世隔绝。

卢米安带着"我有个朋友"从虚空里走了出来，把这个"愚人节"核心成员绑在了火刑架上。然后，他退出很长一段距离，半蹲下去，将双手按在了地面。

两道赤红色的火舌沿着杂草丛生的夯土地面，飞快蹿向了"我有个朋友"的身体。它们越变越大，最终化成巨蛇，将"我有个朋友"彻底吞没。

卢米安站了起来，边用双脚维持着火焰的输送，边沉默地看着平静的"心理医生"应激凸显出灰白色的龙鳞。

他的身体下意识般开始挣扎，但又不是那么强烈；他的各种非凡能力撒向了四周，但又没能影响到范围外的卢米安。

卢米安凝聚出一根危险的火焰长枪，将它投了出去，于"我有个朋友"的胸腹间烧熔刺穿出一道裂口。还未烧掉别处龙鳞的赤红火焰随之奔到这里，涌入了"我有个朋友"体内。

看着这个"愚人节"的核心成员真正开始燃烧，身体本能地发出痛苦的声音，卢米安脑海中思绪纷呈，将昨晚的战斗和今天的审问飞快回想了一遍。

他从中提炼了很多经验，但还形不成扮演守则："火焰不只是杀伤，还是威慑，恐吓和信号……"

"'纵火家'有必要将自己的火焰和陷阱结合在一起……"

看着熊熊火焰剧烈烧灼"我有个朋友"的同时，卢米安的心里也仿佛有一把火焰在燃烧。

那是愤怒，那是痛快，那是宣泄。

这一刻，卢米安的"纵火家"魔药又消化了一些，就和昨晚那场战斗后的情况一样。

不知过了多久，无人的行刑场内，高高的火刑架上，"我有个朋友"停止了挣扎，失去了呼吸，身体焦黑开裂。

下着细雨的湿漉漉的行刑场内，卢米安看着赤红的火焰在眼前逐渐变小，看着那具尸体内部有一点点透明无色的黏液渗出，它们围绕着浑身焦黑开裂的"我有个朋友"，试图从他空荡荡的眼窝钻入脑袋，和某种器官结合在一起。

一只只赤红的火鸦于卢米安身周凝聚而出，首尾相接地抢在那些黏液之前，争先恐后地通过了残留血色的眼眸。

轰隆隆！

"我有个朋友"的脑袋从内到外爆开，炸得四分五裂，灰白色的胶质散落得到处都是。

那些透明无色的黏液失去了结合物，只能自行凝聚，最终形成了一团黏稠的胶质。那胶质啪地落到火刑架下，远远望去，就像一面形状无法固定的、能映照出周围所有事物的镜子。

卢米安走了过去，于灼热的空气里和流逸的火焰中俯身捡起了这团应该是"催眠师"非凡特性的无色胶质。

他凝视而去，发现胶质深处有一个个很小的透明气泡，它们从不同角度反射着阳光，呈现出不同的颜色。

收起这团非凡特性，卢米安转过身体，离开了火刑架。他的背后，残余的火焰还在燃烧，还在不断撕扯着那具焦黑的尸体。

光芒变幻间，卢米安的身影消失在了鲁瓦综合行刑场。

无知会带来很多危险，傲慢同样如此。
而既无知，又傲慢，则几乎没法拯救。

市场区，白外套街3号，601公寓内。

借助"谎言"耳夹变回原本模样的卢米安揉了揉额角，对芙兰卡道："已经处理好了，很符合他这种人的火刑。

"可惜，他信仰天尊，哪怕什么都不做，也是一个隐患，是暗藏的炸药包，要不然我会让他以脑额叶被切除、双眼瞎掉的状态一直活下去。"

"这样挺好的。"芙兰卡舒了口气。

她其实有一些遗憾，如果不是"我有个朋友"曾经疯过，又信仰疑似造成他们这群人穿越的福生玄黄天尊，她真想通他的灵，把"观众"途径序列9到序列6甚至序列5的魔药配方问出来。但反复权衡后，她放弃了这个危险的打算。

卢米安望了客卧敞开的房门一眼："简娜呢？"

"去老鸽笼了。"芙兰卡嘲笑起卢米安，"在消化魔药这件事情上，她可比你用心多了。"

卢米安若有所思地回应道："在宣泄出内心的火焰，并用火焰实际战斗和完成处刑后，我的'纵火家'魔药也消化了不少。按照这个进度，如果能总结出新的扮演守则，再有两个月应该就可以彻底消化了。"

他没继续这个话题，转而说道："'我有个朋友'的非凡特性，我打算上交给'魔术师'女士。这次要是没有她和塔罗会帮助，我们要么找不到目标，要么会在第一次袭击里直接失控。"

"没问题。"芙兰卡一点也不介意，"这种邪神信徒的非凡特性，没经过高位者的处理，我可不敢拿在手里。你也别想着欠我什么，对付'我有个朋友'同样是卷毛狒狒研究会的需求。"

卢米安没再客气，看到芙兰卡返回卧室，换上了点缀着蕾丝花朵的白色衬衫和修身的米黄长裤，一副准备外出的模样。

"你去哪儿？"他随口问道。

芙兰卡没好气地回答道："这段时间每天都在忙你弄出来的各种事情，我都没空去欢愉，现在好不容易结束了，总得享受享受吧？我劝你这几天也安分一点！"

卢米安好笑地看着这位"欢愉魔女"穿好靴子，开门而出。

哐当的关门声里，本打算回金鸡旅馆给"魔术师"女士写信的卢米安干脆当场找出纸笔，就着餐桌，将"我有个朋友"交代的那些情况全部写了下来。然后，他整整齐齐地折好纸张，将来自"我有个朋友"的"催眠师"非凡特性压在了信纸上面。

玩偶信使被召唤出来，然后消失，卢米安开始耐心地等待。

❖ 第十五章 ❖

★ C H A P T E R 1 5 ★

内部审查

没多久，玩偶信使带回了那团透明的胶质和叠成方形的纸张。

"魔术师"女士在回信里写道：

> 这是塔罗会的公共任务，没必要给我们报酬，你自己拿着吧，我已经清除掉能够清除的那部分污染。
>
> 剩余五名"愚人节"成员的下落，我们会发动各种资源去寻找，但目前都缺乏有效的切入点，情报上提到的几个恶作剧过去太久了。

卢米安沉默地看完，任由赤红的火焰吞噬起手中的纸张。

他很想直接传送到费内波特的加亚省和南大陆的西拜朗这两个地方，亲自寻找"吟游诗人"等有问题的"愚人节"小组成员，但他也知道，这根本没什么作用，在没有足够情报或线索的前提下，这不亚于在大海里捞出一根掉落的银针。总不能每次都期望那个吃冰激凌的小男孩给予好运吧？

只能等到塔罗会找出了有效线索再去……现在能追查的就只有《罗塞尔大帝秘录》这本地下书籍的出版商，如果他们见过"吟游诗人"这个真正的作者就好了……卢米安一时有点失落，又有点放松。

关于那份"催眠师"的非凡特性，他打算慢慢来，一边寻找合适的工匠，一边等着安东尼·瑞德调查清楚腓力将军遗孀的事情。

那位"心理医生"如果能有所收获，最终治好了自己的心理问题，那卢米安不介意把"催眠师"非凡特性卖给他，将换来的钱和芙兰卡平分；要是在此之前找到了合适的工匠，卢米安会把制成的神奇物品定为公共资源，芙兰卡和简娜都能随意取用。

将"催眠师"非凡特性放入衣物暗袋后，卢米安吐了口气，靠住餐椅的背部。这个时候，他才听到肚子的咕噜声，感觉到熟悉的饥饿——从早上六点醒来，他就一直忙着审问、处刑和写信，完全忘记了还需要吃早餐这件事情。

"真是的，把我一个人留在这里，好像这是我家一样……"卢米安咕哝着起身，走入公寓的厨房，打算看看有没有吃的，随意对付一下。

目光一扫间，卢米安看见了几个土豆。他怔了几秒，挽起衬衫袖子，穿上挂在旁边的围裙，熟练地给土豆削皮、清洗，将它们切成了细丝。接着，他按照流程，点火，热锅，倒油，炒香，放入切好的土豆丝不断翻炒，加入相应的调味品后起锅。

完成这道菜后，卢米安又烤了两片吐司，倒了杯牛奶。然后，他坐到餐桌旁，将土豆丝夹在两片吐司间慢慢啃咬起来，时不时喝口牛奶。

窗外，细雨消散，阳光正明。

接下来的一周，卢米安没再忙碌，安心地等待着最近两场战斗遗留的精神创伤恢复，并寻找着各种机会扮演"纵火家"，缓慢地消化着魔药。这期间，他还抽空去向K先生汇报了最近的工作情况和新发现的邪神组织。

微风舞厅的萨瓦党成员都很惊讶，头儿竟然连续五六天出现，每次都待了很长的时间，和之前根本找不到人的时候相比，敬业得就像是个假货。

查理同样觉得吃惊，夏尔竟然每天晚上都到地下室酒吧喝酒，捉弄这个，嘲笑那个，而他本人毫无疑问是最大的受害者。

就在芙兰卡欢愉到有点空虚，想再去一次夏约镇的红房子咖啡馆，暗示布朗丝·索伦不要忘记审查自己时，"海拉"那个纯银打造般的骷髅脑袋将举行特别聚会的通知分别送到了白外套街3号601公寓和卢米安在白外套街的废弃安全屋。

卢米安有一段时间没去那个安全屋了，要不是芙兰卡收到信后特意询问了他一句，他都不知道有信的事情。

卷毛狒狒研究会的很多成员都是这样，会有一个固定收发信件的地方，但本人并不住在那里，只是定期去看一看，以免被"海拉"直接找到。

在这种细节上，他们还是有一定安全意识的。

卢米安来到白外套街那个废弃安全屋，展开信纸，看见上面写道：

"麻瓜"：

　　今晚十点，有一次特别聚会，我们需要商量一件很重要的、关系到大家安危的事情。

夜里，差三分钟到十点的时候，卢米安在夜莺街的安全屋内诵念起那段蕴藏隐秘力量的咒文。

他随即感觉自己进入了类似沉睡的状态，留下了自己身体正被橡皮擦抹掉的印象。不知过了多久，他霍然恢复清醒，又一次来到了那座被迷雾城镇包围的古老宫殿内。

此时，已有上百名卷毛狒狒研究会成员抵达，而一道接一道的身影还在飞快勾勒出来。

穿过大型化装舞会般的现场，用"谎言"变成奥萝尔模样且套着巫师黑袍、戴着半脸面具的卢米安来到了"学院"小组。

他一眼望去，没有看见那个绰号"小矮星"的成员。

戴着黑色蝴蝶面具、穿着打领结衬衫和深色长外套的"教授"正站在一名个子中等、身材偏瘦、头上套着一个棕黄色牛皮纸文件袋的男子身旁。那是她的丈夫"副教授"。

"教授"看向卢米安，好奇地出声询问："你知道出了什么事情吗，为什么要举行一次特别聚会？"

扮演着"麻瓜"奥萝尔的卢米安嘴角微翘，叹息着道："因为出了叛徒。"

"叛徒……""教授"等"学院"小组的成员纷纷重复起这个词语。

这时，套着朴素长袍、戴着兜帽、形如半巨人的会长"甘道夫"和做黑寡妇打扮、遮着面纱的副会长"海拉"同时走到了古老宫殿深处那张巨大石椅前。

因为在通知里已经明确这是一次特别聚会，所以绝大部分卷毛狒狒研究会的成员都没有分组交流，只是站到了自己习惯的位置，将目光投注于那张巨大的斑驳石椅。

约定时间过去十分钟后，套着亚麻长袍的会长"甘道夫"左右看了一眼，嗓音洪亮地说道："各位，这次召集大家，是有件非常重要的事情告诉你们。

"我们之中出了一批叛徒！"

一批叛徒……"教授"等"学院"小组的成员虽然已经得到卢米安的提示，但没想到问题比预想的更加严重。

不是一名叛徒，是一批！

破败古老的宫殿内一阵哗然，部分卷毛狒狒研究会成员明显不信；部分则瞬间警惕，怀疑这怀疑那；还有部分认为问题可能存在，但没有"甘道夫"说的那么夸张。

他们或低声交谈、或激情讨论之时，脸罩黑色面纱的"海拉"嗓音清冷地说道："我们先请一名受害者讲讲她的遭遇。"

这位女士的声音不大，却像是安宁黑夜里的唯一动静，清晰地传入了每一个卷毛狒狒研究会成员的耳中。

她随即将目光投向了"学院"小组所在的这片区域。

卢米安领会了"海拉"的意图，没有任何畏惧和担忧地走上台阶，来到那张斑驳古老的巨大石椅旁。

他模拟了下奥萝尔知道自己被害真相会有的情绪反应，嗓音略显低沉地说道："去年4月1日，我从'愚人节'小组的'疯女'那里买到了一个名为唤魂术的法术……"

无须使用扩音术，卢米安模仿出的奥萝尔声音就借助弥漫于夜之国的隐秘力量，准确地让在场每一个人都清楚听到，没有丝毫的外泄。

很显然，这是"海拉"提供的帮助，毕竟卢米安自身不是真正的"巫师"，没法使用那些辅助性的法术。

听到这里，卷毛狒狒研究会的绝大部分成员齐刷刷地将目光投向了"愚人节"小组所在的宫殿裂口处，发现不仅"疯女"没来，还有大量成员未出现。他们隐约猜到了"叛徒们"指的是哪个群体，曾经被"愚人节"小组捉弄过的那部分成员不可遏制地闪过了欣喜之情。

卢米安继续着陈述，他没立刻讲"洛基"和"我有个朋友"的供词，先是从奥萝尔的角度还原起当初的心情：对"我有个朋友"的信任；对故乡的渴望；对线索的执着；对"疯女"说辞的心动；使用唤魂术后发现找回来的残魂与自身记忆结合，分裂出一个人格后的惶恐和不安；寻求"我有个朋友"治疗，一次次好转，又一次次恶化的无助和恐惧……

卢米安说越是难以平静，逐渐激动起来，甚至有点哽咽。

这一方面源于他自身的懊恼，他竟然没有提前发现奥萝尔的状态不对和情绪异常——与最亲近之人待在一起时太过放松，造成了他对细小变化的忽略，等到他真正察觉，问题已经很严重了。

另一方面，随着回忆和模拟，奥萝尔的灵魂碎片似乎变得活跃，上浮到了封印边缘，让他的精神受到了一定程度的影响。

讲述的尾声，卢米安做起了深呼吸："我差点因此死亡，幸运的是，我在最后关头得到帮助，封印了分裂的人格，这也就是我有接近半年没有参加聚会的原因。

"初步恢复后，我写信给'海拉'女士，讲述了我的遭遇，我们开始暗中调查'洛基''我有个朋友'和'疯女'。"

"海拉"接过了话题："到目前为止，'洛基'暴露出了足够的问题，遭受了我们的重创。而'我有个朋友'被'麻瓜'他们抓住，问出了不少情报。"

见许多卷毛狒狒研究会的成员本能地感觉到畏惧，表现出了对自身安全的担忧，"海拉"讲起了"洛基"对"麻瓜"遭遇的嘲笑和"我有个朋友"的精心布置。

这听得绝大部分研究会成员异常愤怒，开始理解"麻瓜"和"海拉"的言谈行为。

"海拉"环顾了一圈，又道："被他们谋害的不止'麻瓜'一个人，还有之前死去和失踪的多名成员。现在，我们请几名证人上来。"

"黑土"等"愚人节"小组成员依次上台，讲述起自身知晓的部分，这让卷毛狒狒研究会的成员们背脊发凉，汗毛悚立，满是后怕之情。

如果不是"麻瓜"侥幸活了下来，揭穿了那群人的真面目，在场不知还有多少人会遭受他们的谋害！

等证人们说完，会长"甘道夫"展示起包括日记、物品等在内的证据，末了道："根据'我有个朋友'的供述，我们清除了潜藏在其他小组的'洛基'同伙，其中，'小矮星'是自杀的。他觉得对不起大家，哎，他是一个好人，但缺乏决心和勇气，他要是早点找到我和'海拉'，用更好的方式暗示我们，很多事情应该就不会发生，他也不至于这么内疚。"

在一声声叹息里，"甘道夫"洪亮的嗓音又大了少许："各位，我们只是清除了'我有个朋友'知道的那些同伙，各个小组里也许还有仅与'洛基'联络的内奸。我提议，我们建立一个审查委员会，由我、'海拉'和已经通过互相审查的另外三名同伴组成，任务是确认剩下的每一名成员是否有问题，排除隐藏在内部的隐患，并针对'洛基'和他的同伙采取行动。"

处在后怕和愤怒状态的卷毛狒狒研究会成员们犹豫了，他们担心这会导致自身的秘密和现实的情况暴露在审查委员会面前。如果这五人里藏着野心家，完全可以借助这些信息胁迫和控制对应的成员帮自己做事，给大家带来比"洛基"团伙更严重的威胁。

"甘道夫"静静地看着，等他们讨论了一阵后才道："放心，我们的审查不会涉及你们的个人秘密和现实身份。主要的流程是，审查委员会设计一份严密的、能保证研究会成员不会谋害彼此的契约，然后每个人都签署上自己的名字，由'阿波罗'公证。至于你们信仰哪位神灵、在现实中是什么职业、有什么秘密，我们并不关心，只要没遭遇污染，不会成为隐形炸弹就可以了，这个限制也会在契约里体现。"

"阿波罗"是五位副会长之一，他原本的绰号不叫这个，但后来有一天，他突然走到巨大石椅前，告知所有成员自己改了绰号。他已经通过了"甘道夫"和"海拉"的审查。

比起从身体到灵魂的细节审查，只是签订一份有约束力的契约来保证彼此的安全明显更能得到卷毛狒狒研究会成员的认可。

经过举手表决，审查委员会以近乎全票的方式正式成立。这个委员会共有五名成员，分别是会长"甘道夫"、副会长"海拉"、副会长"阿波罗"以及"圣殿"小组成员"袖剑"和"学院"小组成员"校长"。

"海拉"本来想让"麻瓜"也成为审查委员会的一员，但卢米安觉得自己始终是一个假冒者，做审查其他成员的人不太合适，所以拒绝了她的提议。

投票通过时，卢米安听到站在旁边的"袖剑"芙兰卡小声咕哝道："人类啊，果然还是一样。你想开窗，肯定有一堆人反对；但要是你说你想把屋顶砸了，他们就会同意你开窗了。"

见"麻瓜"望了过来，"袖剑"芙兰卡又嘀咕道："这句话不是我说的。"

接下来，大家分组讨论起契约的条款，务求没有过分的内容，又能保证叛徒和有危害的行为能被及时揪出来，不存在漏洞。

卢米安走下台阶时，看见"袖剑"芙兰卡在和一名戴着狮子头套、身材颇为高大的男子交流。

他刚刚靠近，那男子就侧头望过来，笑着说道："'麻瓜'，你也在市场区啊？"

"'007'，你为什么这么说？""袖剑"芙兰卡故意这么一问。

是那个在特里尔某个官方势力工作的"007"啊……卢米安点了下头，勾起嘴角道："在市场区活动不代表住在市场区。"

"也是。""007"转头望向"袖剑"，略带嘲笑和调侃地说道，"你都告诉过我，那晚的恐怖气息你知道大概的情况，而今天又讲了'洛基'等人的背叛，我要是猜不到那是'海拉'女士、你、'麻瓜'这些人在市场区对付'洛基'和'我有个朋友'引起的才奇怪了。而且，我听说那段时间第八局失踪了一个'秘偶大师'，符合'洛基'表现出来的途径。"

说到这里，"007"疑惑的目光扫过了"袖剑"和"麻瓜"："你们之中没有'猎人'途径的非凡者啊。"

上面的人都怀疑那恐怖气息是"猎人"途径高位者散发出来的。

"那种恐怖的气息是我们自己能制造的吗？肯定是外源性的啊！"芙兰卡说的都是真话，但在刻意误导对方往符咒、封印物等方面想。

"007"缓慢点头的同时，卢米安看着他道："第八局对失踪的'秘偶大师'有什么说法，觉得他是因为什么失踪的？"

戴着狮子头套的"007"想了下道："我只是听到一些流言，说那个'秘偶大师'是带着某些机密资料失踪的。"

"没有的事。"既然已经被"007"猜到那晚事情的真相是他们两人和"海拉"联手对付"洛基"，芙兰卡也就不再伪装，直接反驳起流言。

"洛基"身上什么资料都没有！

"007"没有和她争执，自顾自地补充起流言的内容："而那些机密资料好像涉及一个隐秘组织遗留的宝藏。"

遗留的宝藏……卢米安和芙兰卡同时想起了"我有个朋友"说的第兰古堡。这座神秘的城堡不知藏在哪里，而"洛基"梦中的主场景就是一座高耸阴森的古堡。

"007"继续说道："也有第八局的成员怀疑那晚出现的恐怖气息和失踪的'秘偶大师'有关，一个叫安托万的情报主管反复询问过相应的细节。"

安托万……他觉得"洛基"不会自行失踪，必然是遭遇了什么意外？卢米安记下了这个名字。

讲完流言，"007"看了"麻瓜"一眼，半开玩笑地说道："你最好不要住到市场区，'袖剑'把那里弄得一片混乱，非常危险。"

"谁说的？治安明明变好了！"芙兰卡理直气壮地反驳。

自从她和卢米安把毒刺帮的头目一锅端掉，整个市场区就呈现萨瓦党一家独大的情况，黑帮火并和枪击杀人等恶劣事件发生的频率直线下降，治安情况显著好转。

"007"叹了口气道："那是表面上，实际上涉及超凡力量的事情比以往更多了。哎，不知道我什么时候才能休一个长假。"

扮演着"麻瓜"的卢米安和"007"又闲聊了几句，才走回了"学院"小组。

戴着黑色蝴蝶面具的"教授"靠近他，低声感叹道："我之前还以为你是因为隐匿贤者的耳语才出现问题，并休养了一段时间，谁知道是'洛基'那伙人干的。"

她顺势骂了"洛基"他们几句，之后确认般询问起"麻瓜"："你有没有注意到最近几个月以来，隐匿贤者的耳语有了一些让人不安的变化？"

奥萝尔的巫术笔记上没有这方面的记录……卢米安斟酌了几秒，苦涩地笑道："没有发现。你也知道的，今年前几个月，我被那个唤魂术影响，精神状态很不正常，而最近这段时间，我封印了部分人格，身上的问题还没得到彻底的解决。哎，我本来早就消化完'巫师'魔药，准备搜集材料晋升的，但现在一直不敢。"

"教授"表示理解，特意叮嘱道："你确实该这么谨慎，在治好精神问题，恢复正常状态前，不要考虑服食魔药。"

说到这里，她的嗓音又低了一点："我发现隐匿贤者的耳语里出现了更多的活知识，就是那种会追逐你、一定要进入你脑海的知识，这让我们这些'窥秘人'途径非凡者的晋升比以往更危险了。"

主动追逐目标的知识变多了……隐匿贤者的状态发生了变化？卢米安听姐姐奥萝尔提过知识逐人的事情，没有表现出茫然和懵懂。他凝重地点头道："我会小心的。"

"教授"没再强调，继续和"副教授"等"学院"小组成员讨论起契约的详细条款，"麻瓜"卢米安也参与了进去。

用了大半个小时，各个小组汇总了成员的意见，分别写在纸上，交给了审查委员会。经过"甘道夫""海拉"等人的整合、取舍、说明和所有卷毛狒狒研究会成员的集体讨论，契约的条款艰难地确定了下来。

不知是不是大家都默认能进入夜之国、参加聚会的全是穿越者，竟没有一条规定要求卷毛狒狒研究会的成员必须是同类人、必须来自同一个世界。"海拉"知道有这方面的问题，但刻意没提，这样一来，卢米安完全符合条件，并且愿意遵守契约限定，不暗自调查研究会成员的现实情况，不故意坑害彼此。

这里面有一定的例外，那就是契约赋予审查委员会调查嫌疑成员的权利，但不能私自审判或做出裁决，必须召集特别聚会，将情况告知所有成员，由大家投票表决是否有罪，给出惩罚的大概范围。

目前被追捕的"洛基"等人不在被保护的行列，不管是谁，都能对他们处刑。

等到契约获得通过，站在卢米安身旁的"袖剑"芙兰卡舒了口气，由衷感叹道："等大家都签完契约，研究会才真正像一个隐秘组织。之前太松散了，太松散了，很多事情全凭自觉。"

只露出奥萝尔下半张脸的卢米安笑了笑道："毕竟你们之前聚在一起又不是想做什么大事，也没有严格的上下级关系，肯定是怎么自由怎么来。"

一个松散的组织只有经历过风雨的打击才能逐渐成熟。

等待副会长"阿波罗"弄出超大型神秘学契约时，各个小组开始了日常的交流。这一次，每个小组的主题都放在了"洛基"等人的行为和可能存在的同伙上。

"甘道夫""校长""海拉""袖剑"等人穿行于不同小组间，观察起每一名成员的反应。

突然，那个假扮成马的研究会成员诵念起离开咒文，似乎想抢在审查委员会巡逻到自己附近之前离开夜之国。

"来自古老年代的超凡者，夜之国的主宰，崇高的天之母亲……"

这声音回荡在了古老宫殿内，但那人影还未念完咒文就双眼一闭，倒地昏睡。

周围的卷毛狒狒研究会成员先是一怔，旋即明白了是怎么一回事。他们纷纷咒骂道："叛徒!"

这是"洛基"隐藏的同伙。

彻底控制住这名内奸后，审查委员会继续巡逻。

又过了一刻钟，那足有两张餐桌大小的契约被制作了出来，上面已自带"公证人"的签名。这累得副会长"阿波罗"灌起了"甘道夫"提供的药剂，缓和起精神的疲惫。

接下来，卷毛狒狒研究会的成员依次走上台阶，于审查委员会的见证下阅读起那张契约，签上了自己已使用多年的绰号。

这个过程中，古老宫殿外的迷雾更加浓郁了，仿佛在阻断可能的外来的干扰。

等到所有成员都签完，又有三个内奸被揪了出来。他们一个刚颤抖着签完，就变成了光的火炬；一个试图绑架旁边的同伴，却直接昏睡了过去；一个目睹这些情况后，选择了坦白交代。

经过投票表决，坦白的那人接受了"催眠师"的处理，遗忘了相关记忆，被逐出了研究会，剩余三个则变成了非凡特性。

"海拉"最后说道："我和'甘道夫'会确认这些成员的家庭情况，如果那些都是普通人，没什么问题，我建议将非凡特性拍卖，换成金钱，交给他们。这是一种补偿。"

这不是对恶行的补偿，而是对相应成员占据了别人亲属的身体又没法再提供帮助的补偿。

卷毛狒狒研究会的成员们穿越到这个世界已经五六年，不少都有了伴侣和儿女，闻言皆有所触动，觉得不应该祸及家人。

卢米安完全没有意见，他对自己的定位依旧是一个外人。

剩下的时光里，他在各个小组转了转，依据"袖剑"芙兰卡的提点，发现了两名能制作神奇物品的"工匠"。

他没急着和这两名"工匠"接触，把来自"我有个朋友"的"催眠师"非凡特性委托给他们，而是打算再等一等安东尼·瑞德。

一位"催眠师"能提供的帮助可比相应的神奇物品强多了，毕竟绝大部分神奇物品都不会说话，不会给予建议和指导。

由于出了"洛基"之事，又目睹了潜藏的叛徒暴露，不少卷毛狒狒研究会的成员没了心情，纷纷选择直接离开，不做停留，于是古老宫殿内的人员越来越少。原本想在特里尔组织一次"学院"小组现实聚会的"教授""副教授"夫妻也暂时放弃了相应的想法。

翌日中午，卢米安拿着一份鲁昂肉饼，慢悠悠来到微风舞厅。

他刚进入二楼咖啡馆，就看见了"老鼠"克里斯托。这个留着两撇老鼠须、个子矮小的走私头目堆着笑容，迎了上来。

"遇到麻烦了？"卢米安挑了下眉毛，笑着问道。

与此同时，他心里犯了嘀咕：这家伙是序列8的"驯兽师"，再往上就是序列

7的"吸血鬼"了，以他这模样，也不知道魔药会从哪方面给他增加魅力，会让他变高吗？

克里斯托嘿嘿笑道："有件事情想咨询下您，我有点拿不定主意。"

卢米安拉过了一张椅子坐下："什么事情？"

形如大号老鼠的克里斯托左右看了一眼道："那个什么特里尔洞穴协会邀请我入会。他们怎么会找上我？"

特里尔洞穴协会是喜欢探索洞穴、研究洞穴的人组成的协会，后来还囊括了矿洞等概念，拉了一批矿场主入会。

而在特里尔，洞穴最多的区域是地下。

听到"特里尔洞穴协会"这个名称和他们对"老鼠"克里斯托的邀请，卢米安第一时间不是疑惑，而是想到了曾经在加德纳·马丁那里看到过的地下特里尔秘密地图。

那地图的上层部分详细得就像潜入市政部门照着原版资料临摹出来的一样。而现在，卢米安有点怀疑那是不是从特里尔洞穴协会泄露的。

这个看似属于民间的组织有大量的洞穴研究者，他们之中一部分要么是市政部门的雇员，要么是专家级顾问，有足够的机会接触那些有保密等级的勘探和修建资料，甚至不乏参与过几十年前那场市政改造的人，是打通各条隧道、加固所有采石场空洞的亲历者，他们对地下特里尔的了解可以说非常深。

卢米安望向"老鼠"克里斯托，若有所思地反问道："你真的不清楚他们为什么邀请你入会？"

"老鼠"克里斯托讪笑道："我有一定的猜测，但不确定。夏尔，他们不会发现了我是走私头目吧？"

作为长期利用地下特里尔的隐秘性质走私酒类饮料、武器弹药的"商人"，克里斯托对不同隧道、偏僻矿洞、地下陵墓、遗留密室的了解不比洞穴协会绝大部分成员差，甚至掌握着一些不为他人所知的秘密路线。而且，他绰号"老鼠"，是真正的"驯兽师"，在动物朋友们的帮助下，触角能延伸到人类无法抵达的许多区域。

克里斯托怀疑洞穴协会看上自己就是因为这些特质，所以才感觉不安。不管是"驯兽师"这个超凡领域的身份，还是大走私犯的本质，都足以把他送上审判庭，最终结果大概在绞死、枪毙、焚烧、砍头和成为低级实验人员之中选择一个。

卢米安笑了起来："那些加入了洞穴协会的冒险家要是没参与过走私，没藏着非凡者，我是不相信的。"

"是啊。""老鼠"克里斯托吐了口气道，"洞穴协会想从我这里分点生意？"

卢米安瞄了他一眼道："所以这件事情你应该请示老大，而不是来咨询我。"

"这不是担心老大趁机给我安排什么危险任务嘛。"克里斯托压低嗓音，讨好地笑道。

从加德纳·马丁之前几次给予的任务和那张机密的地图，这只"老鼠"敏锐地察觉到老大对地下特里尔很感兴趣，超乎寻常地感兴趣。他觉得自己要是加入了特里尔洞穴协会，加德纳·马丁很有可能安排自己接触协会内的一些人，尝试窃取保密资料，或是参与研究和冒险行动，而那往往意味着危险。

他找卢米安咨询，除了觉得这位同僚实力够强、见识够多、脑子转得还快，说不定真能提供一些有用的意见，主要也是提前找好推卸责任的对象。

他其实已经下定决心要加入特里尔洞穴协会，并且瞒着萨瓦党的老大加德纳·马丁。

他能从一个普通的黑帮成员逐渐成长为非凡者，掌控萨瓦党的走私生意，靠的是两个原则：第一，尽量不招惹比自己厉害的，只欺负弱小，实在没办法了则寻求同事们的帮助，大家一起上；第二，永远不把全部筹码放在一场赌局或者一个人身上。

他之前讨好卢米安，表现出了一定的臣服之情，嘴上也满是溢美之词，其实是看重这位同事序列提升迅速、实力越来越强、头脑也还不错，与之交好或许能在关键时刻从加德纳·马丁给予的危险任务里救自己一命。

现在，有机会加入特里尔洞穴协会，接触到更多的势力和更多的厉害人物，"老鼠"克里斯托自然不想放过。他不希望自己的人脉关系网完全局限在萨瓦党和市场区，如果加德纳·马丁哪天失势了，或者给了他一个必死的任务，他得有可以跳过去并庇护自己的新船。

这件事情肯定不能被加德纳·马丁知晓，但要是偶然被发现了，有了当前的咨询行为后，克里斯托可以自然地把问题推给"狮子"夏尔：我"老鼠"是个粗鲁没文化的人，天天和动物、苦力、黑暗的地底打交道，见识少，有局限，头脑也不算太好，遇到事情喜欢向夏尔请教，而他告诉我可以加入洞穴协会，说这是一件很正常的、很私人的小事。

卢米安似笑非笑地看着眼眸墨蓝、头发灰黑的克里斯托，没有回答他的咨询，转而问道："你成为'驯兽师'也有很长一段时间了吧，知道下一个序列是什么吗？"

从"老鼠"对他那些动物伙伴的重视和爱护来看，即使他不懂扮演法，"驯兽师"魔药应该也消化得差不多了。

"不知道，老大没有告诉过我。"克里斯托的眼眸有点躲闪。

卢米安轻笑了一声道："据我所知，'驯兽师'的下一个序列是质变的序列，它会给你带来全方位的提升，包括给你更加漫长的生命和更容易恢复的身体。"

不等克里斯托追问，卢米安话锋一转："所以，你要努力完成老大给的任务，争取尽快获得相应的奖励。"

"是是是。"克里斯托忙不迭地答应了下来。

卢米安这才把话题转回正轨，笑着问道："你想加入特里尔洞穴协会吗？"

"老鼠"克里斯托顿时有点支支吾吾："我，我很好奇他们的目的，而且，来的那个人看似挺礼貌的，一直带着笑，但我总觉得他的行为是在威胁我，对，威胁！"

"跟着他的那个人更是没有表情，看我就像在看一个死人，一个等着被审判的罪犯！"

好奇……卢米安暗笑一声，把握住了"老鼠"的心态和想法。他"愤怒"地说道："竟然敢威胁我们萨瓦党的头目，这件事情一定要告诉老大！"

"不，不用！"克里斯托一下慌乱起来，"洞穴协会是半官方的组织，我们只是黑帮，没必要和他们冲突，这对你，对我，对'红靴子'这些在市场区的萨瓦党成员都没什么好处。"

卢米安无声"啧"了一下，打算再加把火，把"老鼠"这家伙的真话给逼出来。

就在这时，守在底层楼梯口的萨科塔走了上来，对卢米安道："头儿，有两个自称特里尔洞穴协会联络员的人想拜访你。"

拜访我？特里尔洞穴协会的人拜访我？

卢米安看了双手撑在桌上、既惊讶又茫然的"老鼠"克里斯托一眼，后靠住椅背，对萨科塔道："请他们上来。"

特里尔洞穴协会的两名联络员年纪都不大，穿着黑色正装，打着蓝色的领结。一个棕发褐眼，雀斑较多，笑容矜持；一个黑发棕眸，面无表情，目光冷冽。

态度亲切的那名联络员眸光扫过了"老鼠"克里斯托，落在卢米安的脸上。他笑着问道："中午好，是夏尔·杜布瓦先生吗？"

"是的。"卢米安有心看一看特里尔洞穴协会究竟想做什么。

刚才提问的联络员用一种居高临下般的姿态笑道："我们是特里尔洞穴协会的成员，我叫约瑟夫，这位是我的同事拉扬。"

"我们拜访你，是想邀请你加入我们协会，我们几个小时前刚邀请了站在你旁边的克里斯托先生。"

卢米安没有掩饰自己的情绪，好笑地问道："我有哪点值得你们洞穴协会欣赏？"

我又不是走私犯，经常出没于地下特里尔！难道你们还能知道我进过地下墓穴的第四层，取过撒玛利亚妇人泉的泉水？难道你们还能知道我是铁血十字会的成员，掌握着阿尔贝矿洞等一系列隐秘地窟？

约瑟夫微笑着回答道："我们有自己的理由，如果你愿意加入我们协会，肯定能知道具体的原因。"

比约瑟夫个子更高一点的拉扬冷冰冰地补充道："这对你来说是一件好事。"

卢米安凝视了两人几秒，笑了起来："我对你们协会不感兴趣。"

面无表情的拉扬眯了眯眼睛："希望你不会后悔。"

约瑟夫也意味深长地笑道："你可能不知道我们洞穴协会在特里尔意味着什么。很遗憾，你错过了这个机会。"

说完，两人转过了身体，准备走向通往底层的楼梯。

望着他们的背影，卢米安微微后仰起脑袋思索着："特里尔洞穴协会究竟想做什么？这件事情绝对不简单……这，也许是个机会，我要是得罪了洞穴协会，加德纳·马丁应该不会再让我留在市场区了……

"我目前在铁血十字会的任务是调查索伦家族衰败的秘密，以及探索地底，寻找进入第四纪那个特里尔的入口，这两个都和是否留在市场区没有关系……只要脱离了市场区，就脱离了'洛基'的视线，可以转入暗中，耐心等待……

"那样一来，不知道我还能不能继续享受微风舞厅的利润分成……

"要是情况不对，立刻传送离开……"

心念电转间，卢米安突然敲了敲面前的咖啡桌。

咚咚咚的声音里，他望着约瑟夫和拉扬的身影，勾起嘴角，平静地问道："谁准许你们离开的？"

约瑟夫和拉扬停了下来，缓慢转过身体，同时将目光投向了卢米安。卢米安则静静地看着他们，未作解释。

约瑟夫保持着那种带点傲慢和俯视的礼貌笑容，开口问道："夏尔先生，我想我不明白你的意思。"

卢米安这才语速平缓地说道："我只允许了你们上来拜访我，还没有同意你们离开。这是我的微风舞厅，不是你们的家，不是你们想来就能来，想走就可以走的。"

他没刻意使用挑衅能力，但说话的态度、语气和表达的意思都充满了赤裸裸的蔑视，一副根本不怕对方生气的姿态。

始终面无表情的拉扬眯了眯眼睛，转回身体，继续走向楼梯口，仿佛卢米安刚才说的那番话语并不存在。

棕发褐眼的约瑟夫看了卢米安一眼，又望了望拉扬，目光闪烁了一下，未作阻止。

卢米安不慌不忙地拔出左轮，向着楼梯口扣动了扳机，没有丝毫的犹豫和迟疑。

乓的一声，拉扬再次停下了脚步。他缓缓转身，目光似乎有实质性压迫力般望向了卢米安。

克里斯托一侧衣兜内有了明显的动静，他的表情顿时变得既难看又警惕，嗅到了一触即发的危险气息。

卢米安似无所觉，拿着那把左轮，诚恳地道了一声歉："不好意思，我非法持枪了。"

说话间，他回望着拉扬和约瑟夫，脸上带着淡淡的笑意，没有任何的畏惧。

约瑟夫那种强装出来的礼貌笑容再也维持不下去，眸光如鹰一般颇为锐利地看着卢米安，仿佛在评估这个黑帮头目的意志、信心和实力。

卢米安很想来一句"看什么看，要打就打，不打就服软"以彻底激怒这两个特里尔洞穴协会的联络员，但考虑到"老鼠"克里斯托还在场，又放弃了这个打算——那会让他暴露出刻意挑衅而不是想要试探的真实目的，之后不太好向加德纳·马丁这位现任或者曾经的"阴谋家"解释。

他与约瑟夫、拉扬对视着，眸光毫无波动，右手拿着那把左轮，轻轻滑动着转轮。

过了十几秒钟，就在"老鼠"克里斯托额头沁出汗水时，约瑟夫才重新露出笑容，礼貌地问道："那我们现在可以离开吗，夏尔先生？"

哟，这是看出我没事情找事情、想活动下拳脚的真正意图了？你的傲气和自尊呢？卢米安暗笑了一声，用能够气死人的口吻道："还不行。"

拉扬猛地上前一步，但被约瑟夫拦在了身后。这个雀斑不少、棕发褐眼的年轻男子微抬下巴，看着卢米安道："我们需要怎么做才能得到你的允许？"

卢米安有点失望地笑道："回答我刚才的问题，为什么要邀请我和克里斯托加入洞穴协会？我不记得自己有探索洞穴研究洞穴的爱好。"

约瑟夫静默了好几秒才道："我们协会的洞穴冒险家在地底遇到过克里斯托好几次，注意到他对地下特里尔有着很不错的了解，似乎知道不少隐蔽路线，这符合我们洞穴协会的邀请条件。"

"老鼠"克里斯托对这个解释没什么疑问。虽然他到地底主要是走私，但不管哪条走私路线都不是全程隐蔽的，总会穿过一些被洞穴冒险家、采石场警察熟知的隧道和矿洞，这个过程中，难免会遇上少量"路人"，或是被"路人"在远处窥探。

卢米安摩挲着左轮的枪口，没有打断约瑟夫的讲述。

约瑟夫停顿了几秒又道："至于你，有两方面的原因。一是那份'地血'矿石的标本。"

那块"地血"矿石标本……卢米安完全没想到是这个理由。

他没立刻思考其中的原因，依循着丰富的恶作剧经验和这段时间以来安东尼·瑞德的指导，脱口而出道："'地血'矿石的标本……啊，我想起来了，我从一个叫弗拉芒的疯子那里得到的。那玩意儿不就是块石头吗，没什么价值啊，我都不知道丢哪里去了。"

说到这里，卢米安心中一动，回忆般补充道："好像是被偷了。我原本随手丢在我租来的一个公寓内，嘿嘿，我们这种人，肯定不会只有一个休息睡觉的地方，我那个公寓内埋着很多陷阱，谁知道，竟然还有小偷能顺利潜入进去，打开柜子，而且他只拿走了那块'地血'矿石，别的东西都没碰。我当时还很奇怪，想着是不是我记错了，实际上石头早就丢了，公寓里也根本没进过小偷……"

见夏尔·杜布瓦说得非常真实，有足够的细节，并且语气和表情都证明他对那块矿石标本完全不看重，没当一回事，现在说起来也只是丢了点杂物的感觉，约瑟夫和拉扬对视了一眼，态度有了微妙的变化。

直到此时，完成了一系列表演后，卢米安才心念电转，思考起特里尔洞穴协会根据一块"地血"矿石找过来的原因。

"'地血'岩层在特里尔地底存在几百上千年了，其中蕴藏的少量特定矿物肯定不是最近才冒出来被弗拉芒等研究矿物的学者注意到……

"特里尔的官方势力和部分隐秘组织应该都知道'地血'岩层里的少量特定矿物和陨落的'血皇帝'亚利斯塔·图铎存在一定关系，但没发现它们具备实际价值，只是会对接触者的精神造成某种程度的污染……

"那天晚上，我激发了右手的烙印，让特里尔不少高位者感应到了，可能里面有人基于不同方法认出了那是'血皇帝'亚利斯塔·图铎的气息，于是开始排查相关物品……

"'地血'岩层内那少量特定矿物的下落是追查的线索之一，而弗拉芒的遗物在市场区警察总局是做过登记的……洞穴协会和官方存在某种关系，于是接受任务，找到了拿走弗拉芒遗物的我……

"为什么不直接让警察总局的人来问？净化者、机械之心和第八局成员都有对应的警察身份啊……

"嗯，官方不是一个整体，不仅明面上分成了政府和两大教会，而且实际操作中，每个势力内部又都有不同的派别。永恒烈阳教会的布道兄弟会和小兄弟会等理念冲突；蒸汽与机械之神教会的修道院体系和教堂体系有矛盾；第八局更是接近于拼凑而成，成员们有的来自获得政府认可的隐秘组织，有的属于索伦等还保留着一定实力的前贵族群体，有的是这么多年来第八局自身培养起来的……也就是第八局的成员不能加入任何一个政党，否则还会更热闹……

"这种情况下，某个势力内的某个团体想到了特殊'地血'矿石这条线，但不愿意让其他人知晓，所以放弃走警察局这明面上的渠道，而是通过非正式的洞穴协会来追查？

"说不定就是洞穴协会内某些人想到了这条线索，要论对地底情况和矿物标本的了解，他们是最专业的群体之一……

"这也就是他们不直接让我配合调查，而是试图邀请我加入洞穴协会的原因？"

卢米安迅速有了初步的判断，等着约瑟夫说出第二个原因。

约瑟夫则开口说道："我们还以为你对地下矿物很感兴趣，是同好者。是真的被偷了，还是你放在别的地方但忘记了？"

"肯定是被偷了。"卢米安说着再真实不过的话语，"我有发现一些痕迹，因为这件事情，我担心自己攒下来的黄金被偷，还特意去银行租了个保险柜放。"

约瑟夫轻轻点头道："第二个原因是，地下墓穴的管理员肯达尔告诉我们，带着弗拉芒骨灰去那里安葬的人里面，你似乎有点特殊，能察觉一些别人察觉不到的异常。"

这是顺着"地血"矿石这条线查到地下墓穴了……卢米安恍然大悟道："我不明白你说的特殊指的是什么。"

约瑟夫未作解释，也没有追问，望着卢米安道："夏尔先生，我们现在可以离开了吧。"

卢米安看了他们几秒，缓慢点头："可以。"

事情有了变化，他放弃了挑衅这两名联络员、狠狠得罪特里尔洞穴协会的想法。虽然他现在也惹怒了约瑟夫和拉扬，但对方同样得到了他们想要的答案，至少是一部分答案，之后，小的报复可能会有，大的清理应该不会发生。

目送约瑟夫和拉扬消失在楼梯口，卢米安静静端坐了几十秒，收起左轮，站起身来，对"老鼠"克里斯托道："这件事情比我预想的复杂，必须找老大汇报了。"

他这是想到了一种危险的可能性：如果通过洞穴协会追查特殊"地血"矿石下落的是索伦家族，那他们知道夏尔·杜布瓦这么一个黑帮头目曾经拥有过一块矿石标本后，如果再发现在普伊弗·索伦的国王饼游戏中表现异常的富商之子正是这个萨瓦党成员，很难不产生一定的联想。所以，得立刻找加德纳·马丁汇报情况，"坦诚"交代，以消除隐患，取得有用的建议。

背靠铁血十字会这么一个隐秘组织，又关系到加德纳·马丁给予的主要任务，卢米安肯定不会"自作主张"。

"老鼠"克里斯托犹豫了几秒，强行挤出了笑容："好的。"

纪念堂区，泉水街11号。

加德纳·马丁穿着白色衬衣和黑色长裤，站在书房的落地窗前，皮肤被灿烂的阳光晒得泛着些许金色。

他望着站在书桌前方的卢米安和克里斯托，听着他们你一言我一语地讲述特里尔洞穴协会的事情。

卢米安负责主要部分，并大致解释了那份"地血"矿石标本的来历："我住进金鸡旅馆的时候，那里就有个疯子叫弗拉芒，据说是遇到蒙苏里鬼魂、全家诡异死去后疯掉的。

"他偶尔会清醒，我们一起喝过几次酒，后来有一天，他也上吊自杀了，遗物被警察总局的人带走，说是要交给他还活着的那些亲属。但那些人都不愿意接收，最终警察只能让我去领取，里面就包括那块'地血'矿石的标本。

"我和那个疯子好歹认识，也喝过酒，就没有把那个矿物标本丢掉，只随手放在了安全屋的铁皮柜里……"

卢米安说的都是真话，没有一个单词是虚假的，只是隐去了自己帮弗拉芒摆脱蒙苏里鬼魂的事情和忒尔弥波洛斯对那块"地血"矿石的提醒。

听到这里，眼眸偏棕红、黑鬓带着几根银发的加德纳·马丁确认般问道："你的安全屋在哪里？"

卢米安如实回答："白外套街19号3楼最左侧那个房间。"

这和有恐怖气息传出的6号公寓不在同一侧，且隔了一段距离，所以卢米安回答得坦坦荡荡。

加德纳·马丁笑了笑："难怪你经常到白外套街，原来不仅仅是因为有简娜啊。"

老大，你这是在暗示我不要太频繁去芙兰卡那里吗？也是在表明你知道这个情况？卢米安腹诽了一句，继续讲起后面的事情。

他之前是怎么给洞穴协会的约瑟夫和拉扬解释的，现在就是怎么说的。

最后，卢米安刻意问道："这会不会给我们萨瓦党带来什么麻烦？洞穴协会后面说不定藏着哪个官方势力。"

他这是暗示加德纳·马丁自己在普伊弗·索伦面前伪装出来的身份有可能暴露，他相信以老大的智商不难听懂。

加德纳·马丁轻轻点头，望向"老鼠"克里斯托道："你如果想加入洞穴协会，可以加入，不要耽误走私生意就行了。"

"老鼠"克里斯托频频点头："是，老大。"

他随即得到加德纳·马丁的指示，提前离开书房，只留下卢米安一个人。

加德纳·马丁露出了笑容，安抚起这名铁血十字会的正式成员："不用担心普伊弗那边的问题，他就算弄清楚了你的真正身份，也只会当成不知道。你在国王饼游戏中成为'国王'之后，他对你的怀疑已经很多，接下来必然是一次又一次的试探和利用。"

他言下之意就是让卢米安继续留在市场区，继续管理微风舞厅、金鸡旅馆和磨坊舞厅等产业。

"好的，我刚才只是担心会影响到最重要的任务。"卢米安笑着回应，一副松了口气的样子。

与此同时，他在心里冷笑了一声。

他敏锐地察觉到了加德纳·马丁这种安排的不合理之处：换个非凡者管理微风舞厅等产业，让卢米安转入暗中潜藏，对这位萨瓦党的老大、铁血十字会的"长官"而言是一件很轻松很简单的事情，也不会有任何坏处。即使他觉得不能亏待了卢米安这么一个肩负重要任务的手下，也完全可以用继续分润微风舞厅等产业的收益来弥补，而不是让已经被盯上、被怀疑的正式成员冒着一定的风险留在原本的位置。

虽然卢米安转入暗中会显得更加可疑，导致萨瓦党被盯上，但这种程度的问题，加德纳·马丁不知遇到过多少次了，肯定有办法解决。

卢米安觉得这位铁血十字会的"长官"对自己有了一点疑心，所以才希望借洞穴协会的手继续试探自己。

他刚才的讲述和解释没有任何可以被证伪的地方，正常来说，足以让加德纳·马丁相信，但问题在于，这段时间以来，围绕着他已经发生了太多的事情、太多的不寻常情况，加德纳·马丁作为曾经或者现任的"阴谋家"，肯定会本能地、直觉地怀疑这里面有什么不对。

细节上的理由已经不足以掩盖整体上的反常了。

想到这里，卢米安霍然起了杀心。

他望着站在落地窗边的加德纳·马丁，判断双方距离在五米左右。

这么近的距离下，他要是突然使用哼哈之术，而加德纳·马丁还未成为序列4，获得神性，且没有携带可以防御类似能力的神奇物品，那他完全能迅速制伏这位萨瓦党的老大，将对方干掉。

当前的情况就像两个不具备超凡能力的普通人站在五米范围内，一个身份高贵，格斗出众；一个地位较低，体质不强，但暗藏了一把左轮，有不错的射击能力。

五米之内，普通人地位再高、格斗再强、周围手下再多，那也会被一枪崩倒！

考虑到塔罗会和极光会的任务，卢米安控制住了自己，转而问道："'长官'，我想从会里购买'阴谋家'的魔药配方。"

他这是吸取了晋升"纵火家"时的经验教训，不想等魔药都消化完了再焦急地寻觅下一个序列配方，一种一种材料地找。他希望的是，在消化剩余的"纵火家"

魔药时，提前搜集起"阴谋家"的材料，双线并进，从而最大程度上地节约时间。

加德纳·马丁略感诧异地反问道："你有那么多现金吗？'阴谋家'的魔药配方在大部分神秘学聚会上都能卖到七八万费尔金，甚至更贵。这好比'纵火家'们不断地死去，又不断地有人晋升。每一位'阴谋家'都明白保护好自身的重要性，也不再一次又一次地冲动行事，并且开始严格控制相应序列的魔药配方外泄。"

在特里尔，最常见的魔药配方就是"猎人"途径的序列9到序列7。

不等卢米安回答，加德纳·马丁笑了笑道："你如果能调查出索伦家族衰败的秘密，即使不是全部，只是一部分，我也会直接给你'阴谋家'魔药作为奖励。

"你要是迫切需要提升自己，不希望等那么久，作为铁血十字会的正式成员，你有资格以六万费尔金的优惠价买到'阴谋家'的魔药配方。"

"没问题。"卢米安毫不犹豫地答应了下来，"我明天带六万费尔金过来。"

他原本打算的是如果加德纳·马丁不给，就问问K先生和"魔术师"女士有没有。

"你真有六万费尔金啊？"加德纳·马丁笑了起来。

卢米安骤然心中一动，故意说道："刚好有。我之前帮金鸡旅馆一个租客从天文台区旧街的与众不同歌舞厅要回了十万欠款，分了一半多。"

他总计拿到的是五万费尔金钞票和价值三万费尔金的黄金，还了借芙兰卡的两万五千后，还剩五万五千，加上原本的一千黄金、一千钞票和四千费尔金的剩余经费，目前有六万一千费尔金的流动性财产。

"与众不同歌舞厅……"加德纳·马丁重复起这个名词，表情逐渐凝重起来，"那笔欠款真的是从与众不同歌舞厅要回来的吗？"

很显然，这位铁血十字会的"长官"知道一点与众不同歌舞厅的特殊。

卢米安坦然点头："是的。"

他帮菲茨要回欠款的事情，微风舞厅的萨瓦党成员或多或少都知道，根本瞒不了加德纳·马丁，所以刚才决定直接说出来，把围绕着自己发生的事情品类搅浑，误导铁血十字会怀疑的方向。

而且，还能借此吓一吓加德纳·马丁！

加德纳·马丁打量起卢米安，往落地窗方向悄然移了一步。隔了几秒，他状似好奇地问道："你没听说过与众不同歌舞厅的问题？"

"听说了。"卢米安笑了起来。

此时，他要是有一枚单片眼镜，可能会忍不住往右眼眼窝内戴，然后欣赏加德纳·马丁精彩的表情变化和下意识的各种反应。

顿了一下，卢米安才继续说道："我接下那个委托后，特意调查了那家歌舞厅，发现它非常不简单，既有背景，又很危险，于是决定放弃。结果，那天我追踪一个仇人路过时，只是眨了下眼睛就看到与众不同歌舞厅门口的守卫诡异地消失了一个，而楼上的窗户后面，他们的老板蒂蒙斯就跟失去了灵魂一样。我觉得这是机会，就试着进去讨了下债，谁知道，竟然成功了！"

卢米安一边说一边往前迈步，诚恳地问道："'长官'，这会不会有什么隐患啊？"

加德纳·马丁不着痕迹地又挪了一步，笑着说道："目前看来没有，你之后多注意着点自身有没有异常。"

卢米安顺势提出了自己的疑惑："'长官'，我感觉不太对啊，这段时间我周围怎么发生了那么多事情？这有我主动去做的，也有被动找来的，难道我真是那种会带来灾祸的人，或者，我最近的命运是奔走应付，忙碌疲惫？"

加德纳·马丁深深地看了他一眼，意味深长地说道："也许，这就是'猎人'必然会经历的命运。"

等到卢米安离开，加德纳·马丁将目光投向了侧面。

那里有扇密门打开，走出来饿熊般的"督导"奥尔森。

"怎么样？"加德纳·马丁开口问道。

奥尔森略微勾起嘴角道："他对你的安排不是太服气，这也正常，他还谈不上特别忠诚，暂时没法成为你团队的一员。"

加德纳·马丁若有所思地改变了话题："他身上的灾祸比我们任何一个人表现得都要明显，难道他更契合？"

奥尔森默然了几秒道："再看看吧。"

（未完待续）